本书受到2016年度云南省哲学社会科学学术著作出版经费资助
本书受到教育部人文社会科学研究青年基金项目（13YJC751020）资助

明代诗声理论研究

李国新 著

中国社会科学出版社

图书在版编目（CIP）数据

明代诗声理论研究/李国新著．—北京：中国社会科学出版社，2017.8
ISBN 978－7－5161－9633－5

Ⅰ.①明…　Ⅱ.①李…　Ⅲ.①古典诗歌—诗歌研究—中国—明代
Ⅳ.①I207.22

中国版本图书馆 CIP 数据核字（2017）第 005165 号

出 版 人　赵剑英
选题策划　刘　艳
责任编辑　刘　艳
责任校对　陈　晨
责任印制　戴　宽

出　　版　中国社会科学出版社
社　　址　北京鼓楼西大街甲 158 号
邮　　编　100720
网　　址　http://www.csspw.cn
发 行 部　010－84083685
门 市 部　010－84029450
经　　销　新华书店及其他书店

印　　刷　北京明恒达印务有限公司
装　　订　廊坊市广阳区广增装订厂
版　　次　2017 年 8 月第 1 版
印　　次　2017 年 8 月第 1 次印刷

开　　本　710×1000　1/16
印　　张　21.25
插　　页　2
字　　数　279 千字
定　　价　99.00 元

一场艰难而有成效的学术跋涉

几天前，国新将其在同题博士学位论文基础上加工而成且即将付梓的书稿《明代诗声理论研究》送来，嘱为之序，予欣然允诺。我以为，此书至少有如下几个明显的优点。

首先是选题很好。从历史上看，中国诗歌理论产生甚早，广见于先秦多种重要典籍的“诗言志”之说被称为“中国诗论开山的纲领”；在中国第一部诗歌总集《诗经》中，就已有了用诗来进行歌颂和讥刺的观点（所谓“美刺”说）；到了孔夫子关于《诗经》可以“兴、观、群、怨”之说、《诗经》三百篇“思无邪”之说，诗歌理论更是呈现出了一定程度的丰富性、深刻性和系统性。在中国诗歌理论中，诗声理论（在我看来，一般来说所谓“诗声”就是诗歌的声音，它是诗歌音乐性的基础；强调“诗声”其实就是强调诗歌的音乐性；所谓“诗声理论”就是关于诗歌音乐性的理论）的产生则要晚得多，大致在魏晋南北朝时期，而以南北朝的齐梁时期尤著。自兹之后，中国诗声理论便绵绵不绝，保持着强劲的发展势头，直至清代。中国诗声理论对中国诗歌实践发生了巨大的理论推进作用（如引导、推动了近体格律诗的产生乃至完善），它也在长期的历史发展中不断地丰富着自身，使人们对中国诗歌音乐性的认识一步步走向深入和全面。比较来看，明代诗声理论是中国所有历史时期诗声理论中最为丰富、深刻、全面的，明代确乎堪称中国诗声理论的鼎盛期和总结期。然而，面对如此卓出的一代诗声理论，现当代学术界的相关研究却显得十分不够乃至苍白无力。据国新在书中的考察，相关专著仅有台湾东华大学余欣娟的博士论文《明代“诗以声为用”观念研究》一部，此外论及明代诗声理论的多为单篇论文或者中国诗学史、诗学批评史一类著作中的相关章节。显然，这样的研究格局是难以真正深入、全面地揭示出明代诗声理论的完整面目的。明代诗声理论卓然存在和相关研究十分薄弱的现状召唤着当代学界在此一领域中作更多的学术投入。有鉴于此，国新决定以《明代诗声理论研究》为题展开对明代诗声理论的整体研究。这是一个很好的选题、一项很好的研究，它除了在相当程度上具有填补空白的学术意义外，也完全有可能逗引出一些新的学术发现和新的学术见解。

其次是视野开阔，内容丰富，结构安排比较得当。此书在从先秦到清代之整个中国诗歌与音乐关系、诗歌音乐性及其相关理论的广阔背景上展开对明代诗声理论的考察研究，视野开阔。在此基础上，所搜求到并甄选入书中的第一手资料很丰富，讨论的具体问题也很多，参考的相关研究论著也不少。作为一项宏观研究，此书在整体结构安排方面也做得不错。第二至第五章是书的主体部分，其中第二至第四章分别探讨了明代前、中、晚期的诗声理论，第五章则讨论了前面三章较少涉及的明代诗学节奏论、字法论及其他诗声范畴论。如果说前三章是依历史时序展开的纵向讨论的话，那么第五章则是有补于前三章的横向讨论，这样一来，关于明代诗声理论的考察就显得比较完备了。而在此之前的“引论”中，对“诗”尤其是诗之“声”进行了辨析，在第一章中，对明代诗声理论的繁盛及其原因作了探究；又在此之后的第六章中，对明代诗声理论的主要问题及理论贡献进行了总括，在“余论”中，对明清诗声理论的关系作了梳理，并对全书所论作出总结。这样一来，“诗声”之基本意涵、明代诗声理论的繁盛状况及其原因、明代诗声理论的承传脉络等也都比较清晰地呈示了出来。总之，说全书的整体结构安排“井然有序”，大约不算太过吧。

再次是一些讨论比较深入。比如为了能够集中、顺利地展开全书的讨论，开篇的“引论”即对核心概念“诗声”进行了仔细的考察：认为字词的声、韵、调，诗的声韵（含声律与韵律），诗的节奏，诗的字法，诗的句法，诗的章法，诗的体式这七个层面的因素促使了诗声的形成，并在“诗声”的意义上对这七层因素分别作了考察。显然，这样的讨论是比较深入的。此外，此书一些重要的见解、结论大多建立在踏实的细部研究之上，比如书中总结王夫之“诗乐理一”说的理论贡献道：“王夫之的诗乐理一不仅对前人的诗乐关系总结得较为全面，而且有着自己的理论独见，它抽绎出了诗歌与音乐的共同之理，从而为我们理解诗歌与音乐的内在关联和评价标准有重要的参考价值。……明人对于诗乐关系的处理是以追求诗歌的声音为前提的，在此基础上，明人把诗与乐内在相通的深层机理明晰地展现了出来。由于对诗乐合一之内在机理的这种带根本性的揭示与阐发在前代还不曾有过，因此可以说，王夫之的‘诗乐理一’说同样是明代诗声理论对中国诗学的又一个贡献。”这是一个带结论性的重要见解，而这一见解是建立在第四章对王夫之的“诗乐理一”说、“声情”说以及“韵谐”、“度雅”、“穆耳协心”等主张的具体、深入的分析解读之上的。

特别要在此提及的是，此书将明人“诗主声”说定位为中国古代与“诗言志”、“诗缘情”并列的又一种诗歌本质论，是一个很重要的学术观点，（详后）值得学界予以重视。

此书还有一些优点，兹不一一细说。

当然，此书也存在一些不足。比如，偶尔对所引古文语句或字词的理解、释读不很确切，随之而来的理论阐发也就显得不完全稳妥。又如，全书涉及面甚广，难免用力不很均衡，则叙述得偏繁偏简、讨论得未透未安、剪裁得未精未当之处，也时或见之。其他细部问题还有一些，亦不一一列举。

书中关于明代诗学家郝敬“诗主声”说的看法，存在前后不一之处，有必要在此提出，并略作讨论。在此书第四章之“郝敬的‘诗主声’说”一节中，作者写道：“郝敬‘诗主声’强调诗歌中声音的主要地位，认为诗歌的审美价值集中于诗歌的整体音响”；“虽然郝敬‘诗主声’之声不是诗之本质，但郝敬仍然对诗歌之声予以极度的重视，……非常强调诗声的核心地位，认为诗声是诗歌中更能带来诗歌艺术与魅力的重要因素之一”；“郝敬归结其诗声理论为‘诗主声’……强调声音在诗中的重要地位。这一做法一定程度混淆了它与传统诗论中的两种本质论‘诗言志’与‘诗缘情’的关系”。而在此书第六章之“明代诗声理论的贡献”一节中，作者又写道：“从整个中国诗学史看，‘诗言志’‘诗缘情’是学人心中的一片诗学圣地，在大多数时代里，学人们总是将志、情看做是诗歌中最突出的诗歌构成要素或表达对象。这种情况在宋代有所改变，宋代开始有人对‘志’‘情’中心论进行质疑并提出不甚相同的理论主张（如宋代郑樵的‘诗为声，不为义’‘诗以声为用’等说法），明代诗论家承宋代诗声理论的此一趋向继续前行，持续不断地以‘诗主声’为中心进行了长期的相关理论建构工作，最终形成了一种与诗言志、诗缘情有所不同的诗歌本质论”；“从本文所呈现出的诗声理论看，可以说，郝敬提出的‘诗主声’说是一个时代有关诗学表述的核心理论，也是明代诗声理论的总结。这与前人所强调的‘诗言志’‘诗缘情’有着较大的不同，从一定意义上说，‘诗主声’把声音作为诗歌存在的意义与价值，强调诗歌声音在诗歌的构成与本质上的不可或缺。‘诗言志’和‘诗缘情’是中国古代关于诗歌本质的两种影响久远的主要观念，明人提出的‘诗主声’与之有明显的不同，它丝毫也不排斥‘诗言志’和‘诗缘情’，同时却将强调的重点转向了以往被较多地忽视了的诗歌的另外一个极为重要的因素——‘声’。‘诗主声’，就是诗歌以声音为主，就是将‘声’看做了诗歌的本质特征。在古代中国，诗歌与音乐的关系一直极为密切，声音的凸显是诗歌极为突出的本质特征之一，‘诗主声’正是将诗歌的这一本质特征清楚地标示了出来，因此也可以说‘诗主声’是中国关于诗歌本质的又一种十分重要的观念。简言之，基于过往两千多年的诗歌声音实践和一千多年的诗声理论酝酿之上，明人终于将这一观念响亮地标举了出来。它与‘诗言志’和‘诗缘情’一道，将诗歌，尤其是中国诗歌的本质特征从不同侧面共同地揭示了出来，使人们对诗歌，尤其是中国诗歌本质特征的认识更加丰富、完整了。也许，随着‘诗主声’说的登场，中国诗论对于诗歌，尤其是中国诗歌的本质特征的认识也就宣告最后完成了!”

显然，前后两章对郝敬“诗主声”说的看法、定位有明显出入，甚至是十分不同的。据我推测，也许是由于此书的写作时间跨度太长，作者在写作过程中对“诗主声”说的认识前后发生了重要的变化，因疏忽而未能将最终的认识贯通全书，由此而留下了明显的前后不一吧。当然，这里要着重指出和讨论的，不是这一前后不一本身，而是其中所显露出来的问题，即：我们究竟应当怎样认识“诗主声”说？或者质言之，“诗主声”说究竟是不是一种诗歌本质论？它与“诗言志”说和“诗缘情”说究竟是一种什么样的关系？对于这一问题，我的看法与此书第六章的观点一致，即“诗主声”说确乎是一种诗歌本质论，它与“诗言志”和“诗缘情”说一道，将诗歌，尤其是中国诗歌的本质特征从不同侧面共同地揭示了出来。兹申述如下。

从历史上看，我国诗歌与音乐的关系一贯至为密切。上古时期，诗舞乐三位一体而以乐为突出代表。大致在孔子之前或同时，诗与乐开始了漫长的分离过程，但此过程中诗与乐仍常常保持着紧密的结合，如《诗经》三百篇皆为乐歌，皆常为儒者所歌舞弦诵，又如汉代乐府诗亦大多入乐。据朱光潜先生《诗论》（生活·读书·新知三联书店 1998 年 9 月第二版）考察，汉魏以后诗歌方才完全脱离乐调而独立，“诗既离开乐调，不复可歌唱”（第 251 页）。然而，也许在当时人们心中，音乐仍是诗不可或缺的有机组成部分，《诗论》继续写道：“如果没有新方法来使诗的文字本身上见出若干音乐，那就不免失其为诗了。”（第 251 页）大约在那诗与乐短暂“失联”的时期，中国诗歌在与音乐长期联姻中形成的强烈的音乐性冲动依然在召唤着时刻心向往之的文人们。于是未几，随着对汉语声调有了渐次清晰的辨识并将之确定为平、上、去、入四声，几乎是在第一时间亦即在魏晋尤其是齐梁之世，人们便从实践和理论两个方面展开了利用汉语四声音调差异构建诗歌语言之音乐性和谐结构（即诗歌声律结构）的持久探索。探索的近期成果，是产生了沈约、刘勰等人的声律理论，催生了齐梁声律诗——永明体。探索的远期成果，是产生了成熟于唐代并一直影响至今、千百年来一直为中国人所喜爱的近体格律诗。近体格律诗在人工声律和谐的构建上，可谓已臻完满、极致。从声音上看，一首由四个律句按特定粘对规则组合而成的近体格律诗（绝句），就是一个声音的和谐结构，一个完满的声音之圆；绝句重叠一次，成为标准的律诗；绝句可以多次重叠乃至（理论上）无限重叠，成为长律。“在律诗尤其是长律中，如此重叠，如此循环，如此的一个圆紧紧地扣合着另一个同样的圆，可以无限地延伸下去。在这样一个完满的圆及其无限的循环延伸之中，我们清楚地看到了‘倡和清浊，迭相为经’，‘小大相成，终始相生’，‘终始像四时’，‘乐者，天地之和’（《乐记》）似的那种艺术和谐有似于天道的四时和谐，周流循环而无穷无尽的思想特征。换言之，《乐记》中那种充遍宇宙天地的大和谐关系或说大和谐精神，就在这样一个由四个律句组成的小小结构中得到了很好的体现。这一个小小的圆，其实也就是一个小小的和谐的宇宙，一片充盈着勃勃生机的艺术天地。”（拙著《中国古代美学要题新论》，中央编译出版社 2010 年版，第 69 页）自魏晋尤其是齐梁开始的从实践和理论两个方面同时展开的对诗歌音乐性的自觉探索在唐代结出硕果后，并未止步。于是我们看到，数千年与音乐同在的历史经验和数百年来对诗歌音乐性的自觉探索终于在宋代得到了最初的正面回应或说理论总结。宋人郑樵云：“诗为声也，不为文也，……凡律其辞则为之诗，声其诗则谓之歌，作诗未有不歌者也。诗者乐章也，或形之歌咏，或散之律吕，各随所主而命。……诗在于声，不在于义”；“乐以诗为本，诗以声为用”；“夫乐之本在诗，诗之本在声”。这是从理论上对于声音（音乐性）在诗歌中的本体地位的最初的也是旗帜鲜明的肯定，它为明代诗声理论尤其是明代“诗主声”说导夫先路。兹后，明代文人于数百年间一直表现出对诗声的巨大兴趣和高度关注，这正如此书第六章所说，“明人关于诗歌声音的讨论目的是让声音成为构建诗的重要内容、阐释诗歌的重要角度，这一方法虽然也曾被前人道过，但从来没有哪个时代如明代诗学家一样如此集中地阐释诗歌的声音”。正是在对诗歌声音空前集中地阐释的基础上，明人对诗歌声音也有了空前深入的认识，并获得了一系列重要的理论成果。基于这样的认识与成果，明代诗论家郝敬提出了“诗主声”说。郝敬曰：“诗与文异：文主义，诗主声”；“诗主声，声主和平，此不易之理也”；“诗主声，故贵温厚”；“诗者，声音之道，自当主声”。在他看来，诗歌在根本上归于声音之属，亦即诗歌在根本上是讲求声音的一个艺术类别，因此它自当以音乐性为主。可以说，“诗主声”是明代诗声探索的一个最为重要的理论结晶，也是明人对于自齐梁以来千余年间人们对诗歌音乐性持续探索的一个最终的正面回应和理论总结。朱光潜先生说：“音乐是诗的生命。”（《诗论》，第251页）王利器先生说：“诗之所以为诗，就是以其独特的音律之美和体格之严，而卓然自树于著作之林。”（王利器《〈文镜秘府论〉校注》，中国社会科学出版社1983年版，第18页）这都与郝敬所言“诗者，声音之道”异说而同旨。音乐既是诗的“生命”，音律之美既然是诗最突出的文体特征，诗歌既然在根本上归于声音之属，那么，声音（音乐性）之于诗歌，不是“本质”又是什么呢？“诗主声”说将诗歌的声音（音乐性）本质清晰、彻底地揭示出来并一再加以极力的强调，它当然应是关于诗歌本质的一种理论。广见于先秦典籍的“诗言志”说和出现于西晋的“诗缘情”说，向来被学术界认为是中国古代文学理论史上关于诗歌本质的两种理论。这两种理论，都聚焦于中国诗歌所抒写者而把握其本质特征。出现于明代的“诗主声”说，一方面不离言志与缘情而论诗（无论是郝敬还是力主“诗乐理一”的王夫之都如此），另一方面则着眼于艺术特征、艺术表现亦即声音（音乐性）而把握中国诗歌的本质特征。“言志”、“缘情”、“主声”具体所指虽异，但共同揭示出中国诗歌之本质特征则一。所以我赞同并欣赏国新的论断——“‘诗主声’是中国关于诗歌本质的又一种十分重要的观念”；“它与‘诗言志’和‘诗缘情’一道，将诗歌，尤其是中国诗歌的本质特征从不同侧面共同地揭示了出来……随着‘诗主声’说的登场，中国诗论对于诗歌，尤其是中国诗歌的本质特征的认识也就宣告最后完成了”。在此，我也想作出两点判断。一、“诗主声”说是明代诗论家对于中国诗学的一个历史性的贡献，无此则中国古代诗歌本质论难称完备。二、由于此前学界大约尚无人揭出“诗主声”的诗歌本质论性质，那么对“诗主声”作为中国古代又一种重要诗歌本质论的揭示、论证和确认（尽管具体论述中还存在这样那样的不足），当属国新此书的一个重要学术成果，其意义未可小觑。上述判断当否，尚待学界衡裁。

国新于2009年考入云南大学中文系攻读博士学位，研究方向为中国古代文学理论。由于硕士阶段的研究方向是汉语言文字学专业，国新于文学理论特别是中国古代文学理论方面的专业基础略显薄弱。于是发愤苦读，博学慎思，下培根基，上求进境，累月积年，坚韧如初。2015年顺利通过答辩之时，其身心俱疲之态，令人疼惜。毕业又二年，经几多修改，此书乃成。国新选择了一个自己不甚熟悉而又颇有难度的理论学科，又选择了一个颇有难度同时也富有开拓空间的题目，进行了一场持续八年的学术跋涉。结果表明，他经受住了考验，他的跋涉是相当艰难的，也是有成效的，他取得了阶段性的成功。我相信，国新关于明代诗声理论的乃至更为深广的学术研究工作将持续展开，他的学术跋涉仍会继续下去。八年前，国新持拙著《〈二十四诗品〉诗歌美学》嘱我题签，遂于扉页之上题写二语，今愿以之再勉国新，语云：“步微行万里，胆大上高峰。”

张国庆

2017年3月20日于云南大学东二院

目　　录

引　论

第一节　论题范围

“明代诗声理论研究”，从论题的构成看潜伏着若干问题，这些问题的澄清和厘定是本书研究的基本前提。它们至少包括：一是“明代”虽是一个时间范畴，但从诗歌发生史或诗学发生史的角度看，它绝不等于历史学层面的明代，如何界定明代的时间界限关系到本研究的广度；二是“诗声”看上去是一个概念，实质是“诗”、“声”两个概念的相加，当然这种简单相加很明显值得怀疑；三是“理论”在当今学界是一个含义广且随处可见、不得不用的词，如果不划定其范围，明确其意义，则无法在本论题所指的意义层面上正常言说。

从历史学看，“明代”时间上应指洪武元年（1368）至崇祯十七年（1644），共277年，以上是关于“明代”客观时间的界定。关键的是，文学的发展是一个绵延的过程。胡塞尔（E. Edmund Husserl）说：“因为绵延是某种持续着的事物、持续着的存在的形式，是某种时间系列之中同一的东西，它能把它的功能延续为它的绵延。”[①] 诗

---

① ［德］埃德蒙德·胡塞尔：《内在时间意识现象学》，杨富斌译，华夏出版社2000年版，第124页。本书所有注释中，如果属同一著作、同一版次，则下次引用出注时省略版次信息。

学观念或诗学史也是一个绵延的过程，此研究不能以历史学上的时间来对它们横加裁断，截断则意味着对诗学观念的认知是片面的。而诗声理论作为诗学中的重要内容，存在极强的连续性与绵延性。如果笔者在对本论题进行研究时，局限于历史的时间，则无法更全面地了解明代诗声理论的全部。鉴于此，本书虽把时间界定于以上时间段，即“明代”指洪武元年（1368）至崇祯十七年（1644），但在诗学观念之绵延的具体展开过程中，部分元末进入明代或明末进入清代的诗论家也或有涉及，他们的诗声理论或具引发性、或具容受性、或具独创性，如由元而仕明的杨士弘、跨越明清的王夫之等人，他们的诗声理论与明代诗声主流理念是息息相关的，不可缺少。

“诗声”，简单来讲，指诗的声音。诗即诗歌，声即声音。在中国古代文论中，“诗声”一词较少出现。较早的是刘勰的《文心雕龙》，其曰：“然俗听飞驰，职竞新异：雅咏温恭，必欠伸鱼睨；奇辞切至，则拊髀雀跃。诗声俱郑，自此阶矣。”[①] 刘氏的“诗声”是“诗”与“声”相互平行的概念。唐代释齐己《白莲集·览延栖上人卷》曰：“今体雕镂妙，古风研考精。何人忘律韵，为子辨诗声。贾岛苦兼此，孟郊清独行。荆门见编集，愧我老无成。”[②] 通过“今体雕镂”、“古风”来看，齐己所说的“忘律韵”即忘掉人为雕镂的声律，而“辨诗声”的意思则是辨明诗歌的声音是雕镂之声律还是其他声律。可见，其“诗声”指诗歌的声律。陆游《遣兴》曰：“酒量愁翻减，诗声老转低。”[③] 陆游的诗声指诗的名声。清龚自珍《辛巳除夕，与彭同年（蕴章）同宿道观中，彭出平生诗，读之竟夜，遂书其卷尾》曰：“雪色憺恩怨，诗声破苦空。”[④] 龚氏的“诗声”的

① 周振甫：《〈文心雕龙〉译注》，江苏教育出版社2006年版，第134页。

② （唐）齐己：《白莲集》卷2，《四部丛刊》本。

③ （宋）罗椅等：《精选陆放翁诗集》卷5，《四部丛刊》本。

④ （清）龚自珍：《龚自珍全集》，上海人民出版社1975年版，第456页。

意思是诗的声音，这是本文“诗声”的含义。为更好地理解“诗声”，先看诗、声之内涵。

诗是一种体裁，从“诗言志”到“诗不可解”等诸多诗学命题，诗的含义于其中呈现得很清晰，即诗是一种反映客观现实生活、饱含主观情感，词语凝练，富于节奏和韵律的文学体裁，主要有自由诗与格律诗之别。有学者认为：诗分广义与狭义，广义的诗是一切艺术的通称，是自然美、艺术美和人生美的代名词；狭义的诗是诗的一般所指。① 这种说法道出了诗的概念的复杂性。从古至今，诗的概念所指发生了无数次的变化，有一些其他的体裁与之纠缠。亚里士多德（Aristotle）《诗学》中的“诗”就不能简单等同于诗，它是各种文学体裁的总括。这种缠夹需要为本论题中的“诗”界定范围，这是本文言说的前提与基础。本论题将“诗”划定为以下范围：一是从文学类别上说，本书所讨论的“诗”指的仅是“诗歌”这样一种具体的文学类别；二是从时间上说只包括古代之诗，不包括现代诗歌，具体指从远古发展到明代的诗；三是主要指古诗与格律诗。格律诗即讲求平仄、押韵等规则的诗，又称近体诗；古诗范围稍宽，包括古风、乐府诗、骚体诗、谣、曲、别、乐、弄、行等。

“声”指诗的声音。“我人可因以知诗之意义，乃用自然之音响节奏，以表现我人之真思想，真精神。”② “诗歌……常常以直接抒情的方式来表现，语言精炼，音调和谐，有鲜明的节奏和韵律。”③ 可见，诗是有声音的，只不过在经由吟咏、诵唱之前，它是“寂静之音”。寂静意味着沉默。“什么是沉默？它决非是无声。在无声之中，那里保持的仅仅是声调和声响的静止……作为沉默的沉默化，安宁，

① 毛翰：《广义的诗与狭义的诗》，《书屋》2002年第10期。

② 徐敬修：《诗学常识》，上海大东书局1931年版，第2页。

③ 以群：《文学的基本原理》，上海文艺出版社1980年版，第391页。

严格地来说，总是比所有活动更在活动中，并比任何活动更激动不安。”[①] 海德格尔的“决非无声”与“激动不安”表明诗有声音，只不过诗本身不会、也不能发声。此处强调构成诗的某些成分是形成诗的声音的重要因素，正是因为这些成分的组合使诗的声音得以通过寂静的方式表现出来（寂静仅仅因为缺乏吟咏、诵唱及其他发声活动）。那么，有必要追问：什么成分铸就了诗的声音呢？英国诗论家布尔顿认为：

> 然而，略去相对次要的视觉形式——实际上我们许多人是通过听朗读而获得最初经验的强烈快感的——我们发现诗的感性形式主要在于声音的组合模式。再次冒陈述失实的危险，我们用过度简化或过度细分的方法，可以把声音的组合模式划分为两个主要类型，以及两个次属类型。首先，最明显的主要类型是节奏（着重号为笔者所加，如无注则下同）……其次，是我所谓的“语音形式”——因为我找不到更合适的名词。我是指元、辅音关联组合的近似、重复或差异所造成的模式。这些模式对诗歌的音乐性和情感效果贡献殊大。再其次是语调模式——受感情支配的特殊强调形式；在此，尤指理性形式——影响感性形式的思想内容。最后，各种各样的重复模式显然既是诗的感性形式，又是理性形式的一部分。[②]

结合诗论家的观点，我以为以下七个层面的因素促使了诗声的形成：

一是字词的声、韵、调。诗歌由汉字与词语组成。中国汉字的语

① ［德］马丁·海德格尔：《诗·语言·思》，彭富春译，戴晖校，文化艺术出版社 1991 年版，第 180 页。

② ［英］玛·布尔顿：《诗歌解剖》，傅浩译，生活·读书·新知三联书店 1992 年版，第 16—17 页。

音由音节决定，而音节一般可分成声母、韵母、声调。声母指音节中元音前头那部分，大多是音节开关的辅音，如“好（hǎo）”中的“h”。韵母指音节中声母后面的部分，如“海（hǎi）”中的“ai”。声调指的是音节中具有区别意义作用的音高变化，如阴平ˉ、阳平ˊ、上声ˇ、去声ˋ。[①] 声母、韵母、声调对字的声音影响很大，声调不同则声音不同、声母不同则声音不同、韵母不同则声音不同，可见汉字的声音不同对于诗歌的声音有非常重要的意义。词语是由汉字组成，同理，词语的声音由于汉字声母、韵母、声调的不同必然会不同。如贺知章《回乡偶书》：

少小离家老大回（shào xiǎo lí jiā lǎo dà huí），
乡音无改鬓毛衰（xiāng yīn wú gǎi bìn máo cuī）。
儿童相见不相识（ér tóng xiāng jiàn bù xiāng shí），
笑问客从何处来（xiào wèn kè cóng hé chù lái）。

这首诗由“少”、“小”、“离”、“家”等二十八个汉字组成，其中有一些词语如“儿童”、“乡音”、“相识”等。在这首诗中，无论是汉字还是词语，我们用另外的一些不同声母、韵母、声调的汉字或词语来替换，则此首诗的声音会发生非常大的变化。可见，汉字的声母、韵母、声调与诗的声音有非常密切的关系。

二是诗的声韵。陈伯海说：“诗歌作为语言艺术的独特形态，其生命的活力常呈现于由语音起伏变化所形成的声韵节奏之中，这一音声律动现象在中国诗学传统里被称为‘声律’。”[②] 从一般意义上说，声韵由声、韵组成。以往的说法，近体诗有声韵，而古诗没有，这是

① 黄伯荣、廖序东主编：《现代汉语》，高等教育出版社 1997 年版，第 27—28 页。
② 陈伯海：《中国诗学的声韵节奏论》，《河北学刊》2006 年第 3 期。

不符合古体诗实际的。明谢榛《四溟诗话》曰："三百篇已有声律，若'蒹葭苍苍，白露为霜'。暨《离骚》'洞庭波兮木叶下'之类渐多。"[①] 可能是古体诗自然之声韵和近体诗本身重声律的事实导致了古诗没有声韵这种偏颇的认知。声韵即"声律"，包括声律与韵律两部分。

声律即平、上、去、入四声的平仄规律。平声为平，上、去、入声为仄。沈约"四声八病"就是以平、上、去、入为基础的。《宋书·谢灵运传》曰："夫五色相宣，八音协畅，由乎玄黄律吕，各适物宜。欲使宫羽相变，低昂互节，若前有浮声，则后须切响。一简之内，音韵尽殊；两句之中，轻重悉异。妙达此旨，始可言文。"[②] "一简之内，音韵尽殊；两句之中，轻重悉异"要求诗的字声平仄不同且两两相对。王力说："在诗词的写作上，让这两类声调互相交错，就能使声调多样化，而不至于单调。这样就造成了诗词的节奏美。平仄的规则非常重要。可以说，没有平仄就没有诗词格律。"[③] 诗即是以这种平仄交错的方法来达到诗的声音多样化，形成音乐美。

韵律即押韵。"诗本乐歌，定当有韵。"[④] "留好韵以振精神。"[⑤] 可见古代诗押韵是诗本身的音乐审美要求。押韵，通俗地讲，即每句末尾的字用相同或相近韵部的字，使诗句末尾的字韵基本一致，从而使诗的声音在同韵的基础上达到回环往复、形成跌宕之美。勒内·韦勒克（Rene Wellek）和奥斯汀·沃伦（Austin Warren）说得很清楚：

---

① （明）谢榛：《四溟诗话》卷2，宛平校点，人民文学出版社1961年版，第49页。

② （南朝）沈约：《宋书》，中华书局1974年版，第1779页。

③ 王力：《诗词格律概要》，北京出版社2002年版，第26页。

④ （清）吴乔：《围炉诗话》卷1，上海古籍出版社2002年版，第579页。

⑤ （清）王寿昌：《小清华园诗谈》，载张国庆选编《云南古代诗文论著辑要》，中华书局2001年版，第26页。

> 押韵是一种极为复杂的现象。它作为一种声音的重复（或近似重复）具有谐和的功能。兰茨（H. Lanz）在其《押韵的物理性基础》中曾经说明，母音押韵是由它们的泛音的重复决定的，但是，尽管声音的一面可能是押韵的基础，却显然只是押韵的一个方面。押韵在审美上远为重要的是它的格律的功能，它以信号显示一行诗的终结，或者以信号表示自己是诗节模式的组织者，有时甚至是唯一的组织者。但至为重要的是押韵具有意义，因此，是一部诗歌作品全部特性中最重要的一环。①

“信号”就是所押之韵，它主要有如下作用：一是提示诗句结束；二是它成为整首诗非常突出的部分，诗每句的最后一个字都由它所统领，使全诗集中而不散乱；三是它的功能是使声音具有重复且谐和的特点。在认真分析后，韦勒克与沃伦认为押韵是诗非常重要的一个环节，更准确地说是形成声音之美的重要一环。这一点在古体诗、近体诗中尤其明显，中国古代传统中大量的如《声律启蒙》及类似作诗选韵的参考书就是为达到创作的诗歌押韵谐和及声音和美的目的。

三是诗的节奏。朱光潜说：“节奏是声音大致相等的时间段落里所生的起伏。”② 诗的节奏非常明显，也非常重要。瑞士学者沃尔夫冈·凯塞尔（Wolfgang Kayser）说：“节奏具有外在的结构作为不可缺少的基础而且同声音发生联系，同时声音又需要意义来达到它充分的发展。四个层次互相制约，互相支持。”③ 虽然凯塞尔强调外在结构、声音、意义、节奏四个层次是诗的主要内容，它们相互作用并决

---

① ［美］勒内·韦勒克、［美］奥斯汀·沃伦：《文学理论》，刘象愚、刑培明、陈圣生、李哲明译，江苏教育出版社 2005 年版，第 178 页。

② 朱光潜：《诗论》，江苏文艺出版社 2008 年版，第 144 页。

③ ［瑞士］沃尔夫冈·凯塞尔：《抒情诗的结构问题》，载杨匡汉、刘福春编《西方现代诗论》，花城出版社 1988 年版，第 451 页。

定了诗的重要内容。但凯塞尔在阐释过程中明显将节奏放到最重要的位置：节奏是外在结构中不可缺少的因素，节奏也与声音、意义有重要关系。所以他在另一本书《语言的艺术作品》中强调节奏的重要作用："节奏对于一首抒情诗比对于一个统一地用无韵诗演出的戏剧或者比对于一部用同样行数或章数写成的史诗，要更重要得多。"[①]诗的节奏分为内在节奏与外在节奏，内在节奏从情感的角度提出，外在节奏从诗的外在形式角度提出。内在节奏属于意义或情感层面，因为其抽象性或难以表述，故它多是从"声情相应"的角度影响诗的声音。苏珊·朗格（Susanne K. Langer）认为，"音调结构"与"人类的情感形式"在逻辑上有着高度的相似性，"音乐是情感生活的音调摹写"。[②]苏珊·朗格指出：声与情因有相似性，故而能产生互动。诗的外在节奏涉及诗的押韵、字法、句法、章法、体式等。有学者归纳诗的外在节奏与"押韵、大致整齐的语言形式、有规律地使用声调，以及采用某些修辞手法"有关。[③]"大致整齐的语言形式"指字法、句法、章法等，声调指平仄的调和，修辞手法指诗中运用的如反复、对仗等一些方法。的确，这些内容均与诗的声音有非常重要的关系，这可参看下面对声韵、字法、句法、章法、体式等的分析。

四是诗的字法。诗以凝练为主，故用字须谨慎、下字须稳妥。审察字之生熟、新奇、雅俗、响哑等，以使字字珠玑。古人非常重视炼字，"以一字论工拙"是他们诗学的审美追求，贾岛对"僧敲月下门"一句中"敲"字的推敲曾传为美谈。那么字法与诗之声音有何关联呢？"字关抑扬"是较好的回答。字的平仄影响全诗的声音是毋庸置疑的。字是诗声的最小单位，当字的平、上、去、入适当地安排

---

① ［瑞士］沃尔夫冈·凯塞尔：《语言的艺术作品》，上海译文出版社1984年版，第330页。

② ［美］苏珊·朗格：《情感与形式》，刘大基、傅志强、周发祥译，中国社会科学出版社1986年版，第36页。

③ 徐有富：《诗学原理》，北京大学出版社2007年版，第106页。

于诗句，诗声就有了抑扬顿挫，也就有了流动与和谐的声音美。王力曾在《汉语诗律学》中指出，拗救就是为了使诗的格调更高古、声音更美，他这样解释“拗救”：出句腹节下字为拗，对句腹节可以上字救，而诗人为避免句中共有四个平声，在第三字必为平的情况下，对句的第一字则用仄，形成孤平拗救。王力认为这样做的好处就是使诗的格调更加高古，当然也就使诗歌声音更加顺畅。[1] 王力关于“拗救”的说法实际从一个方面阐述了字与声的关系。其实，字还有虚实、开合、洪细等的区分。另外，从词性上说，字的性质也影响了声音。名词、形容词、动词、代名词等一般为实字，介词、助词、副词、连词、叹词等一般为虚字。一般而言，虚字放在诗中能拉长语气，实字放在诗中更多造成意义集中、使感情凝滞。当然，虚字太多也会造成诗意不凝练。语气被拉长意味着声音被拉长，故而诗句呈现舒缓的声调。关于开口呼、合口呼、撮口呼、齐齿呼及字的洪细对声音的影响，此借用余欣娟《明代“诗以声为用”观念研究》中的一段话来说明：

> “蓝－－水－‖远－从－－‖千－－涧－‖落－”。第一个音节“蓝”平声扬，舌齿音，声音像是从口中抛拉出一个弧度，谈韵、来母、阳声、洪一等，声音响亮带柔……第二个音节“远”更把声音往里缩，喉音、次浊，声音维持细三等。到了“从”字这个节奏点转回平声，拉长音，推了出去，舒缓口气，有力地延伸了“蓝水”到“千涧”的距离。[2]

① 王力：《汉语诗律学》，上海教育出版社2005年版，第92—99页。

② 余欣娟：《明代“诗以声为用”观念研究》，博士学位论文，台湾东华大学，2009年，第214页。

此段分析精细独到。“蓝水远从千涧落”一句中每个字的平仄、开合、洪细、韵部均影响到了全诗的声音节奏，诗人如此安排才形成了“蓝水”与“千涧”的时空距离。应该说，正是字的声音结构化与合理化安排，才使全诗在时间与空间上达到一种纵深感与丰富性。严羽曾直接地指出字与诗歌声音的关系：“下语贵响。”[①] 所以，用字对诗的声音的影响不能小觑。

五是诗的句法。句法是诗句的配置原则和结构规律以及组词成句的方式、方法。不论我们是否意识到，句法始终客观地存在于诗歌的创作过程中。认真地把握句子结构或句法特征，对于准确把握诗的整体之意十分必要。中国古典诗学一直有重视句法的传统。杜甫较早在诗论中讲究句法：“为人性僻耽佳句，语不惊人死不休。”宋人张表臣《珊瑚钩诗话》曰：“诗以意为主，又须篇中炼句，句中炼字，乃得工耳。”[②] 积字成句，积句成章，故章以句而活，句以字而响。所谓“一诗之中，妙在一句，为诗之根本。根本不凡，则花叶自然殊异”[③]。明人也非常重视句法，谢榛认为，如果诗的一句不工整的话，则整首诗不纯，所作之诗就不完整或完美。[④] 元杨载曾说：“炼句要雄伟清健，有金石声。”[⑤] 杨载将句法与诗声联系起来了，换言之，炼句能使诗之声音铿锵清健。这种说法得到了香港学者冯胜利的论证，他在其新作《汉语韵律句法学》中提出，汉语韵律句法学所研究的对象是韵律与句法之间的关系。[⑥] 韵律跟语音关系紧要，是使诗

---

① 郭绍虞：《沧浪诗话校释》，人民文学出版社 1983 年版，第 118 页。

② （宋）张表臣：《珊瑚钩诗话》，载何文焕辑《历代诗话》，中华书局 1981 年版，第 455 页。

③ （明）胡震亨：《唐音癸签》，转引自《诗家一指》，载周维德集校《全明诗话》，齐鲁书社 2005 年版，第 3609 页。

④ 原文：“诗有造物。一句不工，则一篇不纯，是造物不完也。”引自谢榛《四溟诗话》，宛平校点，第 6 页。

⑤ （元）张载：《诗法家数》，载何文焕辑《历代诗话》，第 727 页。

⑥ 冯胜利：《汉语韵律句法学引论（上）》，《学术界》2000 年第 1 期。

呈现特定声音的主要途径。冯氏的研究实际表明，句法在很大程度上能够影响诗之声音。《文镜秘府论·定位》曰："然句既有异，声亦互舛，句长声弥缓，句短声弥促，施于文笔，须参用焉。……七言已去，伤于大缓，三言已还，失于至促。"① 句式不同，则声不同。如果句子稍长，则诗之声音缓慢；如果句子稍短，则诗之声音急促。所以七言或七言以上之句诵之则太缓，三言或三言以下之句诵之则太促。只有两者结合，长短参伍才能形成中和之调。明郝敬《艺圃伧谈》曰："故四五言者，天地之中声，进而六七太长，反而二三太短。短则骤，长则放，骤与放，皆郑声也。"② 二、三、四、五、六、七字为一句其实是二言体、三言体、四言体、五言体、六言体、七言体，这些都是诗的常用句式，它们与诗的声音都有关系。郝氏认为，如果诗歌之句式是二言、三言、六言、七言，则诗为郑声。虽然郝氏之语略有偏颇，但也说明句法是构成诗的声音的重要内容。

六是诗的章法。章法是诗整体结构与内部组织规律的方法或方式，它关系到连字成句、连句成节、连节成段、连段成章。在诗歌中，章与篇有时混用。台湾学者陈满铭对古代章法理论作了较全的归纳，为节约篇幅，兹引他从先后顺序的角度所作的归纳以见章法之特点：

> 1. 今昔法："先今后昔"、"先昔后今"；2. 远近法："先近后远"、"先远后近"；3. 大小法："先大后小"、"先小后大"；4. 本末法："先本后末"、"先末后本"；5. 虚实法："先虚后实"、"先实后虚"；6. 宾主法："先宾后主"、"先主后宾"；7. 正反法：

① ［日］遍照金刚：《文镜秘府论》，人民文学出版社 1975 年版，第 158 页。

② （明）郝敬：《艺圃伧谈》，载周维德集校《全明诗话》，齐鲁书社 2005 年版，第 2881 页。

> “先正后反”、“先反后正”；8. 抑扬法：“先抑后扬”、“先扬后抑”；9. 立破法：“先立后破”、“先破后立”；10. 平侧法：“先平后侧”、“先侧后平”；11. 凡目法：“先凡后目”、“先目后凡”；12. 因果法：“先因后果”、“先果后因”；13. 情景法：“先情后景”、“先景后情”；14. 论叙法：“先论后叙”、“先叙后论”；15. 底图法：“先底后图”、“先图后底”。①

仅从陈氏所列此部分来看，这些方法与诗声有很大关系。无论是“今昔法”、“远近法”、“大小法”，还是“虚实法”、“平侧法”，章法的不同造就的诗声就很不同。以“远近法”为例，诗中对远与近的配置涉及词的选择问题，将这些表示远的词与表示近的词进行不同的安排，因为这些词本身是声、韵、调的三者合一，故形成的诗声就会不同。是故，章法对形成诗声亦有重要作用。

七是诗的体式。体式即体裁格式，其分类较繁复。本选题所涉及体式采用徐敬修《诗学常识》的分类：“以时分体者，如建安体……”；“以人分体者，如陶体……”；“以风格分体者，如选体……”；“以篇章分体者，如古体……”；“以题目分体者，如口号……”；“以韵分体者，如全篇双声叠韵……”；“以句法分体者，如绝句……”；“杂体，如回文……”。② 这些分类中，有些体式与诗声关系非常大，如杂体、以韵分体者等，也有一些体式与诗声关系不大，如以人分体者、以风格分体者等。潘善祺《诗体类说》中提及了古体诗的两大类 13 小类的诗体类型，如齐言诗：二言、三言、四言、五言、六言、七言等；杂言：自由式、固定式等。在阐述四言与五言的区别时，潘善祺说：“五言之所以能取代四言，因为它多了一

① 陈满铭：《章法结构及其哲学义涵》，《浙江师范大学学报》（社会科学版）2004 年第 2 期。
② 徐敬修：《诗学常识》，第 19—39 页。

个音节，就多了回旋余地，诗的风韵也更趋完美，作者的才情也可得到更好地发挥。”[①] 潘氏认为，五言诗比四言诗多了一个字，也多了一个音节，这意味着五言诗的音节更加长，诵唱时的声音也稍比四言要缓，也就有回旋的余地。潘氏的诠释表达出五言与四言的声音有明显不同的观点。换句话说，诗的体式对诗歌声音的影响是直接的。

以上指出了影响或构成诗声的七大要素，即字词的声韵调、声韵、节奏、字法、句法、章法、体式。应该说，以上列举的影响诗声音的元素大约还是不够的，可归入其他类。换句话说，不排除还有未进入视阈的部分因素，但以上所指八大方面或已基本说清影响诗歌声音的主要因素。

总而言之，诗声指的是诗歌的声音。声音既是诗歌的构成要素，也是诗歌整体呈现的声响。影响诗歌声音的因素很多，包括声韵、节奏、字法等，而其中的突出者是声律。故诗声指的是古诗和近体诗中汉字的声韵调、声韵、节奏、字法、句法、体式、章法、其他等方面和谐地构成的声音。从中国诗学史看，诗声主要有自然之声、人为之声、自然与人为混合之声等类型。陈伯海指出：中国古代诗歌有自然声律和人为声律之区分。[②] 自然之声是诗人随着性情的自然抒发而创作出来的诗，其诗有不拘声律、没有人工痕迹等特点；人为之声是诗人在情感的驱使下，以沈约所倡导并为后来者发展成熟的声律之学为工具所创作出来的诗，其诗有人工之痕迹，其声是人为糅合而成。但有时自然之声与人为之声在一首诗可能同时存在，这就形成了自然与

---

① 潘善祺：《诗体类说》，上海古籍出版社2011年版，第31页。

② 陈伯海在《中国诗学的声韵节奏论》（《河北学刊》2006年第3期）中对自然声律与人为声律的区分为：“古人谈论音声之美，有所谓‘天籁’和‘人籁’的界别，前者指发自自然的音响，后者指人为造作的声韵。在天人合一、以人从天的理念指导下，人们多以为‘天籁’高出于‘人籁’，但也不能不承认由前者向后者的转变，体现着历史演进的趋势。将这个观念应用于诗歌创作，便有了自然声律与人为声律的分判。”

人为之声杂和的声音。

我们来看最后一个概念“理论”，其指的是围绕诗声所进行的思考，所提出的看法、观点、主张，所进行的讨论、分析、阐发等。凡此，皆可称“诗声理论”。

要言之，“明代诗声理论研究”即是以诗声为中心话题，以明代历史学上的时限为基本断限，以具体诗学家提出的有关诗声的范畴或理论为研究对象，结合明代的文学、哲学、美学等方面的内容，对明代诗学家的诗学理论展开集中研究。

第二节 以往研究的检讨、研究进路与内容及其意义

一 以往研究的检讨

明代诗学是宋金元诗学过渡到清代系统化诗学的坚实桥梁，地位重要。在唐代诗歌创作的巅峰之后，宋金元诗歌创作处于相对弱势，这为其反思诗歌创作的规律提供了机会，但整体上宋金元诗学处于理论初成、较有成果却尚未深入的阶段。明代诗学接武宋金元的研究并对诗歌的基本问题进行了较为深入的研究，涉及诗歌的内在和外在规律，也涉乎诗声的理论。从杨士弘、高棅到李东阳、李梦阳、谢榛、王世贞、李攀龙，再到胡应麟、许学夷、袁宏道、郝敬、顾炎武、王夫之等诗学理论家，都提出了自己关于诗声的理论，如“审音律之正变”、“诗主声”、“求声调”、“声气论”、“声情说”等，也有一些诗学家阐述了自己的句法论、体式论、字法论、章法论等，这些都构建了明代诗学注重研究诗声的特色。明代诗学理论家关于诗声的理论与其他的诗学理论息息相关，是对明代诗学的整体研究中不可缺少的内容。

20世纪末，明代诗学开始被学界关注，众多学者倾力在此沃土上耕耘，伴随着新的研究领域与内容的开掘与充实，明代诗学的构建取得了较为丰硕的成果，特别是对格调诗学、复古诗学的研究挖掘甚深。余欣娟《明代“诗以声为用”观念研究》称：“历来讨论明代‘格调’、‘复古’说，已注意到‘声调’是明代诗学之重要议题，然而却较少关注到声调具有内容意义，可作为诗教之用。”[①] “声调”为明代诗学的重要内容，也是明代诗声理论的重要内容。总的来看，明代诗声理论研究是明代诗学研究的纵深化发展，目前此项研究虽也取得了一定的成绩，但其研究现状整体上看是大不如关于明代诗学其他问题的研究的。兹对明代诗声理论研究的现状和所取得的成绩，简述如下。

1. 以明代诗声理论为专门研究对象的著作

台湾东华大学余欣娟的博士论文《明代“诗以声为用”观念研究》是目前为止唯一以明代诗声理论为专门研究对象的著作，已由台湾花木兰出版社出版。该文分“绪论”、“哲学基础的溯源”、“从声义到文字义理”、“声调美与诗教的调和”、“两种声情路径：自然之音与人为诗歌律”、“结论”六章。

“绪论”、“哲学基础的溯源”两章是该文的理论基石，把声、情关系与声感作为“诗以声为用”重要关注的对象，同时试图用哲学的观点来对诗声之美做出进一步解释，其理论出发点是体用的基本原理以及儒家美学观念——“个体性情”、“社会秩序”与“艺术”的结合之美。这种观点虽看似来自哲学的讨论，但实质是对古代儒家诗声美学的反思与归论，把“乐教”与“声感”作为读解“诗以声为用”的重要环节。不难发现，余氏的论点一直在沟通明代诗声理论

① 余欣娟：《明代“诗以声为用”观念研究·提要》。

与古代诗学之间的美学关系，而非哲学关系。按照余氏的理解，第二章中的“体用相即”才真正有哲学的味道，其余诸论都应该成为明代“诗以声为用”的美学与诗学反思。当然，“声情关系”与“声感”的确是明代“诗以声为用”的核心命题，只有对这两个问题分析得较透彻，才能更深刻地理解明代诗论家为什么对诗声投入如此多的精力与艺术之思。

在第三章“从声义到文字义理”与第四章第一节“诗以声为用”中，余欣娟重点阐述了明代诗声理论为何如此繁盛的原因。首先，诗、乐之声在表现上有差异亦有相似之处，但都存在以声为手段来实现其教育的目的。徐复观曾说：“乐顺人民的感情将萌未萌之际，加以合理的鼓舞，在鼓舞中使其弃恶而向善，这是没有形迹的积极的教化，所以荀子说‘其感人深，其移风易俗易’。司马迁《史记·乐书》言先王音乐之功用是‘万民咸荡涤邪秽，斟酌饱满，以饰厥性’。儒家的政治，首重教化；礼乐正是教化的具体内容。由礼乐所发生的教化作用，是要人民以自己的力量完成自己的人格，达到社会（风俗）的谐和。”[①] 这点正是明代统治者一直稀缺和企冀的：“昔者圣王治天下也，尽开物成务之道，极裁成辅相之宜，修礼乐而明教化，阐理至而宣人文……尚惟有大混一之时，必有一统之制作，所以齐政治而同风俗，序百王之传，总历代之典。”[②] 此表明了明初统治者把乐作为重要的教化方式。其次，诗的声感作用消失是明代诗声理论发展的重要原因。余欣娟从宋代以理为诗的角度分析明代诗学仍强调义理之学，况且明人过多地关心唐诗的格律之学，这无疑损害了诗歌的自然之声。又因为明代诗学整体呈现辨体的诗学特色，所以明人

① 徐复观：《中国艺术精神》，华东师范大学出版社 2001 年版，第 14 页。

② （明）杨士奇等：《明太宗实录》卷 73，台湾中研院历史语言研究所校勘，据国立北平图书馆红格钞本影印本 1966 年版，第 1016—1017 页。

不仅要试着恢复自然声律的诗歌创作，而且要将诗声与辩体结合起来，形成了富于特色的明代“以声辩体”之诗学追求。最后，余欣娟将宋人郑樵的诗学理论“诗以声为用”拈出来作为明代诗声理论发展的源点，认为明代诗学家对诗声理论的看重很大程度上来源于郑樵的诗学。当然或许郑樵与王鲁斋的论争更能够成为推动明代诗声理论发展的原因，因为论争本身不是目的，产生的影响价值才是郑樵与王鲁斋没有预想到的，才是理论发展的必然归宿。余氏此论较为中肯，沟通了宋代诗学与明代诗学，建立起了诗学发展的前后相承的关系，也可以更好地理解明代诗声理论的真实所在。

第四章第二节、第三节、第四节与第五章集中讨论了明代诗论家在表达诗声理论时所共同关注的主要问题。“格调”与“声律”是诗声理论研究避不开的话题，余欣娟分析了声调、声律、格调之间的同异，并把“声诗”作为单独的话题分析了其中的诗声因素。在分析声调的过程中，余氏看到了“音律反映世道”的问题，并以高棅《唐诗品汇》为例，将音律之正变与高棅选唐诗的观念结合起来，最后得出“世道与诗体正变的交互影响”的结论。此处明显有意割裂了高棅与杨士弘的关系，也就是说，没有看到杨士弘《唐音》“审音律之正变”对于明代诗声理论的影响作用，更没有看到其对《唐诗品汇》的影响。第五章主要围绕明代诗论家诗声理论的两个维度——自然声律与人为声律展开。开篇论析了明代诗学非常重要的诗声范畴——声气，具体到声与气的关系以及声气在明代诗学中的体现，这就回到了文章开始提及的声情问题。余欣娟认为明人主要通过自然声律与人为声律来实现，自然声律一直是明人的目标，像汉魏古诗之自然，但追求的过程是艰辛的、痛苦的，故而明人把视角放在第一作品的自然声律之上，而实际导向了人为声律。故余欣娟从“字关抑扬”、“音节要响”、“从篇章结构安排音响”、“明人学习唐诗的范例”四个方面论证了明人故意学习唐诗的方法与技巧。虽然明人本意为自然声律而去，但实质是以技巧或诗法等为中心的人为声律的做法，以传达活活泼泼能表达情意的声调。

这样看来，余欣娟的研究特点在于：以明代诗声观念为核心话题，以诗乐关系为突破口，以儒家诗教、体用关系等为讨论的哲学基础，较为详细地论述了明代诗声观念的内容。余欣娟认为，明人从实际创作与批评上，取法唐音的声情练达；从观念上，明人远溯乐教“音由心生”、“音律反映世道”以及《诗经》“诗乐合一”的理论，强调声感、情性，使声情相应、声调美善合一。具体来说，她结合明代的诗学特色——“辨体”来深挖以声辩体的价值内涵，在声调方面，她远溯郑樵的“诗以声为用”观念及王鲁斋对郑氏的回应，从格律与声调的区别、声调与世道正变、声调之兴等方面分析了格调诗学，最后从自然之音与人为诗歌律的角度涉及了明末声气说及自然之音作品的特点、人为诗歌律的声律特点。

余欣娟之著融通了明代诗学与哲学的关系，以宋代郑樵“诗以声为用”观念为指引，串连出了明代诗声理论的发展与演变，并将“声情类应”等诸多概念置放在中国诗学史、中国哲学史、中国乐学史中进行考察，获得较为明晰与深入的诗学发见。但余氏企图以几个概念来概括明代诗声观念的发展演变则存在明显不足，其对明代诗声观念发展演变的前后关系的考察、叙述也欠确切与全面。同时，余氏对部分概念的渊源追究得多且深，却在一定程度上忽略了对这些概念在明代诗学中的精义作更好的把握。

2. 涉及明代诗声理论的著作

诗学史是明代诗学研究成果的重要阵地。当前涉及明代诗学史的主要有萧华荣《中国诗学理论史》、陈良运《中国诗学批评史》、陈文新《明代诗学》、朱易安《中国诗学史（明代卷）》。萧华荣与陈良运之著属通史，且本身篇幅较小，对明代诗学中的诗声理论基本没涉及。陈文新与朱易安之著因集矢于有明一代，故有一定的篇幅涉及明代诗声理论，特别是朱易安《中国诗学史（明代卷）》。

陈文新《明代诗学》抓住明代诗乐关系这一中心线索，牵出明代主流的诗学观点，特别提及李东阳的论“调”、谢榛的论“声律”。他认为，李东阳的“格调”论与谢榛的“声律”论皆是出于诗乐合一的审美追求，皆取思于古代诗乐合一的“声依永，律和声”。也正是由于李东阳、谢榛、李梦阳、何景明、陆时雍等人的共同努力，明代主流诗学呈现出了整体重诗乐关系的局面：“在诗与音乐的关系方面，明代主流诗学的几位代表人物相当充分地显示了他们的睿智和深刻。”[①] 陈文新的讨论局限于诗乐关系，没有看到明代诗学的内在特性：明人以恢复诗乐合一关系的本质要求为前提，试图通过不断提出自己的诗声理论的方法对前代诗学中以理入诗的诗学弊端进行一种理论与实践的修复。

朱易安《中国诗学史（明代卷）》花了较大篇幅论述明代诗声理论。在“概说”部分，他认为：明代诗学的主要特征首要在于明代诗学的形式主义倾向。[②] 这一观点已不新鲜。形式主义强调诗的外在形式，实质是对诗歌声律的重视。朱易安将之作为明代诗学的主要问题来审视，对其阐述不惜笔墨。

朱易安从杨士弘与高棅入手，认为：明初就存在“诗必盛唐”的诗学渊源，且这种渊源在于强调唐诗的体制声音，杨士弘的《唐音》即是代表作，继之的高棅《唐诗品汇》完成了“别体制、审音律”理论的构建。在分析正统、成化时期的诗学时，朱易安结合心学传统，以“声情统一”为理论前提，以诗声为核心要素，展开了

---

① 陈文新：《明代诗学》，湖南人民出版社 2000 年版，第 70 页。

② 朱易安：《中国诗学史（明代卷）》，鹭江出版社 2002 年版，第 9 页。

对李东阳、李梦阳等人的讨论：

> 李东阳的“眼主格，耳主声”中，主要是对“声”的把握，后来七子的“格调论”所及，也主要是声调和韵律。[①]

从这里可以看出，“眼主格，耳主声”实质是明代诗声理论的重要内容，也是明代格调诗学不可或缺之观念。

在“格调论以外的诗学”一章中，朱易安虽分“因情立格”、“道学家的诗论”、“宗唐别调”、“杨慎的考证诗学”四小节，但却无一例外地对诗声进行了阐述。贯穿始终的是声律问题，如：徐祯卿之“盖因情以发气，因气以成声，因声而绘词，因词而定韵，此诗之源也”[②]；王阳明之“凡歌诗，须要整容定气，清朗其声音，均审其节调；毋躁而急，毋荡而嚣，毋馁而慑。久则精神宣畅，心气和平矣”[③]；胡缵宗提倡“声”和“音”作为诗歌艺术的质素；杨慎强调调和才学、声律的关系；等等。

朱易安以胡应麟为格调诗学的终结者，认为他调和了格与调的关系，不囿于明代辩体与格调之壁垒，提出“体格声调，兴象风神”。在明末诗学中，朱易安重推许学夷与陆时雍，他们都提出了较为重要的诗声理论。许学夷将辩体与诗声结合起来，以音乐为元素划分历代诗歌，而陆时雍为清代神韵论之前奏，重新阐释了情与韵、调与境等的关系。

朱易安对明代诗声理论的把握虽所涉不少，但主要是一种诗学史的寻索，没有界定这些理论中概念的含义，也没有建立起较为完善的

---

① 朱易安：《中国诗学史（明代卷）》，鹭江出版社2002年版，第68页。

② （明）徐祯卿：《谈艺录》，载周维德集校《全明诗话》，第788页。

③ （明）王守仁：《王阳明全集》上册，董平、吴光编校，上海古籍出版社1992年版，第89页。

发展脉络，对晚明经学复古思潮中的诗声理论如郝敬的“诗主声”说等重要诗声理论也没有涉及。

另外有四种著作虽不是明代的诗学史专著，但皆是有关诗声理论的通史性或一般性规律的著述，与明代诗声理论关系非常紧密。

沈亚丹《寂静之音：汉语诗歌的音乐形式及其历史变迁》“上篇”侧重普遍规律的阐发，如在《音乐形式与语言形式》一章中，作者先从乐音、乐体、乐本三个层面讨论音乐，继而分析了音乐形式和诗歌语言互相生发的问题，从而较好地厘清了语言的音乐性与诗歌的音乐性之间的关系；在《汉语诗歌的外在音乐形式》一章中，她认为汉语诗歌的外在音乐形式主要包括四个方面：押韵、平仄、句逗、长言，并析言之；在第四章中分诗歌的节奏化空间、旋律化生命进程、无声之乐三方面讨论了诗歌内在音乐结构的哲学本质；第五章阐述了汉语诗歌的音乐历程。“下篇”以《燕燕歌》《候人歌》《诗经》《楚辞》、部分“五言诗”、词、曲作品等为例，分析了这些具体作品中的音乐构成元素和方法，以及这些音乐元素对诗歌意义的相应相生问题。[①] 沈亚丹以历史和哲学的角度对诗歌的如何言说进行了深入的探讨，具有以史论诗乐的特点，将音乐与诗歌关系梳理得较为清楚，但于明代诗声理论却没有直接触及，故而对明代诗声理论的具体范畴和明代的诗声特色涉及不多。

刘方喜《声情说——诗学思想之中国表述》以“声情”这一极具民族特色的诗学范畴为基点，以“有限性—超越性”、“体—用”、“天一人”为基本理论模式，对语言活动中“形式”与“意义”的关系这一难题，从诗学、语言学、美学、哲学等层面作出了“中国

① 沈亚丹：《寂静之音——汉语诗歌的音乐形式及其历史变迁》，上海人民出版社2007年版。

式解答”。[①] 其认为，“声情”乃是与“意象”有同等重要性的汉语诗学的基本范畴，与“神韵”一起构成了汉语诗学的形式范畴系统，而声情茂美、意象丰富、神韵灵动则是汉语诗歌基本的民族特色和文化精神特性。《声情说——诗学思想之中国表述》对汉语古代诗歌及其理论、汉语现代诗学、文学基础理论、语言哲学意义理论及哲学相关理论等研究有重要启示，对中国诗学中的声、韵、情、神等关系的把握可谓精深，但基本局限于“声情”这一线索，对明代诗声的其他范畴和层面较少涉及。

任半塘《唐声诗》主要从音乐和舞蹈的制作与演奏方面，对唐代五言、六言、七言近体诗及其少数变体进行了研究，并涉及变文和后代南曲“滚唱”、弹词“开篇”等多种吟唱近体诗的曲艺。“上编”阐述理论，广泛评论了古今中外多种有关声诗见解的得失，从文学、艺术史的角度提出多方面的问题；“下编”分析唐、五代入乐入舞并有调名和传辞丰世的齐言诗共 134 调、155 格，分别就辞、乐、歌、舞和杂考等方面详细考订。[②] 该书涉及的领域及取得的成果，具有开创性的意义和较高的学术价值。虽然任著对唐代以近体诗为代表的有声之诗进行了全面、系统的理论与文献的疏证，厥功甚大，但该著主要是从声诗这一类型的角度出发，虽涉及部分诗声问题，但也是浅尝辄止，特别是未直接切入明代诗声理论。

易闻晓《中国古代诗法纲要》从题意、篇法、字法、句法、属对、用事、脱化、声律、用韵、手法十个方面对古代诗法进行了系统研究，[③] 与诗声理论之关系紧要，但断限不在明清两代，故对明清诗声理论提及不多。

---

① 刘方喜：《声情说——诗学思想之中国表述》，知识产权出版社 2008 年版。

② 任半塘：《唐声诗》，上海古籍出版社 2006 年版。

③ 易闻晓：《中国古代诗法纲要》，齐鲁书社 2006 年版。

值得一提的是，罗宗强的《明代文学思想史》、袁震宇与刘明今的《明代文学批评史》、陈国球的《唐诗的传承：明代复古派唐诗论研究》、廖可斌的《明代复古运动研究》以及黄卓越的《明永乐至嘉靖初诗文观研究》与《明中后期文学思想研究》等均是对明代文学观念进行研究的专门著作，其中虽无关于诗声理论的直接阐释，但它们对明代文学观点、概念的研究阐发，对本文关于明代诗声理论的研究有一定参考意义。

3. 论文方面

涉及明代诗声理论的相关论文较多，略述如下。

一是直接以明代诗论家诗声理论为讨论对象的论文。如翟勇的《“听之金声玉振”——谢榛对诗歌音乐美的追求》、孙春青的《高棅“声律纯完”说辨析》、胡建次的《陆时雍诗歌批评对“韵”、“趣”、“味”的运用与阐说》、陶水平的《试析王夫之诗学“诗乐一理”论》与《王夫之诗学“声情”论析要》、张佳音的《“体格声调”与“兴象风神”的兼容共生——论胡应麟的诗学观念》、西口智也的《郝敬的诗经观与“志”、“辞”、“声”论》、邓新跃的《论李东阳以声辨体的诗学思想》、陈昌云的《李攀龙“视古修辞，宁失诸理”说的历史解读——兼论七子派的散文文体观念》、李树军的《王世贞的“才、思、调、格”的文体意义》，等等。这些论文的一致处在于：通过发掘具体诗论家的诗学观念，以一种具体而微的阐述方式达到对他们诗学思想的透视，所论与诗声关系紧密，是一种诗声理论的提炼。

二是关于明代诗声理论背景的讨论。日人平田昌司《音起八代之衰——复古诗论与元明清古音学》从渊源关系上把握，认为吴棫和朱熹的音韵观念影响了明代诗学观念的产生，也促生了明代诗声研究的蓬勃开展。陈文新《明代诗学论诗乐关系》虽为一篇短文，但直接呈示了明代诗学中注重诗的音乐性的问题，列举了李东阳、谢榛、何景明、李维桢等人诗学中的诗声观念。杨艳香《明代声诗及其学术背景》的立足点为诗的一种类型——声诗，该文抓住了诗之声作为诗的一种重要表现形式来论述，沟通了诗与音乐的关系。

三是关于明代诗声理论的某个侧面。它们或为期刊论文，或为硕博论文，但都有的放矢，以诗声理论的一个侧面为中心进行研究。有的从诗的句法角度来探索，如张玉欣的《明代诗歌句法理论初探》等；有的从辩体与诗法之关系为视角来检察，如汪群泓的《诗法诗格与明代诗歌辨体批评之关系》等；也有从诗歌用韵的角度来看的，如李莎莉的《明代江西诗人用韵研究》等。以上论文都对诗声理论有所申发或提示。

以上从专门研究著作、相关研究著作和相关研究论文三个方面对明代诗声理论的现有成果进行了简单梳理。这些著作和论文对于本书的展开有非常重要的作用。另外还有一些著作亦对本书提供了理论方面的支持，如王力的《汉语诗律学》、汪涌豪的《中国文学批评范畴及体系》、杨仲义和梁葆莉的《汉语诗体学》等，它们虽不是对明代诗声理论的直接研究，但却是与之密切相关的重要诗学著作，其中的方法或理论都可为本书提供基础性的参鉴作用。

总的来说，明代诗声理论很丰富，但目前对它的研究总体上还较为零散而不够深入，还需要更为系统而深入的研究揭示其更完整的面貌、内涵及其所蕴含的诗学精神与意义。

二　研究进路与内容

明代诗声理论研究是一个牵涉面很广的命题，涉及古典诗学、哲学、美学、语言学、音乐学、曲学、词学、文献学等领域的基础知识和理论，展开此项研究有不小的难度。本书将在努力把握此诸学科的基本知识和理论的基础上，认真分析明代诗学批评理论著作中的相关观点，联系时代环境、文学发展历程和各体文学的发展概况，发掘明代诗声的主要范畴和主要观念，以观念、范畴和具体诗论家的诗学理论相结合、诗学与语言学相结合、诗学与音乐学相结合的方式把握明代诗声理论的发展历程。

诗学的贯通是此命题本身的需要。明代诗声理论是中国诗学的重要组成部分，借助一般诗学理论和中国传统诗学理论对明代诗声理论进行学理阐释是本研究的第一步工作，也是主要工作。

哲学与美学是文学的基础，文学很多时候亦是哲学与美学的载体。柏拉图的《理想国》是著名的哲学论著，亦何尝不是美学名著，亦何尝不是文学经典！诗学的研究必须依靠哲学与美学的溯源推究与理性思考，诗学才更有益于人类的诗性智慧与“化成天下”之价值的彰显。

诗是语言的，虽不是日常语言，但诗歌语言是按照一定的逻辑建构起来的。海德格尔说：“纯粹地被说出的东西就是诗。”① “被说出的东西”当然是语言，诗是语言的。被说的语言是有声的，诗的语言是无声的，两者有着共同的语言本质，是人存在的体验与对自然、社会的认知。从语言学来看，形式语言学与诗的构成就有较大关系，而语言学中语音学的理论亦有助于诗声理论的研究。明代音韵学研究取得了不俗的成绩。把握音韵学的基本知识与理论对于理解诗声理论也有着重要的作用。

音乐是声的某种秩序性组合，故而音乐与声的关系是十分紧密的。诗声亦是声，与音乐学中的声有共通之处，音乐学的理论借鉴于本书必须存在，失去了音乐学的理论支持，诗声理论的研究将有一个学科支撑的缺憾。

---

① ［德］马丁·海德格尔：《人，诗意地安居》，郜元宝译，张汝伦校，广西师范大学出版社2000年版，第59页。

明代诗声理论不仅存在于诗学文献中，还存在于词学与曲学中。词乃诗之余绪，与诗有根源上的关系；曲的可歌性更加明显，注重表演与歌唱。应该说，词与曲皆与音乐有不解之缘，特别是部分词论与曲论中，有大量的诗声理论存在其中。所以，贯通诗声理论与词学、曲学对理解诗声理论具有重要的补益。

文献是所有研究的前提，其重要性不言而喻。明代诗学文献堪称浩繁，其涉及诗声理论的文献繁多，如史学、哲学、曲学、音韵学、美学、词学等，对这些学科中相关文献的检察必不可少。对诗话类诗学文献的确证亦是最重要的事情之一，文献的真实是挖掘其诗学精义的前提。

当然，除了对这些学科的借鉴，明代诗声理论的研究还会旁涉其他，由于其重要性稍逊，这里不再一一细说。在利用以上学说进行研究的过程中，由于客观原因的限制，其借鉴的程度各不相同，也各有侧重。

本研究考察明代诗学中诗声的相关理论，以及它与文学发展、思想思潮等的关系，具体包括以下几个方面：

一是明代诗声理论的背景考察。明代诗声理论的特色不仅源于明代诗学本身的丰富性，源于中国诗学本身合乐的特点，源于前代诸如严羽、郑樵等人相关话语的发扬，还源于元代音乐文学的蓬勃发展，等等。从政治经济背景来看，明代帝王有重视音乐的传统，他们的推崇及取得的成绩是明代诗学诗声理论繁盛的重要原因。而经济大发展下民间文学的兴起也在一定程度上促进了音乐文学的繁荣，这与诗声理论有直接关系。

二是明代诗声理论系统性的考察。系统性是指明代诗学中诗声理论的层面，这些层面在明代诗学文献中有较强的系统性，是明代诗声理论的主要构成。如声气关系、声义关系、声情关系、声形关系等。

其他如句法论，节奏论以及相关诗声范畴的研究也稍有涉及，虽未深入展开且未系统呈现，但也是本命题涉及的重点。

三是明代诗论家的诗声理论的考察，这是本文的重要内容。明代诗学非常重视对诗声问题的理论探讨，形成了丰富的诗声理论，如杨士弘的“审音律之正变”说，高棅的“声律纯完”说，李东阳的“以声辨体”与以声选诗，谢榛的“求声调”说，李梦阳的“真诗乃在民间”、王世贞的体格法，胡应麟的“体格声调”说、郝敬的“诗主声”说、陆时雍的“神韵”论、王夫之的“诗乐理一”说，等等。以上是明代诗声理论中最重要的内容。另外，还有李攀龙的“修辞宁失诸理”、陈子龙的“格调优先”、方以智的“中边”，等等。这些虽未成为本文个案讨论的对象，但也是明代诗声理论的有机组成部分。

三 研究方法

1. 文本细读

“文本细读”是英国新批评的文学研读方法，结合中国古典诗学语境与本论题的范围，本文的“文本细读”有不同之处，具体而言包括以下两个方面：一是新批评式的文本细读。这种方法虽或为后人所诟病，[①] 但由于本论题以诗声为核心要素来研究，新批评所涉及的语义、语法、语音、音位、节奏、格律等形式要素均与诗声有直接关系，故运用新批评文本细读的批评方法是本文的需求。二是对明代或其他时代相关诗声理论著作的文献细读。“明代诗声理论研究”所涉

① “文本细读”要求读者或批评家通过认真阅读原作，反复推敲，分析结构，多层次、多角度地研究语义、语法、语音、音位、节奏、格律等形式要素，关注比喻、张力、反讽、悖论、复义等诗歌修辞要素，以期全面地把握和阐释作品的意蕴。故《新批评文集》的编者赵毅衡曾作较为公允的评价：“细读式批评（close reading），是新批评派创造的一种具体批评方法，这是一种狭隘的形式主义方法，但由于集中精力于诗歌的语言和结构本身，所以有时能道人所未道。”（《“新批评”文集》“前言”，中国社会科学出版社 1988 年版，第 7 页）

及的主要文献为明代诗话、明代诗学批评资料（此内容较丰富），对这些文献的细读是发现并研究明代诗声相关理论的前提。同时还需要阅读文论、词论、曲论等方面的资料，这些文献中或有涉及诗声的理论，虽不能全部细读，但要抓住其中有代表性的文献如《明文海》《曲律》等进行细读，这样既可以发现其他体裁与诗声理论的关系，亦可以防止学术上的挂一漏万。

2. 推源溯流

每个文学观念都存在于一定的文学传统之中，每一个诗论家不仅不可能拒斥前人的影响，也必然会对其同时代或后人产生影响。文学的发展，从一定意义上说，就是文学家彼此联系、血脉相承的历史发展。章学诚《文史通义·诗话》曰："论诗论文，而知溯流别，则可以探源经籍，而进窥天地之纯，古人之大体矣。此意非后世诗话家流所能喻也。"[①]"溯流别"要求诗论家建立前后的继承关系。"明代诗声理论研究"的源头可以从中国诗乐合一的传统审美要求见出，也可从《左传》"季札观乐"、"乐记"的音乐观、郑樵"诗以声为贵"等中见到其对明代诗声理论发展的影响。另外，对明代诗声理论的部分范畴和主要问题的分析均需要从历时的角度考察以发掘其价值与意义。

3. 比较分析

通过比较分析以达到发掘明代诗声理论的独特价值。中国诗学发展漫长，理论与范畴杂多，但对同一问题的重复阐释也是中国诗学的一个特点。诗声理论不仅存在于明代诗话与诗学典籍中，还存在于其他时代的文献中，有关的理论与范畴因时间的不同、语境的不同、提出者的不同，而存在不一样的特质，对这些前后相续、前后各异的诗声理论与范畴的比较分析，可见其于明代诗学不同的意义与特色，也

① （清）章学诚：《文史通义》第2册，上海书店1988年版，第75页。

能找到明代诗声理论的价值所在。

4. 文献考证

文献考证以达到所有明代诗声相关理论的材料是真实可靠的目的，如此才是一种科学的学术态度。材料的真实性是展开此研究的前提。离开文献或者误用文献的诗学研究，都经不起学术的推敲与考验。语言学家鲁国尧曾说："凡是做有关中国的各种学科的历时研究，几乎都要使用'历史文献考证法'，而且无不取得显著成效，这说明'历史文献考证法'是锋利的武器。"[①] 明代诗声理论研究不仅是理论研究，也是文献本身的研究。文献的真实可靠将有利于对具体诗声理论的意义与价值的发掘。

5. 学科融合

"明代诗声理论研究"论题与哲学、美学、词学、语言学、戏曲学、音乐学等学科有较大的理论牵连，这是本命题应有的最基本认识。哲学为本命题提供了方法论的支持，美学能更好地发掘诗歌的声音美与音乐美，词学与诗学的共性研究使诗歌的声音理论更加具体，语言学的声律理论、字句规律等都能有助于阐述诗歌的声音，等等。结合以上学科的知识，整体考察明代诗声的背景与发展源流，为明代诗声理论的精细、微观、系统研究提供更多其他学科的理论支持，这是本命题研究之必然。

第三节　论题价值与意义

20 世纪七八十年代，明代诗学渐入学人眼界，以前明代诗学不值一提的陋见得到了纠正。从十多年前陈文新的《近二十年来明代

① 鲁国尧：《论"历史文献考证法"与"历史比较法"的结合》，载《鲁国尧语言学论文集》，江苏教育出版社 2003 年版，第 181 页。

诗学研究综述》一文看，明代诗学研究已取得较好的成绩。[①] 经过十多年的发展，明代诗学的研究已今非昔比，其研究宽度得到了进一步拓展，诗学与文化、经典、文献（包括选本）等关系的研究异军突起，其研究深度也得到进一步挖掘，诗学中的句法论、声律论等都得到了一定程度的发见。故《文学遗产》2011 年第 3 期“明清诗文研究笔谈”中石雷等学者认为明代诗文研究取得了显著的发展。然而，现有的诗学中对字法论、句法论、声律论等精细化研究的立足点多偏离了发掘明代诗论家诗声理论的研究方向，这为本论题的展开提供了另一种可能。

结合论题研究内容与方法，本论题的价值与意义主要在于以下几端：

一是从一个特定的角度促进构建完整、全面的明代诗学，并进而使中国诗学更加丰实。中国诗学有其复杂性，也有其多样性，每位相关学者的研究都在为中国诗学的完整建构添砖加瓦。明代诗学的研究亦是如此，从任何可能的一个角度进行的研究都可促进明代诗学的整体构建。“明代诗声理论研究”从新的视角——诗声理论来系统梳理明代诗学的发展历程，此一研究当可成为明代诗学整体研究中的一个重要而有机的构成。可以说，明代诗声理论的较好研究可以让明代诗学的全面性、完整性得到更好的展示，也可为确立明代诗学在中国诗学史上的位置提供真实而丰厚的依据。

二是充分了解明代诗论家的诗学思想。本论题从诗声的角度切入明代诗学研究，这种切入是一种精细化的研究。蒋寅曾说：

---

① 陈文新：《近二十年来明代诗学研究综述》，《青海社会科学》2001 年第 1 期。该文从三个方面作了研究综述：一是对明代诗学主要流派的研究；二是对明代诗学主要范畴或术语的研究；三是探讨哲学与诗学之间的联系。

"实则研究课题的专门化和细致化是学科发展成熟的标志，也是学术深度的体现。"① 抓住每位诗论家对诗声问题的讨论进行专门化、精细化、纵深化研究，挖掘其中蕴蓄的诗学精义。在此基础上，联系以往诗论家的诗学思想与其诗声理论的联系，并建立起它们的逻辑关系。只有从纵深处挖掘出这些诗声理论的精义，才能更全面了解他们的诗学思想，从而更好地理解明清诗学乃至中国诗学。

三是推动文学与音乐的互动研究。诗歌本身即隐藏着诗与歌两个命题，对诗的音乐学研究是其本身的需求。对明代诗声理论的研究即包含了对音乐与诗之关系的研究，而对音乐与诗的研究能促使人们更好地理解诗，也能促使人们更好地理解音乐。

四是文献学意义。文献的考察是进行科学研究的前提。在阅读考察的基础上，本论题将对明代诗声理论的相关文献详细分类与论述，如此考察的价值不仅在于类化诗声理论相关的文献，还在于使哲学、美学、音乐学、语言学、词学、曲学等文献中相关诗声、相关音乐的部分得到更好的梳理与提炼，这于明代诗学的进一步研究，或是中国诗乐关系问题的研究有积极的意义。

总之，明代诗学理论非常丰富，其中的诗声理论也非常突出。研究明代诗声的相关理论是一种微观、纵深、精细研究，有利于较为细致、完整地厘清明代诗学的发展脉络，弥补当下明代诗学此一方面研究的不足，这也将有益于中国古代文论中诗声理论的进一步研究，也有益于当代有中国特色文学理论体系的建设。进一步说，经很好彰明后的中国传统诗声理论，对中国当代诗歌的理论总结与创作实践也将会有一定的启示和指导作用。

---

① 蒋寅：《古代文论研究的回顾与前瞻》，《文学遗产》2008 年第 1 期。

第一章

明代诗声理论的繁盛及其原因

第一节　历代诗声理论发展简况及明代诗声理论的繁盛

明代诗声理论的繁盛在一定程度上是历代诗声理论合力的结果。本节以历代诗声理论的发展情况为讨论重点，通过历时的考察对比以呈现明代诗声理论繁盛的独特性。

一　先秦至魏晋的诗声理论

先秦与秦汉时期，诗歌的创作有较高成就。由于文学发展的客观规律，人们还未能自觉地进行诗歌理论的总结，有关诗声的理论的提出就更不可能。在此时期，人们多集中讨论与诗声理论关系较近的音乐与文学的关系（以诗乐关系为主）、心声、声音乐关系等问题。

《尚书》曰："诗言志，歌永言，声依永，律和声，八音克谐，无相夺伦，神人以和。"① 这句话被后代以丰富且繁多的解释，笔者以为其主旨不离诗、乐的关系。"诗言志，歌永言，声依永，律和

① 郭绍虞主编：《中国历代文论选》第1册，上海古籍出版社2001年版，第1页。

声”不仅在说音乐的声音、乐律、歌唱，也在说诗的言志、诵读、节律及内存的声音之美。所以，只有诗与音乐之中的各种音（八音）相互克服且和谐地共存就能“神人以和”。《尚书》中的这一观念强调了诗歌中处理声音的方法及其与音乐之声音的关系，是先秦诗歌与音乐的本质认识，同时也说明声、律、歌是诗歌的必要组成部分。

《荀子·乐论》曰：“《诗》者，中声之所止也。”杨倞注：“诗，谓乐章，所以节声音，至乎中而止。”王先谦认为：“下文诗、乐分言，此不言乐，以诗、乐相兼也。”① 郭绍虞先生也说：“这似乎只说到诗的风格，然而却也与乐理相通。这是他对于诗所下的定义，同时也是他对于乐所下的定义。”② 从后人的解释看，荀子之论的意义不外乎这样几点：一是诗歌与音乐之理是相通的，从这个角度说诗乐合一；二是诗是有声音的，这种声音包含讽谕等各种情感特点，荀子的“中声”要求诗歌的声音是中和之声，有温柔敦厚之致。③ 荀子讨论的立足点是《诗经》及与之类似的诗歌作品，故可知他强调诗歌需像《诗经》一样，有自然讽谕之声音，同时这种声音必须依违讽谏，符合儒家温柔敦厚的审美追求。

《吕氏春秋》曰：“昔葛天氏之乐，三人操牛尾，投足以歌八阕：一曰载民，二曰玄鸟，三曰逐草木，四曰奋五谷，五曰敬天常，六口达帝功，七曰依地德，八曰总禽兽之极。”④ 此处关于“八阕”是诗还是音乐的争讼较多。无论从“八阕”后面表达出的八类意义看，

---

① （清）王先谦：《荀子集解》，沈啸寰、王星贤点校，中华书局1988年版，第11—12页。

② 郭绍虞：《中国文学批评史》，上海古籍出版社1979年版，第21页。

③ “中声”在先秦一般指中和之声。《左传·昭公元年》曰：“先王之乐，所以节百事也，故有五节，迟速本末以相及，中声以降，五降之后，不容弹矣。”杜预注：“此谓先王之得中声，声成，五降而息也。”杨伯峻注：“宫商角徵羽五声，有迟有速，有本有末，调和而得中和之声，然后降于无声。”《国语·周语下》曰：“古之神瞽，考中声而量之制。”韦昭注：“考，合也，谓合中和之声。”

④ 许维遹：《吕氏春秋·古乐》卷5，北京市中国书店1985年版。

还是从歌与词的合一性看，《吕氏春秋》都可说明诗乐的共通性。除此外，《吕氏春秋》谈音乐的篇章还有《大乐》《侈乐》《适音》《古乐》《音律》《音初》《制乐》等，这些论述大致说的是音乐各方面的问题，包括音乐的来源、本质、规律、审美标准，等等。《吕氏春秋》的编者虽然没直接说明音乐的这些焦点与诗的相关内容是一致的，但从“诗乐理一”的角度来说，正说明音乐的来源、本质、规律（音律）等皆与诗歌在声上有较大的共通。

《毛诗序》将《尚书》中的说法发挥得更为详尽：“诗者，志之所之也，在心为志，发言为诗。情动于中而形于言，言之不足故嗟叹之，嗟叹之不足故永歌之，永歌之不足，不知手之舞之足之蹈之也。”① 诗言志来源于情动于中并形于言。在言之不足的前提下，诗歌通过诵读、嗟叹、咏歌来抒发心志。这一观点说明诗歌不仅是表志、表情的，还与音乐一样有富于规律的声音系统，这从一个侧面说明诗有声且与音乐是合一的。

《乐记》对音乐的发生机制、根源等问题进行了较为详细的阐述，也提及了诗歌与音乐的关系。《礼记·学记》曰：“诗是乐歌。”② 从文献内证的角度看，诗是可以诉诸音乐的歌。这说明音乐之声、音、乐的层次划分也在一定程度上适用于诗歌，同时音乐的生成机制——“凡音之起，由人心生也。人心之动，物使之然也。感于物而动，故形于声。声相应，故生变，变成方，谓之音。比音而乐之，及干戚羽旄，谓之乐”——也适用于诗歌的生成机制。③《乐记》表现出诗、乐、舞相统一的观念，也在一定程度上提出了诗歌与音乐在机制或生成原理等方面有一致性。

---

① 郭绍虞主编：《中国历代文论选》第1册，第63页。

② （汉）郑玄注，（唐）孔颖达疏：《礼记正义》，载李学勤主编《十三经注疏》，北京大学出版社1999年版，第1058页。

③ 吉抗联译注，阴法鲁校订：《乐记译注》，音乐出版社1958年版，第1页。

可见，秦汉以前围绕诗歌声音的讨论大多从音乐的角度切入，分析诗歌声音的生成原因、机制及相关内容。统而察之，先秦的诗声主要通过诗乐关系来讨论，并且诗乐合一是这一时代诗歌的审美追求。正是因为这种讨论，后来的诗声理论才得以发展，从一定程度上说先秦时期关于诗歌声音的阐述是中国诗声理论的准备期。

魏晋南北朝时期，人们自觉地进行诗歌的创作，发现了诗歌声音的审美价值，并从理论上进行了研究总结。沈约和刘勰的相关研究可作为魏晋南北朝时期诗声理论研究的代表。前者集中在诗歌的声律讨论上，后者较全面地探讨了诗、声、乐的关系。

沈约的声律论主要从以下两个方面展开。一是关于四声八病的讨论。四声即平、上、去、入，四声分平仄，平为平，上、去、入为仄。八病即平头、上尾、蜂腰、鹤膝、大韵、小韵、旁纽、正纽。“平头”指第一字、第二字不得与第六字、第七字同声（同平、上、去、入）。“上尾”指第五字不得与第十字同声（连韵者可不论）。“蜂腰”指第二字不得与第五字同声，言两头粗，中央细，有似蜂腰。“鹤膝”指第五字不得与第十五字同声，言两头细，中央粗，有似鹤膝。“大韵、小韵、旁纽、正纽”不再详述。后代近体诗的创作大体都遵循了沈约提出的这些调整诗歌字声平仄等方面的原则。可见，沈约四声八病说对诗歌后来的声律实践有非常大的影响。二是沈约提出诗歌声律的总原则。《宋书·谢灵运传》曰：“夫五色相宣，八音协畅，由乎玄黄律吕，各适物宜。欲使宫羽相变，低昂互节，若前有浮声，则后须切响。一简之内，音韵尽殊；两句之中，轻重悉异。妙达此旨，始可言文。”① 这要求诗歌五音相错、八音克谐。并且进一步提出一句之中音韵尽殊、两句之中字音的轻重也要不同。沈

① （南朝）沈约：《宋书·谢灵运传》，第1779页。

约如此要求的目的就是要使诗歌的声音既有各种声音的差异性存在，又使不同的声音圆融地统一起来。

刘勰《文心雕龙·声律》中有一段话与沈约诗歌声律的总原则较为接近："凡声有飞沉……沉则响发而断，飞则声扬不还，并辘轳交往，逆鳞相比；迕其际会，则往蹇来连，其为疾病，亦文家之吃也。……异音相从谓之和，……和体抑扬，故遗响难契。"① 结合起来阅读，沈约与刘勰的声律要求的最终目的就是要声音之"和"。张国庆先生说："将和（和谐）作为追求目标高调地清晰地标示出来，这是刘勰超越时人（包括沈约）的特殊之处，也是他对齐梁乃至中国古代诗文声律理论作出的非常重要的贡献。"② 刘勰的处理方法主要从因声求气、因气求声、因情求声展开。③ 当然，刘勰对于诗乐关系也有明确的态度："诗为乐心，声为乐体。"④ 刘氏之论一方面说明诗在音乐中的重要地位，另一方面也说明诗与音乐的关系非常近。同时，"声为乐体"强调了声在诗歌与音乐中的价值和核心地位。从理论内涵、刘论与沈约之论的不同和自家的独创理论建树看，刘勰的声律理论多有创新。张立斋《文心雕龙注订》说：

> 惟自魏有李登《声类》之书出，则文章声律之说乃宏；自梁沈约以后，则文章声律之说乃精；自彦和此篇之说出，则文章声律之说始大定。于是唐宋人士之于散骈，后人读之无不铿锵者，具见其势之洪涛焉。⑤

---

① 周振甫：《〈文心雕龙〉译注》，第476页。

② 张国庆、涂光社：《〈文心雕龙〉集校、集释、直译》，中国社会科学出版社2015年版，第612页。

③ 王毓红：《刘勰协调声律的基本方式》，《长江学术》2008年第4期。

④ 周振甫：《〈文心雕龙〉译注》，第133页。

⑤ 张立斋：《文心雕龙注订》，国家图书馆出版社2010年版，第292页。

可见，沈刘的声律理论是非常卓著的，影响也是巨大的。张国庆先生说："以沈、刘之说为代表的齐梁声律理论及其声律实践，为中国诗歌从非人工格律（自然声律）向人工格律的发展做出了重大贡献。"[①]

总之，秦汉以前的文论关注诗歌与音乐的关系，并把声音作为审视诗歌之美的重要途径，同时，以研究音乐为前提，它们多把目光投向心声关系、声物关系、声音与政治关系等音乐各层面的问题。魏晋南北朝以来，逐渐有文人或诗论家对诗歌的声音进行了直接的研究，深入到具体的诗歌声音实践。对于诗歌创作，他们既从安排诗歌的平仄、声韵等具体技法方面提出了要求，更集中讨论了诗歌声律的基本原则，还有诗歌声音与诗歌其他因素的关系的研究，体现出较全面且有一定深度的诗声理论的研究视野。他们的讨论，具有明显的开创性意义。

二　隋唐的诗声理论

隋唐的诗声理论集中在近体诗声律方面，其中又以诗格为主要内容。

唐代虽然没有严格意义上的诗话著作，但有较多讨论诗法的著作，如遍照金刚《文镜秘府论》以及不少"诗格"类著作，如旧题王昌龄的《诗格》、旧题贾岛的《二南密旨》、崔融的《唐朝新定诗格》、僧齐忆的《新定诗格》、郑谷等的《风骚旨格》、王罗简的《诗格要律》，等等。张伯伟的《全唐五代诗格汇考》共收录了唐代诗格著作 29 本，在《诗格论》中，张先生对比唐代及其他时代的诗格的出现情况及贡献后得出结论：唐代的诗格类著作数量及质量都数上乘，其后的诗格类著作多向诗法类著作转向。[②]

《文镜秘府论》是日僧遍照金刚唐朝期间来华学习回国后所作的详

① 张国庆、涂光社：《〈文心雕龙〉集校、集释、直译》，第 613 页。

② 张伯伟：《诗格论》，载《全唐五代诗格汇考》，江苏古籍出版社 2002 年版，第 1—43 页。

细研究诗法的专著。卢盛江说："日僧空海编撰于一千多年前的这部书，保存了大量中国已佚的诗文论著作，这些著作其时限上至西晋，下至中唐。就这一时期文学批评史而言，其分量和价值，可以说仅次于《文心雕龙》，而就声律诗病和诗文作法而言则又过之。"[①] 具体看《文镜秘府论》的目录，其中"天卷"下"调四声谱"、"调声"、"诗章中的用声法式"、"八种韵"、"四声论"等章节的论述都有关诗歌的声音，另外，"地卷"、"西卷"中的部分内容也与诗歌的声音有关。

唐代的诗格类著作，主要涉及的内容就是如何作诗，特别是如何处理诗歌声韵问题的方法。张伯伟说："'诗格有两个盛兴的时代，一在初盛唐，一在晚唐五代以至宋代的初年。'……初盛唐的诗格，在内容上大多是讨论诗的声韵、病犯、对偶及体势。"[②] 有学者指出："从上官仪《笔札华梁》到旧题魏文帝《诗格》，所关注的声调问题仍拘于齐梁以来的八病。迄元兢《诗髓脑》，将四声简化为平和上去入两类；将苛繁的病犯标准放宽，而且指出了一联之内相对、两联之间相粘的关键规则，从而集中反映了唐人在声律方面的核心进步。"[③] 这些都说明诗格在研究创作方法时多把目光聚焦在诗歌的声律上，与诗歌的声音有很大关系。

需要特别指出的是，《文镜秘府论》与唐代一系列的诗格著作中有关诗歌声音的讨论大多从继承沈约四声八病的要求出发，也就是从创作角度出发，故其初衷在于更好地创作诗歌，并不是以诗歌理论的提出为目的。

在诗格类著作之外，另有一些唐人从声音的角度提出了较为重要的诗歌理论。

---

① 卢盛江：《关于〈文镜秘府论〉的研究》，《山西大学学报》（哲学社会科学版）2007 年第 1 期。

② 张伯伟：《诗格论》，载《全唐五代诗格汇考》，第 5—7 页。

③ 李利民：《王昌龄〈诗格〉——唐代诗格的转折点》，《湖北社会科学》2006 年第 7 期。

在诗论方面，陈子昂明确地提出有关诗歌声音的要求："一昨于解三处见明公《咏孤桐篇》，骨气端翔，音情顿挫，光英朗练，有金石声。遂用洗心饰视，发挥幽郁。不图正始之音，复睹于兹，可使建安作者相视而笑。"[①] 陈子昂对东方左史虬《咏孤桐篇》赞叹为"音情顿挫，光英朗练，有金石声"的推许，表现了陈氏把诗歌平仄结合、音情顿挫作为衡量诗歌非常重要的标准，同时也表达出陈氏对诗歌声音的高度重视。

殷璠的诗声理论在唐代有较强的代表性，其注重声律与风骨的双重审美标准，与陈子昂的思想有相似处。其《集论》曰：

> 昔伶伦造律，盖为文章之本也。是以气因律而生，节假律而明，才得律而清焉。宁预于词场，不可不知音律焉。……夫能文者，匪谓四声尽要流美，八病咸须避之，纵不拈缀，未为深缺。[②]

殷璠的讨论与四声八病有关，采取的态度是批判。其强调为文不可不注意音律，但过于强调声音就易陷入四声八病的诗弊中。同时，他提出选诗的重要标准："既闲新声，复晓古体；文质半取，风骚两挟；言气骨则建安为传，论宫商则太康不逮。"[③] 殷氏在古体与新声之间找到了评价诗歌的两个标准：气骨与宫商。前者是质，后者是文。换句话说，他要求诗歌不仅在内容上有充沛的情感，在形式上还应有美听的艺术效果，即"文质半取"，就质言，要意新、有气骨；就文言，要语奇、声律宛态。殷璠喜欢用声评价诗人，如评刘昚虚时云"顷东南高唱者数人，然声律宛态，无出其右"[④]；评殷遥时云"遥诗

① 郭绍虞主编：《中国历代文论选》第2册，第55页。
② 王克让：《河岳英灵集注》，巴蜀书社2006年版，第4页。
③ 同上。
④ 同上书，第84页。

闲雅，善用声”[①]。这些以声律、声为评价标准是殷氏注重诗歌声音的表现。

另外，很多文人或诗论家以声韵为阐述对象，如皎然云：“明四声——乐章有宫商五音之说，不闻四声。近自周颙、刘绘流出，宫商畅于诗体，轻重低昂之节，韵合情高，此未损文格。沈休文酷裁八病、碎用四声，故风雅殆尽。后之才子，天机不高，为沈生弊法所媚，懵然随流，溺而不返。”[②] 元稹《上令狐相公诗启》曰：“居易雅能为诗，就中爱驱驾文字，穷极声韵，或为千言，或为五百言律诗。”[③]《唐故工部员外郎杜君墓系铭》曰：“沈、宋之流，研练精切，稳顺声势，谓之律诗，由是而后，文体之变极矣。”[④] 这些观点较为零散，但也反映出他们从为文或为诗的角度对声音的重视。

从诗乐关系的角度阐述诗声理论也是唐代诗声理论的一个侧面。《乐书要录》曰：“声者音之质，音者声之文，非质无以成文，非文无以成乐。但声不独运，必托于诗。诗者阳之声，乐者阳之器也。故声之和也，则水石润色；声之悲也，则风云暴兴，乐之克谐，以声为主。”[⑤] 孔颖达云：“大庭、轩辕疑其有诗者，大庭以还，渐有乐器，乐器之音，逐人为辞，则是为诗之渐，故疑有之也。……大庭有鼓籥之器，黄帝有《云门》之乐，至周尚有《云门》，明其音声和集。既能和

---

① 卞孝萱：《殷璠〈丹阳集〉辑校》，载《唐代文史论丛》，山西人民出版社 1986 年版，第 141 页。

② 李壮鹰：《诗式校注》，人民文学出版社 2003 年版，第 14 页。

③ （清）傅云龙、吴可主编：《唐人文集》卷 2，载《唐宋明清文集》（第 1 辑），天津古籍出版社 2000 年版，第 1198 页。

④ 黄霖、蒋凡主编：《中国历代文论选新编（精选本）》，上海教育出版社 2008 年版，第 144 页。

⑤ （唐）元万顷、范履冰等编：《乐书要录》，载文化部艺术研究院音乐研究所《中国古代乐论选辑》，人民音乐出版社 1981 年版，第 160 页。

集，必不空弦，弦之所歌，即是诗也。”[①] 以上两文均涉及诗乐合一，但讨论侧重略有不同。前者强调声音的载体是诗或文字，而音乐的和谐需以声为主，这说明音乐与声、诗的关系较紧密，在一定程度上突出了声、诗在音乐中的重要地位；后者认为诗源于乐，但同时又承认“必不空弦，弦之所歌，即是诗”。这些论述以诗乐的关系为讨论对象，较深入地讨论了诗与乐之关系，并把声融在了对诗歌的具体讨论中。

总之，唐代的文人或诗论家进一步自觉关注诗歌声音，他们诗声理论的提出主要是因为诗歌创作的需要，追求声韵的和谐。除此外，也有部分诗论家从不同角度研究诗歌的声音，绍接着前代诗乐合一的观念。

三　宋元的诗声理论

宋代的诗声理论以郑樵之论最系统、最具特色。郑樵云：

> 歌行主声，二体主文。诗为声也，不为文也，……凡律其辞则谓之诗，声其诗则谓之歌，作诗未有不歌者也。诗者乐章也，或形之歌咏，或散之律吕，各随所主而命。……诗在于声，不在于义。[②]
>
> 乐以诗为本，诗以声为用，八音六律为之羽翼耳。[③]
>
> 仲尼所以为乐者，在诗而已。……殊不知乐以诗为本，诗以雅颂为正。……仲尼识雅颂之旨，然后取三百篇以正乐，乐为声也，不为义也。[④]
>
> 夫乐之本在诗，诗之本在声。[⑤]

---

① （汉）毛亨传，郑玄笺，孔颖达疏：《毛诗正义》，载李学勤主编《十三经注疏》，“前言”第4页。

② （宋）郑樵：《通志二十略》，王树民点校，中华书局1995年版，第887页。

③ 同上书，第883页。

④ 同上书，第924页。

⑤ （宋）郑樵：《六经奥论·论诗声》卷3，载《通志》卷75，浙江古籍出版社2000年版，第865页。

综合以上所论，郑樵诗声理论的主旨大致为：第一，诗为声、不为文。郑樵的文指文词，声指诗歌可能的咏叹之声。比较诗文后，郑樵认为，诗的目的不是文字，而是声音。这强调了诗声在诗歌中的重要地位。第二，诗在于声、不在于义。由诗为声不为文、诗在于声不在于义等，可以看出郑樵把诗歌的声音放在了诗歌的文词和意义等因素的重要性之上。第三，在诗乐关系上强调相通性。这体现在“乐以诗为本，诗以声为用”、“诗者乐章也”、“仲尼所以为乐者，在诗而已”等句中。很明显，这些皆是推导出乐为声、诗为声、不为义等观念的前提。可见，郑樵的诗学突出“声贵”，强调声音在诗歌中的优越性。余欣娟以郑樵“诗以声为用”来总结明代诗学的主流观念，[①] 另有多人如任半塘、廖朝琼、唐振宇与石兴莹等对郑樵的诗声理论进行总结。[②] 总的来看，郑樵的诗声理论讨论的范围较为宽广、理论深度也触及诗歌的一些本质问题，呈现出较为完整的诗声理论体系，郑樵的诗学理论突出强调声音在诗歌中的地位和意义，在诗声理论发展史上有着重要的意义。

苏轼、黄庭坚、张耒、黄裳等人也注重从有关诗声的角度进行研究。苏轼的诗声理论主要体现在其追求古乐、欲复原古乐之声的主张以及其琴论中。其《书鲜于子骏楚词后》曰：“鲜于子骏作楚词《九

① 余欣娟《明代诗以声为用观念》（第 129 页）认为：“郑樵提出‘诗以声为用’在于强调‘声义’之重要，其说从‘诗乐合一’的原初状态，指述诗之‘合乐’，而重‘诗声’之‘用’——具有传达情感的功能，以及感化人心之效用。明代诗人确切地承接着这个观念，并且将诗之‘合乐’转移至‘诗体内部’，而以‘声调’起情，达温柔敦厚之教。”廖朝琼：《郑樵“声贵说”刍议》，《福建农林大学学报》（哲学社会科学版）2009 年第 6 期；唐振宇、石兴莹：《郑樵的诗学及其治学精神》，《北方论丛》1997 年第 2 期。

② 任半塘《唐声诗》（第 4 页）认为：“郑氏大呼‘诗为声，不为文’，突出其本质，坚定其本位，对后世诗家已逐渐忘诗之本者，立说极有力！以声为用，乃以用定体也。凡失用之体，可有可无。曰‘诗为声’，乃谓诗之存，仅为其用也。用于众，斯谓之用，用于少数人欣赏而已，非用。诗所以求用之道，固莫要于有声，故郑氏之说不刊！”

诵》以示轼。轼读之，茫然而思，喟然而叹，曰：嗟乎，此声不作也久矣。"[①] 这表现苏轼对楚辞之声的怀念与推崇。实践上，苏轼有时会专注于尝试歌唱前代的诗歌，如将王维的《阳关三叠》改成三调五首。王水照说："根据苏轼词序及其他有关记载，今可考知曾被歌唱过的苏词大约有：《水调歌头》（昵昵儿女语）……及上述《阳关曲》等三调五首。"[②] 苏轼对古乐的重视和对诗声的关注，体现在大量创作音乐诗上。宋晓霭《宋代声诗研究》中有"苏轼音乐诗统计一览表"，共举了66首相关的诗歌。[③] 从创作音乐诗的角度也可说明苏轼对诗声的追求。另外，宋代诗论有追求诗歌"一唱三叹"的传统，[④] 如严羽《沧浪诗话》的"盖于一唱三叹之音，有所歉焉"句；黄庭坚的"乐为诗之美"说；张耒的"诗、曲，类也"之论；黄裳的"或为长短篇及五七言，或协以声而歌之"句，等等，这些皆表现出宋代文人对诗歌声音的推崇。

王灼《碧鸡漫志》是宋代词学、曲学方面谈论诗声较多的著作。其云："故有心则有诗，有诗则有歌，有歌则有声律，有声律则有乐歌。永言即诗也，非于诗外求歌也。"[⑤] 王灼之论有二点考虑：一是心→诗→歌→声律→乐歌的推导路径；二是诗本身是歌，即诗本身包含声音。在此基础上，王灼推崇人为声律，其云："古人初不定声律，因所感发为歌，而声律从之，唐、虞禅代以来是也。余波至西汉末始绝。西汉时，今之所谓古乐府者渐兴，晋魏为盛。隋氏取汉以来乐器歌章古调，并入清乐，余波至李唐始绝。唐中叶虽有古乐府，而

① （宋）苏轼：《苏轼文集》第5册，孔凡礼校点，中华书局1986年版，第2057页。
② 王水照：《唐宋文学论集》，齐鲁书社1984年版，第307—308页。
③ 宋晓霭：《宋代声诗研究》，中华书局2008年版，第272—277页。
④ 徐利华：《论宋代诗论中的"一唱三叹"说》，《中国韵文学刊》2012年第4期。
⑤ （宋）王灼：《碧鸡漫志》卷1，载唐圭璋编《词话丛编》，中华书局1986年版，第73页。

播在声律，则鲜矣。”[①] 王氏最欣赏的是古代的自然感发之歌，因为声律是跟随人之心情生成的。他认为，中唐后虽有人创作古乐府，但其中的自然声律已不多见。可见，王灼在论词曲的过程中不仅关注词曲的声音，还关注诗歌（乐府诗）的声音，并把声音视为诗歌的重要构成之一。

诗乐关系也是宋代的一个重要话题。有学者说：“宋代是继汉代诗、乐分途之后，两者融合的重要时期，其主要表现在于理论层面的诗乐合论。”[②] 欧阳修《书梅圣俞稿后》曰：“古者登歌《清庙》，太师掌之，而诸侯之国亦各有诗，以道其风土性情。至于投壶、乡射，必使工歌以达其意而为宾乐。盖诗者，乐之苗裔与！”[③] 欧阳修的“诗者，乐之苗裔”的论断不是从当前诗、乐两种艺术类型的关系提出的，而是从古乐的角度提出的，符合传统诗乐发展的实际情况。从欧阳修的推论看，其继承了“诗言志，歌永言”的诗学传统，把对诗乐关系的认知提到更高的层次。从一定程度上说，欧阳修的“诗者乐之苗裔”论从道风土性情、以达其意的角度更好地阐释了诗乐的合一性。沈括《梦溪笔谈》有《乐律》（一）、（二），其中有云：“古诗皆咏之，然后以声依咏以成曲，谓之协律。……故治世之音安以乐，则诗与志、声与曲，莫不安且乐；乱世之音怨以怒，则诗与志、声与曲，莫不怨且怒。此所以审音而知政也。诗之外又有和声，则所谓曲也。古乐府皆有声有词，连属书之，如曰贺贺贺、何何何之类，皆和声也。”[④] 这一论述涉及诗、乐、曲之声与志的互动，表明

① （宋）王灼：《碧鸡漫志》卷1，载唐圭璋编《词话丛编》，第74页。

② 韩伟，吴铁柱：《诗乐合论：宋代“诗论”与“乐论”关系发微》，《海南师范大学学报》（社会科学版）2011年第5期。

③ （宋）欧阳修：《欧阳文忠公集》卷73，四部丛刊初编本暨上海商务印书馆缩印上海涵芬楼藏元刊本。

④ 胡道静：《梦溪笔谈校证》，古典文学出版社1956年版，第232页。

诗的可咏可歌以协律为前提，需要有和声与对诗歌声音的考察，这实际上是把声音作为衡量诗歌善美的重要标准了。

总之，郑樵是宋代诗声理论的杰出代表，其系统性超过了前代，其“诗为声”说是明代郝敬“诗主声”说的重要来源。同时，宋代文人关于诗歌声音的论述更加直接，以诗歌的声音之美为价值诉求。① 同时，宋代词学、曲学等思想中也开始了借鉴诗歌声音的相关理论，以丰富词曲学、曲学的声律思想和思考，是建构诗声与词学、曲学互动研究的理论尝试。

四　明代与清代的诗声理论

明代诗学是中国诗学的重要组成部分。明代诗学家提出了许多重要的诗声理论，如杨士弘的“审音律之正变”说、高棅的“声律纯完”说、李东阳的“以声辨体”说、李梦阳的“真诗乃在民间”说、谢榛的“求声调”说、李攀龙的“修辞宁失其理”说、王世贞的“体格调”说、胡应麟的“体格声调”说、许学夷的“声气”说、郝敬的“诗主声”说、陆时雍的“神韵”说、王夫之的“诗乐理一”说，等等。明代出现了对诗的节奏、字法、句法、体式等的较多讨论，赋予了“声气”、“声色”、“妥帖”、“清”、“健”、“圆”、“顺”等范畴新的意义。这些都围绕诗的声音展开，阐释了诗声的各个层面，或是感性层面，或是理性层面，或是形式层面，或是内容层面，形成了贯穿整个明代且较为系统的诗声理论体系，有非常独特的诗学理论色彩。

除此外，明人在对音乐的阐述中也较多关注了诗歌的声音。韩邦

① 周裕锴《宋代诗学通论》说：“六朝唐的声律说只讨论诗歌的纯形式问题，而宋人却注意到声律与诗格的关系，意识到声律里面包含着的价值内涵。”（巴蜀书社 1997 年版，第 543 页）

奇《苑洛志乐》卷八曰:“诗言志,歌永言,声依永,律和声,八音克谐,无相夺伦。乐本起于诗,诗本生于心,而心本感于物,苟八音无诗,八音何用哉?”① 此谈的是诗乐关系,并进而述及音以诗为载体。另外,明人何塘、刘濂、王廷相等也都对诗乐关系有详略不等的阐述,此不一一列举。需要指出的是,明人在诗乐关系的探讨中大多自觉地将视角放在了声音层面上。王夫之论诗乐关系时强调声音的优位:

> 乐为神之所依,人之所成。何以明其然也?交于天地之间者,事而已矣;动乎天地之间者,言而已矣。事者,容之所出也;言者,音之所成也。未有其事,先有其容;容有不必为事,而事无非容之出也。未之能言,先有其音;音有不必为言,而言无非音之成也。②

王夫之的讨论从音言对比主展开,强调先有音后有言、音优于言。另外,诗歌的音乐性的重要性在明代诗学中成为基本立场。林弼《熊太古诗集序》曰:“虽体制不同,而同归乎古文,无古人之气骨,则不臻于雄浑奥雅之妙;诗无古人之音节,则徒为秾纤靡丽,而无温厚平易之懿矣。”③ 王损斋《郁冈斋笔尘》卷四曰:“夫诗,乐章也。歌之而比于八音以成节奏者也。三百篇之歌失而后有汉魏……唐之歌失而后有小词,则宋之小词,宋之真诗也。小词之歌失而后有曲,则元之曲,元之真诗也……若夫宋、元之诗,吾不谓之诗矣;非为其不唐

---

① (明)韩邦奇:《苑洛志乐》,转引自朱谦之《中国音乐文学史》,上海人民出版社 2006 年版,第 30 页。

② (明)王夫之:《诗广传》,载《船山全书》第 3 册,岳麓书社 1996 年版,第 511 页。

③ 《林弼诗话》,载吴文治主编《明诗话全编》第 1 册,江苏古籍出版社 1997 年版,第 178 页。

也，为其不可歌也。”[①] 这些观点集中表达出诗歌需要有音乐表述，需要从声音层面体现出存在的意义与价值。

清代诗声理论的展开以继承明代诗声理论的成果为前提，如王士祯的“神韵”、沈德潜的“格调”等，这些内容与胡应麟和陆时雍的“神韵”说、前后七子等的“格调”说有较大关系。除此外，冯舒与冯班的“文采”论，吴伟业的“盛唐元音”说及其曲论中的诗声观念，赵执信的“声调”说，毛先舒的诗论，翁方纲对格调的评价，归庄的“性情”与“声律”说，桐城派的诗声理论，李重华的“音象意”说，吴镇的诗歌声律学，朱庭珍《筱园诗话》的诗法论，段玉裁的“以声为义”说，刘熙载的文学语言及修辞观等，以上观念或理论皆或直接或间接地涉及了诗歌声音方面的问题，但理论性与深刻性远远不及明代诗论。当然，清代音韵学较发达，其成果颇丰。清代音韵学家的诸多声调或声韵著作包含了较多的诗声理论，如宋弼、王文简、翟翚、游艺、董文涣、许印芳等人的相关著作。总之，清代诗声理论既有对明人主流观点的继承，也有自家的某些创新，还有以音韵学为基础而提出的一些有特色的观点，但总的来看，与明代诗声理论繁盛的局面无法相比。

通观整个古代诗声讨论或研究的发展，我们看到，先秦较多关注诗歌与音乐的关系，对于音乐与诗歌的根源性问题进行了一些阐述。魏晋以区分四声为前提并提出了诗歌声音理论的核心内容——声律，并在诗歌创作实践和理论上都作了相当的探索。唐代在诗歌创作实践中建构了完整的近体诗声律结构，但此期在诗声理论方面的贡献并不很突出。宋代的郑樵把声音从诗歌中突显出来，强调声音对于诗歌的根本意义，形成了“诗为声”、“诗在声”、“诗之本在声”等一系列

---

① （明）王肯堂：《郁冈斋笔尘》卷4，载《续修四库全书》第1130册，上海古籍出版社1995年版，第150—151页。

重要提法。同时，也有一些人从词学、曲学上探讨诗歌的声音，但这方面的探索还不够深入。明代诗论家围绕声音提出了较多理论、范畴等相关内容，其理论之多、之全、之系统都是其他时代不能相比的。另外，明人对音乐的阐释也有着较为独特的价值。清代有较多诗声理论，但其主要的诗声理论主张“神韵”、“格调”等均来源于明代，其提出诗声理论的诗论家数也无法与明代相比。综而论之，先秦至汉代是诗声理论的发轫时期，主要探讨心声、情声关系等有关诗声的内容；魏晋南北朝至清代是诗声理论由初步发展至逐渐繁荣的时期，直接讨论、研究诗声问题，并提出了一系列有关诗声的理论主张，形成了丰富而精彩的诗声理论。其中明代是诗声理论非常突出的时代，明代诗声理论虽然与前代的诗声相关的理论有多方面的明显的继承关系，但它创造的诗声理论最辉煌、最蓬勃，其探讨的诗声理论有关问题也更全面。

第二节　明代诗声理论繁盛的原因

一　中国诗乐合一传统的审美诉求

陈钟凡说：“中国文学在古代即适应音乐而发生，至西方音乐传入，益多变化，终达于歌舞剧成立之日。……即过去的文学虽与音乐有密切关系，其历史如是长久，今后的文学必脱离音乐而谋独立。”[①]陈氏所言前部分涉及音乐与文学“合”的状态，后部分涉及音乐与文学“分”的状态，这是对中国文学特别是对于诗与乐关系的本质认识。整体看，中国历史上诗与乐的关系是合——分——合的发展状态。

① 陈钟凡：《中国音乐文学史·序》，载朱谦之《中国音乐文学史》，第16页。

先秦时代，《诗经》以“言志”为要，其“言志”的方式一是语言文字的情感表述，一是音乐的情感表达，前者通过文字书写来完成，后者通过唱诵来完成，这正是一种诗乐合一的样态。《左传》所载“季札观乐”可成为这种结合的例证：

> 吴公子札来聘。……请观于周乐。使工为之歌《周南》、《召南》，曰：“美哉！始基之矣，犹未也，然则勤而不怨矣。”为之歌《邶》、《鄘》、《卫》，曰：“美哉渊乎！忧而不困者也。吾闻卫康叔、武公之德如是，是其《卫风》乎！”为之歌《王》，曰：“美哉！思而不惧，其周之东乎！”为之歌《郑》，曰：“美哉！其细已甚，民弗堪也。是其先亡乎！”为之歌《齐》，曰：“美哉！泱泱乎！大风也哉！表东海者，其大公乎！国未可量也。”①

该文本中“观”字值得玩味。乐工以唱诵的方式来完成其表演，而音乐属于听觉层面。但作者却用“观”来完成对音乐的品评，似有以下意味：一是以观为听。乐工所弹奏的《周南》《召南》等诗是乐调，同时也是《诗经》中的文本。季札所听也是这些音乐内容和诗歌内容，这也说明诗歌可以听，也可以阅读，这与“诗可以观”有共通之处。二是心灵的记忆之观。《诗经》为春秋战国时非常重要的诗歌读本，能够为统治者所弹奏说明其重要地位已开始形成，季札作为统治者的成员之一理所当然对《诗经》非常熟悉。当乐工弹奏的《诗经》之乐调出现时，季札不仅在用听觉进行感悟，更是用心灵在记忆中搜寻这些《诗经》文本的意义，而这种观的方式正是《诗经》

① （晋）杜预注，孔颖达疏：《春秋左传正义》（襄公二十九年），载李学勤主编《十三经注疏》，第 1095—1099 页。

语言文字的情感表述与音乐的情感表达合一的最好方式，季札在这种心理状态下得到了两种情感的指示，故而发出了诸如上述所说不同“美哉”的感叹。所以，《乐记》曰：“是故治世之音安，以乐其政和；乱世之音怨，以怒其政乖；亡国之音哀，以思其民困。声音之道，与政通矣。”① 又曰：“郑卫之音，乱世之音也，比于慢矣。桑间濮上之音，亡国之音也，其政散，其民流，诬上行私而不可止也。”②从先秦诗歌的角度看，郑卫之音乃乱世之音，郑卫诗之志乃乱世之志。以上诸论实质上都是先秦文论思想中诗乐合一的审美表现。

随着诗歌言志功能的进一步加强，言志功能与音乐功能的竞争以音乐的落败而告终，故而出现了后面较多时代诗歌与音乐的分离，如文人乐府、徒诗、魏晋五七言诗歌，等等。姚华《论文后编·目录中》曰：

> 盖乐府与诗，本出一源，其别惟入乐与否之分耳。有声可歌者，即四、五、七言诗亦可为乐府，否则长短杂言而不能入乐，犹徒诗也。③

乐府与诗皆为言志，但区别在可乐与不可乐。虽然四、五、七言未必皆可歌，长短杂言亦未必不能入乐，但姚氏之论区别乐府与徒诗的标准是合乐。乐府是语言表述与音乐表述结合，而徒歌更多是语言表述。语言表述与音乐表述方式结合即诗乐的合一，语言表述与音乐表述方式分离即诗乐的分离。从以上可知，徒诗、文人乐府等诗歌失去音乐性的现象在中国诗学史上颇为常见。另外，中国诗学史上诗乐合

---

① 吉抗联译注、阴法鲁校订：《乐记译注》，第3页。

② 同上书，第4页。

③ （清）姚华：《论文后编》，载王书良、李煜等编《中国文化精华全集》文学卷3，中国国际广播出版社1992年版，第1052页。

一的现象也还较多，如宋词、明代的《阳关三叠》及明清时期传颂的一些可歌性诗歌。故有学者从词的角度来论诗乐分合：“‘倚声填词’是诗与乐分途之后，各自经过长期的发展演变，在新的历史条件下，二者重新进行的一次结合。这是更高形式的一次结合。”① 职是之，诗乐合一与诗乐分离是中国文学上交替发展不息的规律。

在讨论明人诗乐合一的审美追求前，有必要把诗乐合一的学理作简单的梳理。诗乐合一与诗乐分离必然引发一个追问：语言的情感表述与音乐的情感表述两者于文学何为？这关乎音乐对文学的价值，特别是声音对于诗歌的价值。两者的亲属关系明显，但其本质又不同。汉斯立克对音乐与语言作了区分：“音乐特有的一切规律都围绕着乐音的独立意义和乐音的美转动，一切语言规律围绕着正确地应用语言来达到表达的目的而转动。”音乐之美“是一种不依附、不需要外来内容的美，它存在于乐音以及乐音的艺术组合中。优美悦耳的音响之间的巧妙关系，它们之间的协调和对抗、追逐和遇合、飞跃和消失，——这些东西以自由的形式呈现在我们直观的心灵面前，并且使我们感到美的愉快”②。汉斯立克不仅对音乐作了较好的界定，而且总结了音乐对于语言的优越性。在乐音的组合中，通过音响的巧妙表述，从而我们表达情感和接受情感，如此形成一种自在之美。明人陆时雍曾将诗与音乐的关系点明：“诗被于乐，声之也。”③ 诗达于乐的路径说明了诗与乐有相同内质，或者说有一些共同的工作机制。可见，声音是沟通诗与乐的重要方式，也是音乐与诗共同的重要内容。《尚书·尧典》曰：“诗言志，歌永言，声依永，律和声。”谁能否认声音对音乐与诗的建构作用，谁又能否认诗、乐之理的发生大致相

① 施议对：《词与音乐的关系·绪论》，中国社会科学出版社 1985 年版，第 5 页。

② ［奥地利］爱德华·汉斯立克：《论音乐的美》，杨业治译，人民音乐出版社 2003 年版，第 66、49 页。

③ （明）陆时雍：《诗镜总论》，载周维德集校《全明诗话》，第 5110 页。

同！正是在这种实存事实与相应观念基础之上，中国历代都有文人试图达于诗乐理一的目标，不间歇地努力实现诗乐合一。

明代诗学是中国诗学的成熟期，文学体裁发展已基本成熟，诗歌、辞赋、词、戏曲、小说等均在文体学意义上拓开了自己在文学中的一方沃土。在唐诗极盛、宋诗另辟蹊径后，明人似更易于总结或发现作为源头的先秦时代诗歌的价值，故明诗总体上虽衰但于诗论却非常发达，这是当前学人对明代诗歌与诗学成就所作的较为公允的评价。明代在前代诗歌高度成熟的基础上，基本已无可能在创作上作更大的开拓，于是在诗学上有所总结、有所追求也是其必然之走向。明代诗论家在复古的前提下，取得了属于自己的诗学成就，这也包括对传统先秦诗歌的本质特点——诗乐合一的认知。

在意识到诗乐合一对诗的重要作用之后，不同的诗论家都从自己的角度对诗声或诗乐观念进行了阐释。有学者言："时至明代，对于音乐性的重视成为主流诗学的基本立场。"[①] 在要求诗歌"言志"的同时，他们注重对声音的安排与配置，注重对诗声理论的提炼与总结。有的从形式角度提出自己的看法，如谢榛的"求声调"、胡应麟的"体格声调"、李东阳的"具耳"等；有的从内容角度提出自己的观点，如郝敬的"诗主声"、王夫之的"诗乐理一"等。这些诗声理论的提出是对先秦诗歌合乐传统和前朝诗歌理论做出的回应与总结！

二　以诗声为策略修正宋代以理为诗背景下的诗乐分离

唐代是诗的国度，是我国古典诗歌发展的全盛期，宋代亦是诗歌史上具有重要意义的时代。但在唐诗极盛光环的照耀下，宋代诗歌在实践上无法达到并超越如盛唐气象的审美趣味。杨慎《升庵诗话》

① 陈文新：《明代诗学论诗乐关系》，《南昌大学学报》（人文社会科学版）2010 年第 4 期。

曾对唐诗与宋诗作了较好的区分："唐人诗主情，去《三百篇》近；宋人诗主理，去《三百篇》却远矣。"[①] 杨慎认为，唐诗与宋诗的区别在于"主情"与"主理"，这一界定得到了后来者较多的肯定。"主情"即对性情的抒发，"主理"即力主议论入诗。无论以议论为诗，还是以理入诗，都是宋代诗人意欲突破唐诗光环笼罩的一种尝试与途径。

"以理为诗"是中国诗学史上比较复杂的概念，研究者对宋代"以理为诗"的讨论主要集中在"义理"与"理趣"的选择上，常常是褒贬不一。但不容置疑的是，无论"以理为诗"中渗入多少"趣"的成分，"义理"成分仍然在诗中居多，这也成为后来诗论家批驳的口实。义理多则诗之趣少，亦有损诗之思与艺，诗之意境也相应减损。郭绍虞对此作了解释：

> 即因为理语属逻辑思维，不合形象思维的要求。为什么诗境不可出理外？也即因诗是反映现实的，而理性认识正是感性认识进一步的概括。[②]

郭氏将诗归入形象思维、将理语归入逻辑思维，其道出了诗独特的审美特性，义理的加入在一定程度上违背了诗的审美创造方式。严羽较早出来反对"以理入诗"："夫诗有别材，非关书也；诗有别趣，非关理也。"[③] 诗之"别材"与"别趣"皆与"书"和"理"无关，所以在严羽的诗学思维中，"以理入诗"不能被认可。明代批评宋代"以理入诗"更是数见不鲜。李梦阳《缶音序》曰："宋人主理，作

① 王仲镛：《升庵诗话笺证》，上海古籍出版社 1987 年版，第 111 页。
② 郭绍虞：《沧浪诗话校释》，第 38—39 页。
③ 同上书，第 26 页。

理语。诗何尝无理！若专作理语，何不作文而诗为耶？”[①] 胡应麟《诗薮》曰：“禅家戒事理二障，余戏谓宋人诗，病政坐此。苏、黄好用事，而为事使，事障也；程、邵好谈理，而为理缚，理障也。”[②] 可见，宋代以理入诗的创作模式，明人视之为诗障。

以理为诗不可避免地导入诗歌构成中何者为中心的思考。宋代诗人以理为中心便强调以理入诗，这种做法减损了诗中自然性情、意象的兴味，强调以语言的情感和意义表述为主，在一定程度上缺失了音乐的情感表述。换句话说，宋代诗人在创作诗歌的过程中，集矢于义理的阐发，而义理的阐发最主要的是通过语言特别是意义的表述来完成，音乐的情感也就大打折扣。严羽较早认识到以理为诗对诗歌声音的影响：

> 近代诸公乃作奇特解会，遂以文字为诗，以才学为诗，以议论为诗。夫岂不工，终非古人之诗也。盖于一唱三叹之音，有所歉焉。[③]

严羽坚决反对“以文字为诗”、“以才学为诗”、“以议论为诗”，其原因很大程度归咎于这些诗没有“一唱三叹”之声音，故他说宋人诗于“音”“有所歉焉”。此论被很多明代诗学家所继承，他们也强调声音包括义理，在创作诗歌中无须过分关注义理。郝敬认为，诗通过声音完成其审美构建以使诗的义理含于诗的声音中，故不需要再生硬地在诗中进行义理的说教与表述。郝敬在《读诗》中云：

> 人皆以义求音，不知以音会义。音发无心，声出义存，如一为音，由噫生也。不费唇齿，气出成响，手应心画，是为数始。

① （明）李梦阳：《缶音序》，载《空同子集》卷52，《四库全书》本。

② （明）胡应麟：《诗薮·内编》卷2，上海古籍出版社1979年版，第39页。

③ 郭绍虞：《沧浪诗话校释》，第26页。

> 转声即二，散而成三，施则成四，合则成五，文字随声音，义理妙合。故三四五为钹曲，天然节奏。由此推之，凡声音皆含义理，非离声音别生义理也。先儒谓：华人详于义，梵人详于音。离音求义，未为知音。知音之义者，始可与识字，可与言诗矣。①

声音包含义理是郝敬之论的前提，故他虽赞同“以义求音”，但更提倡“以音会义”。郝敬认为诗最重要的是声音层面，故提出“诗主声”。声代表诗的整体生命，因为它可以海纳百川、容纳万物，当然也包括义理。故他认为，善于诗者，不费唇齿，手应心画，妙合义理；善于赏诗者，缘音求义，始可为知音。明人对于声音在诗歌中重要地位的说法在他们阐释唐诗之美时表现得更为深入，陆深曾云：

> 襄城杨伯谦审于声律，其选唐诸诗，体裁辩而义例严，可谓勒成一家矣。唯李、杜二作不在兹选，昔人谓其有深意哉！夫诗主于声，孔子之于四诗，删其不合于弦歌者犹十九也。宋人宗义理而略性情，其于声律，尤为末义，故一代之作，每每不尽同于唐人，至于宋晚，而诗之弊遂极矣。②

杨士弘《唐音》选唐诗的理念是“审音律之正变”，以发掘唐诗声音之美。陆深对杨氏的做法进行了发明，继而提出“诗主于声”，这与后来郝敬之“诗主声”有一致之处。同时，陆氏对比唐诗与宋诗后得出结论：唐人重音律、宋人重义理，故宋诗不如唐诗，更直斥宋诗“弊遂极矣”。另外，姜南、贺贻孙等人均有相似的说法：“唐人诗主于性情声律，宋人诗主于义理用事，故唐人诗虽不至于用事，而卒未

---

① （明）郝敬：《读诗》，载周维德集校《全明诗话》，第2872页。

② （明）陆深：《重刻唐音序》，载吴文治主编《明诗话全编》第3册，第2159页。

尝不用事也；宋人诗汲汲于用事以为工，其于声律远矣”[①]；“夫唐诗所以敻绝千古者，以其绝不言理耳。宋之程、朱及故明陈白沙诸公，惟其谈理，是以无诗”[②]。明人对宋人的批判主要在于用事为工、“惟其谈理”、远于声律，而这种批判来源于明人提倡自然性情之声律。因为声音兴味无穷、包含义理，故而借助声音就可以达成诗歌对于宇宙自然与人类情感的全面诠释。如此，宋人以理为诗的审美追求在明人诗声含义理、性情的命题下变得苍白无力。可见，明人集中对诗歌声音的阐发目的之一就是要证明声音对于义理的优越，这在一定程度上也是为了修正宋代以理为诗的诗学趣尚，其最终目的即是要促进诗乐关系的再度结合，实现他们对《诗经》诗乐合一传统的复古诗学追求。其实，这种以诗声来修正以理入诗的审美趣向较早的还有南宋郑樵的“诗以声为用”。

三　郑樵“诗以声为用”观念的影响

郑樵（1104—1162），字渔仲，南宋兴化军莆田（福建莆田）人，世称夹漈先生。宋代重要的史学家、文献学家、诗学家。其著述达80余种，但流传下来的仅有《夹漈遗稿》《尔雅注》《诗辨妄》《六经奥论》和《通志》等。郑樵在尊《诗经》的前提下，提出了如下命题：“夫乐之本在诗，诗之本在声”[③]；“诗者乐章也”；“诗在声不在于义”；“乐以诗为本，诗以声为用”。[④]

从以上命题看，郑樵一直把“声”作为诗的核心内容，他说：“奈义理之说既胜，则声歌之学日微。”[⑤] 在郑樵看来，正是义理诗的

① 《姜南诗话》，载吴文治主编《明诗话全编》第3册，第3439页。

② 《贺贻孙诗话》，载吴文治主编《明诗话全编》第10册，第10432页。

③ （宋）郑樵：《六经奥论》卷3，第865页。

④ （宋）郑樵：《通志二十略·乐略》，第887、887、883页。

⑤ 同上书，第883页。

出现，才导致声歌的衰微或是《诗经》等诗乐结合之诗的衰微。郑樵以上命题可归约如下：一是诗主声而不主义；二是情为诗之本，声为诗之用；三是《诗经》是诗乐的完美结合体；四是以声为贵。这些诗学主张在宋代以理为思想主流的学术界振聋发聩，也引起了后来很多人的批驳与争论。郑樵稍后的王鲁斋（1197—1274）云：

> 近世儒者乃谓“义理之说胜而声歌之学日微。古人之诗用以歌，非以说义也。不能歌之，但能诵其文而说其义，可乎！”究其为说，主声而不主义如此，则虽郑卫之声可荐于宗庙矣，《天作》、《清庙》可奏于宴豆之间矣。可谓舍本逐末！凡歌声悠扬于喉吻而感动于心思，正以其义焉耳。苟不主义，则歌者以何为主，听者有何味，岂足以薰烝变化人之气质，鼓舞动荡人之志气哉！①

近世儒者即郑樵。王氏认为，郑樵仅重视声音形式之表现，却不重视内容意义。这种提法实际预设了声音与意义的二分或不可调和性，这违背了郑樵的诗学宗旨、也违背了诗歌声音与意义可以合一的现实。郑樵只是作了一个区分，并无意于将声音与意义对立起来。更进一步说，郑樵否定了二元论思维，将诗之声音与意义统一起来，这种处理方式对于诗歌美学价值的呈现更圆活。同时，这种争论对郑樵的诗学理论来说并不意味着驳倒，论争最大的收益者是提出理论者，郑樵“声贵说”在更多的质疑中被接受。

明人就是郑樵“声贵说”的直接接受者和阐释者。郑樵对明人的影响主要是：尊崇《诗经》；诗主声。明初杨士弘《唐音》继承了郑樵之诗学观，在《自序》中杨氏提出“审音律之正变”：

① （宋）王柏：《诗疑》，顾颉刚校点，朴社1935年版，第39页。

> 后客章贡得、刘爱山家诸刻初盛唐诗，手自抄录，日夕涵泳。于是审其音律之正变，而择其精粹，分为《始音》《正音》《遗响》，总名曰《唐音》。[1]

“审音律之正变”就是审别正声与变声的问题。结合《诗经》的风雅正变之说，融合郑樵对诗声的重视，杨士弘审察诸声并从中拈出正音。在杨氏看来，此范畴虽主要用于对唐诗的区分，其实质是对唐诗音调的高扬。后来的高棅在《唐诗品汇》中单列《唐诗正声》一类，其思想来源也可从郑樵处寻得。这样说有两点证据：一是其云“题曰‘正声’者，取其声律纯完而得性情之正者矣”；二是其云“上追风雅，而所谓集大成者，唯唐有以振之”。高棅从尊崇《诗经》声律与性情的角度提出“正声”理论，这与郑樵对《诗经》诗乐结合的提法有异曲同工之妙。

明人陆深对郑樵的诗声之论作了较细致的展衍：

> 郑渔仲谓：乐以诗为本，诗以声为用。又谓：古之诗，今之词曲也。若不能歌之，但能诵其文而说其义，可乎？不幸世儒义理之说日胜，而声歌之学日微。马贵与则谓：义理布在方策，声则湮没。无闻其言皆有见。而朱文公亦谓：声气之和有不可得闻者，此读诗之所以难也。夫乐之义理，诗词是也。而声歌，犹后世之腔调也。两者俱诣，乃为大成。渔仲又谓：乐之失，自汉武始，盖言亡其声耳。汉世乐府，如《朱鹭》、《君马黄》、《雉子斑》等曲，其辞皆存，而不可读。想当时，自有节拍，短长高下，故可合于律吕。后来拟作者，但咏其名物，词虽有伦，恐非

---

[1] （明）杨士弘编，（明）张震、（明）顾璘评注，陶文鹏、魏祖钦校注：《唐音评注》，河北大学出版社2006年版，第8页。

乐府之全也。且唐世之乐章，即今之律诗。而李太白立进清平调与王维之阳关曲，于今皆在，不知何以被之弦索。宋之小词，今人亦不能歌矣。今人能歌元曲、南北词，皆有腔拍，如《月儿高》、《黄莺儿》之类，亦有律吕，可按一入于耳，即能辨之。恐后世一失其声，亦但咏月、咏莺而已，此乐之所以难也。[①]

陆深顺着郑樵的思路进行阐释，虽无新见，但重述了郑樵对诗声的阐发，将诗之乐提到了较高的位置。缺少声音成分，诗是不完整的。只有诗乐结合，方成大造诣——“夫乐之义理，诗词是也。而声歌，犹后世之腔调也。两者俱诣，乃为大成”。

后来的郝敬有与郑樵的“声贵说”非常相似的提法。其《艺圃伧谈》曰：

诗者，文之有声韵者也。文主理，故贵明切；诗主声，故贵温厚。诗不厌浮靡，文浮靡，斯不足贵矣。诗微婉，文可直发。诗不厌谲，文嫌诡，所以异耳。故诗有不可理求者，而理自在，非谓诗皆不主理也。

郝敬不否认诗中的义理，但是如果义理过多，诗则缺乏温柔之致。他认为，文以义理为主，诗以声为主。“文之有声韵者”折射出诗乐与诗理结合的审美趣向。和郑樵相比，郝敬的诗声理论之突出处在于：归结郑樵的“诗之本在声”、“诗者乐章也”、“诗在声”、“诗以声为用”等观念为“诗主声”。

要之，从明代诸多诗论家及其诗声理论来看，明代诗声理论的一

① 陆深：《俨山外集卷十五·续停骖录上》，《四库全书》本，第77页。

个肇源点正是宋代郑樵对诗声的重视。郑樵诗学，特别是其《诗经》学，是直接导致明代部分诗学家诗声理论提出的一个重要原因。

四　元代音乐文学的影响

朱谦之《中国音乐文学史》说："中国文学的好处，在一时代有一时代的新声，即一时代有一时代的'音乐文学'。"① 朱氏认识到每个时代都有音乐文学的共性。元代是音乐文学历史发展过程中非常独特的一个朝代。有学者说："从音乐文学的角度讲，蒙元是中国文学史上最具音乐特质的一个'音乐文学王国'。"② 从文体学意义讲，元朝是文学体裁大备的朝代，诗歌、辞赋、词、戏曲等均已发展或成熟，尤其是散曲、杂剧的发展更是空前，而这些文学体裁均与音乐有着姻亲关系。

先说元代散曲即新乐府的入乐问题。③ 元代乐府诗，无论是旧题乐府还是新题乐府，都是可以入乐歌唱的。④ 元人周巽《竹枝歌十首》云："滟滪堆前十二滩，滩声破胆落奔湍。巴人缓步牵江去，楚客齐歌《行路难》。"⑤ 周巽之诗提及的是元人歌唱唐诗的情况，表明元人有以诗入乐的意识。同时，周巽善于创作新乐府，并不断地尝试歌唱新乐府。⑥ 另外，杨维桢的乐府是元代旧题乐府诗之大成，他不

---

① 朱谦之：《中国音乐文学史》，第 232 页。

② 王辉斌：《论元代乐府诗的入乐问题》，《西华大学学报》（哲学社会科学版）2011 年第 4 期。

③ 元代有两种乐府，一种是旧题乐府，一种是散曲。

④ 参看王辉斌《论元代乐府诗的入乐问题》。该文从旧题乐府、竹枝类乐府、歌行类乐府三大类进行了实证研究证明元乐府是入乐的，其原因：一是与当时繁荣发达的音乐文学及诗人们自身的音乐修养、深谙音乐之道的主、客观条件密切相关；二是在"乐府音节，自宋已失其传"的现实情况下，诗人们（含乐工、歌者等）大都为乐府诗的可歌创制新曲（即所谓"今曲"），并能收到"使今之曲歌于古，犹古之曲也，古之词歌于今，犹今之词也"的审美效果；三是借用地方民歌的曲调以配唱。

⑤ 王利器等：《历代竹枝词》，陕西人民出版社 2003 年版，第 123 页。

⑥ 张煜：《周巽新乐府研究》，载吴相洲主编《乐府学》第 5 辑，学苑出版社 2010 年版，第 272—283 页。

仅歌唱自己的乐府作品，还吟唱其他人的乐府作品，成为元代乐府入乐的重要推动者：

> 元季杨廉夫以《竹枝词》呼唱东南。其老健诚为过人，而妖气横溢，能令读者生厌，由其必字字作里歌也。辛峰先生百咏，其笔力大概在樊川许昌间。故虽用里歌体而自然不失雅人深致。如弹琴作时调艳曲，其腔板与筝琶无异，而其声则琴也。[①]

正因为杨维桢倡导《竹枝词》创作，元末“竹枝词”的创作得以较快发展，是为“呼唱东南”。[②] 真正推动乐府发展的不在于他个人的创作，而在于他将这种乐府诗置放在了音乐的层面——“用里歌体”，顺应了群体娱乐的需求。音乐是情感的催化剂，也是创作的催动力。虞集曾说：“一代之兴，必有一代之绝艺足称于后世者，汉之文章、唐之律诗、宋之道学、国朝之乐府，亦开于气数音律之盛。”[③] 虞氏将乐府散曲的繁盛归因于元朝“音律之盛”，音律是构成诗的声音的重要因素，是音乐的重要表现之一，这实质上从一个侧面道出了元代音乐文学的蓬勃发展。

曲是元代的文学特色，它包括杂剧、散曲。杂剧一般一剧四折，每折由唱、科、白组成。一般来说，唱与科是杂剧的主要内容，白起配合主要内容的作用。王国维曾说：“戏曲者，谓以歌舞演故事也。”[④] 歌即是唱，舞即是科。这样来看，杂剧以歌唱为主，是典型

---

① 王利器等：《历代竹枝词》，第 907 页。

② 参看吉文斌《依声制辞——试论杨维桢首倡的西湖竹枝词创作与〈西湖竹枝集〉的编录》，《兰州学刊》2012 年第 10 期。

③ （元）虞集：《虞邵庵论》，载孔齐《至正直记》，庄敏与顾新点校，上海古籍出版社 1987 年版，第 96 页。

④ （清）王国维：《戏曲考源》，载《王国维遗书》第 10 册，上海书店出版社 1983 年版，第 75 页。

的音乐文学体裁。没有音乐的元素，杂剧就失去了生命力和活力。散曲比宋词更通俗活泼、更民间化，可歌性很强。元曲的形成原因更能说明元代是音乐的时代。王骥德论“曲源”时云：

> 曲，乐之支也。……而金章宗时，渐更为北词，如世所传董解元《西厢记》者，其声犹未纯也。入元而益漫衍其制，栉调比声，北曲遂擅盛一代；顾未免滞于弦索，且多染胡语，其声近噍以杀，南人不习也。①

王氏的说法，首先强调了曲的音乐性，同时把曲的重要构成之一——声突显了出来。青木正儿在《元人杂剧概说》中述及元杂剧兴隆的原因时也说：“元宇文懋昭的《大金国志》中说，金熙宗有三件事不许臣下谏诤，即是作乐、饭僧、围场。那么音乐是他的酷嗜之一了。并且女真的歌曲，被元代杂剧采用的颇为不少。《中原音韵》卷下说：‘如女真风流体等乐章，皆以女真人音声歌之。’”② 青木正儿提及金熙宗把“作乐”放在第一位的历史事实，其目的在于说明元代继承音乐传统将胡乐传入中原，从政治上为元代音乐文化的出现提供了历史依据。总而言之，音乐性是曲非常重要的属性，而曲是元代非常重要的音乐文学。

《唱论》与《中原音韵》的出现是戏曲繁盛的必然结果，是元代音乐文学的理论总结。《中国古典戏曲论著集成》编者认为：“《唱论》一卷，是我国现存论述金元时代戏曲的一部古典戏曲声乐论

---

① （明）王骥德：《曲律》，载中国戏曲研究院编《中国古典戏曲论著集成》第 4 册，中国戏剧出版社 1959 年版，第 55 页。

② ［日］青木正儿：《元人杂剧概说》，隋树森译，中国戏剧出版社 1957 年版，第 5 页。

著。”[①] 此语可得出两点意思：一是《唱论》是对金元鼎盛音乐文学——戏曲的理论总结；二是总结主要从声乐（歌唱）方面展开。对《唱论》的这一定位，实质表明了其是音乐文学发展的必然结果。《唱论》中总结的元代说唱艺术是北方音乐与中原音乐结合起来的产物，是元代戏曲唱腔、民歌小曲、中原与北方说唱艺术等音乐理论与实践发展的样态。除《唱论》外，元代还有一本非常著名的音韵学专书——《中原音韵》。伴随着北方语言及音乐融入中原，中原原存的音韵等相关专书已缺乏实际需要。为更好地为文学创作提供音韵规范，周德清的《中原音韵》应运而生。有人认为，它是我国出现最早的一部北曲曲韵和北曲音乐论著，与以往的韵书有较大不同。[②] 这实际说明，《中原音韵》是北杂剧音韵的集中体现，是主要为元杂剧创作和演出而服务的韵书，这在中国音韵史上非常特殊。周德清在序《中原音韵》时表明，其作该书的原因就是为规范音韵之平仄、阴阳等，以方便北杂剧创作及表演。[③] 可见，《中原音韵》也是戏曲发展的必然要求，与《唱论》一样皆是元代音乐文学发展的必然结果。

由此可知，元代的音乐文学——乐府、元曲等得到了较好的发展，其理论总结也达到了一定高度，促成了元人重视音乐的审美追求，这种强调音乐并进而对文学体裁之声音的嗜好为继之而来的明代集中讨论诗声形成了一个前奏。

---

① 中国戏曲研究院编：《中国古典戏曲论著集成》第1册，中国戏剧出版社1959年版，第15页。

② 以往的韵书都沿袭陆法言的传统，它们的音韵均是综合古今南北，如陈彭年等奉旨所修的《广韵》，其语音系统与《切韵》基本一致。

③ 周德清自序（载中国戏曲研究院编《中国古典戏曲论著集成》，第177页）：“平而仄，仄而平，上、去而去、上，去、上而上、去者，谚云‘钮折嗓子’是也，其如歌姬之喉咽何？入声于句不能歌者，不知入声作平声也；歌其字，音非其字者，合用阴而阳，阳而阴也。此皆用心尽自己心，徒快一时意，不能传久，深可哂哉！深可怜哉！惜无有以训之者！予甚欲为订砭之文以正其语，便其作，而使成乐府，恐起争端，矧为人之学乎？因重张之请……葺成一帙……名之曰中原音韵。”

五 明代礼乐教化的政治导引

在元代，儒家文化受元蒙思想的排挤，比起其他朝代来更多被忽视，也更衰弱，缺少更多的儒家“观乎人文以化成天下”之精神。明代建国后，太祖朱元璋以元为鉴，试图改变儒家思想被边缘化的状况而大兴礼乐。《明史》曰：“太祖初克金陵，即立典乐官。其明年置雅乐，以供郊社之祭。……又置教坊司，掌宴会大乐。设大使、副使、和声郎，左、右韶乐，左、右司乐，皆以乐工为之。后改和声郎为奉銮。”① 朱元璋恢复礼乐的原因，一者为元代对儒士的排斥，礼乐已为鲜知之事；二者试图为自己的农民出身从国家礼乐的角度建立主流身份。朱元璋与名臣汤和有一段涉此的讨论：

> 上曰：“石声固难和，然乐以人声为主，人声和即八音谐和矣。”因命乐生登歌一曲。上复叹曰：“古者作乐以和民声、格神人，而与天地同其和。近世儒者鲜知音律之学，欲乐，和顾不难耶？”鼎复对曰：“乐音不在外求，实在人君一心。君心和则天地之气亦和，天地之气和则乐亦无不和矣。”上深然之。②

朱元璋认为，统治集团之乐不能和民声、格神人的原因在于明儒鲜知音律。而汤和不客气地指出，真正的原因还在于皇帝自己对乐的追求与决心。故而，朱元璋听后默而识之。这种对乐的重视直接反映到朱元璋的行动上：“戊午，考正四庙雅乐，命协律郎冷谦校定音律及编钟编磬等器”；“置尚宝司卿一人，秩正五品。少卿一人，从五品。

---

① （清）张廷玉等：《明史》，中华书局1974年版，第1500页。

② （明）李景隆等：《明太祖实录》卷24，台湾中研院历史语言研究所校勘，据国立北平图书馆红格钞本影印本1966年版，第348页。

丞一人，正六品。置侍仪司，秩从五品。设侍仪引进使，置教坊司，秩正九品，掌宴会音乐，以乐工为之，设大使、副使各一人，和声郎二人”。[①] 如此一系列的动作使明代礼乐制度得到了较好的发展，并进而体现在整个明代社会政治、经济、文化中。

这种重视礼乐之教化的传统在后来的明代帝王及其子孙胄裔中得到较好的继承与发扬。明武宗曾以不会乐为由，大力选用乐工，并令各省选艺精者入京，此举致使民间杂艺也可进入皇帝宫苑，筋斗百戏之类俗乐也日盛于禁廷。同时，武宗甚至亲自制定乐章，再由太常寺配以乐曲。崇祯皇帝也非常通晓音乐，而且擅于鼓琴，曾自制《访道五曲》（《崆峒引》《敲爻歌》《据桐吟》《参同契》《烂柯游》），让自己的妃子弹唱。一些朱氏王孙亦在音乐理论与实践上极有建树。如朱载堉有《乐律全书》《吕律正论》《瑟谱》等二十多部音乐性相关著作，其创造的“新法密律”包括了乐音的标准音高、乐音的有关法则和规律，彻底解决了我国律学史上长期不能解决的“黄钟还原”的难题和乐曲演奏中的旋宫转调问题，是世界音乐史上最早的“十二平均律”律学理论，比欧洲的相关理论出现早了一百多年。另外，《乐律全书》中收录的大量歌谱、歌唱与器乐谱的合谱、歌唱与舞谱的合谱以及歌唱、舞谱与器乐谱的合谱等各种唱乐记录，对于今人是一笔珍贵且丰厚的音乐遗产。又如朱权的《太和正音谱》是现存最早的北杂剧曲谱，也是明清人曲谱中北曲部分的依据。同时他擅长古琴，编有古琴曲集《神奇秘谱》，其制作的“中和”琴，号“飞瀑连珠”，是历史上的旷世宝琴，被称为明代第一琴。再如，朱有燉专意于戏曲创作，通晓音律，创作的 31 本杂剧至今悉数存世，为元明两代杂剧作者中存世作品最多的一位，另外，他的杂剧创作的艺术

---

① 《明太祖实录》卷 26，台湾中研院历史语言研究所校勘，第 393、425 页。

成就也对杂剧的南曲化起了一定的促进作用。[①]

统治集团中如此多的主要成员对音乐的嗜好在中国历史上较为少见，他们的爱好不仅塑造了个体形象，也塑造了王朝的整体趋向音乐的追求。当然，其主要目的是发挥音乐对于普通人民的教化作用。主流文化的风尚作为意识形态的指向，极易给社会群体的价值取向形成影响。音乐教化的影响在诗与音乐上均较大，特别是造成了明代诗声理论的繁盛。是故，明代对音乐的追求呈现出普遍性与大众性，如明代乐队音乐、琴乐、唱乐等非常发达，俗曲得到了广泛的传播。另外，秦腔（西调、梆子腔）与楚调（汉调、皮黄腔）的横空出世，也改变了我国戏曲音乐的发展进程，形成了戏曲音乐的第一次重大变革。

六　经济影响下明代通俗娱乐文化蓬勃发展的逗引

明代是中国经济发展史上非常重要的时代。商品经济的萌芽，使社会经济与文化发生了重要转型。顾炎武《天下郡国利病书》曰：

> 国家厚泽深仁，重熙累洽，至于弘治，盖綦隆矣。于时家给人足，居则有室，佃则有田，艺则有圃。……寻至正德末、嘉靖初，则稍异矣。商贾既多，土田不重。操赀交接，起落不常。能者方成，拙者乃毁。东家已富，西家自贫。高下失均，锱铢必竞。互相凌夺，各自张皇。……迨至嘉靖末、隆庆间，则尤异矣。末富居多，本富益少。富者愈富，贫者愈贫。……迄今三十余年，则夐异矣。富者百人而一，贫者十人而九。[②]

① 袁行霈主编《中国文学史》（卷4，高等教育出版社1999年版，第97页）认为："朱有燉在剧中安排了灵活有趣的轮唱合唱，贾仲明将南北曲融入一折，杨讷的《西游记》更是超越了元杂剧四折一楔子的通常规范，这都为明叶后杂剧的南曲化奠定了基础。"

② （明）顾炎武：《天下郡国利病书·歙县风土论》，转引自成复旺、蔡钟翔、黄保真《中国文学理论史》第3册，北京出版社1987年版，第4页。

这反映了商品经济发展的客观过程。伴随着经济的发展，社会上部分人群从普通老百姓跃居富人行列，人民生活水平得到整体提高，这种物质文化的发展必然促使他们对精神文化的向往。但由于普通百姓知识储备不够、心学思潮蓬勃发展、历史积淀等原因，在情的主导下，他们更多追求比较通俗的文化，娱乐文化成了他们主要的追求对象。有学者曾说："如果说'从情到欲'在内在审美心理上表现了明人审美趣味蕴含时代转折性质的巨大变化，那么'从雅到俗'则在外在审美形态上表现了同一变化。"[①] 无论"从情到欲"还是"从雅到俗"，通俗的娱乐文化的追求都与物欲横流有斩不断的必然关系。中晚明情欲文学如《金瓶梅》等小说的泛滥，即是这种通俗文化发展的极致。

通俗文化的繁荣与发展的主体是普通百姓，这一直接后果是平民文化大行其道。明代各阶层中，话本、百戏、鼓子词、诸宫调、队舞、小说、杂剧、大曲等蓬勃发展，应有尽有，特别是戏曲与民歌。明杂剧自不用说，是明代重要的音乐文学样式，也是以通俗为指归，以可演、可唱、可舞为宗旨，与音乐有不解之缘。王骥德《曲律》曾归纳曲之特点时说："曲，乐之支也。""世多可歌之曲，而难可读之曲。歌则易以声掩词，而读则不能掩也。"[②] 这些皆指明了曲的可歌性与音乐性特点。

另外，民歌——与音乐亦有不解之缘的文学样式——是明代民间文学的重要代表，其发展异常迅猛，社会不同群体予以了百分的青睐。主要原因在于其具有"人人喜听之"的音乐性。《万历野获编》

① 赵士林：《心灵学问》，中华书局1993年版，第181页。

② 王骥德：《曲律》，载中国戏曲研究院编《中国古典戏曲论著集成》第4册，第154页。

卷二十五《时尚小令》曰：

> 比年以来，又有“打枣竿”、“挂枝儿”二曲，其腔约略相似，则不问南北，不问男女，不问老幼良贱，人人习之，亦人人喜听之，以至刊布成帙，举世传诵。沁入心腑。其谱不知从何来，真可骇叹。……今京师技女，惯以此充弦索北调，其语秽亵鄙浅，并桑濮之音，亦离去已远。而羁人游婿，嗜之独深，丙夜开樽，争先招致，而教坊所隶筝纂等色。及九宫十二，则皆不知为何物矣。俗乐中之雅乐，尚不谐里耳如此，况真雅乐乎！[①]

沈德符之语的前段言及民歌的可歌性是流布的原因，后段则从现实情况来清楚说明俗乐的接受远优于雅乐。明代文人也嗜好这种音乐性很强的民歌。冯梦龙就是明代文人中非常重要的一位民歌研究者，其编有明代非常重要的三个民歌选集，有学者评价说：“明代是中国市民文学的繁荣时期，中后期民歌的盛行更成为文坛一道独特的风景。民歌的流行，文人起到了推波助澜的作用，其中，冯梦龙在搜集、整理、选编、刻印民歌方面有显著的成就。他搜索、整理了几种民歌集，当中的《挂枝儿》（又名《童痴一弄》）、《山歌》（又名《童痴二弄》）是明代最优秀、最受欢迎的民歌集。”[②] 另外，康海、王九思也比较喜爱民歌，《明史》曰：“海、九思同里、同官，同以瑾党废。每相聚浒东鄠、杜间，挟声伎酣饮，制乐造歌曲，自比俳优，以寄其怫郁。九思尝费重赀购乐工学琵琶。海搊弹尤善。后人传相仿效，大雅之道微矣。”[③] 作为前七子的康海、王九思等高雅文人尚且如此嗜

① （明）沈德符：《万历野获编》，中华书局1959年版，第647页。

② 赵玲玲：《略论冯梦龙的民歌观》，《文学遗产》2011年第4期。

③ 张廷玉等：《明史》，第7349页。

好民间音乐，平民老百姓的喜爱与推崇更是难以想象！

高雅文人们嗜好民间音乐，与其说是他们偏爱民歌，不如说是他们特别看重民歌的音乐成分。他们认为，民歌是真实自然性情的流露，其声响亦是自然之声，是天籁，非人籁！明代音乐文学的繁荣已是事实，与之相伴随的是大量文人们总结出的民歌理论。其中，大多总结者皆带上了自己重声的诗学观。袁宏道云："吾谓今之诗人不传矣。其万一传者，或今闾阎妇人孺子所唱'擘破玉'、'打草竿'之类，犹是无闻无识，真人所作，故多真声。不效颦于汉、魏，不学步于盛唐，任性而发，尚能通于人之喜怒哀乐嗜好情欲，是可喜也。"①怪不得之前的七子之首李梦阳曾说："今真诗乃在民间。"李开先也说："真诗只在民间。"陈文新解释道："'真诗乃在民间'的理论前提是诗、乐一体说。"②这样阐释似乎更适合民歌的发展缘由，同时也说明民歌及其他音乐文学体裁的繁荣是明代诗声理论繁荣的逗引。

七　明代文论家对唐音声情练达的自觉实践及理论总结

唐诗、宋词、元曲，到明代的小说，各体文学已成形或成熟。对于明代文论家来说，值得他们去发现新的主流文学且具有新价值的体裁已基本不可能，同时在否定宋代理诗与婉词后，他们只有试图重构唐诗的辉煌才可能更好地树立主流文学在明代的文学史意义。于是，这些文论家不仅从实践上开始创作诗歌，而且在创作之余及时总结创作所得。当然路径是多元的，而其中非常有特色的就是对于诗歌声音理论的总结。

杨士弘历元明两朝，编《唐音》一部，强调"唐音"于诗学史

① （明）袁宏道：《袁中郎全集》，伟文图书出版社有限公司1976年版，第178页。

② 陈文新：《"真诗在民间"——明代诗学对同一命题的多重阐释》，《杭州师范学院学报》（社会科学版）2001年第5期。

的意义，其原因在于唐诗声音的声情练达。其《唐音》序曰：“学诗因其声音，审其制作，则自见矣。”[①]“审其制作”的初衷是其理论中心——“审音律之正变”，故他在编《唐音》时分“始音”、“正音”、“遗响”三类。“正音”是学诗者必须学习的对象，其原因在于这些诗歌有平和中正之声音，既强调声音于唐诗的重要性、也突出了唐诗的正宗意义，这一观念直接影响了后来的高棅与李东阳。高棅《唐诗品汇》是唐诗的重要选本，共九十卷，分九品编唐诗：“正始”、“正宗”、“大家”、“名家”、“羽翼”、“接武”、“正变”、“余响”、“傍流”。对比杨士弘的分法，不难发现，高棅借用了杨士弘的“始音”、“正音”、“遗响”观念，并在此基础上提出了“声律纯完”说，这一说法实质是对杨士弘“正音”的阐释，在一定程度上也把杨士弘关于唐诗的诗声理论向前推进了一步。

李东阳是明代格调论的首倡者。《麓堂诗话》曰：

> 诗在六经中别是一教，盖六艺中之乐也。……后世诗与乐判而为二，虽有格律，而无音韵，是不过为俳偶之文而已。使徒以文而已也，则古之教，何必以诗律为哉？

他又说：

> 诗必有具眼，亦必有具耳。眼主格，耳主声。闻琴断知为第几弦，此具耳也；月下隔窗辨五色线，此具眼也。[②]

---

① 杨士弘编，张震、顾璘评注，陶文鹏、魏祖钦校注：《唐音评注》，第74页。

② （明）李东阳：《麓堂诗话》，载《李东阳集》卷2，周寅宾点校，岳麓书社1984年版，第529、530页。

李东阳的继承者前后“七子派”是明代诗声理论提出的重镇。他们以唐诗为典范，抓住唐诗之声律合乐的特点，提出“诗必盛唐”的诗学主张。由于时代发展的特点及使命，他们在学习唐诗时，其重要手段之一就是通过声音来寻找唐诗的美学要旨。“前七子”之一的李梦阳从民歌自然声音的角度提出“真诗乃在民间”，与之论争的何景明也是从声调的角度来展开：“试取丙寅间作，叩其音，尚中金石；而江西以后之作，辞艰者意反近，意苦者辞反常，色澹黯而中理披慢，读之若摇鞞铎耳。”① 所以胡应麟一语道破两人论争的本质：“律诗全在音节，格调风神尽具音节中。李、何相驳书，大半论此。”②“后七子”亦以盛唐诗作为典范，从唐音的角度提出了自己的诗声理论，如谢榛的“求声调”不仅在于诗的格律层次——择韵、调韵、审音等，也在于强调诗的整体自然之声调；又如王世贞提出“体格法”，又提出“才生思，思生调，调生格”等相关主张。另外，“后七子”之首李攀龙提出了“修辞宁失其理”，强调修辞形式之美。胡应麟是复古诗论的集大成者，平衡了前后七子在诗论上的偏颇与执论，他提出了“体格声调”与“兴象风神”，于复古诗学、格调诗学更成熟，也更圆通。许学夷与陆时雍为晚明诗论重镇，前者在辩体的基础上提出“声气”说，回应了李东阳的以声辩体；后者重新定位了复古诗论，以“神韵”来收束明代诗论，同时开启了清代神韵论的源头。

中晚明的经学大家郝敬，以《诗经》为经学之圭臬，而学习的方法之一即是学习《诗经》诗歌的声音，提出“诗主声”与“音本色”，倡导以声按辞、反对以辞成声，谨守雅郑之诗的畛域。同样是

---

① （明）何景明：《与李空同论诗书》，载郭绍虞主编《中国历代文论选》第3册，第37页。

② 胡应麟：《诗薮·内编》卷5，第103页。

出于尊经，顾炎武、陈第以《诗经》为文本，加强对《诗经》声音的认知，以审音为视角展开他们的研究，推动了明代音韵学的发展，也提出了自己的诗声理论，这促进了清代音韵学的发展，特别是影响了清代重声律诗学观的提出。蒋寅曾说："他（顾炎武）不曾料到：自他开诗歌音韵学研究的先河，诗歌声律之学后来竟成为清代诗学热衷讨论的问题。"[①] 明代中晚期音韵学研究的起步，在一定程度上导致了后来特别是清代诗学对诗声问题的关注，提出"声情"与"诗乐理一"的王夫之即是明清之际的此类代表诗论家之一。

总而言之，在中国传统诗乐合一审美思维的意识下，以修正宋代以理入诗的审美范式为背景，在元代音乐文化高度发达的前提下，明代诗学高度发达，部分文论家以诗乐为导向提出了自己的诗声理论，这是明代诗学的鲜明特征。

总括以上各节所述，从先秦开始至宋元时期，诗声理论由最初萌芽而逐步发展。魏晋至宋元的诗声理论已有相当的发展和建树，其很多见解成为明代诗声理论的直接先导。承魏晋至宋元的诗声理论而来并加以自己全力的、独特的创造，明代的诗声理论臻于繁盛，打开了中国诗学史上独特的一页。总的来说，明代诗声理论的繁盛有着多方面的重要条件和原因，既有着之前深远的文化、理论渊源和当时特定的历史文化契机，也有着当时上层统治者的发扬与倡导，更有着当时诗人、诗论家们的自觉实践与理论总结，正是这多方面的重要条件和原因，共同促成了明代诗声理论的繁盛。换言之，明代诗声理论的繁盛，乃是历史与现实合力的结果。

---

① 蒋寅：《顾炎武的诗学史意义》，《南开学报》（哲学社会科学版）2001 年第 1 期。

第二章

音律之正变：明代前期诗声的展开

从元转明，中国诗学的主流思想发生了较大转变。蒙元入主中原后，宋代鼎盛的儒家思想失去了往日的辉煌，中原文化具有了丰富而奇特的边牧特色，与汉唐时期的文化与思想都有较大差异。明代开国后，统治者试图重新寻根，确立儒家思想在中原文化中的基础性地位。在诗学上，明人意欲发扬先秦、汉魏、盛唐诗歌的审美趣味，同时修正宋代以来的以议论为诗和被蒙元异域文化影响的诗学风尚。在总结前人经验的基础上，明人找到了一个新的批评角度，即从音律的角度来发扬先秦、汉魏、盛唐之诗歌精神。明人以唐代诗歌为研究对象，把唐代诗歌中凸显出的声音作为自家在诗歌审美创造方面有所突破的主要抓手与途径进行深入的探讨，意欲使明代诗歌呈现唐代诗歌的气象与声调。

明初，高棅等人围绕唐诗做了大量的选本研究，以李东阳为首的明初诗论家试图从音乐的角度恢复诗教、乐教之功能。本章主要探讨明初高棅、李东阳等人的诗声观念。高棅提出“声律纯完”的选诗标准，并试图“以声选诗”；李东阳提出“以声衡诗”及“以声辩体”的声调论思想。为更好地理解高棅的唐诗选本中的诗学观念和前后七子对唐诗的推崇，先介绍经元入明的杨士弘的《唐音》中的诗学观念。杨士弘与高棅的诗学有非常大的渊源关系，杨氏的诗学观念是明代诗学的重要构成，对明代诗学的发展有重要的推动作用。

第一节　杨士弘《唐音》的“审音律之正变”论

杨士弘（一作宏），元朝人，字伯谦。许昌襄城（今属河南）人，寓临江（今属江西）。好学能文，尤工诗，著有《览池春草集》。“积十年之力而成《唐音》，去取颇为不苟。”（《四库全书总目》）《唐音》是一部唐诗选集，成书于元顺帝至正四年（1344），选录唐代179位诗人的各体诗作共1341首，分“始音”、“正音”、“遗响”三类，具体来说，始音1卷、正音6卷、遗响7卷。《唐音》是元末明初非常重要的唐诗选本，对明代高棅《唐诗品汇》的选诗观念及明代格调论诗学有重要的影响及意义。从已有的杨士弘及《唐音》研究看，学者们多集中讨论杨氏在格调论诗学发展中的先导作用、四唐的区分和唐诗选本意义等内容。[①] 而《唐音》中的“审音律之正变”是杨士弘诗学观念的集中体现，表达了其祛变扬正的方法，为唐诗的经典化路程树立了很好的诗学标杆。

一　“审音律之正变”的渊源

“审音律之正变”是贯穿杨士弘《唐音》的一个重要命题。杨士弘介绍《唐音》时云：“于是审其音律之正变，而择其精粹，分为《始音》《正音》《遗响》，总名曰《唐音》，凡十五卷，共诗一千三百四十一首。”[②] 根据“审音律之正变”的总原则，杨士弘汰粗取精，

① 仅有王守雪《从“音律正变”理论到格调说——〈唐音〉在元明诗学嬗变中的理论意义》（《殷都学刊》2000年第4期）一篇直接讨论了该问题，其他论文或有旁涉。

② 杨士弘编，张震、顾璘评注，陶文鹏、魏祖钦校注：《唐音评注》，第8页。

将唐诗绳削为三大类，共 1341 首。从选本学看，不同的选本有不同的选择角度，选择理念决定了选择的实践及其意义。杨士弘《唐音》的选择理念很明确——“审音律之正变”，但他为何会做出这种选择？这是值得思索的。

从间接渊源看，杨士弘的“审音律之正变”理念直接取思于《诗经》之正变与《乐记》之“审音”。《诗经》是诗的典范，为后世所传颂。其之所以成为典范的原因之一是，其中的诗作均为吟咏情性、自然抒发之作品；原因之二是以四言为主。晋挚虞《文章流别论》曰：“然则雅音之韵，四言为正；其余虽备曲折之体，而非音之正也。”[①]《文心雕龙·章句》曰：“至于‘诗’、‘颂’大体，以四言为正。”[②] 又《文心雕龙·明诗》曰：“若夫四言正体，则雅润为本。”[③] 无论是挚虞，还是刘勰，都以《诗经》为正、以四言为正。众所周知，《诗经》还存有大量的杂言诗，一字到九字句皆存在：从体式上看，《诗经》除 192 首齐言诗外，尚有 113 首杂言诗，占总体的 38%强，而杂言诗的总句数竟达 4482 句，几乎是齐言诗 2760 句的 2 倍。[④] 是故，从体上看，《诗经》是正体（四言）与变体（一字句、二字句、三字句……九字句）的结合。另外从“小雅”、“大雅”和“郑风”、“卫风”的内容看，“小雅”与“大雅”的内容是皆以统治者等为描写对象，其思想往往被视为“正”；“郑风”与“卫风”是以郑卫之地淫邪为主的风俗为描写对象，其思想往往被视为“变”。《诗大序》总论诗时，从诗体的角度将“风”、“小雅”、“大雅”各分“正”、“变”，这种区分体现了诗作与社会历史现实的关系。从《诗大序》来看，“正风”、“正雅”是西周王朝兴盛时期的作品，而

① （晋）挚虞：《文章流别论》，载郭绍虞主编《中国历代文论选》第 1 册，第 191 页。
② 周振甫：《〈文心雕龙〉译注》，第 490 页。
③ 同上书，第 118 页。
④ 韩宏韬：《诗经诗体正变简论》，《辽宁师范大学学报》（社会科学版）2005 年第 4 期。

"变风"、"变雅"则是西周王朝衰落时期的作品，故"王道衰，礼义废，政教失，国异政，家殊俗，而变风、变雅作矣"[①]。汉末郑玄撰《诗谱》，更将《诗经》内容明确区划为"诗之正经"和"变风变雅"两大块，把风、雅、颂等各体排比分类，俨然形成一个系统，"风雅正变"之说亦由此而得到定型。"季札观乐"与《诗大序》均强调了声音与政治正变的关系，只不过《诗大序》对其进行了正变之区分。可见，从以上角度说《诗经》是正与变的组合。也就是说，《诗经》是正变观念的源头。而"季札观乐"是《左传》中记载的一次外交活动。在鲁国提供诗乐表演后，季札听出了不同的意义：从《周南》《召南》等诗中听出了"勤而不怨"；从《邶》《庸》《卫》等诗中听出了"忧而不困"；从《郑风》等诗中听出了"是其先亡乎"的疑虑，这实质是声音正变观念的雏形。以上诗学文本或相关论述不仅表露出诗歌内容与风格的正变观念，也反映了古代由"审音"而"知政"的思想。很明显，这些文本的出发点是《诗经》内容的正变，对这些正变的鉴赏也大多出于政治目的，没有直接道出"审音律之正变"的思想，更没有从诗学、美学的角度言说。

《乐记》较好地重构了以上文本中的这些思想，从审美的角度提出审音的重要性，其曰："是故审声以知音，审音以知乐，审乐以知政，而治道备矣。"[②] 声、音、乐均是声音的表现形态。审声、审音、审乐是一个逐步深入的过程，三者的最终目的是通过声、音、乐来判断政治的好坏，这与"季札观乐"、《诗大序》中的思想有较多一致性。"治道备矣"是"审声"的最终目的，同时"审声"是"治道备矣"的手段。所以，审声的最终目的是要审视诗歌的政治内容并知晓政治清明与否，从而为治世提供一种方法上的借鉴，此是对政治上正

① 郭绍虞主编：《中国历代文论选》第1册，第63页。

② 吉抗联译注，阴法鲁校订：《乐记译注》，第5页。

变的一种审视，同时也是对音乐审美的生成机制进提供了一种阐释。

《乐记》曰："诗，言其志也；歌，咏其声也；舞，动其容也：三者本于心，然后乐器从之。"[①]《礼记正义》曰：

> "诗，言其志也"者，欲见乐之为体，有此三事，诗，谓言词也。志在内，以言词言说其志也。"歌，咏其声也"者，歌谓音曲，所以歌咏其言词之声也。……此云"诗，言其志"，则《诗序》云"《诗》者，志之所之也"，"歌，咏其声"，则《诗序》云"言之不足，故嗟叹之；嗟叹之不足，故咏歌之"是也。"舞，动其容"，则《诗序》云"咏歌之不足，则不知手之舞之，足之蹈之"是也。[②]

郑玄的解释强调以乐为体，以诗、歌、舞三者为用。他认为，诗即言词，是诗人志的表现，同时他又谈及歌，并以"歌谓音曲，所以歌咏其言词之声也"解释"歌，咏其声也"。这样有理由建立歌、音曲、诗之间的关系为：诗为歌词、音曲为诗音、声是歌与音曲的共同质素，这就说明文学语言诉诸声音的必要性。吉抗联对此作了补充："诗，表达'乐'的内容；歌，咏唱出'乐'的声调；舞，表现'乐'的姿态。"[③] 吉氏之说更清楚地说明一体三用的模式，也从内容、声调、姿态的角度给诗、歌、舞与乐之间的关系作了定性。可见，声音与诗的关系较早是通过音乐的桥梁作用来完成的，从音乐审音到诗歌审音是连续发展的必然过程。这种音乐与文学的相通性决定了审音察诗是文学的必然。

---

① 吉抗联译注，阴法鲁校订：《乐记译注》，第 29 页。

② 郑玄注，孔颖达疏：《礼记正义》，载李学勤主编《十三经注疏》，第 1112 页。

③ 吉抗联译注，阴法鲁校订：《乐记译注》，第 29 页。

从直接渊源看，殷璠《河岳英灵集》的诗学思想观念起到了重要的启发作用。殷璠《河岳英灵集》对杨士弘的影响从两个角度来体现：一为选本学意义；二为诗学观念。殷璠《河岳英灵集》是唐人选唐诗非常重要的选本。李珍华、傅璇琮在《河岳英灵集研究》一书中，通过大量的事实与文献证明，《河岳英灵集》是唐诗选本中最突出的。[①] 杨士弘正是因着这种意义，在《唐音·自序》中云：

> 余自幼喜读唐诗，每慨叹不得诸君子之全诗。及观诸家选本，载盛唐诗者，独《河岳英灵集》。然详于五言，略于七言，至于律、绝，仅存一二。《极玄》姚合所选，止五言律百篇，除王维、祖咏，亦皆中唐人诗。至如《中兴间气》《又玄》《才调》等集，虽皆唐人所选，然亦多主于晚唐矣。[②]

在杨氏的观念中，他选《唐音》的初衷在于前代的唐诗选本各有瑕疵：《河岳英灵集》蔽于"略七言，律绝仅存一二"，《极玄》蔽于仅存五言及中唐诗，《中兴间气》《又玄》《才调》蔽于主晚唐。虽然前代选本各有偏失，但杨氏对这些选本还是有所区分的。杨氏云"及观诸家选本，载盛唐诗者，独《河岳英灵集》"之语就表明：在阅读所有选本并认真分析《极玄》《中兴间气》《又玄》《才调》等唐诗选本的基础上，杨氏得出的结论为：《河岳英灵集》不仅是这些选本中唯一选录盛唐诗的，也是选诗相对较好的。

杨士弘在选诗过程中名盛唐之诗为"正音"正说明其对《河岳

---

① 李珍华、傅璇琮：《〈河岳英灵集〉研究》，中华书局1992年版，第30—31页。

② 杨士弘编，张震、顾璘评注，陶文鹏、魏祖钦校注：《自序》，载《唐音评注》，第7页。

英灵集》的肯定，这也表明杨士弘《唐音》的诗学思想直接吸收了殷璠的诗论。殷璠的诗论主要体现在《河岳英灵集》“序”、“集论”与“品藻”部分，其突出的诗论即为音律论。李珍华、傅璇琮对此辟专文《〈河岳英灵集〉音律探索》加以研究，另外，卢盛江等人也对之作了一些探索。[1] 殷璠非常重视诗之音律，“声律风骨始备矣”、“雅调”、“词与调合”、“四声尽要流美”等语无不表明他对诗歌声音的重视。但是直接启发杨士弘音律思想的是殷璠《河岳英灵集》“集论”部分中的话：“昔伶伦造律，盖为文章之本也。是以气因律而生，节假律而明，才得律而清焉。宁预于词场，不可不知音律焉。”[2] 在“气因律而生，节假律而明，才得律而清”之中，殷璠强调了音律的重要性，这与“声律风骨始备矣”、“雅调”、“词与调合”之语的诗学思想吻合。于是，他得出结论：“不可不知音律。”这一提法被杨士弘给予了回应：

> 于是审其音律之正变，而择其精粹，分为《始音》《正音》《遗响》，总名曰《唐音》，凡十五卷，共诗一千三百四十一首。始于乙亥，成于甲申。嗟夫！诗之为道，非惟吟咏情性，流通精神而已，其所以奏之郊庙，歌之燕射，求之音律，知其世道，岂偶然也哉？观是编者，幸恕其僭妄，详其所用，心则自见矣。[3]

“求之音律”即对“不可不知音律”的回应！杨士弘选诗的标准就

① 卢盛江：《殷璠诗学几个问题新析》，《吉林师范大学学报》（人文社会科学版）2011年第6期；卢盛江：《殷璠声律说释疑——唐代文术论札记》，《江西师范大学学报》（哲学社会科学版）2006年第1期。

② 王克让：《河岳英灵集注》，第4页。

③ 杨士弘编，张震、顾璘评注，陶文鹏、魏祖钦校注：《唐音评注》，“《唐音》姓氏并序”第8页。

是“审音律之正变”，而这种音律不仅仅是“吟咏性情”，还要“流通精神”，且能“奏之郊庙，歌之燕射，求之音律”，这与殷璠所说的“既闲新声，复晓古体。文质半取，风骚两挟”的思想有共通之处，即都有从音律的角度挑选唐诗中整合的新声、古体、文质、风骚、吟咏情性、流通精神及可以奏之郊庙等的诗歌审美倾向。由此可见，杨士弘与殷璠诗学中均强调声音的重要作用，通过“不可不知音律”到“求之音律”的一问一答中见出两人诗声观念的一致性与承继性。

要言之，杨士弘“审音律之正变”论的间接来源是《诗经》中正变内容以及《乐记》建构起音乐与文学的关系并进一步要求在两类艺术上审音的审美要求，直接来源即唐代选本学的大家殷氏的《河岳英灵集》的选诗观念。当然，其观念也应有来自严羽等人推崇唐诗的影响作用。

二 “审音律之正变”的内涵

如上述，《诗大序》最早将《诗经》的文本从正变的角度区分，认为:“正风”、“正雅”是西周王朝兴盛时期的作品，而“变风”、“变雅”则是西周王朝衰落时期的作品。继之，郑玄认为《周南》《召南》是“正风”，将其余十三“国风”列为“变风”，同时又置《小雅》中《鹿鸣》等16篇、《大雅》中《文王》等18篇为“正雅”，其余为“变雅”。这种分别正变的传统对杨士弘“审音律之正变”的思想具有重要影响。很明显，以上提到的正变观念是文化层面的正变观念，当然也是为政治导引所服务，不是诗学音律意义上的正变观念。这就为杨士弘从音律上讨论、界定正变的观念留下了空间。

首先，正与变是什么？先看“正”。许慎《说文解字》释曰：

“正，是也。从止，一以止。……古文正。从一足。足亦止也。”《说文解字》又训“是”为“直也”。段玉裁引《左传》注“是”曰：“正直为正。”[①] 正即直。《礼记·玉藻》曰：“口容止。”《注》曰：“不妄动也。”[②] 止，静止。所以“正”是正直、没有偏斜且静止的状态。《易·乾卦》曰：“刚健中正。”由此可知，“正”与“中”的糅合才是“正”的应有之意，如《乐记·乐论》“中正无邪，礼之质也”中的“中正”便是。

“变”，《说文解字》释曰：“变，更也。”《易·乾卦》曰：“乾道变化。”可见，“变”是由此及彼或由彼及此等的转化。从正与变的关系看，“变”与“正”相反相成。从音律上看，“正”是中正平和的声音，乃情性的自然吟咏，同时有温柔敦厚的审美特征；“变”是粗犷、偏邪的声音，或是不符合儒家中正平和的声音。

对杨士弘来说，其“音律之正变”有不同的特质。为更好地理解杨士弘“正音”或“正声”的意图，此将杨论中涉及音律并可能有助于阐释的话语罗列于下：

1. 诗之为道，非惟吟咏情性，流通精神而已，其所以奏之郊庙，歌之燕射，求之音律，知其世道。

2. 然音律纯厚自然可法者九人，共诗二十六首。……晚唐来作者愈盛而音律愈降，独许浑、李商隐对偶精密，有可法者二人，共诗二十首。……五言绝句盛唐初变六朝《子夜》、《杨柳》之类，往往音调高古，皆可为法，十三人共诗六十首。[③]

3. 自六朝以来，正声流靡。四君子一变而开盛唐之端，卓

① （清）段玉裁注：《说文解字注》，上海古籍出版社 1981 年版，第 69 页。
② 郑玄注，孔颖达疏：《礼记正义》，载李学勤主编《十三经注疏》，第 925 页。
③ 杨士弘编，张震、顾璘评注，陶文鹏、魏祖钦校注：《唐音评注》，第 73 页。

然成家。观子美之诗可见矣。然其律调初变，未能纯，今择其粹者，列为唐诗始音云。①

4. “然其音律沉浑皆足为法者十人。……五言律诗唐初作者虽多，选其精纯者十四人，共诗七十六首。②

“吟咏情性”与“流通精神”强调诗要表达自然情性及表达的顺畅。“流通”意味着如水注向四面八方，通行无碍，得以整体通脱而富于内在之情性。故《唐音》曰：“若太白登黄鹤楼，独推崔颢为杰作；游郎官湖，复叹张谓之逸兴；拟古之诗也，则仿佛乎陈伯玉。古人之不独自专其美，相与发明斯道如是。”③ 杨士弘认为，诗人一般不会孤芳自赏，创作诗歌亦是如此，他们更多是通过学习、领悟他人的优秀之作，最后达于诗道之境地。李白对崔颢等人的推崇既是自身诗学不足的发现，也是一种良性的诗道沟通，此正是学习他人风尚的一种“流通”。这种“流通精神”亦应“奏之郊庙，歌之燕射，求之音律”，这些说的都是诗之声音，表明诗道既要意义流动，还要声音自然雅正且符合音乐的表达需要。表现在杨士弘的语言中，“纯厚”、“精纯”、“高古”、“精密”、“谐合”等词就是较有代表性的诗学评论，也是杨士弘“正声”的重要特点。“正声”最初指宫、商、角、徵、羽五音，后来这种具体的观念在诗学中变得逐渐抽象，正声的意义也由具体变得抽象，逐渐成为一种天然浑沦且有正面价值的声响。杨士弘的“正声”即是正声之抽象概念的所指，也是他非常推崇的符合儒家传统的诗的声音。可见，杨士弘音律之“正声”的观念在于诗之“纯厚”与“高古”的审美风格，“精纯”与“精密”无间

① 杨士弘编，张震、顾璘评注，陶文鹏、魏祖钦校注：《唐音评注》，第1页。

② 同上书，第72页。

③ 杨士弘编，张震、顾璘评注，陶文鹏、魏祖钦校注：《唐音姓名并序》，载《唐音评注》，第7页。

的声响模式，诗的各部分和谐的整体特征，这些理论内涵均表明流通精神的重要性、意义与音律于诗的重要性。

“变声”指变宫、变徵等。后来也由具体变得抽象，一般提及的“变声”代表淫邪、不正之声，多指一种杂乱之声响。此用杨士弘之语来说明：“《遗响》不分类者，以其诸家之诗，篇章长短参差，音律不能谐合，故就其所长而采之”[①]；“然首尾音律往往不纯”；“或沦于怪，或迫于险，或近于庸俗，或穷于寒苦，或流于靡丽，或过于刻削”。[②]“变”一般是参差不齐、音律不谐或不纯，表现为音律怪险、庸俗、寒苦、刻削、靡丽。杨士弘在正声之外，别立他响的原因就是出于正变之比较。对比“正”与“变”，很容易发现，两者的区分非常明显，孰优孰劣亦十分晓然。同时，变声并不意味着必须完全抛弃，相反，它具有独特的参考价值。杨士弘的诗学既要求伸“正”抑“变”，又要求变声成为诗学的重要组成部分，也就是说，他主张正声与变声两者相辅相成、缺一不可，这才是杨士弘“审音律之正变”的意义所指。显然，这也是十分圆通的诗学观。

讨论“正声”后，有必要继续讨论杨士弘的“音律”概念。杨士弘在《唐音》中数十次提及“音律”，但一直都没有给它定义。

一般来看，音律即声音的规律。杨士弘的“音律”也包括了这种意义，但不止于此。此处先将杨氏提及的相似名词作一个穷尽式的列举：“律调”、“句律”、“意调”、“音调”、“音韵”、“音声”、“声律”、“调格”、“气韵”、“声音”、“辞调”。

考察这些词，很容易发现，与“音律”基本同义的是“律调”、“声律”、“音调”、“音韵”等，而其他词的意义或稍有溢出“音律”的范围。从一定程度上说，这些词的旁溢正是“音律”概念的外延。

① 杨士弘编，张震、顾璘评注，陶文鹏、魏祖钦校注：《凡例》，载《唐音评注》。

② 杨士弘编，张震、顾璘评注，陶文鹏、魏祖钦校注：《唐音评注》，第73、74页。

以下试对所引之词进行简单的归纳分析。

“音律”与“声律”、“音韵”同义，其他相同词如“音调”、“律调”等，可以举相关句子以证之：“往往音调高古，皆可为法”；“而诸书中采其律调精粹者类附于此云”。[①] 可见，这些词与“音律”的意义基本一致。

另外，“句律”是句子的遣用规律；“音声”即“声音”；“调格”即声调与体格，是明代诗学“格调”论的萌芽；“气韵”不是“气韵生动”，而是以韵为目的，以气为动力；“辞调”即诗辞的声调。这些概念其实都是构成“音律”的重要成分，均是音律的内涵与外延。杨士弘提出这些概念的目的明显是为了使“音律”在《唐音》中呈现得更完满。通过理解所有与“音律”有关的词语，可以发现，它们都沾染了“音律”的诗学意味，表现了杨士弘“音律”对字法、句法、体格、气格、辞的包纳。

要之，杨士弘的“音律”主是以诗歌的声音为研究对象，包括诗歌的平仄、声韵、对偶、字法、句法、体格、诗辞以及整体呈现的声响。

由“正声”与“音律”的解释及杨士弘的相关表述可知，其“审音律之正变”论的核心在于诗的音律（或声音），但要从形式与内容上分别进行理解：内容上，杨士弘要求诗歌的音律是吟咏情性而产生的，表现人类的情感与思想是自然与流通的，且达到可“奏之郊庙、歌之燕射、知其世道”的思想目的，即正声（儒家诗教的价值）；从形式上看，分为两个方面，诗歌的整体的声响是自然的，一是也；诗歌的格律、声韵、字句、节奏等具体形式层面也要达到和谐美听，一是也。

---

① 杨士弘编，张震、顾璘评注，陶文鹏、魏祖钦校注：《唐音评注》，第73、629页。

所以，杨士弘“审音律之正变”就是要通过考察诗歌声音的方式，通过对诗的字法、句法、体格、气格、诗辞和诗的押韵、平仄、节奏等以及诗的整体声响等的分析与辨别，从而确定诗之正体与变体（特别是唐诗的正体与变体），以形成正变相结合的诗学观。这为明代及其后代诗歌创作提供了声音与意义双美、“流通精神”等指导方针。

三 “审音律之正变”的意义

“审音律之正变”的意义不离以下几点：

以变见正，归向音律纯美。前已论及，杨士弘对“正”的肯定是《唐音》选诗的主要路向，但由“审音律之正变”可知，其意识中亦深蕴着对“变”的认可。[①] 审“正”可以知“变”，审“变”亦可以达“正”。在杨士弘的诗学观念中，“正变”并置本身就说明了“变”不可轻废。杨士弘“审音律之正变”的意图，在其《唐音遗响目录并序》中说得很清楚：

> 余既编《唐诗正音》，今又采其余者，名曰《遗响》，以见唐风之盛与夫音律之正变。学诗者先求于正音，得其情性之正，然后旁采乎此，亦足以益其藻思。[②]

藻思即才思。杨士弘要求学诗的方法是：先认真学习《唐音》中属

---

① 后世许多学者认为，杨士弘选晚唐诗人更多是一种诗学失误。明邵天和序《重选唐音大成》曰：“至正间，襄城杨伯谦独取李唐一代名家，编为数卷，命曰唐音，其用心亦至矣。第取于盛唐者太严，而于晚唐似又颇恕，以李、杜、韩三大家而不与，尚自不能无遗憾。”胡应麟云：“独杨伯谦《唐音》颇具只眼。然遗杜、李，详晚唐，尚未尽善。”胡震亨云：“所称正音余响者，于前多有所遗，于后微有所滥。而李、杜大家，猥云示尊，未敢并骘，岂非唐篇一大阙典？”

② 杨士弘编，张震、顾璘评注，陶文鹏、魏祖钦校注：《唐音评注》，第629页。

正音之诗，得到情性之正，这相当于为作诗者与读诗者奠定诗学思想基础，不致随以后的学习或创作偏离诗歌之正道。继而，他采变音入《唐音》的方法是“旁采”，即不以变音为主，这实际达到了既没有撼动正音的诗学地位和价值，又达到了增添一些新的诗学价值进入其中，创造了既符合正统诗学的价值取向，又“益其藻思”即增加诗人的学识与培养他们的博见的目的。

从《唐音》所选内容看也说明了杨士弘的这种取向。《唐音》选诗共 1341 首，分“始音”、“正音”、“遗响”三大类，《始音》仅选初唐四杰的共 93 首，《正音》分六卷选 69 家的共 885 首，《遗响》分七卷选 121 家的共 363 首。从绝对数量看，“正音”是杨士弘《唐音》的最重要部分，这也是其选唐诗的主要价值所在。同时杨士弘对《始音》《遗响》亦给予了积极的关注，特别是所选的《遗响》。从卷数看，《遗响》七卷正好是《唐音》总卷数的一半；从所选诗的数量看，《始音》《遗响》所选总数 456 首，差不多是《正音》的一半。杨士弘选诗布局的意图很明显，即把变音作为重要的参考，而突显正音的重要地位，这正体现了他在诗学上博观正变而“变”不夺“正”、变以辅正的审美诉求。

杨士弘《唐音》“审音律之正变”的最终指向是盛唐之诗，即“专取乎盛唐”。他在《正音》卷首“小序”中说道：

> 唐初稍变六朝之音，至开元天宝间始浑然大备，遂成一代之风，古今独称，唐诗岂不然邪，是编以其世次之先后，篇章之长短，音律之和协，词语之精粹，类分为卷，专取乎盛唐者，欲以见音律之纯，系乎世道之盛。①

① 杨士弘编，张震、顾璘评注，陶文鹏、魏祖钦校注：《唐音评注》，第 74 页。

《正音》是《唐音》最主要的部分，以体式分类，分选各体中最具代表性的作品，较能反映唐代诗歌的总体成就。如《正音》卷二选七言古诗，入选最多的分别是：岑参23首，王维14首，李颀13首，高适11首，崔颢8首。按照当前对唐代诗歌的流行评价，以上诗人正是盛唐七古诗作最高成就的代表，这是杨士弘“专取乎盛唐者”的确证。后来的胡震亨云：

> 自宋以还，选唐诗者，迄无定论。大抵宋失穿凿，元失猥杂，而其病总在略盛唐，详晚唐。至杨伯谦氏始揭盛唐为主，得其要领；复出四子为始音，以便区分，可称千古伟识。①

胡氏所说的“要领”大致等于杨士弘所说的“音律之和协，词语之精粹，类分为卷，专取乎盛唐者，欲以见音律之纯，系乎世道之盛”。杨士弘选择的标准首先是韵律和协、词语精粹，这两点都关乎诗之音律，是满足诗的音乐性的需要。所以他指明如此选法的落脚点在“见音律之纯，系乎世道之盛”。这既是杨士弘选诗的落脚点，也是他对盛唐佳作进行的理论总结。一般来看，音律有纯杂之别。杨士弘认为，所选诗作均是盛唐佳作，也是音律纯正者，是符合儒家温柔敦厚价值的音律。而这种纯正音律之诗又是盛世的反映，即“声音之道与政通矣”。杨士弘《正音》所选之诗是唐代最盛时期政治文化的反映，是盛唐国家昌明、世道明治的表征，更是盛唐诗歌的最杰出代表。故《正音》是“审音律之正变”中的“正”，也是盛唐诗作的精品与经典，这也是杨士弘“专取乎盛唐者”的原因。

---

① 胡震亨：《唐音癸签》卷31，载周维德集校《全明诗话》，第3812页。

“专取乎盛唐”是杨士弘从“审音律之正变”角度做出的诗学选择，表达了一种强烈的宗唐意愿，为唐诗的经典化路程起到了非常重要的作用。首先，杨士弘试图从一个全新的角度——审音律之正变——来推介唐诗，也就是从声音的角度来强调唐诗在中国诗歌史上的地位，故以“唐音”名之。其次，唐诗选本很多，包括唐人选唐诗、他朝人选唐诗等，但这些选本在选诗过程中，没有刻意地表明以唐诗为宗的诗学思想，特别是唐代人自己所选的集子，如殷璠的《河岳英灵集》、芮挺章的《国秀集》、高仲武的《中兴间气集》等，这些选本由于是本朝人选本朝诗，不可能意识到唐诗在中国诗学史上的地位。宋代虽有学习唐诗的文学流派或作家，但他们至多不过希望模仿部分唐诗的习气与作法来促成宋诗的发展，也大多没有将大部分唐诗推为经典。况且宋人的这种学习只是他们艳羡唐诗独占天下的局面，并希图依靠学习性创作来打破唐诗的独尊地位。如李杜诗歌受宋代诗人追捧的原因，更多是作为一种模仿与学习的对象。但对杨士弘不同，他对李杜是非常认可的。可以说，李杜在杨氏的诗学意识中的地位应是至高无上的。所以，《唐音》未选李杜之诗，这是一种恐惊天上人、存而不论的做法，故杨氏云：“李杜韩诗世多全集，故不及录”；“夫诗莫盛于唐，李杜文章冠绝万世，后之言诗者，皆知李杜之为宗也”。[①] 所以，杨士弘对唐诗的选与不选皆出于以唐诗为经典的选本意识。杨士弘是较早地推尊唐诗的诗学家，其选唐诗的工作是唐诗经典化发展中的里程碑，特别是“审音律之正变”的选诗方法，更是从音律的角度导引和启发了后代对唐诗经典地位的确认。

杨士弘“审音律之正变”的诗学趣向直接导致了明代格调说的鼎

---

① 杨士弘编，张震、顾璘评注，陶文鹏、魏祖钦校注：《凡例》《原序》，载《唐音评注》。

盛。[1] 简单地理解，格调论即格与调的组合，杨士弘的“音律”与体格、音调相提并生。《唐音》曰：“是以皇茂政而下止得三十三人以及晚唐三家，体制音律之相近者附焉，曰唐诗正音。”[2] 体制即诗之体式，如五言、七言等。杨士弘在《唐音》中以五言与七言古诗、五言与七言律诗、五言与七言绝句区分《正音》的所有诗就是其辨明体制的说明。而此处杨士弘认为自己所列之诗是唐诗正音的归因就是体制与音律相匹配、相协调，这也说明杨士弘在融合体与调的畛域并最终构成格调诗学。高棅的《唐诗品汇》对《唐音》的别体选唐诗思想的继承是学界所公认的，《唐诗品汇》将明代辨体理论发展到了一个较为成熟的阶段，是明代选本学上辩体理论的高峰。后来李东阳的“以声辩体”、谢榛的“求声调”、胡应麟的“体格声调”等即是格与调的双重考察，是格调诗学的表现，也是杨士弘诗学观念的延展。

综而言之，“音律”与“正变”的描述方式虽不为杨士弘所创发，但关键的是，他在《唐音》之中结合唐诗的声音进行了阐释，以审察诗歌声音的方式来剖析诗歌之正与变，从而为诗歌的学习树立了方向与旗帜，这影响到了后来以前后七子为主要代表的格调论诗学及郝敬的“诗主声”说等诗声理论。[3] 明人陆深之语甚确：“襄城杨伯谦，审于声律，其选唐诸诗，体裁辩而义例严，可谓勒成一家矣。惟李杜二作不在兹选，昔人谓其有深意哉！夫诗主于声……独于初唐之诗无‘正音’，而所谓‘正音’者，晚唐之诗在焉；又所谓‘遗响’者，则唐一代之诗咸在焉。”

---

① 王守雪：《从“音律正变”理论到格调说》，《殷都学刊》2000 年第 4 期。

② 杨士弘编，张震、顾璘评注，陶文鹏、魏祖钦校注：《唐音评注》，第 74 页。

③ “正变”是中国传统诗学中的重要概念，在不同的时期有不同的指向，有的从社会历史、性情、诗体、艺术表现等上讲，也有的从声音、时代的诗歌特点等上讲。总之，其复杂性不言而喻。笔者以为，其含义大致有三：一是意义（内容、性情等）之正变；二是诗体（风格等）之正变；三是艺术表现（声音等）之正变。参看胡建次《中国古典诗学中的正变批评》，《南昌大学学报》（人文社会科学版）2007 年第 1 期。

第二节 高棅的“声律纯完”与“以声选诗”论

高棅（1350—1423），字彦恢，后改名廷礼，号漫士，福建长乐人，“闽中十才子”之一。永乐初，以布衣征为翰林待诏，迁典籍。著有《啸台集》二十卷、《木天清气集》十四卷、《玩宇楼诗文集》、《拾遗》十卷。论诗主唐音，所著《唐诗品汇》为明初诗歌复古的里程碑，也是中国文学的重要批评著作。

高棅《唐诗品汇》是继杨士弘《唐音》之后非常重要且较早的唐诗选本之一，其另编有《唐诗品汇拾遗》十卷，与《唐诗品汇》九十卷合成一百卷。在此基础上，高氏选择了有代表性的盛唐诗，编成《唐诗正声》二十二卷。高氏的唐诗选本比起杨氏的选本来说，更趋于丰富与完善。在“审音律之正变”观念指导下及前贤选唐诗的基础上，高氏建立了自己的诗学理念“声律纯完”，并注重以声选诗。

一 高棅诗学重提文道的“性情之正”

文道关系是中国文学的一个重要命题，经刘勰、韩愈、柳宗元等人丰富完善后，其主要表现为文道合一。具体而言，文是文学，道是儒家思想和儒家经典中的思想。荀子云：“圣人也者，道之管也。天下之道，管是矣；百王之道，一是矣；故《诗》《书》《礼》《乐》之归是矣。”[①] 如果从文道合一与文以载道的角度来说，文学所言之道就是儒家与儒家经典中的主要思想。韩愈《燕河南府秀才》曾说文学与文道的本质关系：“文人得其职，文道当大行。”[②]

① 董治安、郑杰文：《荀子汇注汇释》，齐鲁书社 1997 年版，第 241 页。
② 钱仲联：《韩昌黎诗系年集释》，上海古籍出版社 1984 年版，第 766 页。

高棅的文道论主要从诗学上展开，下面以他的唐诗选本的几篇序为读解对象。《唐诗品汇·总序》曰："呜呼！唐诗之偈弗传久矣，唐诗之道，或时以明。诚使吟咏性情之士，观诗以求其人，因人以知其时，因时以辩其文章之高下，词气之盛衰。本乎始以达其终，审其变而归于正，则优游敦厚之教未必无小补云。"[1] "偈"即诵唱。"唐诗之偈"即唐诗之唱法；"唐诗之道"即唐诗蕴藏之道，也即是文道。从层次上说，它们的意义不一致；但从所属来说，唐诗之偈应被唐诗之道所容纳。高氏认为，唐诗之道自唐后基本已泯灭。也正因此，高氏把恢复诗道的责任视作明代文人的重要工作，于是他编选《唐诗品汇》，目的是让明代诗人通过阅读具有典范意义的唐诗来认识唐诗、唐人、唐代，以"审其变而归于正"的方式获得对唐诗的整体认知，最终有补于诗道。

高棅《唐诗正声·序》说得更清楚：

> 鲁郢匠之巧者，不能使人巧；甘养射之精者，不能使人精。能使人精与巧者，道也。镑铲锕锯，运绳度材，匠之道也；雕弧劲矢，控弦贯鹄，射之道也。彼二者能诲人以道，由道而得乎精巧者，在乎人。推是以往进，吾诗道者，曷易哉？呜呼，斯道也，岂易言哉？易学哉？易得哉？学斯道者而曰得斯道，是未可与言斯道也。夫道止于诗、止于言、止于真、止于古，可乎？曰：未也。进而求之，得乎诗中之诗、言外之言、非真之真。原汉魏、溯六代，以入于唐，又进而造乎开元、天宝之域。然后则曰：止斯可矣，止斯可矣，是谓道也。[2]

---

① （明）高棅编：《五言古诗叙目》，载《唐诗品汇》卷1，东方文化研究院京东研究所藏嘉靖十六年序刊本。

② ［日］东聚著，益周升龙与岛伯海校：《唐诗正声笺注》，早稻田大学土岐文库藏本。

高棅举鲁匠、射者为例，认为他们能巧与能精的原因在于其中的道使然。“精”与“巧”不易把握，与“道”有相似的特性。但经过人的不断领悟等，“巧”与“精”最终可被人道破。接着，在比较“巧”、“精”之道和诗道后，高氏认为，诗道更不易把握，原因在于：首先诗道具有精与巧不易把握的特性；其次即使有人领悟了诗道，他们也不能很轻易地用自己的语言将这些诗道呈现出来。高氏给出了具体学习诗道的方法——“原汉魏、溯六代，以入于唐，又进而造乎开元、天宝之域”，最后才“得乎诗中之诗、言外之言、非真之真”。高棅实际上说明：对诗道的追寻，不必执着于理论的学习与总结，而要在对自汉魏至唐代开元、天宝年间诗作的推溯之中达到对“诗中之诗，言外之言，非真之真”的把握。总之，高棅《唐诗正声》的目的在于远涉《诗经》、汉魏传统，近取唐诗佳作的审美旨趣，以发扬诗道并进而发扬文道。

高棅的诗道观是特定时代环境下的特定诗学产物。结合“吟咏性情之士”看，高氏所说的唐诗之道包括了“吟咏情性”和“优游敦厚”，换句话说，他把文道集中指向了性情和温柔敦厚，且性情必须是正的——性情之正。

高氏为何要把性情之正作为自己的诗道主要观念，可在《唐诗正声·凡例》中找到线索：

> 诗者，声之成文也，情性之流出也。情感于物，发言为声，故感有邪正，言有是非。唯君子养其浩然，存其真宰，平居抱道，与时飞沉，遇物悲喜，触处成真，咨嗟咏叹，一出于自然之音，可以披律吕而歌者，律诗之正也。其发于矜持忿詈谤讪侵凌，以肆一时之欲者，则叫噪怒张，情与声皆非正也，失诗之旨，得诗之祸也。观者先须遗妄返真、秉心明目，然后辨是非、

察邪正，以定其取舍，而有迷谬者寡矣。[①]

高氏从声音与性情的角度来解释诗的构成，并详细分析了物—性情—言—声的过程，并得出结论“感有邪正，言有是非”。言有是非，即性情有是非。作出这种判断的原因在于：高氏把性情之正作为诗歌的重要构成，这实际是对宋代理学诗学的继承与发展。朱熹曾云：“诗者，人心之感物而形于言辞之余也。心之所感有邪正，故言之所形有是非。”[②] 诗人之性情有正邪之分。性情之正即传统儒家思想的君子涵养，是吻合一定规范的中正平和之情态；性情之邪即孔子“思无邪”之“邪”，没有节制的散漫之情感，既有郑卫之邪，也有不平不中之邪。而性情之正邪反映到诗歌语言中即语言意义的是非问题。高氏化用朱熹之语，实际是把朱熹性情之正的理学诗学观念贯彻到自己的选诗理念中，也正突出了高氏性情之正的诗道观。

同时，高氏的性情之正也与明初统治者的治国思路有关。明太祖朱元璋非常重视文人，注重吸纳人才，把儒家“修齐治平”等重要思想作为自己的统治理念，但同时他又对自己任用的文人采用猜疑的态度，所以绝不允许文人稍有过失，否则即被残忍杀之。清赵翼曾言及明代“文字之祸”：

按是时文字之祸起于一言。时帝意右文，诸勋臣不平，上语之曰：“世乱用武，世治宜文，非偏也。”诸臣曰：“但文人善讥讪。如张九四厚礼文儒，及请撰名，则曰士诚。”上曰：“此名

① 高棅：《唐诗正声・凡例》，载东聚著，益周升龙与岛伯海校《唐诗正声笺注》，早稻田大学土岐文库藏本。

② （宋）朱熹：《诗经集传・原序》，《四库全书》第72册，第748页。

亦美。”曰：“《孟子》有‘士诚小人也’之句，彼安知之。”上由此览天下章奏，动生疑忌，而文字之祸起云。①

动辄起疑而文字之祸随之，是朱元璋统治时期司空见惯之事，顾颉刚曾著《明代文字狱祸考略》予以述明。可见，明初政治处于统治者既欲对文人宽松，又以高压政策对待之的氛围中。高棅面对士人极其狭小的生存空间，在选唐诗过程中，当然必须注意自己的选诗观念与诗道理念。他突出诗道的性情之正实际是在高压政治下对自己生命的保护，既做到了归依儒家文道，又延长了自己的政治与诗学生命。故许学夷赞叹高氏的诗学之道云：“既无苍莽之体，亦无纤靡之调，而独得和平之体。”②

从高棅诗学著述看，也可以知道其“性情之正”文道观的渊源。《唐诗正声·凡例》曰：“题曰正声者，取其声律纯完而得其性情之正者矣，仍掇严子之论列其端，以质诸知音，庶几予用心之不谬矣。”③ 高棅交代得非常清楚，他所选的正声是“声律纯完”和“性情之正”的作品，但其指导原则是以严羽《沧浪诗话》中的诗论为端绪，其目的是让真正懂得唐诗旨趣的知音者来寻求唐诗之美与盛。“声律纯完”与严羽“诗之法有五：曰体制，曰格力，曰气象，曰兴趣，曰音节”中的“音节”有较多相同之处。另外，《唐诗正声·凡例》开篇就引用了严羽《沧浪诗话》的四条诗论作为诗法之原则。在《唐诗品汇》“卷首”中有“历代名公叙论”条目，此条下罗列

① （清）赵翼：《明初文字之祸》，载《廿二史札记校证》卷32，王树民校证，中华书局1984年版，第741页。

② （明）许学夷：《诗源辩体》卷36，杜维沫校点，人民文学出版社1998年版，第364页。

③ 高棅：《唐诗正声·凡例》，载东聚著，益周升龙与岛伯海校《唐诗正声笺注》，早稻田大学土岐文库藏本。

了殷璠、杜确、元稹、蔡宽夫、李希声、雪浪斋、严羽、虞集、杨载等十八家，其中引严羽《沧浪诗话》十七条，远远超过所引其他人的诗论，这都说明了高氏对严羽诗学的继承。

除严羽等人外，杨士弘对高棅的影响是直接的。首先，从时间上看，杨士弘《唐音》的编选始自至元元年（1335），成于至正四年（1344）。高棅《唐诗品汇》始编于明太祖洪武十七年（1384），成书于洪武二十六年（1398）。两书前后相隔时间不长，仅相差四十年。杨士弘《唐音》出现后，文人倍珍之，故《四友斋丛说》曰："元杨仲弘（士弘）所选《唐音》，小时见其盛传。"[①] 高棅《唐诗品汇》与杨士弘《唐音》的编选时间相差不多，且《唐音》影响如此之大，高棅选唐诗之前必然要对之详研。其次，高棅吸收了杨士弘《唐音》中的很多选诗理念。在《唐诗品汇·总序》中，高棅列举了前朝唐诗选本后云："唯近代襄城杨伯谦氏《唐音》集，颇能别体制之始终，审音律之正变，可谓得唐人之三尺矣。"[②] "审音律之正变"就是高棅拿来并运用在自己的选诗过程中非常重要的诗学理念。杨士弘分"始音"、"正音"、"遗响"三大类来编选，每类中又分为正始、正宗、大家、名家、羽翼、接武、正变、余响、旁流共九品。高棅在诸体中多按正始、正宗、大家、名家、羽翼、接武、正变、余响、旁流共九品选诗。比较两人之方法，其实皆都是"审音律之正变"思想的体现。

总之，高棅的《唐诗品汇》众集传统文道之精华，强调诗学的性情之正，这为其广泛传播奠定了较好的传统文论上的价值与意义。

二　提炼唐诗的审美标准——"声律纯完"

《唐诗品汇·总序》曰："每一披读，未尝不叹息于斯。"[③] 可见，

① （明）何良俊：《四友斋丛说》，中华书局1959年版，第223页。
② 高棅：《总序》，载《唐诗品汇》，东方文化研究院京东研究所藏嘉靖十六年序刊本。
③ 高棅：《总序》，载《唐诗品汇》。

在认同杨士弘“审音律之正变”思想时，高棅希望自己能够做出进一步的诗学贡献。于是，在《唐诗品汇》与《唐诗正声》中，他提出了“声律纯完”的理论，试图重构杨士弘的“审音律之正变”，从而建立唐诗之美的审美标准。

“声律”是什么?《辞源》释“声律”：一为五声六律，指音乐；二为诗赋的声韵格律。[①] 这种解释不能够完全概括高棅“声律”的全部意涵。笔者且将“声律纯完”置放在高棅选诗的语境中，使高氏“声律”的内涵突显出来。

首先，“声律”指诗的声韵格律。《唐诗品汇》与《唐诗正声》均选唐人之诗，而唐人之诗主要是近体诗，也就是格律诗。格律诗最重要的是声韵格律，高棅遍取唐诗作为诗学规范的初衷当然也少不了对声韵格律的重视。《唐诗正声·凡例》曰：“以正声采取者，详乎盛唐也，次初唐、中唐、元和以还，间得一二声律近似者，亦随类收录。若曰以声韵取诗，非以时代高下而弃之，此选之本意也。”[②] 高棅选《唐诗正声》的目的是“详乎盛唐”，树立盛唐诗的典范意义。除此之外，高棅次取初唐、中唐诗，连在声律上与盛唐近似的元和之后的部分诗作也入选《唐诗正声》。为不致他人误会，高棅曾特对他所说的“声律”作了解释：“以声韵取诗”。此处“声韵”不完全等于声韵格律，但一定包括了《辞源》所说的“声韵格律”。

除“声韵格律”外，高棅的“声律”还指诗之整体音响或声音。高棅在《唐诗正声》“凡例”中云：

---

① 《辞源》修订本、合订本，商务印书馆1988年版，第2353页。

② 高棅：《唐诗正声·凡例》，载东聚著，益周升龙与岛伯海校《唐诗正声笺注》，早稻田大学土岐文库藏本。

> 尝谓风骚辍响，五言始兴；汉氏既亡，文体乃散；魏晋作者虽多，不能兼备诸体；齐梁以还，无足多得。其声律纯完，上追风雅而所谓集大成者，唯唐有以振之。因编《唐诗品汇》一集，自贞观迄于龙纪三百年间，观时运之废兴、审文体之变易，凡所谓大、名家十数公与夫善鸣者殆将数百家，其言足以没世而不忘者，悉录之，分编定目，随体类从，凡九十卷，共诗五千七百六十九首，与好事者共之。[①]

细察该段，不难发现：高棅谈及《诗经》的可乐，并继而说这种可唱、可歌之诗已灭亡的事实，其落脚点在说唐诗之声音与风骚之声音有较大的相似性。因为他认为，唐诗虽然是近体诗，但其中的声韵格调所铸就的声音“声律纯完”，也上追风雅、下及汉魏，其可乐与可唱之特点也正是对《诗经》可乐传统的继承。可见，高棅的“声律”与《诗经》之可歌性的构成成分基本一致。[②] 文尾高氏云及的“夫善鸣者”正强调了唐诗的可歌性和音乐性，这种音乐性与“声律纯完”之“声律”大致吻合。

“纯完”是就声律体现出来的审美状态而言。于诗而言，“纯”从两个方面来说：一者表示诗思之“纯”，即思的纯一精粹；二者表示语言之“纯”，可从声律、押韵、句法、字法等而言，要求诗歌整体形式构成是纯一的。两者结合起来，诗歌之声音的“纯”就是要诗歌的形式之“纯”进而形成整体声响之“纯”，有咸和之美、纯如之美。“完”意味着圆满与完备，于诗而言，“完”同样具有两种意义：一是诗思之尽言，即完美地表达出诗思；二是诗思形成的形式等

① 高棅：《唐诗正声·凡例》，载东聚著，益周升龙与岛伯海校《唐诗正声笺注》，早稻田大学土岐文库藏本。

② 诗歌的声音与平仄、声韵、节奏、字法、句法、章法、体式等有关。

因素的完备。从声音的角度说，“完”即要求诗歌声音不仅有全部形成声音的元素，同时这些元素能较为圆满、和谐地相生相发。如此看，“声律”之“纯完”从两个角度来论说，既要求诗歌声音表现出纯一的美感，又要表现一种完备、圆满的美感。纯、完融合在一起，既是对诗歌声律诸要素的综合性考量，也是诗歌呈现的整体之美。

“声律纯完”在高棅的诗学中意义明显且独特。在继承杨士弘“审音律之正变”的诗学思想时，高棅的方法是先承认杨氏以音律与正变相结合的方法来审视唐诗，且认为得音律之正的作品是佳作，反之则非佳作。然后，高氏将音律之正从“审音律之正变”中突显出来，故他提及“正声”时云：“拔其尤汇为此编，亦犹精金粹玉、华章异彩，斯并惊耳骇目，实世外自然之奇宝。题曰正声者，取其声律纯完而得性情之正者矣。”“声律纯完”与“性情之正”是构成正声的必要条件，前者从形式角度来说、后者从内容角度来说。高棅把“声律纯完”与“性情之正”结合起来，并以此作为“正声”之定义。这一诗学途径不是将“声律纯完”与“性情之正”两者视为完全独立的诗学意义，而是意欲贯通两者并从中获得两者的最佳组合。换而言之，高棅的“声律纯完”与“性情之正”是相互阐发、相互提升的概念，是铸就“正声”的重要因素。所以，从这个角度说，“纯”与“正”是非常相似的概念，它们是唐诗非常重要的审美特性之一，也是典范与经典的重要构成。

高棅在选诗过程中，视盛唐诗为“声律纯正”的作品。但在纯正的盛唐诗外，高棅也不放弃其他初唐、中唐、晚唐的诗作，其原因在于他对“完”的追求，这不仅是形式完备的体现，也是要求诗歌风格多样的体现。这可以从几个方面寻找线索：一、在《唐诗品汇·凡例》中，高棅开篇提及林鸿论诗。林鸿采用“A 而不 B”的模式来论述前朝诗的优点与缺点：“骨气虽雄而菁华不足”、“但务春华，殊欠秋实”，但最后认为唐诗是“神秀声律，粲然大备”，其显然不是说唐诗在方方面面都是完备的，而是说唐诗在“神秀声律”方面是“粲然大备”的，“大备”确指“神秀声律”而言。“神秀”乃秀而入神，它超越了声韵格律等的形式，故“神秀声律”是一种融通声律、超神入化的境界。二、高棅在《历代名公叙论》中列举了严羽的十八条诗论，在《唐诗正声·凡例》中提及严羽的六条诗论，并且高氏在这两个文本中均提到严羽之论：“盛唐诸人惟在兴趣，羚羊挂角，无迹可求。故其妙处透彻玲珑，不可凑泊，如空中之音，相中之色，水中之月，镜中之象，言有尽而意无穷。”[①] 在这段话中，严羽极力赞美盛唐诗并对盛唐诗的美学特质进行了总结。在《唐诗正声》“序”中，高棅也云：“进而求之，得乎诗之中诗、言外之言、非真之真。原汉魏、溯六代，以入于唐，又进而造乎开元、天宝之域。然后则曰：止斯可矣，止斯可矣，是谓道也。”可见，高氏继承严羽而来，将盛唐诗之美视作审美之至境。对比高氏“诗之中诗，言外之言，非真之真”之语与严羽“空中之音，相中之色，水中之月，镜中之象”之语，可见两者均强调：诗道是融通浑然且十分神妙的境界。三、还可以从高棅引他人之语中见到这种审美追求。其引严羽之语为：“少陵诗宪章汉魏，而取材于六朝，至其自得之妙，则先辈所谓集大成者也。”[②] 其引殷璠《河岳英灵集·集论》之语为：“既闲新声，复晓古体。”杜甫是高棅诗歌审美视野中的集大成者，究其何为“大成者”，高棅作了解释：“宪章汉魏”、“取材六朝”。“宪章汉魏”即学习汉魏诗歌以汉魏风骨为主的审美风尚，“取材六朝”即学习六朝诗歌以声律之美为主的审美风尚。通过这

---

① 郭绍虞：《沧浪诗话校释》，第 26 页。

② 高棅：《五言古诗叙目》，载《唐诗品汇》卷 1，东方文化研究院京东研究所藏嘉靖十六年序刊本。

种借用，高氏实际想表明自己的心扉：只有两者结合才能创造出圆照之佳诗。这可在他引用的殷璠之语中得到证明："新声"即六朝声律之体，"古体"即先秦汉魏之古风。在某些诗学家看来，新声与古体是水火不容的两种诗学追求。高棅从"声律纯完"的角度要求诗学家融合"新声"与"古体"，并将他们的审美特质同时灌注在诗歌中，以形成一种浑然圆融的通透之美，这才是高棅标举唐诗声音的审美追求。可见，"既闲新声，复晓古体"表达了高棅要整合近体与古体的优势，并最终达到近体与古体融通之大美与双美。

"声律纯完"是高棅选唐诗的最佳标准，也是高氏眼中唐诗的审美内核。"声律纯完"是对形式声律的超越，既容纳有近体诗声律的要求，又容纳有自然声律的审美追求，是一种更为通脱的诗学标准。它是唐诗美之所在，也是高棅选唐诗、推崇唐诗的重要原因。

三 "以声选诗"论

以声选诗的开创者是杨士弘，其《唐音》曰："于是审其音律之正变，而择其精粹，分为始音、正音、遗响，总名曰《唐音》。"[①] 杨士弘从声调、音律的角度，区分唐诗为"始音"、"正音"、"遗响"，建立了以声分诗、以声选诗的传统，但在杨士弘这里，还只是看到了他的开创意义，并无系统的以声选诗的格局，并且其以声选诗的三类——"始音"、"正音"、"遗响"还过于简单化。参考杨士弘选诗的方法后，高棅不仅把杨士弘"审音律之正变"的思想放在自己的选诗过程中，同时发展了这一理论，完成了以声选诗的方法论构建，彰显了其《唐诗品汇》于明代诗声理论的诗学意义。

---

① 杨士弘编，张震、顾璘评注，陶文鹏、魏祖钦校注：《唐音评注》，第8页。

高棅第一次直接强调“声”在选诗中的意义，其《唐诗正声·凡例》曰：

> 诗者，声之成文也，情性之流出也。情感于物，发言为声，故感有邪正，言有是非。唯君子养其浩然，端其真宰，平居抱道，与时飞沉，遇物悲喜，触处成真，咨嗟咏叹，一出于自然之音，可以披律吕而歌者，律诗之正也。其发于矜持忿詈谤讪侵凌，以肆一时之欲者，则叫噪怒张，情与声皆非正也，失诗之旨，得诗之祸也。

对比自然界无规律的声来说，诗歌是较为系统的声音。高棅认为，物感而有情，情动而言，言发而成声。这一理路说明，高氏诗学发生机制的落脚之处在诗声。他认为，诗之触动有邪正之分，语言亦有是非之分，诗声音亦应有邪正、雅郑之分。雅声来源于创作者“养其浩然，端其真宰，平居抱道，与时飞沉，遇物悲喜，触处成真”，形成自然之声音并具婉转可歌之特点；郑声来源于创作者“矜夸忿詈谤讪侵凌，以肆一时之欲者，则叫噪怒张”，表现为无正情、无正声。无论雅声，还是正声，高氏都把可歌作为一个重要标准来衡量诗歌的好坏。特别是他把情与声作为考量诗歌是否邪的重要因素，这其实道出其重视诗声的选诗理念，也强化了诗声对于诗歌的意义。这种提法前人有论，如郑樵的“声为贵”等，但他不是从选诗和唐诗的角度提出；杨士弘虽有这种想法，也运用在自己的选诗过程中，但他没有明说。高棅把杨氏等人的想法道明了。

在《唐诗品汇》《唐诗正声》中，高棅多次强调声对于诗的意义。唐诗之审美标准——“声律纯完”——就是其诗声理论的总结性命题，也是浓缩了唐诗审美内核的一个重要理论。“声律纯完”从声的角度出发，融合了自然性情之声响与近体诗的声韵格律等，是一种至美的诗学境界。高棅为唐诗树立这面旗帜的目的非常明确——从声的方面来阐释唐诗的精华所在，这也是高棅超越前人对唐诗所作的一种提升。比起杨士弘的"审音律之正变"，高棅的意义就在于他对唐诗之声从审美理论、标准上作了总结，为后人鉴赏和学习唐诗的典范意义提供了审美依据和途径。

从实践上说，在选诗过程中，高棅将杨士弘"始音"、"正音"、"遗响"三类发展成"正始"、"正宗"、"大家"、"名家"、"羽翼"、"接武"、"正变"、"余响"、"旁流"九路，亦称"九格"。比较"正始"与"始音"、"正宗"与"正音"、"余响"与"遗响"，前后之间的继承发展线索非常清楚。三组分类无例外地带有诗的声音成分，且其核心意义均基本相同，均是从声音的角度分别代表了唐诗发展的不同阶段。

从《唐诗品汇》看，高棅的初衷是采"音律之正"与"音律之变"，以期较为全面地分析、品评唐诗，既能领悟唐诗的精华所在，也能理解非精华唐诗的所缺，所谓"仰观宇宙之大，俯察品类之盛"，这是一种周全的审美视角，后世对此亦十分赞同。胡缵宗在序《唐音》时云："诗自杨伯谦《唐音》出，天下学士大夫咸宗之，谓其音正，其选当，然未及见高廷礼《唐声》也。"[①] 胡氏解释"天下学士大夫咸宗之"的原因在于：杨氏所选诗的声音是正的，也较为妥当。但胡氏却在句尾提及高廷礼《唐声》，此处《唐声》既指《唐诗品汇》又指《唐诗正声》，也就是视唐诗为声的一种诗学观念。这在明代诗学中较为多见，如祝允明《刻沈石田诗序》曰："苏子美、

① 高棅编，（明）桂天祥批点：《刻批点唐诗正声》卷首，明万世德刻本。

晏同叔、王介甫、惠崇之流，犹唐声也。”① 由唐诗而唐声的称呼不仅是名字的转换，更是诗学观念的转变。“唐声”表明在诗歌审美过程中，声已成为诗的非常重要的审美构成。而高棅从《唐诗品汇》中抽绎出《唐诗正声》的做法，不仅是要选出最好的唐诗，同时也要选出声音与意义皆具代表性的唐诗，既符合“声律纯完”，又通于“性情之正”。从这个角度看，高氏是“以声选诗”的代表。

高氏的同乡董应举曾谈到《唐诗品汇》《唐诗正声》的选诗依据，其《唐诗风雅·序》曰：

> 如唐诗诸选，国初惟高廷礼为称，约有《正声》，多有《品汇》，当其搜辑之始，不观姓名，即知谁作，可谓善于寻声矣。而但以声调为主，无局外之观，作者亦时病之。吾夫子选诗，在可观、可兴、可群、可怨，可翼彝教、达政学，而不拘于正变，世乃以时代论诗；夫子以“思无邪”一言尽诗之义，世乃以声调格之。②

董应举认为，高棅《唐诗品汇》《唐诗正声》的选诗方式是“寻声”，也就是从声音的角度来寻绎唐诗。并进而强调，高氏在选诗过程中，“以声调为主”。“声调”即诗的整体声音，与谢榛“歌咏”唐诗以“求声调”之“声调”的意义有相通之处。随后董氏把高棅的选诗与孔夫子之删诗作了对比（这一并置本身说明了高氏在董氏心中的诗学地位），并认为，孔夫子选诗的目的是“兴观群怨”并以“思无邪”来尽诗之义，高氏选诗的目的是区别诗歌的时代正变并以

① （明）祝允明：《怀星堂集》卷24，《四库全书》本第1260册，台湾商务印书局1983年版。

② （明）黄克缵：《全唐风雅》卷首，明万历四十六年刻本。

“声调”来尽诗之义。很明显，高棅选唐诗也有孔夫子的“兴观群怨”与“思无邪”的目的，但他又提出“声律纯完”，并被董应举归纳为“以声调格之”。从高氏的音律来看，其声调主要在于诗的音律形式以及超越形式的整体的音响。“思无邪”从诗的内容的角度来论，“以声调格之”既从诗歌的声律形式来论，也从声调的整体音响来论。董氏的说法实际表明高棅把诗之“声调”作为评判诗歌的重要方式，换句话说，就是以“声调”来评诗。可见，高棅把“声调”作为选择唐诗入《唐诗品汇》《唐诗正声》的重要参考标准。“作者亦时病之”也说明了“以声选诗”的观念作为新生物产生后遭遇了当时诸多的反对与诟病，而高棅《唐诗品汇》与《唐诗正声》对当时的影响正说明了“以声选诗”是符合时代发展需要的，事实上高棅“以声选诗”也得到了后来者的较多支持。

四 “声律纯完”与明代格调论诗学、神韵论

《明史·文苑传》曰：“其（高棅）所选《唐诗品汇》、《唐诗正声》，终明之世，馆阁宗之。”[①] 这充分说明了高棅唐诗选集的意义和影响，特别是其对明代格调论诗学的重要影响。

杨士弘对明代格调论诗学的产生有重要影响，但这一影响还是初步的，相较之下，高棅对格调论诗学的影响则要深入得多。

格调论诗学是明代的主流诗学，跨越整个明代。格多从体格、体制出发，调多从声律、音响出发。[②] 高棅“声律纯完”不仅体现出“以声选诗”的择诗标准，更重要的是推动和影响了明代格调论诗学的产生与发展。高棅《唐诗品汇》将所选 5700 余首诗按体裁分为五

① （清）张廷玉等：《明史》卷 286，第 7336 页。

② 明代格调论诗学的研究成果较多，可参看陈国球《格调的发现与建构——明代格调诗说的现代研究（1917—1949）》和《言“格调”而不失“神韵”——明清格调诗说的现代研究（1950—1990，台港部分）》，两文对明清格调研究进行了较为详细的综述。

古、七古、五绝、七绝、五律、七律、五排共计七大类，五言长篇、七言长篇、排律、六言绝句则附于诸体卷末，这些分类方式即是按体制、体格来进行的。同时，高氏的“声律纯完”、“以声选诗”均强调诗歌的整体声音，又是从诗歌的声律、音响来立论的，二者结合起来就是后来格调论的主要讨论焦点。谢榛曾把发现并熟悉诗歌的声音的过程称为“求声调”：“当选其诸集中之最佳者，录成一帙，熟读之以夺神气，歌咏之以求声调，玩味之以裒精华。”[①] 谢榛的操作方法是：选择唐代诗人诗集中的最好的作品，然后根据自己的选择标准“录成一帙”，最后从欣赏、阅读中得到这些诗歌的声音美。比较高棅的选诗方法可见，谢榛提出的一些方法正是高氏 150 多年前已完成的工作。换句话说，谢榛的求声调之格调论诗学早已在高棅的诗学观念中部分地显现出来了。

从《唐诗品汇》《唐诗正声》中，笔者没有发现高棅明确提出自己的格调论诗学，也就是说，他一直在对格调论进行着自己的诗学阐释，但总没有道明。而这种情况被后来的胡震亨等人看到了，胡氏《唐音癸签》曰：

> 高廷礼巧用杨法，别益己裁，……条理亦得全该，求大成于唐调……学者……详李选与正声，皆从品汇中采出，亦云得其精华。但高选主于纯完，颇多下驷谬入……而大谬在选中、晚，必绳以盛唐格调。[②]

虽然胡氏的出发点是批评高氏窃意于杨士弘的选诗观念且认为高氏对中晚唐诗的处理不当，对其“必绳以盛唐格调”也批评较重，这表

① 谢榛：《四溟诗话》卷 3，宛平校点，第 80 页。
② 胡震亨：《唐音癸签》卷 31，古典文学出版社 1957 年版，第 270—271 页。

现出胡氏反对把盛唐诗的格调作为单一的标准来衡量诗歌。但对高棅的选诗观念——“声律纯完”，胡氏是认可的，且以“格调”一词来总结。作为复古诗论的继承者许学夷也曾在《诗源辩体》表达了这种相似的观念：“廷礼复于《品汇》中拔其尤者，为《唐诗正声》，既无苍莽之格，亦无纤靡之调，而独得和平之体，于诸选为尤胜。”[①]许学夷的解释更加直观，“无苍莽之格”与“无纤靡之调”的耦合不正说明了格调的意蕴吗？

“声律纯完”又远非格调一词所能括尽。除此之外，后来的神韵论与之也有较多共通之处。前已提及高棅在评李白时所云“神秀声律”就是这种诗学审美特点。“神秀声律”从两个方面说，声律是诗的声韵之整体风格气象，神秀是诗之声韵所达到了一种境界，这样理解更能看到其与神韵说有相同的特质。郭绍虞曾在区分格调与神韵时语及神韵的特点：

> 格调之说重在气象，而神韵之说，更是建筑在气象上的。……实则格调说所给人以朦胧的印象的是风格，神韵说所给人以朦胧的印象的是意境。[②]

郭氏的说法从意境上说神韵，虽然没有强调声调之作用，但他把意境并且超越气象的神韵特点总结了出来，而这与高棅之“神秀声律”之意境有共同之处。高棅评陈子昂诗云：“观其音响冲和，词旨幽邃，浑浑然有平大之意。”“音响冲和”与“浑浑然有平大之意”的个中意味必然有“神韵”之意境。当然，高棅的这种神韵论的朦胧意味还非常浅，自己只是在无意识地以神韵相关的概念来进行理论总

① 许学夷：《诗源辩体》卷36，杜维沫校点，第364页。
② 郭绍虞：《中国文学批评史》，第542页。

结，特别是想从格调的角度来进一步提升。而进一步加以理论总结的要算胡应麟与陆时雍了，他们是由高棅诗说发展到王士祯“神韵”论的中间桥梁。但不可否认，高棅的这种意识对于后起的“神韵”论有一定的引导作用。

总而言之，高棅的选诗虽较多借自杨士弘的诗学理念，但他从声的角度建立了诗歌的审美标准——“声律纯完”，且建立了“以声选诗”的选诗理论，并付诸自己的选诗过程中，对后代“以声选诗”与以声论诗都有重要的启发意义，是明代诗声理论展开的重要源点。简言之，高棅是明代格调论诗学研究中一个不可避开的重要诗论家。

第三节 李东阳的“声调”论

李东阳（1447—1516），字宾之，号西涯，谥文正，湖广长沙府茶陵州（今湖南茶陵）人，文学家、书法家，茶陵诗派的核心人物。天顺八年进士，授编修，累迁侍讲学士，充东宫讲官，弘治八年以礼部侍郎兼文渊阁大学士。立朝五十年，柄国十八载，清节不渝。文章典雅流丽，工篆隶书。有《怀麓堂集》《怀麓堂诗话》《燕对录》等。

《怀麓堂诗话》（亦名《麓堂诗话》）是明代早期较有影响的诗学著作之一。日本学者铃木虎雄说：“‘今之歌诗者，其声调有轻重，清浊，长短，高下，缓急之异……虽日耳提而教之无益也。’这（《怀麓堂诗话》）是关于诗律的声调之说。”[①] 对声调的关注是李东阳诗学的重要内容，这在《四库全书总目提要》中也被提到：“李、

① ［日］铃木虎雄：《中国古代文艺论史》下卷，孙俍工译，北新书局1929年版，第27页。

何未出以前，东阳实以台阁耆宿主持文柄。其论诗主于法度音调，而极论剽窃摹拟之非，当时奉以为宗。”① 为叙述之便，本节姑将李东阳之“诗律的声调”与“法度音调”等均视为“声调”论。总的看，李东阳“声调论”主要涉及三个方面，即诗教与乐教的沟通、以声辩体、以声衡诗。

一 诗教与乐教的沟通

诗教与乐教是儒家传统中并行不悖的两维。从整个诗歌美学史看，诗教与乐教的关系主要经历了诗乐合一、诗乐分离两种样态。先秦时期，诗教与乐教主要表现为合一的状态；唐宋时期，诗教与乐教之间的关系主要表现为分离的态势。明代出现了较为丰富的诗声理论，大批明代诗学家的理论焦点集中于修复传统的诗乐合一关系。

李东阳就是此项工作的重要支持者与提出者，他既是诗教的践行者，也是乐教的践行者。其《王城山人诗集序》曰：

> 夫诗者，人之志兴存焉。故观俗之美与人之贤者，必于诗。今之为诗者，亦或牵缀刻削，反有失其志之正。信乎有德必有言，有言者之不必有德也。君之志兴不啻乎诗，不幸而不见于世，非其诗，孰可与传者？此辑诗者之志也。②

李东阳历仕四朝，为官五十年，身居宰辅之位十八年，久居台阁，“四十年不出国门”。这样的经历赋予李东阳以儒家温柔敦厚、中正平和的人格秉性和政治责任感，在其文学创作与理论总结中都浸透了

① （清）纪昀总纂：《四库全书总目提要》，河北人民出版社 2000 年版，第 5399 页。

② 李东阳：《王城山人诗集序》，载《李东阳集》卷 2，周寅宾点校，第 23 页。

这样的特质。在《王城山人诗集序》中，李东阳主要提出了诗的言志与兴、观、群、怨的问题，这与孔子的诗教观念基本吻合。同时李东阳提及了诗的“德”与“言”的问题，这实质是立功、立德、立言“三不朽”观念的反映，李东阳此举的目的是以诗来敦促功、德、言的实现，这当然也是诗教的表现之一。《王城山人诗集序》中的“非其诗，孰可与传者”一句之语气让我们看到了诗教的价值与意义，更让我们看到了李东阳诗教观念的根深蒂固。其《王邵孝子诗序》更加直接揭示了诗教之作用：

> 古者国有美政，乡有善俗，必播诸诗歌以风励天下。薰陶诱掖，盖有深于教令者，吾党则有不得而辞焉。与君偕举进士者若干人，为诗若干篇。而东阳窃以乡士为国史，尤亲且近，因序其事以佐君励天下，庶几自吾乡始。[1]

“播诸诗歌以风励天下”就是要通过诗歌来化成天下，其具体内容是美政、善俗，其具体方法是“薰陶诱掖”。可见，李东阳的诗学总萦绕着诗教这一观念，并将之视为辅佐君王（诗教的实用性）的重要方法而时刻践行着。

可贵的是，李东阳在强调诗教的过程中羼入了乐教的价值与功用，实现了两者的融合与沟通。其《麓堂诗话》云：“观《乐记》论乐声处，便识得诗法。”[2]《乐记》为乐教思想的经典文本，阐述了音乐美学的基本理论——音乐的形成、表现及其价值等。“乐声”为《乐记》中的音乐美学思想，也是乐教布施的重要手段。李东阳认为，读《乐

① 李东阳：《王邵孝子诗序》，载《李东阳集》卷2，周寅宾点校，第43页。

② 李东阳：《麓堂诗话》，载《李东阳集》卷2，周寅宾点校，第532页。

记》可得诗法，其目的是试图用“乐声”来联系“诗法”。[1] 后来的王世贞对这一观点给予了支持：“语法而文，声法而诗。”[2] 王氏所论声亦与乐声有相同内容。由此表明，李东阳之论将《乐记》中的“乐声”论视作“诗法”来源之一，其实质是沟通了乐教与诗教。成复旺、蔡钟翔、黄保真著《中国文学理论史》称：“这是我国封建社会后期文学理论上的又一种融合，即教化理论与审美的整合。李东阳的诗论，尤其是‘诗在《六经》中别是一教’，便是这种融合的明显标志。”[3] 教化与审美并不必然是两分，但教化与审美始终还存有相当的沟隙。教化既有诗教也有乐教，而审美既有诗的审美亦有音乐的审美。成复旺等人以李东阳之论来注解自己的观点，不仅说明了李东阳重教化、尊《诗经》、谈比兴的问题，也关注到李东阳诗学中重视音乐、诗歌审美的价值。而教化与审美的整合与融合之看法皆表明了李东阳之论正积极地去促成诗教与乐教的融合与沟通。且再观李氏之论：

> 诗在六经中，别是一教，盖六艺中之乐也。乐始于诗、终于律。人声和则乐声和，又取其声之和者，以陶写情性，感发志意，动荡血脉，流通精神，有至于手舞足蹈而不自觉者。后世诗与乐判而为二，虽有格律，而无音韵，是不过为排偶之文而已。使徒以文而已也，则古之教，何必以诗律为哉！

---

① 李东阳在此没有解释清楚“诗法”之意，但《麓堂诗话》另有两句话论及“诗法”：“古歌辞贵简远，《大风歌》止三句，《易水歌》止二句，其感激悲壮，语短而意益长。《弹铗歌》止一句，亦自有含悲饮恨之意。后世穷技极力，愈多而愈不及。予尝题柯敬仲墨竹曰：‘莫将画竹论难易，刚道繁难简更难。君看萧萧只数叶，满堂风雨不胜寒。’画法与诗法通者，盖此类也。”“唐人不言诗法，诗法多出宋，而宋人于诗无所得。所谓法者，不过一字一句，对偶雕琢之工，而天真兴致，则未可与道。”从此可知，诗法不仅包括作诗之法，也包括“感激悲壮，语短而意益长”的教化作用。

② （明）王世贞：《张肖甫集序》，载《弇州山人四部稿》，《四库全书》本。

③ 成复旺、蔡钟翔、黄保真：《中国文学理论史》第3册，第54—55页。

诗、书、礼、易、春秋、乐为“六艺”。《礼记·经解》篇首将诗、书、乐、易、礼、春秋都称为教，是为六艺之教。[①]孔颖达曾在《礼记正义》中说：“然《诗》为《乐》章，《诗》、《乐》是一，而教别者，若以声音、干戚以教人，是《乐》教也；若以《诗》辞美刺、讽喻以教人，是《诗》教也。”[②]孔氏认为，乐教与诗教的方式虽有不同，但其实质是同一的。李东阳承认前人的六艺之教，并突出了诗教在六艺之教中的突出位置，也就是说，李东阳认为诗教是六艺之教中最重要的。同时，李东阳把诗教等同于六艺之教中的乐教，故言“盖文艺中之乐也”，其解释了诗乐的关系——“乐始于诗、终于律”，此处李东阳告诉我们诗教与乐教是统一的。从此段意看，可分两层，“后世诗与乐判而为二”前后各分一层。很明显，“后世诗与乐判而为二”一句之前的语意核心是诗教与乐教是合一的，而后面表达的是李东阳对“后世诗与乐判而为二”的批判。由此，李东阳看到了明代诗学中诗教与乐教的分离——“虽有格律，而无音韵”，故而他此段的真实意图是希望明代诗学实现诗教与乐教的合一。由此推知，李东阳诗学中的诗教与乐教是融通的。

二　“以声辩体”说

辩体是明代诗学非常重要的诗学成就与特色。李东阳是明初诗学的集大成者，学界对他的评价集中于其开前后七子尊唐之风的作用、对诗声的重视与辩体等方面，而这些评论亦可集中于“辩体”上。李东阳的辩体理论十分丰富，在明代诗学中颇有建树。

按照罗宗强先生的观点，辩体是“辨别各种文体的功用及与其

---

① 《礼记·经解》曰：“入其国，其教可知也。其为人也温柔敦厚，《诗》教也。疏通知远，《书》教也。广博易良，《乐》教也。洁静精微，《易》教也。恭俭庄敬，《礼》教也。属辞比事，《春秋》教也。”

② （汉）郑玄注，孔颖达疏：《礼记正义》，载李学勤主编《十三经注疏》，第1369页。

相匹配的体貌"[①]。李东阳的辩体理论主要出现在《麓堂诗话》及《李东阳集》《李东阳续集》的部分序、记、志等之中。在《麓堂诗话》中，其云："古诗与律不同体，必各用其体乃为合格"；"顾其所自为作，徒得唐人体面，而亦少超拔警策之处"；"诗与文不同体。昔人谓杜子美以诗为文，韩退之以文为诗，固未然"；[②] 等等。在部分序、记、志等中，其云："诗与文各有体，而每病于不能相通"[③]；"诗之体与文异，故有长于记述，短于吟讽，终其身而不能变者，其难如此"[④]；"诗与经同名而体异"[⑤]；等等。后人对李东阳的辩体理论时有阐发，如李庆立《李东阳诗学体系论》、薛泉《试论李东阳的文体辨析说》等，这些讨论虽以辩体为核心，但皆注意到了辩体与诗声的关系。袁震宇等认为："李东阳认为诗文之别主要在声，在于诗歌有声律可资讽咏。"[⑥] 这一观点后来得到了较多研究者的回应。[⑦] 李东阳的类似观点实质即是一种"以声辩体"的诗学思想。

"以声辩体"涉及的关键问题是"声"与"体"之内涵。李东阳没有直接为"声"、"体"作界定，这就造成了学界研究李东阳所论"声"、"体"时显得既庞杂而又语焉不详。

从李东阳所论看，其"体"首先是体裁。《麓堂诗话》曰："古诗与律不同体，必各用其体乃为合格。然律犹可间出古意，古不可涉

---

① 罗宗强：《寻源、辨体与文体研究的目的》，《学术研究》2012 年第 4 期。

② 李东阳：《麓堂诗话》，载《李东阳集》卷 2，周寅宾点校，第 532—533 页。

③ 李东阳：《春雨堂稿序》，载《李东阳集》卷 3，周寅宾点校，第 37 页。

④ 李东阳：《赤城诗集序》，载《李东阳集》卷 2，周寅宾点校，第 72 页。

⑤ 李东阳：《镜川先生诗集序》，载《李东阳集》卷 2，周寅宾点校，第 115 页。

⑥ 王运熙、顾易生主编，袁震宇、刘明今著：《中国文学批评史》明代卷，上海古籍出版社 1996 年版，第 83 页。

⑦ 黄卓越、蔡镇楚、王英志、陈文新、张松如、孙青春、邓新跃等皆从不同的侧面阐述了李东阳诗歌的诗声理论。

律。”[①] 李东阳认为，“律”是古诗与律诗的主要区别，古诗不需要拘限于声律。声律是近体诗的标志，这表明李氏此处之“体”是体裁。其次是体式。李氏云：“罗明仲尝谓三言亦可为体，出树、处二韵，迫予题扇。予援笔云：‘扬风帆，出江树。家遥遥，在何处？’”[②] 三言为体，与四言、五言、六言、七言等体式相对，故此处“体”应是诗体裁下所作的体式的区分。最后是风格、风貌。《麓堂诗话》曰：“张式之为都御史，在福建督军务，作诗曰：‘除夜不须烧爆竹，四山烽火照人红。’为言者所劾而罢，诗体不可不慎也。”[③] 祸因诗起，是因为诗涉及政治，或其风格有悖政治导向，故此“体”指风貌。另外，李氏云：“顾其所自为作，徒得唐人体面，而亦少超拔警策之处”，“今人类学杨而不学高者，岂惟杨体易识，亦高差难学故耶”[④]？杨即杨孟载，高即高启；“唐人体面”即唐人气象，是唐代诗人所作之诗所呈现的一种特有的阔大气势与审美风范；“杨体”即杨氏诗歌之风格，“浑成劲健”亦是诗之风格。无论因诗惹祸之体，还是唐人之体、杨体，这些皆事关诗歌的风格与整体审美特点，而这些体式与风格、风貌多为诗的外在表现。由此可知，李东阳之“体”是体裁、体式、诗歌所呈现的风貌，它既是一种内在规定性（体裁），也是一种外在表现性（体式、风貌），二者缺一不可。

“声”在李东阳的诗学中也有多重内容，有声律之声、诗之整体音响与诗的平仄、字法、句法、体式等意义。具体来说，声是文本的整体音响以及形成整体音响的声韵、平仄、句法、字法、体式等。

“以声辩体”处理的是“声”与“体”的关系。从字面意思看，“以声辩体”是以考察诗声为手段，以辩体为目的。李东阳云：

---

① 李东阳：《麓堂诗话》，载《李东阳集》卷2，周寅宾点校，第529页。

② 同上书，第542页。

③ 同上书，第561页。

④ 同上书，第531—536页。

> 诗之体与文异，故有长于记述，短于吟讽，终其身而不能变者，其难如此。……是又将以为易耶？以为难耶？盖其所谓有异于文者，以其有声律讽咏，能使人反复讽咏，以畅达情思，感发志气，取类于鸟兽草木之微，而有益于名教政事之大。必其识足以知其窔奥，而才足以发之，然后为得及天机物理之相感触，则有不烦绳墨而合者。诗非难作，而亦不易作也。①

李东阳指出了诗与文有别，认为：文长于记述；而诗长于吟讽，诗能以声律来畅达情思，以鸟兽之喻来指名教政事，有自然天机之神合。李东阳在此以区分诗与文作为首要意图，同时将诗声作为区别两者的一种途径，这正是其“以声辩体”的典型表现。

从李东阳所论看，其“体”虽然包括文体、经体、诗体等，但李东阳辩体的目的多为突显诗的地位与价值。《麓堂诗话》以诗为研究对象，集中于诗的讨论，虽不时将文等其他体裁纳入讨论视野，但只是为诗的研究提供了一个参照。其所说“诗之体与文异”、“诗与文各有体”、“诗与经同名而体异”、“诗与文同谓之言”等话语的描述焦点在于诗，而不在于文或经等。故而，李东阳“以声辩体”的目的在于划清诗与其他文体的界限，反对宋代以议论为诗、以文为诗的创作倾向，从而为尊诗提供历史与理论的依据。

当然，“以声辩体”的诗学思想也直接导致了李东阳“格调”说的提出。“格调”被公认为李东阳诗学的集中体现，一般来说，“格”的范围与“体”有近似之处，“调”的范围与“声”有近似之处。“格调”一词在很大程度上有着“体”与“声”的内在含蕴，与

① 李东阳：《赤城诗集序》，载《李东阳集》卷2，周寅宾点校，第72页。

“以声辩体”显然有着密切的内在关联。

三　“以声衡诗”说

前述“以声辩体”中辨体是目的、考察诗声是手段，但笔者发现：李东阳在其著作中对诗声进行了大量的论说，表现出其对诗声的关注超过了辩体。

《麓堂诗话》中的一段话颇引人注目：

> 陈公父论诗专取声，最得要领。潘祯应昌尝谓予诗宫声也。予讶而问之，潘言其父受于乡先辈曰：“诗有五声，全备者少。惟得宫声者为最优，盖可以兼众声也。李太白、杜子美之诗为宫，韩退之之诗为角，以此例之，虽百家可知也。”予初欲求声于诗，不过心口相语，然不敢以示人。①

“陈公父论诗专取声，最得要领”的话外音为：以声论诗才是诗学的真谛。李东阳以宫、商、角、徵、羽五声来品评唐代诗人，认为李杜之诗为宫、韩愈之诗为角。这种以不同的音声来衡量诗人的做法在中国诗学史上还属首次，此种评诗方法与“以乐衡诗”、“以乐论诗”的原理是一致的，归结起来就是“以声衡诗”。②

“以声衡诗”着眼于从诗歌之声的角度来考量诗的好坏，这种诗学方法取径自然与前人有异，也有着独特的审美意味。那么，就需要

---

① 李东阳：《麓堂诗话》，载《李东阳集》卷2，周寅宾点校，第533页。

② 目前有李剑波《试论李东阳的格调思想》与陈卫华《李东阳“以声论诗”说价值新探》两文分别提到了“以乐衡诗”、“以乐论诗”。“以乐衡诗”即“从诗与乐的艺术共同性出发，从音乐美的规律出发来要求诗歌的音韵谐美、顿挫抑扬的”；“以乐论诗”即“以声辨诗文之分”、“以声品诗的个体风貌”、“以声鉴诗的地域特征和时代风貌”、“以诗声去研讨音韵、格律、对偶、平仄等具体字法与句法”。

追问：李东阳为什么要以声衡诗？如何衡？衡的结果如何？

李东阳认为，诗歌由气使然，不同的气有不同的声，不同的声有不同的审美内涵。换句话说，抓住诗的声、气就解决了诗的根本问题，这是其“以声衡诗”的原因。《麓堂诗话》曰：

> 得于心而发之乎声，则虽千变万化，如珠之走盘，自不越乎法度之外矣。如李太白《远别离》，杜子美《桃竹枝》，皆极其操纵，曷尝按古人声调？而和顺委曲乃如此，固初学而所未到，然学而未至乎是，亦未可与言诗也。[①]

李东阳认为：心动则发之于声，把握了此原则，诗歌即使千变万化、随性自然，亦不会有悖诗歌创作的基本原则。同时他举李白、杜甫作品为例，说明诗作虽然注重技巧，但只要从心所发出，则自然有古代“珠之走盘”的流转之声音。这一说法实际建立了作者之心与诗歌之声的关系，把心、声作为诗歌的重要构成部分。这样，似乎可以见到李东阳之动机：观察创作者之心与诗歌之声是一种评价诗歌的尚佳方法。其云：“夫言者，心之声也，君子必于是而观人。”此处“言”可以理解成诗歌的组合之语言，“心之声”即创作者之心声，这样李东阳就建立了心、言、声三者的关系，同时把言、声作为观人的重要方法。如在评价高启时云：“国初称高杨张徐。高季迪才力声调，过三人远甚，百余年来，亦未见卓然有以过之者，但未见其止耳。”又在评价陈献章时云：“陈白沙诗，极有声韵。”对高启、陈献章的诗作的评价，李东阳均以声音、声调、声韵作为标准，特别是在比较高氏与杨张徐时把“声调”作为突出的要素显现出来。无论是声韵，

① 李东阳：《麓堂诗话》，载《李东阳集》卷2，周寅宾点校，第530页。

还是声调，李东阳最终强调的诗歌须付诸咏唱，所以经常请他人以歌的方式来验证自己创作的诗歌是否为佳作："予所闻者，吴则张亨父，越则王古直仁辅，可称名家。亨父不为人歌，每自歌所为诗，真有手舞足蹈意。仁辅性亦僻，不时得其歌。予值有得意诗，或令歌之，因以验予所作，虽不必能自为歌，往往合律，不待强致，而亦有不容强者也。"可见，李东阳把诗歌审美标准落脚在"歌咏"上，这实质强调了诗歌之声的作用，这也是为什么李东阳"以声衡诗"的真实原因。同时代的徐祯卿在《谈艺录》中亦有相关论述："然引而成音，气实为佐；引音成词，文实与功。盖因情以发气，因气以成声，因声而绘词，因词而定韵，此诗之源也。"[①] 这种总结与李东阳之论言二而质一，均道出：声音是衡量诗作好坏的标准。

具体而言，以耳听、眼看等方式来考察是李东阳以声衡诗的基本方法。李东阳《麓堂诗话》曰："诗必有具眼，亦必有具耳。眼主格，耳主声。闻琴断知为第几弦，此具耳也；月下隔窗辨五色线，此具眼也。"按照字面理解，"具眼"即具备精准的视觉上的辨别能力，"具耳"即具备精准的听觉上的辨别能力。继而，李东阳以"闻琴断知为第几弦"来解释"具耳"、以"月下隔窗辨五色线"来解释"具眼"，结合李东阳其他述论，其所谓"具耳"、"具眼"并不难理解。

先看"具耳"。"具耳"首先涉及"闻琴断知为第几弦"的鉴赏者，当然同时也要涉及"具耳"者所感知的对象——诗歌（诗声）。要做到"具耳"，必须做到以下几端：第一，诗的整体音响必须音韵流转、"达耳"，有弹丸之美和中正平和之美。李东阳云：

---

① 徐祯卿：《谈艺录》，载何文焕辑《历代诗话》，中华书局 1981 年版，第 765 页。

> 盖其所谓有异于文者，以其有声律讽咏，能使人反复讽咏，以畅达情思，感发志气，取类于鸟兽草木之微，而有益于名教政事之大。①

诗异于文的原因在于：一能反复讽咏；二能畅达情思；三是有益名教。李东阳言虽为三，但实可归而为一：诗歌意义必须流通动荡。故其又要求“达耳”，具体来说，即“作诗不可以意徇辞，而须以辞达意。辞能达意，可歌可咏，则可以传”②。“以意徇辞”要求意为辞服务，“以辞达意”要求辞为意所派遣。李东阳的选择是明确的，他从可歌可咏的角度支持“以辞达意”，即从听的角度需要诗歌的意义自然流转，这就是他为什么“贵情思”的原因。其《麓堂诗话》曰：“诗有三义，……惟有所寓托，形容摹写，反复讽咏，以俟人之自得。言有尽而意无穷，则神爽飞动，手舞足蹈而不自觉。此诗之所以贵情思，而轻事实也。”③ 陈文新谈及此段时说：“‘情思’包含了‘情感’，但其含义又非‘情感’二字所能取代，因为，它同时还强调了感觉和音乐效果。……‘手舞足蹈而不自觉’与‘情思’的联系则表明情感、情绪与音乐相通，一旦进入诗的情感和情绪氛围，同样有聆听音乐时那种回肠荡气的感受。”④ 这种解释将诗之意义与诗之声（音乐性）结合起来论，是与李东阳“具耳”之本旨相吻合的。第二，必须能以“耳”分辨时代格调。不同时代、不同地域的诗歌各有其风格特点，亦有其“时代格调”，故李东阳云：“汉、魏、六朝、唐、宋、元诗，各自为体。譬之方言，秦、晋、吴、越、闽、楚之类，分疆画地，音殊调别，彼此不

① 李东阳：《赤城诗集序》，载《李东阳集》卷2，周寅宾点校，第72页。

② 李东阳：《麓堂诗话》，载《李东阳集》卷2，周寅宾点校，第532页。

③ 同上书，第534—535页。

④ 陈文新：《明代诗学》，湖南人民出版社2000年版，第39页。

相入。”[1] 建立在“音殊调别”的基础上，李东阳提出要对不同的时代与地域的诗歌格调进行分辨，且还需达到耳熟能详的地步。《麓堂诗话》曰：“今之歌诗者，其声调有轻重、清浊、长短、高下、缓急之异，听之者不问，而知其为吴为越也。”[2] 在“歌诗”过程中，其声调自当存有差异，或因轻重，或因清浊，或因高下，或因缓急。鉴赏者只须以耳听的方式来欣赏，自然能分辨吴、越之诗歌。具有这种能力（即具耳）当然需要日复一日的诗歌品鉴，也需要对不同诗歌的不同格调了然于胸。

再看“具眼”。“具眼”即是从“视”的角度看问题，就此而言，李东阳主要“视”的是诗的格式、押韵、字法、句法、节奏等内容，它们都与诗的声响有关。

第一，重视诗的格式亦即诗的体制，这是李东阳辩体理论的内在要求。

第二，重视诗的韵律稳妥与否。韵律主要包括押韵与平仄。李东阳认为诗的用韵应当稳当或妥帖，稳当则诗读之顺畅，牵强则失之和。其在《麓堂诗话》中云：“诗韵贵稳。韵不稳，则不成句。”[3] 同时，李东阳又重视诗的平仄问题，其又云：“诗有纯用平侧字而自相谐协者。如……‘中夜起坐万感集’，六字侧者尤多。‘壁色立积铁’，‘业白出石壁’，至五字皆入，而不觉其滞。”[4] “平侧”即“平仄”。此处李东阳谈的虽是全用平或全用仄的诗歌用字问题，但也是从处理平仄的角度出发来论的：无论用平用仄，只要诗“不觉呆滞”即可。

第三，重视字法与句法的运用，推崇虚字与倒字、倒句。《麓堂

---

① 李东阳：《麓堂诗话》，载《李东阳集》卷2，周寅宾点校，第544页。
② 同上书，第539页。
③ 同上。
④ 同上书，第544页。

诗话》曰：

> 诗用实字易，用虚字难。盛唐人善用虚，其开合呼唤，悠扬委曲，皆在于此。用之不善，则柔弱缓散，不复可振，亦当深戒，此予所独得者。[①]

实字将具体的情感与诗思道出，而虚字在诗中多影响诗中的情感，起到调控诗歌的抑扬顿挫。李东阳在比较了诗中运用实字与虚字的不同难易程度后，并以盛唐诗人善用虚字为例说明了虚字处理好坏对诗歌“开合呼唤，悠扬委曲”之美的影响，这其实说的是虚实字对诗歌声音的影响，透露出李东阳强调字法对于诗歌的重要性的愿望。另外，李东阳认为，诗中运用倒字与倒句可实现诗歌“劲健”之美。倒字与倒句在诗中主要有趁韵的作用，即将正常语序的句子与字词倒过来，以满足押韵的需要。[②] 诚如李东阳《麓堂诗话》曰：“诗用倒字倒句法，乃觉劲健。……论者乃举予《西涯》诗曰：‘不知城外春多少，芳草晴烟已满城。’以为此倒句非耶？予于是得印可之益，不为少矣。”[③] 可见，李氏不仅提出了关于倒字与倒句的观念，还自己身体力行地实践，以证明这些方法对于诗歌审美之实际作用。

第四，重视诗歌的节奏和起承转合。节奏是影响诗歌声音的重要因素，正如李东阳所言“长篇中须有节奏”，他继而强调“有操，有纵，有正，有变，若平铺稳布，虽多无益。唐诗类有委曲可喜之处，

---

① 李东阳：《麓堂诗话》，载《李东阳集》卷2，周寅宾点校，第536页。

② 清姚际恒在《诗经通论》中提出“倒字趁韵”之法，实际是为满足诗文格律的要求而将字倒过来。

③ 李东阳：《麓堂诗话》，载《李东阳集》卷2，周寅宾点校，第556页。

惟杜子美顿挫起伏，变化不测，可骇可愕，盖其音响与格律正相称”[①]。严格来说，“操、纵、正、变”即是起承转合，它处理的是诗中结构的首、铺、正、变关系，对诗之声音有较大的影响。李东阳谈及起承转合之处甚多，如“人但知律诗起结之难，而不知转语之难，第五、第七句尤宜着力”；“律诗起承转合，不为无法，但不可泥。泥于法而为之，则撑拄对待，四方八角，无圆活生动之意”。[②] 由此可见，李东阳在重视起承转合的基础上，进一步提出两个问题：一是起结与转语有难度；二是不可泥于起承转合。但无论如何，李东阳的提法皆是为实现诗歌的“圆活生动”，此显然与诗声有关，也是李氏“视”的重要内容。

从上论可知，“具耳”与“具眼”是以声衡诗的两种基本方法，更是审视诗歌之美的两个方面：一者注重从内部层面来“听”，一者注重从外部层面来“视”，但都是为追求诗歌圆活自然之声音。

细察之可发现：诗教与乐教沟通的目的是关乎诗歌的意义与价值，以声辩体关乎的是诗歌的体制和外在结构，这无疑与以声衡诗之原因与方法有较大相同之处，此说明以声衡诗与以声辩体、诗教与乐教有着非常紧密的诗学关系，以声衡诗从声音的角度强调诗乐合一的意义、以声辩体强调声音在诗歌中的地位，从而确定诗歌教化天下的作用。李东阳以声衡诗、以声辩体、诗教与乐教的沟通互相支持与印证，说明了其诗学“声调”论的自足性。

综而论之，沟通诗教与乐教、以声辩体、以声衡诗的诗学路径是杨士弘“审音律之正变”与高棅“声律纯完”、“以声选诗”观念的继承与发展。但不同的是，李东阳深化了杨氏与高氏的理论，将声与体结合起来并以之共同考察诗歌的审美价值。正是此种结合，使李东

① 李东阳：《麓堂诗话》，载《李东阳集》卷2，周寅宾点校，第533页。

② 同上书，第544、536页。

阳的诗学成为了比较典型的“格调”论诗学，并因此而为明代诗学找到了一个新的批评角度，推动了前后七子等的格调论和诗声理论的进一步展开。

以上讨论的明代前期三位诗论家的诗声理论观点不一，但旨归一致：强调诗歌的正统地位，以声音作为区别诗歌好坏的标准，并试图建立“以声衡诗”与“声律纯完”的标准。这些诗论家共同继承了自宋以来对唐诗尊崇的观念，同时也以推崇“唐音”的共同诗学趣向扭转了“唐音”渐失的元代诗学趋势，以相当强劲的整体势头拉开了明代高度重视、积极探讨诗声的时代诗学序幕，有力地推动了随后而来的关于诗歌声音标准的讨论，极大地影响了前后七子格调论诗学的提出与总结，对整个明代诗学产生了多方面的深远影响。

第三章

声调：明代复古派诗论家对声的追求

前后七子等的复古诗学是明代诗学的重镇，他们继承李东阳等先辈而来，提倡“文必秦汉，诗必盛唐”。在规模唐诗的过程中，他们不仅强调唐诗气象，也注重唐人声调，促成了自然声律与人为声律均重的格调论诗学，更促进了明代唐诗学的蓬勃发展。前后七子诗论涉及诗声理论的代表主要有李梦阳、何景明、王廷相、谢榛、王世贞、李攀龙等。除李梦阳与王世贞提出格调论、谢榛提出“求声调”与“四关”等主张外，王廷相从音乐的角度论述诗歌，强调音乐的教化和礼乐并举的治国之道，将声音作为教化天下的重要手段与途径；何景明特别看重诗歌的声律形式；李攀龙提出“修辞宁失诸理”的散文主张，这些也都是明代前后七子诗论的重要构成。之后，胡应麟、许学夷结合时代发展的需求分别提出了“体格声调”与“声气”说。所有这些理论都是明代复古派诗声理论的重要构成。

本章择要而论，主要讨论李梦阳、王世贞的格调论，谢榛的“求声调”与“四关”主张，胡应麟的“体格声调”说和许学夷的“声气”说。

第一节　李梦阳、王世贞的格调论

李梦阳与王世贞分别是前后七子的代表人物，他们的理论核心是格调论，此处一并讨论，这既可以看到格调论的发展变化，也能从诗声的角度发掘格调论的特有意义。格调论与声有着千丝万缕的联系，下文在讨论过程中集中于与声相关的内容，但也适当讨论了影响诗歌之声的格调论中的其他因素。

一　李梦阳的格调论

李梦阳（1473—1530），字献吉，号空同子，庆阳（今属甘肃）人。弘治六年举陕西乡试第一，次年中进士。历官户部主事、员外郎、郎中，终江西提学副使。与何景明、王九思、边贡、康海、徐祯卿、王廷相合称“前七子”。著有《乐府古诗》三十六卷、《疏书碑志序集文》二十七卷、《空同集》八卷，另有诗作、词作若干。

李梦阳是“前七子”的代表人物，“文必秦汉，诗必盛唐”是其复古论诗学的重要内容，而这种诗学主张又具体通过“格调”论来实现。李梦阳的格调论首先体现在诗歌形式层面上，注重字、句等的模拟，希望通过这种字模句拟来达到追求唐诗的风神声调。这种诗学追求引起了后人诸多批判，最有代表性的是明末清初的钱谦益，其在《列朝诗集小传》里评价道：“献吉以复古自命，……牵率模拟剽贼于声句字之间，如婴儿之学语，如桐子之洛诵，字则字、句则句、篇则篇，毫不能吐其心之所有。”[①] 钱氏所批判的是李梦阳以唐诗之字、句、篇等为对象的模拟方法，他认为，这种方法导致诗歌不能顺畅地

① （清）钱谦益：《列朝诗集小传》丙集，上海古籍出版社 1959 年版，第 311 页。

把作者的情感表现出来，从而影响了诗歌的艺术审美价值。毋庸讳言，字法、句法、篇法等均是格调论的重要构成，也是诗歌声音形式层面的重要组成部分。如果诗歌缺少应有的字法、句法、篇法，其声音形式必然凌乱不整，也就缺乏诗歌艺术之和谐美。钱谦益指责李梦阳诗歌缺乏抒情与言志功能，却没能看到李氏格调论在诗歌形式层面的追求也自有其积极意义，因此是有所偏颇的。

我们可以结合李梦阳诗学中其他一些观点来理解李梦阳对唐诗字法、句法等声音形式接受的初衷。可以看到，钱谦益指责李梦阳诗歌因为模拟字句而缺乏抒情等功能，然而在考察李梦阳著述后我们发现，“情”却正是李梦阳诗学的根蒂所在，其《梅月先生诗序》曰：

> 情者动乎遇者也。……故遇者物也，动者情也。情动则会，心会则契，神契则音，所谓随寓而发者也。梅月者，遇乎月者也。遇乎月，则见之目怡，聆之耳悦，嗅之鼻安。口之为吟，手之为诗。诗不言月，月为之色；诗不言梅，梅为之馨，何也？契者会乎心者也，会由乎动，动由乎遇，然未有不情者也，故曰：情者动乎遇也。[①]

李梦阳在此谈的是情的根源，从物遇、情动、心会、神契的角度说明情的流转过程。从根源上说，遇是情动之原因；从表现上说，情动则目怡、耳悦、鼻安。最后，目怡、耳悦、鼻安通过诗歌和吟诵表现出来，体现了情、诗相融的美学追求。从另一面说，读者对诗之情的理解亦来自于心对于诗中寄托物——梅、月等的触动。由此，李梦阳反向推导得出“情者动乎遇也”的最初生发状态。所以，情在诗歌的构成和对读者的感遇中体现出非常重要的作用，这也是李梦阳对诗歌

① 李梦阳：《梅月先生诗序》，载《空同集》卷51，《四库全书》本。

之情独有所钟的原因。其在《题东庄饯诗后》一文中对情之内涵有更为清晰的阐述：

> 夫天下有必分之势，而无能已之情。蓬飞梗流，忽聚倏散，斯其势能必其不分哉？孔子所谓东西南北之人也。夫既东西南北人也，于其分不有怅离、思合者乎？于是筵于庭，祖于道，觞于郊，嬉于园，不有缱绻、踟蹰者乎？斯之谓情也。情动则言形比之音，而诗生矣。①

情不择地而出，不择时而发，不择人而起，故“筵于庭，祖于道，觞于郊，嬉于园”。情的这种特性促发了自然语言的产生，它使语言在无目的而又合目的性的美学规律下得以整体协调并形成富于规律的音调，最后产生情感与语言皆舒畅、自然的诗歌。在“情动则言形比之音”句中，李梦阳把音拉进了讨论的对象中，其目的是建立了物—情—音—诗的递进发展关系，在这里，情、声是紧密相连的。其又云：“窍遇则声，情遇则吟，吟以和宣，宣以乱畅，畅而永之而诗生焉，故诗者吟之章而情之自鸣者也。”② 李梦阳的这些论说实际把物与诗、物与音、音与诗、情与诗、情与音的关系说得更清楚了，情的决定地位也凸显了出来：诗产生于情、产生于物之遇，但最终还是要表现为音，也就是说，诗、情、物与音是息息相关的。从诗歌构成看，音是语言的音，语言是诗的语言，这些关系表达出：音由诗歌语言组合并最终表现出来，是诗歌的重要构成。李梦阳在《潜虬山人记》中云：“诗有七难：格古、调逸、气舒、句浑、音圆、思冲、情以发之。七者备而后诗昌也。”③ “七难”即“格

① 李梦阳：《题东庄饯诗后》，载《空同集》卷59。
② 李梦阳：《鸣春集序》，载《空同集》卷51。
③ 李梦阳：《潜虬山人记》，载《空同集》卷48。

古”、“调逸”、“气舒”、“句浑”、“音圆”、“思冲”、“情以发之”，七者皆佳则“诗昌”。推敲起来，“七难”中的前六者都要通过“情以发之”来实现，也就是说，格、调、气、句、音、思均需通过情来实现，最后“一难”与前“六难”并不是并列关系。同时，从“七难”中，也可见出李梦阳的格调论思想：格、调是格调诗学的组成部分；气乃气格，是格的内容之一；句是句法，是调的内容之一；音也是调的内容之一。所以，“七难”反映了李梦阳格调论诗学的追求，并归结了其诗学的关节点在于一“情”字——“情以发之”，亦即音以情发、声以情发。

在此基础上，李梦阳强调格调之情必须为真，抒发自然情感的诗歌才是有格调且符合“盛唐气象”标准的诗歌。不满当时文人学子作诗时过多关注词之工整且无真情、无比兴的做法，李梦阳提出了“真诗乃在民间”：

> 夫诗者，天地自然之音也。今途咢而巷讴，劳呻而康吟，一唱而群和者，其真也，斯之谓风也。孔子曰：“礼失而求之野。”今真诗乃在民间。①

李梦阳的真诗指民间的途夸、巷讴、劳呻、康吟，这些皆是劳动人民在生产、生活中自然表达出来的，是天地自然之音。可见，真诗需要有两个前提条件：一是情感为真；二是歌谣之声音需真。同时，他以《诗经》之“风”与孔子“礼失而求之野”之“野”所具有的自然品性为例来说明“真诗乃在民间”，从而归结本真与自然才是诗歌最突出的艺术价值。在《梅月先生诗序》中，李梦阳直接解释了“真”：

① 李梦阳：《诗集自序》，载郭绍虞主编《中国历代文论选》第3册，第55页。

> 真者，音之发而情之原也。古者国异风，即其俗成声。今之俗既历胡，乃其曲乌得而不胡也？故真者，音之发而情之原也，非雅俗之辨也。[①]

李梦阳“音之发而情之原”从两个角度即“情发”、“情原”来论真：一是这些身居不同国别、不同地域、不同风俗的人们所发出的声音是属于他们自己的声音，而这些声音有着丰富的独特性，表现出的声音也是吻合他们本身的特点的声音，是真声音，所以价值也颇丰；二是从起点上看，不同地域、不同风俗、不同国别的古人所发出的声音是属于当地不同风俗下的艺术形式，其情感与地域风俗等密切相关，是真情的流露，这也正是他们的诗歌风格存在差异的原因。可见，尽管时间、地域等有差异且在不断变化，但对于诗人而言，亘古不变的是真音与真情，这也是他们的诗歌得以承传并泽被后世的真实原因。李梦阳归结指出，所谓“真”，是所发的声音背后有着情感作为本原，而与声音的或雅或俗无关。所以，李梦阳批评当世诗人在作诗时情感缺乏，因此也缺乏与真情同在、与“天地自然之音”同在的比兴表达方式而“工于词多也”。他说：

> 诗有六义，比兴要焉。夫文人学子，比兴寡而真率多。何也？出于情寡而工于词多也。夫途巷蠢蠢之夫，固无文也。乃其讴也，咢也，呻也，吟也，行咕而坐歌，食咄而寤嗟，此唱而彼和，无不有比焉兴焉，无非其情焉，斯足以观义矣。故曰：诗者，天地自然之音也。[②]

① 李梦阳：《诗集自序》，载郭绍虞主编《中国历代文论选》第3册，第55页。
② 同上。

众所周知，“国风”是古代劳动人民的自然讽咏之作。而李梦阳时代的文人之诗歌坦白直露，多因感情寡少而只在“词工”上下功夫。民歌则不同，虽然无意于比兴但比兴常在，随性而歌、此唱彼和，表达出的是真实的情感与意义。从这种意义上说，民歌是自然之音，其情不是矫揉造作的。因此，自然之情、真情与声音之真是民歌的真正价值所在，也是李梦阳诗歌的审美追求之一。

法是李梦阳格调论诗学的另一重要内容。当今一些著名的文学史著作对李梦阳所谓“法”多有批评，这主要从何景明、袁宏道与钱谦益等人对李梦阳的批判继承发展而来。袁宏道曾云：

> 近代文人，始为复古之说以胜之。夫复古是已，然至以抄袭复古，句比字拟，务为牵合，弃目前之景，摭腐滥之辞，有才者诎于法，而不敢自伸其才，无之者，拾一二浮泛之语，帮凑成诗。[①]

袁宏道的出发点是批评复古诗派，故而抓住李梦阳字模句拟的诗歌创作方法而大做文章，所以把李梦阳的诗歌创作方法视为“抄袭复古，句比字拟，务为牵合”，这种判断没有领会李梦阳诗法的真正意图。李梦阳的诗法与复古诗派其他主将的诗法相似，也是对盛唐诗法的借鉴和形式层面的学习。但不同的是，李梦阳的诗法更具圆活性，他把诗法与诗情结合起来，并认为，心与情是诗的最终决定因素：

> 作文如作字……肥也、瘦也、长也、短也、疏也、密也。故六者势也，字之体也，非笔之精也。精者何也？应诸心而本诸法者也。[②]

① 钱伯城：《袁宏道集笺校》，上海古籍出版社1981年版，第710页。

② 李梦阳：《驳何氏论文书》，载郭绍虞主编《中国历代文论选》第3册，第47页。

“肥也、瘦也、长也、短也、疏也、密也”是笔法、字法，从创作诗歌的角度看又是诗法的表现特征，体现了李梦阳对诗法的追求。但从“非笔之精也”可见，李梦阳只是把法视为诗歌较为粗糙的部分。所以，随后李梦阳提出，这些诗法应该由心所遣用、由情所驱使。这样，李梦阳的法与心不是分道扬镳的，其诗法是有着落的、有所寄寓的，也就是说，李梦阳不是单纯地追求诗法，而是要求诗法受诗情所驱遣，这是李梦阳格调论中诗法的独特之处。谢榛《四溟诗话》曰：“黄司务问法于李空同，因指场圃中菉豆而言曰：‘颜色而已。’此即陆机所谓‘诗缘情而绮靡’是也。”[①] 谢榛谈到李梦阳与友人黄司务讨论诗学的故事。李梦阳对黄司务诗法之问的回答很简单，但也耐人寻味。由李梦阳的回答可得到直观的解释是“颜色”即诗法。无疑，“菉豆”是绿色的，李梦阳为何不直呼绿色，而偏偏要以“颜色而已”来回答呢？作为后学的谢榛之解释较为完全地理解了李梦阳的回答。“菉豆”之颜色为外在形式，而颜色包裹下的豆才是本质，才是决定颜色的根本。谢榛把诗法与颜色等同起来，把诗的本质与情、心等同起来，并用陆机之“缘情”、“绮靡”来说明情、心是诗法的决定因素，由此，作为外在颜色的豆是诗歌得以“绮靡”的决定因素。可见，李梦阳的诗法论不是纯粹追求诗歌的诗法，其综合了情、心、气象等诗歌的内在层面，表达了李梦阳模仿盛唐诗法时也要学习其格调与气象的愿望，从而实现“应诸心而本诸法”的诗歌创作。

总的看，李梦阳的格调论诗学虽有尺寸唐人字法、句法等较为机械呆板之处，但其中更有着强调真情、真诗、自然之声音、“应诸心而本诸法”等一系列重要的审美追求。这些观点既在诗歌形式层面上从唐诗中寻得了声调、字法、句法等的一些有价值之处，又调和了

① 谢榛：《四溟诗话》卷2，宛平校点，第61页。

诗歌中自然的声音与人为的声音的关系，摆正了外在的诗法与内在的情、心的位置。是故，李梦阳的格调论诗学是有着自家独具的特点和价值的。

二 王世贞的格调论

王世贞（1526—1590），字元美，号凤洲，又号弇州山人，明太仓（今江苏太仓）人。藏书甚富，有别墅“弇州园”，于园后建“小酉馆”，贮书达3万余卷，另将经学之书专藏于“藏经楼”中。与李攀龙、谢榛、梁有誉、宗臣、徐中行、吴国伦合称“后七子”。著有《弇州山人四部稿》一百七十四卷、《弇州山人续稿》二百零七卷、《艺苑卮言》十二卷、《弇山堂别集》一百卷。后人集有《弇州史料》一百卷。

王世贞是明代格调论诗学的代表，其“格调”之“格”包括体裁与风貌，“调”包括字声与整体声调等。[①] 除此之外，在王世贞《艺苑卮言》中，可以看到更多关于“格调”的理解与诠释。

王氏《艺苑卮言》曰：“才生思，思生调，调生格。思即才之用，调即思之境，格即调之界。”[②] 王世贞在此用了一个层层推进与体用结合的方式来推导才、思、格、调的关系，有些学人根据这种论述将才、思、格、调置于一个平面，[③] 这固有一定道理，但仍需进一步澄清。

“才生思”、“思生调”、“调生格”的推导得出诗学发展的路径为：才→思→调→格。刘勰《文心雕龙·才略》多次谈及才、思关系：“子云属意，辞义最深，观其涯度幽远，搜选诡丽，而竭才以钻

---

① “格调”本不能如此绝对地分开阐释，因为格调之范畴本身有着极大的包容性和整合性。这里分开阐释，是求其方便。

② 罗仲鼎：《艺苑卮言校注》，齐鲁书社1992年版，第39页。

③ 孙学堂：《王世贞才思格调说辨析》，《聊城师范学院学报》（哲学社会科学版）2000年第1期；李树军：《王世贞才、思、格、调的文体意义》，《江汉论坛》2008年第3期。

思，故能理赡而辞坚矣”；“马融鸿儒，思洽识高，吐纳经范，华实相扶”。[1] 可见，积才以致思是古人的诗学传统，王世贞的“才生思”也基于同样的道理：因才之高下，有精思、苦思，有遐思、近思。无疑，这些思与复古诗派看重的情思有较为紧密的联系。王世贞“思生调”把思与调直接沟通起来，但没有言明调是什么。如果把调指向诗歌的整体声响呈现出来的气象，那么由构思直接过渡到调，其难度不言而喻；如果从语言学的角度理解成诗歌的字声，由构思至具体的文字遣用则是自然而然的过程，这是“调”比较合宜的理解。王世贞的格调论思想理路应该是一个逐步推进的过程，即由思至字与句等之声，再至整体之调。这样，就能理解王世贞的诗学考虑：在构思过程中，诗歌创作者不仅要思考所运用的文字是否恰当，还要思考这些文字怎样构成整体的声调之美。

王世贞把“格调”处理成“调生格”，说明调与格立于不同层面：相对调说，格更抽象、更不易捉摸，是更高级的审美范畴。王世贞认为，调稍显具体，是由声韵等形式材料组成的一种音乐、音响模式；格稍显抽象，是创作主体人格的体现，也是诗歌外在形式与内在质地的综合体现。“调生格”表明了王世贞之调为文字之调（形式层面）与诗歌整体之声响（与情思相融的内容层面）。

“思即才之用”、“调即思之境”、“格即调之界”是对“才生思”、“思生调”、“调生格”的进一步延展与解释。“思即才之用”即才体，思用；调、格为思、调之境界。从构成看，无论“格”还是“调”，都是从才、思与形式的结合发展而来，这就表现为两个阶段：才与思皆是诗歌的前期过程，是准备阶段，是创作主体构成诗歌结构与形式的阶段；“格”与“调”是诗歌形式的融合并对形式的超

① 周振甫：《〈文心雕龙〉译注》，第643—644页。

越，是诗歌意义的整体呈现，是王世贞诗学中诗歌最终要呈现的样态与目标。所以，才、思是属性与行为，从创作主体出发；调、格是表现与风貌，从创作主体之对象——诗歌出发。

在格调论中，王世贞注意到诗法的重要性，其《艺苑卮言》卷一引用李梦阳之语："'古人之作，其法虽多端，大抵前疏者后必密，半阔者半必细，一实者一必虚，叠景者意必二。'又云：'前有浮声，则后须切响。一简之内，音韵尽殊；两句之中，轻重悉异。即如人身以魂载魄，生有此体，即有此法也。'"这说明王世贞的法与李梦阳的法基本一致。但王世贞对法的界定更加具体化，主要包括字法、句法、篇法：

> 首尾开阖，繁简奇正，各极其度，篇法也。抑扬顿挫，长短节奏，各极其致，句法也。点缀关键，金石绮彩，各极其造，字法也。

又云：

> 篇法有起、有束，有放、有敛，有唤、有应，大抵一开则一阖，一扬则一抑，一象则一意，无偏用者。句法有直下者，有倒插者。倒插最难，非老杜不能也。字法有虚有实，有沉有响。虚响易工，沉实难至。五十六字如魏明帝凌云台材木，铢两悉配乃可耳。篇法之妙，有不见句法者；句法之妙，有不见字法者，此是法极无迹，人能之至，境与天会，未易求也。[①]

王世贞比李梦阳说得更具体，涉及诗歌的字法、句法、篇法等，并要

① 罗仲鼎：《艺苑卮言校注》，第38、28页。

求诗歌在这些具体诗法层面“各极其致”，达到“法极无迹”的境界。“法”本有很强的人为因素，但王世贞要求诗人创作诗歌时须以人为之力来达于无迹之“法”，要求诗歌创作之“法”不着痕迹。他具体提出以“悟”来实现“法极无迹”：“故法合者，必穷力而自运；法离者，必凝神而并归。合而离，离而合，有悟存焉。”[①] 无论法的“合而离”还是“离而合”，王世贞都是希望诗人之法不着痕迹，而其中重要的途径就是“悟”。

王世贞处理格调时，还特别关注诗歌之“意”，并对音、意关系做了阐释。他多次引他人之语来说明意之重要性，如其曾借范晔的话来表明自己的观点：

> 情志所托，故当以意为主，以文传意。以意为主，则其旨必见；以情传意，则其辞不流，然后抽其芬芳，振其金石。[②]

金石之声在中国传统音乐美学中主要表现为节奏响亮、优美悦耳的声音。王世贞强调以意为主，并把传情达意作为“振其金石”的前提条件，这说明了王世贞格调中的意与声是相互关联的。其又云：“钱、刘并称故耳，钱似不及刘。钱意扬，刘意沉；钱调轻，刘调重。”[③] 王世贞把“意”与“调”作为两个衡量标准，并以此认为钱起的诗歌成就不及刘禹锡。意扬、调轻，意沉、调重，这两组词中的“扬”与“轻”、“沉”与“重”有极大的关联性：因有“扬”而有“轻”，因有“沉”则有“重”。所以，“意”与“调”有极大的联系，两者在诗歌中是相互关联与影响的。

---

① 罗仲鼎：《艺苑卮言校注》，第 41 页。

② 同上书，第 6 页。

③ 同上书，第 184 页。

法、意关系是王世贞格调论诗学重点讨论的内容。法为诗之常体，是规范，也是体制；意是诗之内在与诗中之意，是情志。王世贞《五岳山房文稿序》曰：

> 尚法则为法用，裁而伤乎气；达意则为意用，纵而舍其津筏。……吾来自意而往之法，意至而法偕至，法就而意融乎其间矣。夫意无穷而法有体也，意来甚难而出之若易；法往甚易，而窥之若难。此所谓相为用也。①

王世贞指出，一味崇尚诗法则将为法驭使，将会损伤诗歌内在神气；一味强调达意则将为意驭使，将因过于纵意而失去了必要的方法、途径。正确的法、意关系是：诗自意而生，因法而行，意到而法随，法行而意融，法与意真正地相与为用。其又云："夫意在笔先，笔随意到，法不累气，才不累法，有境必穷，有证必切。"② 法意相融，则有法而无法。另外，其"夫工出意表，意寓法外，令曹氏父子犹尚难之"之语也表达了诗歌创作过程中有法而无法、意法相辅的诗学理念。③

法意关系是诗法（平仄、押韵、字法、句法等）与诗意（诗之整体意蕴与声音所呈现的意义等）的关系。在法与意的关系上，"偕至"是王世贞的意愿："吾来自意而往之法，意至而法偕至，法就而意融乎其间矣。夫意无穷而法有体也，意本甚难，而出之若易；法往甚易，而窥之若难。此所谓相为用也。""偕至"不是说法与意分别独立地存在于诗歌中，而是指"融乎其间"，王世贞把法、意视为

① 王世贞：《五岳山房文稿序》，载《弇州四部稿》卷66，《四库全书》本。
② 罗仲鼎：《艺苑卮言校注》，第361页。
③ 同上书，第90页。

“体用”关系，正说明了两者十分紧密的诗学关系。

王世贞在处理意、法与格、调时，注重调剂。由此，“剂”成了王世贞格调论诗学中处理格与调、意与法、质与采等诸因素的一个良方。[①] 王世贞《黄淳父集序》曰：“夫辞不必尽废旧而能致新，格不必步趋古而能无下。因遇见象，因意见法，巧不累体，豪不病韵，乃可言剂也。”[②] 王世贞指出：在创作诗歌时，如果作者能做到因所遇而见象、因其意而见法，那么就能够做到文辞巧妙而不牵累文体，气格豪迈而不病于声韵，这才可以来谈论“剂”了。显然，王世贞所谓“剂”，就是在诗人与创作对象自然遇合、诗人之意与创作之法自然贴合的创作状态下而产生出的诗歌中不同艺术因素间的很好的融合、调剂。

王世贞的调剂观念更直接体现在处理诗歌的声音上：

> 文故有极哉！极者则也，扬之则高，其响直上而不能沉；抑之则卑，其分小减而不能企；纵之则傍溢而无所底，敛之则郁塞而不能畅，等之于乐，其轻重弗调，弗成奏也；于味，其秾淡弗剂，弗成饔也。[③]

诗歌讲究抑扬顿挫、平仄相和，这是中国传统诗歌所追求的旨趣。王世贞指出：诗歌声音扬则不易沉，抑而不能高；放纵之则旁溢无着落，束缚之则不能舒畅。如果与音乐相提并论，声音的轻重不协调，就不能形成曲奏了；如果与调味相提并论，味道的浓淡不协调，就不能形成美味了。可见，声音的飞扬和低沉、放纵和收敛、轻和重等，

---

① 可参看郑静芳《论王世贞折衷调剂的审美观念》，《北京化工大学学报》（社会科学版）2010 年第 2 期。

② 王世贞：《黄淳父集序》，载《弇州四部稿》卷 68，《四库全书》本。

③ 王世贞：《吴明卿先生集序》，载《弇州续稿》卷 40，《四库全书》本。

以及它们之间的协调与否，对于诗歌而言，是极其重要的。而在王世贞这里，语言、声音与格、调是紧密相连的，说到底，王世贞的“剂”实际就是要解决格、调的关系。格有偏高与偏卑、偏弱与偏强、偏逸与偏淡等，调有轻重、扬沉、塞畅等，对这些不同格、调的合理调剂能让诗歌趋于更美。可以说，王世贞的调剂观在格与调关系的讨论中展现出了中国传统的“中和”美学观念。[①]

总的看，王世贞的格调论围绕才、思、格、调立论，并建立了四者的联系；同时继承李梦阳对法的重视，把诗歌之法、意以及法意的关系作为格调的重要内容，并进一步希望通过“剂”的方式来达成这几种关系的和谐共存。

第二节　谢榛的“求声调”说

谢榛（1495—1575），字茂秦，号四溟山人，临清人。眇一目。十六岁作乐府商调，流传颇广，后折节读书，刻意为歌诗，以擅长声律闻于时。嘉靖间，挟诗卷游京师，与李攀龙、王世贞等结“七子”诗社，倡导为诗模拟盛唐，后为李攀龙等排斥，客游诸藩王间。其诗以律、绝见长，有《四溟集》《四溟诗话》（又名《诗家一指》）等著作。

前人多已讨论谢榛诗学中的声律，主要涉及诗与音乐的关系。[②]

① 张国庆先生指出，中和之美是一种以正确性原则为内在精神的普遍的艺术和谐观，并指出：进入中和的众多因素，不论是不同的多还是对立的两，都不仅相互依存，而且在正确性原则的内在制约下，都经历着一个互济互泄、相涌相融、转化生成的运动过程。见《中国古代美学要题新论》，中央编译出版社 2010 年版，第 1—52 页。

② 翟勇：《“听之金声玉振”——谢榛对诗歌音乐美的追求》，《武汉科技大学学报》（社会科学版）2009 年第 4 期；郑利华：《后七子诗法理论探析——以王世贞、谢榛相关论说考察为中心》，《中国韵文学刊》2009 年第 3 期；郭波：《论谢榛的诗歌语言观》，《西北大学学报》（哲学社会科学版）2002 年第 2 期；方锡球：《谢榛的“文随世变”论与格调“通变”论》，《江淮论坛》2010 年第 1 期。以上诸文对谢榛之声律均有一定发挥，但或从音乐性的角度立论，或从诗性角度阐述，都没有对谢榛之声律等相关问题进行深入、具体的研究。

在吸收唐诗声律技巧的基础上，谢榛在诗学方面加深了对声律的研究。在与后七子讨论诗法过程中，谢榛提出了“诗三要”，即“熟读之以夺神气，歌咏之以求声调，玩味之以裒精华”。其中，“求声调”包括了丰富的诗学思想，特别是声律方面的思想，体现出了声律之学在明代诗学中所达到的成就与高度。

在汉语中，声调是指汉字的字声高低，即汉字的声音高低、升降形式。而在中国诗学中，声调主要指诗的声律或声韵等。谢榛《四溟诗话》多次强调“声调”，如“唐人歌诗，如唱曲子，可以协丝簧，谐音节。晚唐格卑，声调犹在”[①]。“协丝簧”、“协音节”讲求的是声律的协调。另外，谢榛又提出“四关”——“诵之行云流水，听之金声玉振，观之明霞散绮，讲之独茧抽丝。此诗家四关”。这些内容与“求声调”有非常紧密的关系。

一 “求声调”之方法

择韵、调（tiáo）韵与审音是“求声调”的关键，也是谢榛“求声调”的具体方法。分开来说，先看择韵。

谢榛《四溟诗话》曾多次声称要择韵：“诗宜择韵”；“作诗宜择韵审音”；“凡择韵平妥，用字精工，此虽细事，则声律具焉”。[②] 王力《汉语诗律学》说：

> 宽韵会很自由，窄韵会令人受窘。但是，有文才的人有时候却故意用窄韵来显本领。……宽韵：支、先、阳、庚、尤、东、真、虞；中韵：元、寒、鱼、萧、侵、冬、灰、齐、歌、麻、

① 谢榛：《四溟诗话》卷1，宛平校点，第19页。

② 谢榛：《四溟诗话》卷3，宛平校点，第9、79、72页。

豪；窄韵：微、文、删、青、蒸、覃、盐；险韵：江、佳、肴、咸。[①]

作诗如用宽韵，诗人选择的自由度要大得多；用险韵，诗人费力、费神且不能保证诗作得好。《四溟诗话》曰："九佳韵窄而险，虽五言造句亦难，况七言近体。押韵稳，措词工，而两不易得。自唐以来，罕有赋者。"[②] 谢榛认为，自唐以来，很少有人在作诗时用险韵"佳"达到既稳又工的，故其反对用险韵，因为险韵用得好很难，用得不好则奇奇怪怪："作诗不可用难字，若柳子厚《奉寄张使君》八十韵之作，篇长韵险，逞其学问故尔。"[③] 从谢榛所论看，他更倾向于宽韵与中韵。宽韵与中韵更易于把握和遣用，如谢榛所云："使遇宽韵而愈加思索，则他日造诣，未见其止也。"[④] 同时，通过择韵，诗可以达到自然的诗学追求，故谢氏云："诗宜择韵。若秋、舟，平易之类，作家自然出奇；若眸、瓯，粗俗之类，讽诵而无音响；若锼、搜，艰险之类，意在使人难押。"[⑤] 平易之类即宽韵，这类韵由于平易、是生活真实的反映，更易于作者把握，也利于读者领略。因此，用这类韵作诗便会让诗作更接近生活、贴近自然，表现出奇正相生、平淡自然的特点；而其他粗俗与艰险之类的韵，谢榛是非常贬斥的，如其所说"韩昌黎、柳子厚长篇联句，字难韵险，然夸多斗靡，或不可解"[⑥]。以上都突出反映了谢榛创作诗歌时重视择韵的观念。

调（tiáo）韵是"求声调"的第二步。古人在调韵方面的阐述不

① 王力：《汉语诗律学》，上海世纪出版集团2005年版，第44页。
② 谢榛：《四溟诗话》卷4，宛平校点，第121页。
③ 谢榛：《四溟诗话》卷1，宛平校点，第6页。
④ 谢榛：《四溟诗话》卷4，宛平校点，第121页。
⑤ 谢榛：《四溟诗话》卷1，宛平校点，第9页。
⑥ 谢榛：《四溟诗话》卷4，宛平校点，第100页。

多，但亦曾论及。梅尧臣《续金针诗格》曰："诗有三本……一曰声调则意婉，二曰物象明则骨健，三曰意圆则髓满。律应则格清，物象暗则骨弱，格高则髓深。"[①] 梅氏所论"声"即声调，"调"则是和顺、协调等。如果声调协调，诗歌则会有微婉之意。梅氏的"三本"实际强调了调对诗歌声音上的影响，要求我们在作诗过程中注重调声。谢榛对此作了较多的探索：

> 予一夕过林太史贞恒馆留酌，因谈：诗法，妙在平仄四声而有清浊抑扬之分。试以东、董、栋、笃四声调之，东字平平直起，气舒且长，其声扬也；董字上转，气咽促然易尽，其声抑也。[②]

谢榛试图用四声调和诗歌的声音，这种调的方法也包括了对清浊的调和。通过对四声、清浊的调和，能达到诗法对声调的要求。"抑"指短促的声音，"扬"指缓而长的声音，这两者相依相存，缺一不可。谢榛云："夫平仄以成句，抑扬以合调。……上句二入声，抑扬相称，歌则为中和调矣。"[③] 对抑扬的处理，谢榛认为两者协调最好的结果是中和之调。张国庆先生曾云："中和之美是一种以正确性原则为内在精神的普遍艺术和谐观，一种辩证的艺术和谐观。"[④] 我们不能把谢榛所说"中和"完全等同于中和之美，但艺术和谐必然是调韵的追求目标。谢榛要求平仄成句、抑扬合调即要求作诗时不偏不倚、以正确性为原则，使诗中声韵的因素达到总体谐和的状态。《四溟诗话》曰："诗中罕用'血'字，用则流于粗恶。……不假调和，

① 王大鹏等：《中国历代诗话选》，岳麓书社 1985 年版，第 150 页。
② 谢榛：《四溟诗话》卷 3，宛平校点，第 77 页。
③ 同上书，第 78 页。
④ 张国庆：《中国古代美学要题新论》，中央编译出版社 2010 年版，第 38 页。

野蔬何以有味。"[①] 诗中一般不用"血"字，如果用之则会陷入粗俗不堪的境地。如执意要用此字，则要用其他方式来调和，以补诗字声之偏。这也证明：不假调和，诗歌之韵就达不到和谐的审美追求。

到此，可以简单区分一下调韵与择韵的不同。择韵主要在于选择不同类型的韵，谢榛主要倾向于在作诗过程中选择一些宽韵、中韵，而非险韵；而调韵主要在于对已选择的韵进行调和，其目的是使诗歌中不同的声调可以和谐共存，从而在诗歌整体的声调上达到和谐的审美境地。择韵是前提，调韵是必然的走向。

谢榛非常强调审音，认为审音是形成浑沦声调的重要途径："作诗宜择韵审音，勿以为末节而不详考。"[②] 完成择韵与调韵后，谢榛把视角放在审音上："所谓审音用字，就是根据乐声的高下升降，选择和确定适应发音器官某一部位的四声，甚至还要注意字的清浊、轻重，这里一般指阴阳。"[③] "审音包括审辨辅音的发音部位与发音方法、元音的舌位前后高低与唇形圆展等。"[④] "审音辨律即要体味韵律的表意作用，以求加深对作品意境的理解。"[⑤] 参考上述对审音的看法，结合谢榛所论，审音是指作者在诗歌创作中对声律是否谐畅、声律与意义是否协调的审察。所以，谢氏"审音"之音已不仅仅属于声律的范畴，而是由声律与意义配合而成的一种系统性声音。《四溟诗话》曰："作者审而用之，勿专于义意而忽于声律也。"[⑥] "专于义意"与"专于声律"都有所偏，在意义与声律上需要详加审察，使

① 谢榛：《四溟诗话》卷4，宛平校点，第98页。

② 谢榛：《四溟诗话》卷3，宛平校点，第79页。

③ 赵志华、薄克礼：《从〈白石道人歌曲〉看词的审音用字》，《广西社会科学》2004年第4期。

④ 周远富：《〈通雅〉与"考古"、"审音"》，《南通师范学院学报》（哲学社会科学版）2004年第3期。

⑤ 蔡录昌：《旧体诗词赏析之"剖文析义、审音辨律"》，《晋阳学刊》2004年第5期。

⑥ 谢榛：《四溟诗话》卷3，宛平校点，第95页。

声律与意义呈现和谐、流畅的风格。《礼记·乐记》较早提到“审音”：“是故审声以知音，审音以知乐，审乐以知政，而治道备矣。”[1]审声、审音、审乐是三个层次，由声至乐的逐步审察可导向政治的清和太平，这属于从道德层面对乐的审察。谢榛曾从德音的角度提出审音的必要性：“譬如清庙鼓瑟筝以和之，审音者自不乱其听也。”[2]谢榛认为，通过审音可以正确处理乱与雅的关系。但谢榛的目的不仅在于说明这点，其审音更多是从乐歌的创作来说的：“六朝以来，黄钟瓦缶，审音者自能辨之。”[3]南北朝时期，声律之学得到逐步发展，诗人在创作过程中特别重视声律，因而注重对影响声音的因素进行取舍。金石并存，黄钟与瓦缶共在，说明了审音的必要性。谢榛认为，诗人应通过对不同类型、不同层次、不同格调的声律进行审视，去其糟粕、取其精华。《四溟诗话》曰：“或有一二不合调者，当自详审而无偏听之弊，求其纯亦不难矣。”“凡用韵审其可否，句法浏亮，可以咏歌矣。”[4]谢榛以上所论都强调，在择韵与调韵之后，必须对声律进行审察，看其用韵是否得当、句法是否浏亮、是否有偏听之弊。只有如此，才能形成声调糅合较好的作品，也就可达到纯、清丽的审美高度。

总之，谢榛强调审音是“求声调”的最后一步，严格的择韵与调韵后，对声调进一步的审察有利于诗作在音乐方面走向和谐、浏亮，在意义方面走向流畅、微婉。

二 “求声调”之目的

从谢榛《四溟诗话》看，虚实相生与妥帖为“求声调”的目标。

---

① 吉联抗译注，阴法鲁校订：《乐记译注》，第5页。
② 谢榛：《四溟诗话》卷1，宛平校点，第24页。
③ 谢榛：《四溟诗话》卷2，宛平校点，第49页。
④ 同上书，第125、56页。

虚实是中国诗学中的一对重要范畴。谢榛在谈及声调时，非常注意虚实相生："律诗重在对偶，妙在虚实。"[①] 律诗讲求对偶是诗歌的属性所决定的，但只有妙于虚实相生，律诗的对偶才能产生好的艺术效果。可见，谢榛非常重视诗歌的虚实相生，这与他在声调方面的追求也是相联系的。谢榛在声调层面上讲虚实相生从以下几点展开。

一是字的虚与实。谢榛在字的虚实看法上与前人有较多相同成分，如他认为实字在诗的创作中较易，而用好虚字却难上加难。谢榛曾批判陈师道的诗歌用虚字太多、不恰当而影响了诗的整体意境，故而显得无味："陈无已《寄外舅郭大夫》诗……然两联为韵所牵，虚字太多而无余味。"[②] 谢榛认为，陈师道之诗声音不佳的原因是其中有两联的韵不谐畅，而造成韵不畅的原因是虚字太多。可见，虚实字在诗中的运用会影响诗歌的音韵和声音。

二是侧重虚字。《四溟诗话》提及"虚"字共46次，提及"实"字共30次。其中，提到"景虚"一次，提及字"虚"达到28次，提及字"实"共有15次。虽然这一统计不能绝对说明问题，但也显示了谢榛在诗论中对虚字的偏重。在具体论诗中，谢榛也多次强调虚字的重要性："子美多用实字，高适多用虚字。惟虚字极难，不善学者失之。"[③] 比较而论，虚字的遣用比实字更难，这也是高适常用虚字而诗作不如杜甫的原因。谢榛《四溟诗话》引用李东阳之语来说明自己的观点："诗用实字易，用虚字难。盛唐人善用虚字，开合呼应，悠扬委曲，皆在于此。"[④] 后七子非常推崇盛唐诗作，不仅在于盛唐诗人的诗作更具气格，还在于他们的诗歌在虚字的运用上实现了灵活多变、自由开合，形成了悠扬委曲的艺术风格。故而谢榛有时将

① 谢榛：《四溟诗话》卷1，宛平校点，第19页。
② 同上书，第29页。
③ 同上书，第19页。
④ 同上书，第20页。

虚字与“辞达”、“味”联系起来：“此篇多用虚字，辞达有味。”[①]这表明如果诗歌合理地使用虚字则可达到味外之旨、韵外之致的审美境界。因此，谢榛在虚实字上更偏爱虚字。

三是突出虚活。谢榛云：“李嘉祐《送王收》诗：‘细草绿汀洲。’此皆以声色字为虚活用者。”[②] 要理解“虚活”，先看看声色。古人非常提倡声色：“论诗之要领，声色二字足以尽之。”[③] 阮元亦云：“凡文者，在声为宫商，在色为翰藻。”[④] 故汪涌豪认为声色字“就是字求其鲜活明丽，健练而融艳；句求其峻洁清健，饱满而妍亮；事求其恰好得当，渊雅而精切。”[⑤] 谢榛之“声色”之意与此意基本类同，但偏于字的鲜活明丽与藻饰。应该说，谢榛对声色的要求达到了一定的审美妙境，而“虚活”则是进一步对声色字提出要求，让字在诗中显示其不同于本身的虚的意义，发挥如同古代汉语中词的活用之优点，让诗句呈现出一种声色俱在、情景交融而妙不可言的美学胜境。《四溟诗话》曰：“五言诗皆用实字者，如释齐己‘山寺钟楼月，江城鼓角风。’此联尽合声律，要含虚活意乃佳。”[⑥] “山寺钟楼月”与“江城鼓角风”对仗工整，完全吻合声律的要求。但在该诗中，释齐己用的皆是“山”、“寺”、“钟”、“楼”、“月”、“江”、“城”、“鼓”、“角”、“风”等实字。谢榛认为，这些字都指向具体的实物，没有虚字夹杂其中，更没有变实为虚，故而显得没有动态美、空灵美，缺少生气。另外，谢榛把虚活字的恰当运用视作不易得

① 谢榛：《四溟诗话》卷1，宛平校点，第19页。

② 同上书，第105页。

③ （清）冒春荣：《葚原诗说》卷4，载郭绍虞编《清诗话续编》，上海古籍出版社1983年版，第1618页。

④ （清）阮元：《文韵说》，载《研经堂续集》卷3，道光文选楼本。

⑤ 汪涌豪：《“声色”范畴的意义内涵与逻辑定位》，《北京大学学报》（哲学社会科学版）2010年第5期。

⑥ 谢榛：《四溟诗话》卷1，宛平校点，第17页。

的作诗方式："诗中用虚活字，时有难易：易若剖蚌得珠，难如破石求玉。"[①] 可见，虚活字的获得非人力可为，依赖灵感的把握。是故，虚活字改变了诗歌中字的用法或词的词性，使字或词的意义有更加丰富的意涵，使诗歌呈现情景交融、声色俱在且"言有尽而意无穷"的美学效果。

谢榛论诗之声调以妥帖和平妥为具体要求。妥帖作为诗学中的一个重要范畴是伴随着声律的发展而逐步得到发展完善的。魏晋以前，无论先秦散文还是秦汉文学作品皆未提及妥帖。随着魏晋声律之学的萌发，妥帖逐渐进入诗歌的审美范围。陆机《文赋》曰："或妥帖而易施，或岨峿而不安。"陆机的观点是从为文的角度出发，不纯针对诗的声律而言。唐代韩愈曾云："横空盘硬语，妥帖力排奡。"这是较早以妥帖来描述诗的声律的阐述。以妥帖论诗的文论观点在宋代逐渐增加。梅尧臣《次韵和长吉上人淮甸相遇》曰："文字皆妥帖，业术无倾攲。"[②] 杨万里《诚斋诗话》曰："有一联用两处古人全语，而雅驯妥帖，如己出者。"[③] 范晞文《对床夜语》曰："五言律诗，固要贴妥，然贴妥太过，必流于衰。苟时能出奇，于第三字中下一拗字，则贴妥中隐然有峻直之风。"[④] 妥帖显然成了文人评论诗歌声律的一个标准，特别是范晞文在运用妥帖一词时已开始与峻直之风联系起来，具有典型的审美风格范畴的意义。谢榛非常强调诗歌声律的妥帖。《四溟诗话》曾四次要求声律达到"平妥"："凡择韵平妥，用字精工"；"平妥匀净，颇异六朝气格"；"平妥匀净"；"较之献吉则平妥"。[⑤] 有五次要

① 谢榛：《四溟诗话》卷4，宛平校点，第110页。

② 朱东润：《梅尧臣集编年校注》，上海古籍出版社1980年版，第193页。

③ （宋）杨万里：《诚斋诗话》，载丁福保辑《历代诗话续编》，中华书局1983年版，第151页。

④ （宋）范晞文：《对床夜语》，载丁福保辑《历代诗话续编》，第418页。

⑤ 谢榛：《四溟诗话》卷3、卷4，宛平校点，第72、105、121、124页。

求声律达到“妥帖”：“其平仄妥帖，尚有古意”；“此作平仄妥帖，声调铿锵”；“思得一字妥帖”；“用韵妥帖”；“韵亦妥帖”。[①] 谢榛所论“妥帖”、“平妥”均与声律有关。《辞源》定义妥帖（帖）为“稳当”、“合适”。《尔雅注疏》曰：“妥者，坐止也。”[②] 两注可互参。如果从声调的角度来论的话，妥帖指声律谐合、精工、稳妥合格。[③] 杨伯峻《论语译注》曰：“事之中节者皆谓之和，不独喜怒哀乐之发一事也……和今言合适、言妥帖、言恰如其分。”[④] 杨伯峻在此以“妥帖”注“和”，突出了两者的共性——和谐。《四溟诗话》曰：“抑扬相称，歌则为中和调矣。”[⑤] “抑扬”指声律中平仄相配的问题，谢榛此论“中和”与“妥帖”的含义基本一致，都表示声律的和谐。所以，“妥帖”是“和”的具体体现，是“求声调”的具体要求。

三 “求声调”的理论来源与价值

明代前后七子以复古著称，倡导“文必秦汉，诗必盛唐”。谢榛作为“后七子”要员之一，非常重视唐诗，并以之为法：“作者当以盛唐为法。”可以说，谢榛对盛唐之作是顶礼膜拜的：“然格高气畅，自是盛唐家数”；“若此前后为绝句，气骨不减盛唐”；“气象雄浑，大类盛唐”。[⑥] 谢榛把盛唐之作奉为圭臬，认为：无论从格调、气象，还是气骨而言，盛唐之法都是后人作诗的尺度。所以，他要求作诗者熟读唐诗，特别是初、盛唐之作。《四溟诗话》曰：

① 谢榛：《四溟诗话》卷2、卷3，宛平校点，第63、67、77、92页。

② （晋）郭璞注，（宋）邢昺疏：《尔雅注疏》，载李学勤主编《十三经注疏》，第38页。

③ 汪涌豪《中国文学批评范畴及体系》（复旦大学出版社2007年版）一书对“稳妥合格”定义较好：“所谓稳妥合格，包括字、句、章、韵等各个方面，字法要侔色揣称，句法要闳深浑成，章法要离合顺逆、贯串映带，韵法则要合调合律、婉畅浏亮。”这是汪氏从词的范畴角度论“妥帖”，认为这个范畴是“词的体式特征的一个重要方面”。

④ 杨伯峻：《论语译注》，中华书局1980年版，第8页。

⑤ 谢榛：《四溟诗话》卷3，宛平校点，第78页。

⑥ 谢榛：《四溟诗话》卷1、卷2，宛平校点，第21、29、37页。

> 熟读初唐、盛唐诸家所作，有雄浑如大海奔涛，秀拔如孤峰峭壁，壮丽如层楼叠阁，古雅如瑶瑟朱弦，老健如朔漠横雕，清逸如九皋鸣鹤，明净如乱山积雪，高远如长空片云，芳润如露蕙春兰，奇绝如鲸波蜃气：此见诸家所养之不同也。学者能集众长，合而为一，若易牙以五味调和，则为全味矣。①

如此学习，作诗者可以“五味调和”，成就具有味之外味的“全味”之诗。当然，熟读不是目的，只是手段。熟读是为了求得古人即盛唐诗人的气格、声调及个中的精华。陈伯海《唐诗学引论》说：“唐诗学的研究进入明代，出现了一个大发展、大繁荣的局面。”② 谢榛是明代研究唐诗的重要代表之一，其诗学吸收了唐作特别是盛唐诗作的法与声——“熟读之以夺神气，歌咏之以求声调，玩味之以裒精华”。“熟读”、“歌咏”、“玩味”皆是手段，谢榛的落脚点在“神气”、“声调”、“精华”，这构成了谢榛诗学的三个重要层面。谢榛诗学以唐代特别是李杜作品的神和体作为出发点，主张涵泳其精神、追求其声调规范，故谢榛“求声调”源于对唐诗的尊从与体认。

谢榛诗学中有关声律最重要的理论是“四关”与“求声调”，两者互为表里。《四溟诗话》曰：

> 凡作近体，诵要好，听要好，观要好，讲要好。诵之行云流水，听之金声玉振，观之明霞散绮，讲之独茧抽丝。此诗家四关。③

① 谢榛：《四溟诗话》卷3，宛平校点，第69页。

② 陈伯海：《唐诗学引论》，知识出版社1988年版，第190页。

③ 谢榛：《四溟诗话》卷1，宛平校点，第6页。

“四关”（诵之行云流水，听之金声玉振，观之明霞散绮，讲之独茧抽丝）从读者的角度出发，要求诗歌的声律达到视听皆好之审美要求。“求声调”则是从诗人出发，要求诗人在具体创作中先不急于挥笔立就，而应先养胸中声调之气、领悟前人佳作中的声律及创作方法，然后进行实践，铸就一种浑沦的声律之境界，令声调达到“四关”之要求。

那么，谢榛“求声调”的价值诉求何在呢？且看谢榛“求声调”提出的语境：

> 一日，因谈初唐盛唐十二家诗集，并李杜二家，孰可专为楷范？或云沈宋，或云李杜，或云王孟。予默然久之，曰：“历观十四家所作，咸可为法。当选其诸集中之最佳者，录成一帙，熟读之以夺神气，歌咏之以求声调，玩味之以裒精华。得此三要，则造乎浑沦，不必塑谪仙而画少陵也。夫万物一我也，千古一心也，易驳而为纯，去浊而归清，使李杜诸公复起，孰以予为可教也。”诸君笑而然之。①

谢榛在提出“诗三要”（“熟读之以夺神气，歌咏之以求声调，玩味之以裒精华”）后，要求诗歌直指“造乎浑沦”。在“神气”、“声调”、“精华”三个层面有得的前提下，谢榛将诗的最终追求定位于“浑沦”。三个层面共同指向“浑沦”是谢榛的审美诉求，但其中各个层面从不同角度逼近浑沦之境。故谢榛“求声调”是以“浑沦”为具体价值诉求的。《四溟诗话》曰：“夫有一字之悟，一篇之悟，或由小以扩乎大，因著以入乎微，虽小大不同，至于浑化则一也。”②

① 谢榛：《四溟诗话》卷3，宛平校点，第80页。
② 谢榛：《四溟诗话》卷4，宛平校点，第118页。

谢榛指出，悟有大小及难易等之分：有对字词之悟，有对篇章之悟，有的悟从小处而扩及大处，有的悟从显著而入乎精微。但他强调，这些悟的最终是要使诗歌达到浑沦之境。“浑沦”是一种浑然完整、至大至全的境界，这是“诗三要”中“求声调”所要达到的最终目的。所以，谢榛“求声调”只是一种手段，其真正的目的是指向完美的艺术境界——浑沦。其云：“易驳而为纯，去浊而归清。”[①] 谢榛转“驳”为“纯”、涤“浊”为“清”就是要清除声律中不合理的成分、不合盛唐气格的成分，最终以浑沦、浑化为旨归。

从实践上说，谢榛把“求声调”作为了自己作诗的重要标准指导自己的创作。谢榛终生写诗，自十六岁起至离世，历时六十余年，现存诗作二千五百余首。后人认为其诗得“少陵体裁，太白格调”[②]。谢榛非常推崇李杜，其诗作得他们之体裁与格调，当然更多是对盛唐诗作声律的学习。王渔洋云：“茂秦诗有两种，其声律圆稳、持择矜慎者，弘、正之遗响也；其应酬牵率、排比支缀者，嘉、隆之前茅也。”[③] “声律圆稳”即是声律的妥帖，“持择矜慎”即是择韵、调韵、审音的严谨慎重。王氏认为谢榛最成功的诗作应是那些声律妥帖之作，具有少陵与太白之格调的诗作。究其原因，当然是谢榛将自己“求声调”的理念贯穿其中，追求字声的妥帖、声律与情景浑成的结果使然。

第三节　复古诗论的总结者——胡应麟的“体格声调”说

胡应麟（1551—1602），字元瑞，号石羊生，又号少室山人，兰

---

① 谢榛：《四溟诗话》卷 3，宛平校点，第 80 页。

② 谢榛：《谢榛全集》，朱其铠、王恒展、王少华校点，齐鲁书社 2002 年版，第 2 页。

③ 谢榛：《四溟诗话》，载周维德集校《全明诗话》，第 1303 页。

溪（今属浙江）人。广涉书史，记诵淹博，在文献学、史学、诗学、小说及戏剧学方面都有突出成就。筑“二酉山房”，藏书 4 万余卷。受王世贞推引登上文坛，被列为“末五子”之一。著有《诗薮》《少室山房笔丛正集》《少室山房类稿》等 37 种 347 卷。

胡应麟在明代诗学的位置颇显眼，前接前后七子的复古诗论，后启陆时雍及清代王士祯等人的神韵说，而其复古诗学的核心理论主要体现在“体格声调”说。

一 “体格声调”的含义

胡应麟曾将“体格声调”中的“格”、“体”、“调”分开解释和说明，其《诗薮》曰：

> 甚矣，诗之盛于唐也！其体，则三、四、五言，六、七、杂言，乐府、歌行，近体、绝句，靡弗备矣。其格，则高卑、远近、浓淡、浅深、巨细、精粗、巧拙、强弱，靡弗具矣。其调，则飘逸、浑雄、沉深、博大、绮丽、幽闲、新奇、猥琐，靡弗诣矣。其人，则帝王、将相、朝士、布衣、童子、妇人、缁流、羽客，靡弗预矣。①

胡应麟并非以定义的形式来解释“体”、“格”、“调”，而是以举例的形式来说明。从上可知，胡应麟之“体”指诗的体制，而“格”与“调”的所指则比较模糊。下面即对其“格”与“调”作些讨论。

胡应麟以“高卑、远近、浓淡、浅深、巨细、精粗、巧拙、强弱”来说明“格”，表现“格”是诗歌较为清晰的面貌，易于区别，

---

① 胡应麟：《诗薮》，第 163 页。

且有明显形式区分的特点。也只有体制，能综合以高卑、远近、浓淡、浅深、巨细、精粗、巧拙、强弱等一系列的词区分。[①] 显然，这说明格与诗的体制有关。刘熙载曾云："诗格，一为品格之格，如人之有智愚贤不肖也；一为格式之格，如人之有贫富贵贱也。"[②] 刘氏说的后一格与胡应麟之格有较大相似性，皆强调人对于格的影响，换句话说，格是在同一体制下因为人的不同才、情、思等形成的。胡应麟说的"巧拙"、"高卑"等皆强调了人在诗歌中的作用。其又云："宋近体人以代殊，格以人创，巨细精粗，千歧万轨。元则不然，体制音响，大都如一。"[③] 此处"巨细精粗"与前句对"格"的说明是一致的。由"格以人创"可知，"格"是诗歌创作者对体制的主观选择与重新加工。接着，胡应麟对比宋近体与元近体后得出结论——元代诗歌的"体制音响，大都如一"。所以，诗歌的体制与诗歌创作者的个性整合后的意义指向是胡应麟的"格"，它具有较为明晰的面貌特点，可以被寻见和区别。这可在胡应麟的另一句话中得到印证："汉人诗，气运所钟，神化所至也，无才可见、格可寻也。魏才可见、格可寻，而其才大，其格高也。晋、宋其格卑矣，其才故足尚也。梁、陈其才下矣，其格故亡讥焉。"[④] 胡氏认为，汉诗与魏诗的区别在于：汉诗为神化之作，才不可见而体制可见；魏诗才、格皆露，故可见到才大、格高，但终归魏诗不如汉诗。胡氏又云："古诗轨辙殊多，大要不过二格。以和平、浑厚、悲怆、婉丽为宗者，即前所列诸家；有以高闲、旷逸、清远、玄妙为宗者，六朝则陶，唐则

---

① 就体制而言，高卑指尊体与卑体，远近指有的体制产生早远、有的近迟，浓淡指体制形式表现的浓淡，巨细指体制的庞大与小巧，精粗指体制的粗糙与精整，巧拙指体制运用得好与劣，等等。

② （清）刘熙载：《诗概》，载郭绍虞编选《清诗话续编》，第 2445 页。

③ 胡应麟：《诗薮》，第 230 页。

④ 同上书，第 144 页。

王、孟、常、储、韦、柳。但其格本一偏，体靡兼备，宜短章，不宜巨什；宜古选，不宜歌行；宜五言律，不宜七言律。”① 此处之格是由创作者内在涵养与性格所体现在诗歌中的较为明显的风格与特点。综而论之，胡应麟“格”之内涵有三：一是体制；二是创作者之气质与性格；三是诗歌体制与创作者之个性整合后的风貌。

胡应麟又以“飘逸、浑雄、沉深、博大、绮丽、幽闲、新奇、猥琐”来说明“调”，显然，此处的“调”不是指形式意义上的声调，而是指整体风格上的声调。胡应麟云：

> 欧视王，才颇宏而调杂；王视欧，格颇正而调偏。
>
> 统论五言之变，则质漓于魏，体俳于晋，调流于宋，格丧于齐。
>
> 曹、刘、阮、陆之为古诗也，其源远，其流长，其调高，其格正。陶、孟、韦、柳之为古诗也，其源浅，其流狭，其调弱，其格偏。②

从“调杂”、“调偏”、“调高”、“调弱”看，“调”是多种声音的组合以及由声音整体呈现出来的审美特征。所以，“体格声调”之“声”包含在“调”之中。换句话说，胡应麟实质上将调与声合一了。胡应麟云：“洪景卢误收《唐绝》中，亦其声调酷类，遂成后世笑端”；“七言律咏物，盛唐惟李颀梵音绝妙。中唐钱起题雪，虽稍着迹，而声调宏朗，足嗣开元”；“唐律虽滥觞沈、谢，于时音调未遒”。③ 此处三例皆说明声音与调是联系在一起的，且声调表现出既

① 胡应麟：《诗薮》，第 24 页。
② 同上书，第 28 页。
③ 同上书，第 155、224、152 页。

有具体形式层面的声律等要素，又整体呈现声音融合的审美风范。所以，胡应麟的“声调”主要是指由形式层面的各种声音要素融合而呈现出来的诗歌的整体的音乐艺术风貌或艺术风格。

胡应麟又云：

> 体格声调有则可循，兴象风神无方可执。故作者但求体正格高，声雄调鬯；积习之久，矜持尽化，形迹俱融，兴象风神，自尔超迈。譬则镜花水月，体格声调，水与镜也；兴象风神，月与花也。必水澄镜朗，然后花月宛然。讵容昏鉴浊流，求睹二者？故法所当先，而悟不容强也。[1]

读解这句话是理解胡应麟“体格声调”的关键点，有人从胡应麟是复古诗论总结者的角度出发来理解，以“形迹俱化”与“水与镜”、“月与花”等语臆测胡应麟之声调为形式层面——或为声律，或为形式。[2] 这种理解有其合理性，但亦有偏颇处。且细读该文：“有则可循”与“无方可执”中“有则”、“无方”相对，“有则”表示诗歌“体格声调”“有”具体的规则与程式，“无方”表示诗歌“兴象风神”“无”具体的方法与手段来把握。胡应麟又以两个比喻来说明“体格声调”与“兴象风神”的关系——“体格声调”为“水与镜”、“兴象风神”为“月与花”，并以“必水澄镜朗，然后花月宛然”说明“体格声调”必然走向“兴象风神”。“水与镜”要让“月与花”之美得以呈现，其本身必须洁净无尘或不着一色，反映到诗歌中就是要纯正且需有水与镜的反映功能。“月与花”是诗歌最终形成的审美境界，它以水与镜为前提，也就是说，没有水与镜则没有月

① 胡应麟：《诗薮》，第 100 页。

② 参看李庆立、崔建利《胡应麟诗论研究述评》，《中国文化研究》2005 年冬之卷。

与花的姣好与艳丽。胡应麟又云："铙歌曲句读多讹，意义难绎，而音响格调，隐中自见。"① "意义"是抽象难寻的，而"音响格调"是隐然可见的。总的看，"体格声调"犹如"水与镜"，它承载、映照着"兴象风神"、"月与花"、"意义"等，它是"有则可循"、"隐中自见"的，径直说来，"体格声调"就是诗歌中由体式、体制、声调等构成的一种具体的情状与形态。

另外，有必要再讨论一下与"体格声调"相关的"格调"，如"格调高下"、"格调整严"、"格调萎苶"、"格调整齐"、"格调相当"等。胡应麟"格调"大致有如下意味：

首先，指声律形式。《诗薮》云："嘉州格调整严，音节宏亮，而集中排律甚稀。襄阳时得大篇，清空雅淡，逸趣翩翩。然自是孟一家，学之必无精彩"；"初唐体质浓厚，格调整齐，时有近拙近板处。盛唐气象浑成，神韵轩举，时有太实太繁处。中唐淘洗清空，写送流亮，七言律至是，殆于无可指摘，而体格渐卑，气运日薄，衰态毕露矣"；"盖作诗大法，不过兴象风神，格律音调。格律卑陬，音调乖舛，兴象风神，无一可观，乃诗家大病"。② 这些话中，"格调"即"格律音调"，指诗歌的声律形式。

其次，"格调"指风貌与艺术审美特点。胡应麟在论说杜甫时云："偏精独诣，名家也；具范兼镕，大家也。然又当视其才具短长，格调高下，规模宏隘，阃域浅深。"③ "高下"之"格调"与胡氏"其格，则高卑、远近、浓淡、浅深、巨细、精粗、巧拙、强弱，靡弗具矣"一语中"格"之所指为一，均指诗歌作品整体的品格风貌。

综上而论，胡应麟"体格声调"可以将"体"、"格"、"声调"分

① 胡应麟：《诗薮》，第 7 页。
② 同上书，第 77、92、126 页。
③ 同上书，第 184 页。

开来解释：体为体式，格为体式以及由诗歌呈现的品质和特点，声调为由声音组合而成的审美之状态。“体格声调”与“格调”为较为接近的审美概念，前者加入了体制、具体的声音等内容；后者强调整体的审美风貌。整体看，“体格声调”与“格调”既是有关声律与体裁的形式规定，也是一种由声律与体式、体制共同构建的艺术风格或风貌。

二　“体格声调”对复古诗论“格调”说的延伸

胡应麟的诗学与王世贞等为代表的复古诗学有重要关系。钱谦益传胡应麟云：“携诗谒王元美，盛相推挹，元美喜而激赏之，登其名于末五子之列。……著《诗薮》二十卷，自邃古迄昭代，下上扬扢，大抵奉元美《卮言》为律令，而敷衍其说，《卮言》所入则主之，所出则奴之。”[①] 钱氏之论虽有言过其实之嫌，但在一定程度上道出了胡与王之间的关系。[②] 其实，胡应麟之前的不少论者的观点，都对胡氏有所启发。如李东阳所谓的具耳（调）、具眼（格）之诗学，王世贞诗学中的“格调”论、其“才生思，思生调，调生格，思即才之用，调即思之境，格即调之界”之论诗名言，谢榛的“诗三要”与“四关”，李攀龙的“修辞宁失诸理”，等等，这些观点都是胡应麟“体格声调”的诗学之源。

关键的是，胡应麟在吸收前人诗学观点时，认真反思了复古诗学的不足，开始清除格调诗学中的复古元素，吸收了中国传统诗学中的一些重要观念，如“诗道性情”、“不着痕迹”等，形成了别具一格的格调论诗学，这种诗学的延伸才是胡应麟格调诗学的魅力所在。

---

① 钱谦益：《列朝诗集小传》，第446—447页。

② 参看王明辉、刘俭《胡应麟与王世贞关系考论》，《安庆师范学院学报》（社会科学版）2006年第1期。

首先，胡应麟改变前人以有明显儒家教化色彩的性情、情为内核的性情教化诗学。李东阳及前后七子在谈及格调时，多与性情教化有关，如李东阳的“沟通诗教与乐教的诗学”。谢榛虽未在“诗三要”与“四关”中直接以诗教、乐教之性情来阐释格调，但“四关”之“金声玉振”实与性情教化诗学有共通处。胡应麟诗学中的情与李东阳、谢榛等人的不一样，他曾公开说明自己对儒者之诗的态度：“曰仙、曰禅，皆诗中本色。惟儒生气象，一毫不得著诗；儒者语言，一字不可入诗。”[①]“儒者语言”指带有儒家思想色彩的语言。胡应麟认为，儒家思想色彩会影响诗之气象与审美，这点明了胡应麟诗学的立场：不反对儒家，但反对儒家思想或儒家性情对诗歌内容等方面的影响，并认为儒生气象、儒者语言非诗之本色，故不宜入诗。

不用说对儒家性情教化的摒弃，就连诗歌创作者的情感，胡应麟也很少把它作为诗学的重要内容来探讨。他强调诗有两个基本要素：“体格声调”与“兴象风神”。如果说后者还沾染了一些情的因素，那么前者与情的距离还是较远的。胡应麟曾在《诗薮》中谈及情的地位：

> 作诗不过情、景二端。

但他接着说：

> 如五言律体，前起后结，中四句，二言景，二言情，此通例也。唐初多于首二言景对起，止结二句言情，虽丰硕，往往失之繁杂。……此初学入门第一义，不可不知。[②]

---

① 胡应麟：《诗薮》，第91页。

② 同上书，第63—64页。

由此可知，情景关系的处理只是作诗的第一步，是构成诗歌的重要“二端”，但与“兴象风神”、“体格声调”在诗中的价值差距实在太大了。另外，从《诗薮》文本看，其中基本没有涉及性情，对诗歌的情虽有一些分析与阐述，如“调古则韵高，情真则意远”、“正大之情，可通天地矣”、“情致婉约可爱”、“甚足情致”，[①] 等等，但皆是从诗歌的组成内容来说，根本没有强调情在诗中的突出位置，这不得不让人觉得：在继承前后七子的诗学精髓时，胡应麟采取了一种折中的态度，既不放弃情，但也不重新阐发情，是一种存而不论的继承。

结合“兴象风神”对情的内化与无痕处理可知，胡应麟的做法很聪明：在摒弃儒家性情教化时，胡应麟仍旧很重视诗歌中的一般情感因素，但他并没有将诗歌中的一般情感因素作为关注、探讨的重点。胡应麟诗学特别强调的是诗歌的另外两个基本要素：“体格声调”与“兴象风神”。

胡应麟对前后七子复古诗学的总结还表现在其吸收宋代严羽和明代李梦阳等的美学追求，使自家的诗论成为复古论格调与陆时雍、王士祯等人神韵说的中间桥梁。《诗薮》曰：“汉、唐以后谈诗者，吾于宋严羽卿得一悟字，于明李献吉得一法字，皆千古词场大关键。第二者不可偏废，法而不悟，如小僧缚律；悟而不法，外道野狐耳。”[②] 胡应麟《诗薮》中对严羽诗学的引用颇多，足见其接受严羽诗学较多。在此虽说只得严羽之“悟”，其实胡应麟一直将严羽“盛唐诸人，唯在兴趣，羚羊挂角，无迹可求，透彻玲珑，不可凑泊，如空中之音，相中之色，水中之月，镜中之像，言有尽而意无穷”的追求视为诗学圭臬。在《诗薮》中，胡应麟一直把不露痕迹、巧夺化工

① 胡应麟：《诗薮》，第116、142、147、148页。

② 同上书，第100页。

之作作为最好的诗作：

> 凡用事用语，虽千镕百炼，若黄金在冶，至铸形成体之后，妙夺化工，无复丝毫痕迹，乃为至佳；藉读之少令人疑似，便落第二义；况颛搜隐僻，巧作形模，此昆体之所以失也。[1]

胡应麟要求诗中事、语虽经千镕百炼，而一旦完成，则应该宛如自然入诗，无丝毫人工镕炼的痕迹。这种创作方法与审美标准应该是构成严羽所谓“羚羊挂角，无迹可求”之境界的必要条件，两者也有自然、无迹可寻等相似的审美趣味。胡应麟还在评论盛唐、中唐、晚唐的绝句时经常采用严羽“羚羊挂角，无迹可求”这一标准：

> 盛唐绝句，兴象玲珑，句意深婉，无工可见，无迹可寻。中唐遽减风神，晚唐大露筋骨，可并论乎！
>
> 若神韵干云，绝无烟火，深衷隐厚，妙协《箫韶》，李颀、王昌龄，故是千秋绝调。
>
> 汉人诗，气运所钟，神化所至也，无才可见、格可寻也。魏才可见、格可寻，而其才大，其格高也。晋、宋其格卑矣，其才故足尚也。梁、陈其才下矣，其格故亡讥焉。[2]

“兴象玲珑”、“无迹可寻”、“绝无烟火”、“无才可见、格可寻”等表述皆与严羽之论有共同的指向，追求一种言外之意、味外之味，这种“味”与“意”是胡应麟“神韵”的重要构成元素。以上这些表述中“神化所至”、“神韵干云”等的共同出现绝不是胡应麟偶然的

---

① 胡应麟：《诗薮》，第 224 页。

② 同上书，第 114、110、144 页。

抒怀，而是声调与神化耦合的结果，体现出胡应麟诗学的一个新向度——神韵说。由此看，胡应麟诗学的“体格声调”将声调做了进一步的艺术拓展。他认为，诗歌有“体格声调”还未达到诗的最高审美境界，还需要加上“神”化的色彩。所以，神韵是声调的最终目的。胡应麟的“神韵”说并非简单地将前人的声与神结合，而是追求“有则可寻”的“体格声调”在诗歌作品中表现出来的一种“羚羊挂角，无迹可求”的状态，也就是追求“体格声调”的一种更高明的审美表现状态——神化无迹。

胡应麟云：“孟五言不甚拘偶者，自是六朝短古，加以声律，便觉神韵超然”；“宋人学杜得其骨，不得其肉；得其气，不得其韵；得其意，不得其象，至声与色并亡之矣。如无已《哭司马相公》三首……而神韵遂无毫厘”；“嘉州词胜意，句格壮丽而神韵未扬”。[①]可见，“神韵”是胡应麟诗学评论古今诗人的常用标准。

清人翁方纲对神韵论的总结可作为理解胡应麟神韵论的参考：

> 其实神韵无所不该，有于格调见神韵者，有于音节见神韵者，亦有于字句见神韵者，非可执一端以名之也。有于实际见神韵者，亦有虚处见神韵者，有于高古浑朴见神韵者，亦有于情致见神韵者，非可执一端以名之也。

翁方纲认为，神韵的内涵非常丰富，包括格调、音节、字句、实际与虚处、高古浑朴、情致等。这说明格调与神韵是不同层次的审美范畴。在胡应麟的诗学中，正如前述所论，这种差异性亦非常明显：格调倾向形而下，神韵倾向形而上；格调的最终目的是神韵，神韵的必

① 胡应麟：《诗薮》，第36、60、83页。

要条件是格调。这从翁氏的另一句话中可见：

> 神韵者，非风致情韵之谓也。吾谓神韵即格调者，特专就渔洋之承接李何王李而言之耳。[①]

从神韵有丰富的内涵和“神韵即格调”看，格调是神韵的重要构成。从继承关系看，格调必然走向神韵，这也正是胡应麟诗学的独特之处。在吸收了前后七子的复古诗论——格调论的思想后，胡应麟提出了与格调论相似但有一定超越的“体格声调”概念。但这种超越性的诗学思考直到其神韵说的提出，才最终构成了胡应麟诗学的全部内容。这一过程具体看就是，格调向体格声调迈进，体格声调与格调融合并结合严羽等的“不着痕迹”向神韵迈进。这一过程是诗歌由粗向精的转变、由形而下向形而上的转变，是逐步把诗学推向更纯粹的境地的过程。所以，胡应麟的这种纯粹性诗学思考在明代诗学史上具有重要意义，既突破了明代复古诗论的窠臼，又把明代复古诗论发展到自然传神、韵味深远的理想艺术境界。

更重要的是，胡应麟的诗学直接导致了陆时雍、王士祯神韵诗学的产生。蒋寅在《王渔洋“神韵”概念溯源》一文中说：“神韵相对于具体的、外在的、固定的、表面的状貌而言，意味着一种抽象的、内在的、动态的、深层的素质。”[②]“抽象的、内在的、动态的、深层的素质”与“兴象风神”的特质是非常相似的，与胡应麟对严羽诗学的接受也是一致的。这些内容与陆时雍、王士祯的神韵说关系也颇深，陆时雍《诗镜总论》云：“绝去形容，独标真素，此诗家最上一

---

① （清）翁方纲：《复初斋文集·神韵论下》，上海古籍出版社 2002 年版，第 424 页。

② 蒋寅：《王渔洋“神韵”概念溯源》，《北京大学学报》（哲学社会科学版）2009 年第 2 期。

乘。”[①]“绝去形容”不是要将“形容”或形式丢弃，而是将它内化与吸收，形成“真素”之神韵，也就是一种抽象、内在、动态、深层的素质。总而言之，胡应麟的“体格声调”是对前后七子格调论的总结，也是明后期与清代“神韵”说的源头。

综上所论，胡应麟诗学以前后七子的格调说为源头，但摒弃了以教化为目的的性情，也不特别专注于诗歌形式、体制等方面的具体呈现，而是将体格声调、兴象风神、情景等融合起来推进到一个更为超越形式的诗学艺境——神韵。这就避免了落入像前后七子因规摹盛唐诗歌而被人诟病的尴尬处境，为诗歌的纯粹之美提供了一种鉴赏视角，也启发了陆时雍及其后的神韵诗学。

第四节　复古派的余绪——许学夷的“声气”说

许学夷（1563—1633），字伯清，江阴人。未尝参加科举考试，但自小能诗，论诗辩其源流、析其正变。崇祯六年（1633）与沈骛、邱维贤、徐益等二十二人结“沧州社”。著有《许山人诗集》《许伯清诗稿》《澄江诗选》《诗源辩体》等。

明代复古派的继承者之一许学夷非常重视辩体，这是学界所公认的。许学夷总结自己诗学成就时云：

> 予作辩体，自谓有功于诗道者六：论三百篇以至晚唐，而先述其源流，序其正变，一也；论《周南》、《召南》以至邶鄘诸国，而谓其皆出乎性情之正，二也；论汉魏五言，而先其体制，

① 陆时雍：《诗镜总论》，载丁福保辑《历代诗话续编》下，第1418页。

三也；论初、盛唐古诗，而辨其纯杂，四也；论汉魏五言，而无造诣深浅之阶，五也；论初、盛唐律诗，而有正宗、入圣之分，六也。[①]

许学夷从辩体的角度将历代诗歌划分畛域，明确指出何者为正、何者为变，这是《诗源辩体》中其最引以为傲的诗学成就。除此外，在界定诗歌正变时，许学夷经常谈及声调与体制。那么许学夷如何理解诗歌的体制与音调呢？许学夷抓住了一个重要的命题——“声气”来展开他的诗声理论与辩体理论，“声气”是支持其辩体诗学的重要范畴。

一　许学夷“声气”论的几个层面

从哲学思想上看，先秦时期，“声”、“气”曾出现在《周易》《国语》《吕氏春秋》《论语》《孟子》等著作中；汉代的王充将声气合而为一；其后嵇康《声无哀乐论》、谭峭《化书》提出了“声”、“气”相应的观点；运用声气概念较有代表的是宋代朱熹。真正意义上以“声气”论文的，首先是刘勰的《文心雕龙》。随后，以声气作为评价标准成为文学中的常事。在以声气论文学的发展过程中，乐律学的作用不可小觑，这在《乐记》等文本中可见。简要说来，“声气”由哲学而乐学而文学、诗学，是通贯中国哲学、乐学、文学、诗学的重要范畴。

许学夷是明代以声、气论诗颇具特色的诗论家，形成了复古诗论背景下的“声气”说，其《诗源辩体》把“声气”作为诗歌的重要评价标准，非常频繁地以“声气”来品评前人的诗作，显现出特别

① 许学夷：《诗源辩体》卷34，杜维沫校点，第314页。

的内涵与意义。

“声”乃声韵、声调。许学夷《诗源辩体》是对中国前朝诗歌进行正变界定非常重要的诗学专著，提出了中国诗歌流变是以正变相交、相替模式演变发展的规律。这种正变思想沾溉了杨士弘《唐音》、高棅《唐诗品汇》的“正音”、“正声”思想。[①] 许学夷认为，《诗经》是正声的代表，后代诗歌渐渐失去了正声——“正声微茫”。许学夷在其诗论中没有具体言明正声的内涵，但可从其讨论诗人诗作的话语中略窥其大体意旨。《诗源辩体》曰：“风人之诗既出乎性情之正，而复得于声气之和，故其言微婉而敦厚，优柔而不迫，为万古诗人之经。”[②] 由此可知，许学夷所称道的正声以《诗经》为代表，既有性情之正，又有声气之和。易言之，性情的正与声气的和是诗歌正声的必备条件和必备品质，而《诗经》则是它的典型的诗作代表。

许学夷又云：“风人之诗，其性情、声气、体制、文采、音节，靡不兼善。”[③] 如果按照许学夷将正声之内涵包括性情和声气的思路，可将上句中的“性情、声气、体制、文采、音节”分成两类，一类是“性情”，另一类是“声气、体制、文采、音节”，而后一类与诗声关系较紧密。在后一类因素中，除了“声气”、“音节”直接属于诗歌之“声”外，“体制”、“文采”也对诗歌之“声”有着自己的影响。可见，在许氏的“风人之诗”亦即彰显着“正声”的诗歌中，“声”、“声气”本身进而“声”、“声气”的“和”、“善”，都有着举足轻重的重要性。《诗源辩体》曾评陈后主与江总之诗曰：“陈后

① 一般认为，高棅《唐诗品汇》中对唐代诗歌的分类思想直接来源于杨士弘《唐音》分唐诗为“始音”、“正音”、“遗响”的思路。可参看陈国球《明代复古派唐诗论研究》，北京大学出版社 2007 年版，第 169—204 页。

② 许学夷：《诗源辩体》卷 1，杜维沫校点，第 2 页。

③ 同上书，第 6 页。

主……五言，声尽入律，语尽绮靡”；“江总……五言，声尽入律，语多绮靡。乐府七言，调多不纯，语更绮艳”。[①] 许氏这里对陈后主与江总五言诗作的评价，完全以声呈现的美学效果（入律与不入律、纯与不纯等）为标准。据统计，在《诗源辩体》中，许学夷曾超过数百次用“声尽入律”来评价他人。从许氏对于陈后主与江总五言诗作的评价看，“声”指诗歌的整体声音，“入律”即合乎音律。有时，许学夷也直接用声韵、声调来评诗：“公干诗，声咏常劲；仲宣诗，声韵常缓；子建正得其中”；“子建七言有《秋思咏》一篇，声调与子桓《燕歌行》相类”。[②] 总之，许氏评诗过程中高度重视诗歌的声、声气、声韵、声调，亦即重视诗的声音、声律方面的意义与价值。

要之，许学夷的“声”包括诗之体制、文采、音节等层面，主要指向诗的用韵、声调、节奏及形成的整体音响等方面。

“气”是中国思想文化中的一个重要范畴，同样是中国文学、美学中的一个重要范畴。明代诗学也关注“气”，特别是复古派在格调论基础上提出了“气格”说。汪涌豪曾说：“明人对‘格调’范畴的讨论，大抵是沿着以下两条路径展开的：一是从作品形式角度出发，讨论体格、句格和声调、律调问题；一是从作品意蕴角度出发，讨论气格、意格和体调、风调问题。”[③] 有学者提出：“许学夷的《诗源辩体》是明末诗学复古思想的代表作，也是整个明代诗歌复古运动理论探索的重要成果。”[④] 许学夷作为复古派的末期大将，吸收了明代前中期复古派的“气格”思想，并生发出了一些新

① 许学夷：《诗源辩体》卷10，杜维沫校点，第133页。

② 许学夷：《诗源辩体》卷4，杜维沫校点，第82页。

③ 汪涌豪：《中国文学批评范畴及体系》，第178—179页。

④ 李树军：《从汉代诗歌的“天成”到盛唐诗歌的“兴趣”——略论许学夷〈诗源辩体〉辩体范畴的历史性》，《辽宁师范大学学报》（社会科学版）2009年第2期。

的思想。

许学夷的“声气”说之“气”首先指气格。作为复古诗学的余绪，许学夷继承了以谢榛等为代表的气格论思想，① 其在《诗源辩体》中反复地阐释这个范畴，曾曰：“初唐五七言律，气格淳厚、华藻鲜明者，是经衣着有颜色之衣也；中亦有无华藻而气格实胜者，是颜色虽故、实堪衣着耳。晚唐华藻鲜丽而气格实衰，则颜色虽好，不堪衣着矣。”② 许氏评价初唐五七言律为“气格淳厚”实际是对其提出的具体要求，继而他通过“气格实胜”、“气格实衰”强调了气格在诗歌中的重要地位。

其次，“气”带有人生命本真之气的味道，含有精神状态、道德品性、浩然之气等内容。许氏云：“诗有本末。体气，本也；字句，末也。”③ “体气”是根本，它聚合了创作者的生命之气，徐复观说：

> 一个人的观念、感情、想象力，必须通过他的气而始能表现于其作品之上。同样的观念，因创作者的气的不同，则由表现所形成的作品的形相（style）亦因之而异。支配气的是观念、感情、想象力，所以在文学艺术中所说的气，实际是已经装载上了观念、感情、想象力的气，否则不可能有创造的功能。……指明作者内在的生命向外表出的经路，是气的作用，这是中国文学艺术理论中最大的特色。④

徐氏的创作者之气与许学夷的“体气”有共通之处，皆是创作者内在的生命力和精气神，这也是中国文学观念中的最大特色与价值。

---

① 鲍源远：《“气格”论基础上的诗学认识》，《皖西学院学报》2010 年第 3 期。
② 许学夷：《诗源辩体》卷 14，杜维沫校点，第 154 页。
③ 许学夷：《诗源辩体》卷 34，杜维沫校点，第 326 页。
④ 徐复观：《中国艺术精神》，第 97—98 页。

《诗源辩体》曰："宋玉《九辨》较屈原《九歌》，虽若流利，而气似稍劣，惟卒章气甚雄沛。"[①] 许学夷认为，宋玉《九辨》与屈原《九歌》相比，虽然好像更为流利，但在作为诗歌之根本的"气"方面就大约略差了一些。可见，"气"成了许学夷观察、区别诗人创作特点与作品价值的重要手段与方法。

在梳理了许氏"声"与"气"后，再来看许氏诗学中"气"与"声"的关系。

气是声的形成动因，有什么样的气则有什么样的声。刘辰翁《北韵序》曰："字出于声，声制于气，皆物之自然者，所谓天命，非意之也。"[②] 刘辰翁说的"气"指"声气"，是以声为限定范围的。许学夷的观点与之近似，其《诗源辩体》曰："古今风气不同，其音韵亦自应不同。"[③] 风气不同，则诗歌的声音自然也不同，说明了气对声的决定作用。许学夷又曰："诗有本末。体气，本也；字句，末也。本可以兼末，末不可以兼本。"许学夷认为，诗歌之体式、体制与气是诗之为诗的根本所在；而诗歌的字句与之相比则是诗歌相对次要的一个方面。当然，字句与作为根本的体式、体制相比虽然属于次要，但却是声音的重要构成条件，它在诗中起到产生意义与组合音响等方面的作用。末由本生，本的形态与属性决定了末的形态与属性。所以，气决定声，是声形成的重要动因。"本可以兼末，末不可以兼本"，此语清楚表明了许氏对气与字句、诗声之关系的基本看法。

虽然气决定声，但许学夷"声气"中"声"的功用仍然是非常明显的，"声"是诗歌创作、作品中的重要内容，也是理解诗歌的重

① 许学夷：《诗源辩体》卷2，第37页。

② （宋）刘辰翁：《刘辰翁集》，段大林校点，江西人民出版社1987年版，第181页。

③ 许学夷：《诗源辩体》卷1，杜维沫校点，第31页。

要手段。此可从两方面来说。

一是声与气的相应作用。虽然“气”决定“声”，但在实际的诗歌作品中，“气”与“声”却并不是分离的，而恰恰应当是合和的。前引许学夷语“风人之诗，既出乎性情之正，而复得于声气之和，故其言微婉而敦厚，优柔而不迫，为万古诗人之经”中的“声气之和”，即是此意，它要求“声”与“气”达到自然调和、互融、大和的境地，如此才可谓“万古诗人之经”。许学夷曾于其诗论中举例来予以说明：

> 《郑风·女曰鸡鸣》，前二章不过教其早起，弋取凫雁以归，饮酒相乐，未尝一言以及修身齐家之事。然其声气之和，乐而不淫，讽咏之久，则渣滓浑化，粗鄙尽除，正不必以末章为重也。[①]

《郑风·女曰鸡鸣》为《诗经》中的一篇。许氏首先分析了诗前二章的大意，然后他认为：二章虽未言修身、齐家之事，但于其所述之事，通过讽咏、唱诵的方式可以领会诗中此味。究其原因，许学夷把“声气之和，乐而不淫”作为重要的领会依据，这些作品不仅押韵、平仄等皆合乎自然讽咏，且诗中散发的气亦是“思无邪”，表现出“声气之和”的审美特点。正是声与气的融通与调和，通过气影响下所产生的和谐音调让许学夷体会到并强调着此诗前二章所具有的伦理意味和审美价值。

二是诗歌声音于诗的重要作用。《诗源辩体》曰：

① 许学夷：《诗源辩体》卷1，杜维沫校点，第19页。

> 学诗者必先读《三百篇》、《楚骚》、汉魏五言及古乐府，次及李杜五七言古、歌行以至初盛唐之律，如今人诵习经书者，姑不必求其旨趣，诵读之久，详予论说，自能有得。[①]

“诵读之久”即通过多读的方式，要求读者从声的角度来涵泳诗歌，在诗歌的声音中发现诗歌的意义。许学夷在诗论中多次语及与声非常紧密的“体制声调”：“古诗至于汉、魏，律诗至于盛唐，其体制、声调，已为极至，更有他途，便是下乘小道。”[②] 无论汉魏之诗，还是盛唐之诗，许学夷都认为“体制”与“声调”是诗歌的重要内容。许学夷在《诗源辩体》中非常推崇《诗经》及汉魏、盛唐之诗，他之所以如此推崇《诗经》及汉魏、盛唐之诗的一个重要原因，就是认为这些作品的体制声调达到了极高的审美高度。

总而论之，许学夷的“声气”之“声”多指诗之声调与音韵，“气”多指诗人的主体之气和诗所呈现的整体之气，他虽认为“气”本而“声”末，但又主张在诗歌作品中调和、融通两者，达到一种保合大和的中和之美。他之所以奉《诗经》及汉魏、盛唐之诗为主臬，正根源于此。

二　许学夷的唐调“声气”及“声体”

唐诗声韵谐畅的音律美是明代前后七子及其他复古诗论家所追捧的。作为明代复古派的殿军，许学夷十分推崇唐诗尤其是盛唐诗：“《三百篇》而下，惟汉魏古诗、盛唐律诗、李杜古诗歌行，各造其极。”[③] 这是许学夷之所以详论汉魏、唐诗的原因，也是许学夷在品

---

① 许学夷：《诗源辩体》卷34，杜维沫校点，第315页。
② 同上书，第321页。
③ 许学夷：《诗源辩体》卷36，杜维沫校点，第317页。

评这些诗作时喜用“声气”的原因。

考察《诗源辩体》发现，许学夷频繁地用“声气”来品评唐诗，而评《诗经》、古诗、汉魏诗时较少用“声气”。为更好地说明问题，笔者对《诗源辩体》中的“声气”范畴使用的情况作了统计，大致如下：

时代	以声气评诗次数
先秦《诗经》	8
古诗、汉魏至隋诗	6
唐诗	22

从数据上看，许氏以声气评唐诗的频率远远超过了以之评他朝之诗。对于许学夷的这种倾情于声气与唐诗的关联，我们作如下思考。

一是《诗经》、古诗、汉魏诗歌纯出自然，不待人工雕琢，而唐诗之美主要在近体诗歌的形式，也就是侧重人工声律之美。纯出自然的声气之美，不待人工，亦不可增损，亦无进一步发展的可能，故非许氏探讨的重点。人工声律之美，端赖人工创造，有进一步展开的空间，值得做更多的探索，而唐诗于此最为称盛，所以许氏以声气评诗，于唐诗最为钟情。

二是对复古诗派提出“诗必盛唐”观念及相关诗学的继承。明代复古派集矢于唐诗的讨论，对其相关问题已多有所得，如李梦阳从民间自然性情的角度来论、谢榛从声律的角度来论、胡应麟从神韵的角度来论，均有自己的诗学探索与发现。作为后学，许学夷也紧趋前人论唐诗的步调，推崇以声辩体和声律之美。除此之外，许学夷结合自己的诗学思考，寻找到更能凸显唐诗内在审美特质的元素——声气，这比起明代前、中期复古诗派以格调论唐诗等诗学思想来得更灵活，没有局限于体制声调，而是从外在形式向内在精神趋进。同时，以气论唐诗的审美范式也从根源上解决了其美之所在。许学夷以声气论唐诗，从一个特定角度揭示了唐诗之美在“声气”的重要特点。与前代复古诗派学习唐诗的方式与方法不同，许学夷又提供了一个新的鉴赏途径来学习唐诗之美。

与“声气”相关的“声体”概念在前代诗学著作中较少见，但许学夷曾多次语及。在《诗源辩体》中，“声体”呈现出复杂的思想内涵。

汪涌豪《“声色”范畴的意义内涵与逻辑定位》一文认为，“声体”是不同体制所对应的声音。[①] 该说法有其合理性。《诗源辩体》曰：“元结《箧中集序》谓：‘近世作者，更相沿袭，拘限声病。’故其五言古极意洗削，声体之纯，远胜光羲诸子。但矫枉太过，往往有椎朴戆直之句。”[②]“声体”包括诗的体制，此处指元结之五言古诗。许学夷解释云：

> 五言古至于唐，古体尽亡，而唐体始兴矣。然盛唐五言古，李、杜而下惟岑参、元结于唐体为纯，尚可学也；若高适、孟浩然、李颀、储光羲诸公，多杂用律体，即唐体而未纯，此必不可学者。[③]

从许氏对古体与盛唐五言古及唐体的品评看，唐体是古体的一种变体，是结合唐代独特的诗学环境而产生的诗体，其与近体诗有较大差异。结合“声体之纯”与“唐体为纯”可知，“声体”的一个侧面，是指诗的体制。

除体制外，“声体”还有一些与声音相关的内容。许氏认为，声

① 汪涌豪：《“声色”范畴的意义内涵与逻辑定位》，《北京大学学报》（哲学社会科学版）2010 年第 3 期。

② 许学夷：《诗源辩体》卷 17，杜维沫校点，第 176—177 页。

③ 同上书，第 177 页。

体的纯与不纯归因于是否杂用律体，易言之，如果五言古诗用了近体诗的声韵、平仄、对偶等声律则不纯。从许氏之语看，在创作五言古诗的过程中诗人们因受唐代作诗风气影响自然会吸收近体诗的声律作法，而元结要求去除沈约“四声八病”的影响以形成了不沾近体声律的唐体古诗，是为“声体之纯”。可见，除诗的体制外，“声体”还涉及了诗歌的“声”的问题。

许氏又云：

> 元结……五言古，声体尽纯，在李、杜、岑参外另成一家。结《与刘侍御宴会诗序》云：“文章道丧久矣。时之作者，烦杂过多，歌儿舞女，且相喜爱，系之风雅，谁道是耶?”故其诗不为浮泛，关系实多；但其品高性洁，激扬太过，故往往伤于讦直。中如《贱士吟》、《贫妇词》、《下客谣》等，质实无华，最为淳古。其它意在匠心，故多游戏自得而有奇趣。盖上源渊明、下开白苏之门户矣。惜调多一律耳!①

许氏非常肯定诗歌的自然声律，他借用元结《与刘侍御宴会诗序》中“文章道丧久矣！时之作者，烦杂过多，歌儿舞女，且相喜爱，系之《风》、《雅》，谁道是耶”之语，表明了自己对富于自然声律的“诗三百”作品的认同。同时，“惜调多一律”也反映出许学夷把调（声音）看作诗歌非常重要的审美构成。

有学者云：“从整个理论体系看，许学夷既注重体制，又讲性情、声气。如其曰：‘风人之诗，其性情、声气、体制、文采、音节，靡不兼善。’风人之诗为历代体制之源头，其性情之正、声气之

① 许学夷：《诗源辩体》卷17，杜维沫校点，第176页。

和形成了体制上‘微婉而敦厚，优柔而不迫’的特点。”[1] 此论甚是。既讲体制，又论性情与声气，这与“声体”之义近似，也是风人之诗的特点。如此看，“声体”与性情、声气、体制、文采、音节等有关，呈现出“诗三百”自然性情的审美趣味。

于此，可以比较“声气”与“声体”的异同。“声体”与“声气”都是从声音的角度来品评诗歌。不同之处在于：“声体”是不同体制的声音，多倾向诗歌的外在形式；而“声气”是构成诗歌体制与声音的重要根源，多倾向诗歌的声音整体和内在气韵。总的看，声气是诗歌最为重要的根源，是诗歌之“声体”的来源。此处再引用《诗源辩体》中的几段话以为明证：

> 六朝乐府与诗，声体无甚分别，诗言六朝，谓晋、宋、齐、梁、陈、隋也。白下言六朝，则有吴无隋。惟乐府短章如《子夜》、《莫愁》、《前溪》、《乌夜啼》等，语真情艳，能道人意中事，其声体与诗乃大不同。唐人《竹枝词》，语意实本于此。
>
> 《诗归》于唐诗取舍，不能一一致辩，姑论其最谬者：五言近体，王、杨、卢、骆惟杨声体稍纯，今惟杨不录；初唐五言古，其体甚杂，今于沈、宋诸人每多录之，且云“五言古，唐人先用全力付之，而诸体从此分”。
>
> 刘须溪谓：“子昂于音节犹不甚近，独刊落繁语，存之隐约，在建安后自成一家，虽未极畅达，如金如玉，概有其质矣。朱元晦《斋居感兴诗》，声体完纯过之，而意见愈深。”[2]

---

① 汪泓：《明代诗学“体制为先”观念之内涵及其流变》，《江西社会科学》2007 年第 5 期。

② 许学夷：《诗源辩体》，杜维沫校点，第 136、371、144 页。

需要补充的是，既要学习唐诗的声气，又要追求自然性情之声气，这两者之间似乎存在着矛盾，这正是许学夷作为复古余绪的尴尬之处：身居晚明，经学复古与经世致用的观念开始产生，强调对《诗经》传统价值观念的认同，文人也开始批评前后七子的观念；但同时，许氏又是复古诗派的余绪，沾染了前后七子及胡应麟的诗学观念。因此，许学夷的“声气”说，既推举古诗中体现自然性情的“声气”，又推举唐代近体诗中体现人工声律的“声气”。许学夷对两种“声气”的同时推举，虽然似乎略显尴尬，但其实更多的是体现出一种诗学主张的圆通。

总之，许学夷的“声气”之“声”多指诗之声调与音韵，“气”多指诗人的主体之气和诗所呈现的整体之声，并最后融通成声、气俱美的审美价值。许氏关于诗歌声音的讨论是明代复古诗学中声调论的后续发展，推崇唐人声气，并继而第一次从声音的角度上具体提出“声体”概念，既从体制上，又从自然声律上回应了明代声调论思想。

综本章所论，明代复古诗论家将明初杨士弘、高棅、李东阳等人“音律之正”、“声律纯完”、“以声辩体”等理论主张发展成较为系统的格调论，并从形式声韵、整体声调上学习唐诗之美，其中兼有对自然声律与人为声律的审美追求。在此基础上，晚明胡应麟与许学夷抛弃了王世贞、谢榛等人较为纯粹的形式声音的一面，将整体上浑沦的声音和声气作为他们的审美诉求，并进一步提出了中国诗学史上重要的审美范畴——神韵，表现了复古诗派由产生到发展、到成熟，并最后回归中国传统以气为根本创作动因的审美理想。从美学史的角度看，明代复古诗派关注诗歌自然声律之美，此为晚明倡导“神韵”、“诗主声”、“诗乐理一”诗声理论的诗学家所继承发扬；他们关注人为声律之美，此为晚明倡导“神韵”、“诗主声”、“诗乐理一”诗声理论的诗学家所批判。但无论如何，明代复古诗论对人为声律的挖掘与对自然声律的阐释仍是卓有成效的，对于上接传统、下启晚明诗声讨论有着重要的价值。

第四章

诗主声、神韵、诗乐理一：晚明诗学的三个核心

第一节　郝敬的“诗主声”说

郝敬（1558—1639），字仲舆，号楚望，湖北京山人，世称“郝京山先生”。其著述数量颇丰，于经、史、子、集无一不涉，有《九经解》凡一百六十五卷，《山草堂集》凡一百五十二卷，总计三百一十七卷。郝敬诗学思想丰富，在对儒家经典《诗经》《礼记·乐记》等文本阐释的基础上提出“诗主声”，这在诗之乐、诗之声研究史上具有重要的意义。

一　“音为本色”论

《说文解字》曰：“声生于心，有节于外，谓之音。宫、商、角、徵、羽，声；丝、竹、金、石、匏、土、木，音也。”[①]《礼记正义》曰：“杂比曰音，单出曰声。”[②] 声有单一性和自然性特点，音是不同的声有一定规律的组合。郝敬亦认为：声是自然界万事万物发出来的

① （汉）许慎：《说文解字》，江苏古籍出版社 2001 年版，第 58 页。

② 郑玄注，孔颖达疏：《礼记正义》，载李学勤主编《十三经注疏》，第 1074 页。

音响，没有规律；音不是自然界的音响，与意义相联系——不同的音表达的意义不同，悲情之声与欢快之声、雅之声与郑之声有较大差异。在实际运用中，郝敬多将声、音混同起来使用，较少严加区别。如“乐府起于汉，本下里之音，后人喜其声音佻达，尊为古乐”，“但取声音窅窳，不主义理”，[①] 等等。

郝敬的声音是表现性情的。郝敬论述性情从阐释《诗经》开始，指出“《诗》本性情，温柔敦厚”。同时，郝敬又提出声音与性情的结合：“夫声音之道，自与性情通，歌咏所以养性情。歌《雅》者温良，歌《颂》者柔直，故曰诗可以兴。此性情之说也。”[②] 郝敬认为，声音与性情是相通的，两者互相影响感染。声音的温柔敦厚可以促进性情的温柔敦厚。当听到某类声音时，我们的性情为之驱动，从而人们在听声音的过程中有性情的波动。“诗以通性情”，诗的目的是表达性情，高扬了性情于诗的重要性。另外，郝敬提出“诗主声”，强调了在诗的构成元素中声的重要地位。从“诗主声”与“诗以通性情”可以看到，通过诗的桥梁作用，声音与性情紧紧地捆绑在了一起。

与性情相近的是义，郝敬提出“声出义存”。通过语言形式，声的意义变得具体；义的存在以声的存在为前提，只有声发出后意义才真正显现出来。“声音之志与文字之理”关系的讨论就成为此问题的必然走向：

> 诗者，声音之道。八方不同语，圣人作，为文字以同天下之声。字有定形而声多旁溢，拘文字，难齐声音。文字有限，而声音转注微茫，无字可用，或数音互换一字，或数字合切一音。学究之家，分别甚细。而方音人语，口齿喉舌，轻重疾徐，终于难

① 郝敬：《艺圃伧谈》，载周维德集校《全明诗话》，第2898、2900页。
② 同上书，第2860页。

齐，要在识声音之志与文字之理而已。明其理，文字可随意变通；逆其志，声音可罔象求也。[①]

郝敬认为，诗歌依靠声音言说。文字有限，而声音却极其丰富，这就说明有些声音无法用文字来表达。由此可见，从表达内容的角度看，郝敬认为声音优于文字。故郝敬云："人皆以义求音，不知以音会义。""人皆以义求音"即蔡仲德在谈到徐上瀛《溪山琴况》时说的"既重视意，强调必须意先于音，音随乎意；又不忽视音，认为用意必先练音，练音方能洽意"[②]。前人多持此观点，认为意在声音之先。郝敬却指出"人……不知以音会义"，强调"以音会义"的重要性，与"因声求义"说一脉相通。[③]

郝敬《读诗》进一步发挥该命题："知音之义者，始可与识字，可与言诗矣。"[④] 汉字是音与义的结合体，但具有很强的表意特征，郝敬从这一视角区别了声音之义与文字之义，并认为只有把握声音之义才能更好地把握文字之义，即他把诗歌的声音作为表现诗歌之义的重要途径，在诗歌中特别地突出了"声"的重要性。

在此基础上，他提出了"音本色"论。郝敬云："诗有意，有辞，有音，而音为本色。无音但意与辞，凡文章皆然。舍声音，别于辞意间，索隐僻为深奥；贵艰涩为高古，余狂而不信也。"[⑤] "本色"即本色当行，是宋明时期产生并主要运用在戏曲、词学领域上的术语，后逐渐成为中国文论中较为普遍的一个核心批评话语。对诗来说，本色

① 郝敬：《艺圃伧谈》，载周维德集校《全明诗话》，第2869页。

② 蔡仲德：《中国音乐美学史》，人民音乐出版社2004年版，第747页。

③ 可参看杨建忠、贾芹《方以智〈通雅〉"因声求义"的理论》，《古籍整理研究学刊》2003年第4期；毛玉玲《段玉裁的"以声说义"》，《复印报刊资料（语言文字学）》1983年第3期。

④ 郝敬：《艺圃伧谈》，载周维德集校《全明诗话》，第2872页。

⑤ 同上书，第2887页。

即诗本来的审美特色或风格，多表现为自然，其是诗歌中最为重要的质素。郝敬认为，诗歌包括意、辞、音三个层面，即意义层面、修辞层面、声音层面。在创作诗歌的过程中，诗人不仅要照顾到诗意和诗辞，还更应关注诗之本色的音——“音为本色”，即声音是诗的本色（非文的本色）。这样看，郝敬“诗有意，有辞，有音”虽说名为三个层次，其实三者处于一个不平衡状态。在诗的内在要素中，“音”是最需要体现并创作出来的。如果舍弃声律、声音，仅仅从意义的角度出发理解诗歌，我们就会进入深奥、艰涩之胡同。这实际承认了诗歌声音的优越性，也是郝敬音本色论的反映。郝敬在评论高棅《唐诗品汇》、李攀龙《古今诗删》时认为，他们选诗的标准也是音响：“高廷礼、李于麟选唐诗，主声响壮丽，辞彩高华，是近体本色也。除却声偶，别求幽隐险澁，如搏砂叩木，失其本来矣。”[①] 从唐诗的审美价值看，郝敬认为，其核心要在于声响壮丽、辞采高华。如果唐诗没有声偶之美，从其他角度去追寻唐诗之美，则本末倒置。

在经学思想中，郝敬非常肯定《诗经》，其“音本色”理论是从这一思想而来的。其《读诗》曰：“《三百篇》所以高绝千古，惟其寄兴悠远”，“苟真尊汉魏，奈何又上遗《三百篇》乎？既以盛唐、汉魏为最上乘诗，将置《三百》于何地？……吟咏性情，亦未有过于《三百篇》者矣”。[②] 可见，郝敬非常推崇《诗经》。其又云：“《三百篇》被管弦者，为其辞外有声，可容转折附合也。汉乐府《铙歌》等曲，辞与声混，旁溢而淫，所以乱雅。古乐以声依诗，故辞切而声淡；今乐以诗杂声，故辞滥而声靡。汉乐府创自寺人乐工，岂可以为师！后世学士大夫效颦，惟恐不肖，亦辱矣。”[③]

① 郝敬：《艺圃伧谈》，载周维德集校《全明诗话》，第 2907 页。

② 同上书，第 2904 页。

③ 郝敬：《读诗》，载周维德集校《全明诗话》，第 2882 页。

这种论调在郝敬的著作中较多见，体现了郝敬把《诗经》中作品的声音视为最美的声音的观点，而这种声音即郝敬所提倡的诗歌的本色之音。

郝敬对“以声按辞”和“以辞合声”的评价就是声音本色论的反映：“辞以达志，歌以写声。声有清浊高下，辞惟一律。故《三百篇》可弦歌，皆以声按辞也。后世鼓吹乐府，以辞合声，故辞变为烦促妖哇之声，此郑声之所由来也。”[①]“以声按辞”突出诗歌声音的重要性，“以辞合声”强调诗歌词语与词义的重要性。郝敬此论通过对比《诗经》与后世鼓吹乐府“以声按辞”和“以辞合声”的不同，表现出其以诗歌声音为本色的观念。

声音本位论还体现在郝敬的“诗主声”说中：“诗主声，声主和平，此不易之理也。”[②] 郝敬明确指出，诗歌是以声为主的，这种论说与其音本色说一脉相通，在郝敬《读诗》《艺圃伧谈》中较为多见。在此基础上，他进一步把诗歌的和平之声作为诗歌最重要的特点，而“声主和平”又是与儒家温柔敦厚的诗教观明显相通的。这样，“诗主声”强调诗歌整体的声响与“音本色”强调的音律都要吻合儒家温柔敦厚的诗教观，两者一为整体本质、一为要素，互为表里，最终指向呈现整体风格的诗之声。总之，“音本色”的提出，有助于更进一步了解郝敬“诗主声”的内涵。

二　“诗主声”的理论内涵

郝敬在其著述中非常强调声音的中心地位，多次论及“诗主声”：

---

① 郝敬：《艺圃伧谈》，载周维德集校《全明诗话》，第2880页。

② 同上书，第2809页。

诗与文异；文主义，诗主声；文体直，诗体婉；文之辞即志，诗之志或非辞；文有正志无反辞，诗无邪思有旁声。

诗者，文之有声韵者也。文主理，故贵明切；诗主声，故贵温厚。

诗主声，声主和平，此不易之理也。

诗者，声音之道，自当主声。

诗者，声音之道，全仗言语动人，故曰诗可以言。[①]

可见，“诗主声”已经作为一个重要的命题贯穿于郝敬的诗学中。

郝敬的“诗”指诗歌，其具体论及的诗歌类别主要包括：第一，《诗经》。郝敬云：“朱元晦诋《小序》世代名氏，皆为妄语。凡序云美某人、刺某事，必责诗中有某名、某事真征”，“《诗》有咏古而意在伤时者，如《七月》《信南山》《采菽》之类是也”。[②] 朱熹所论《小序》即后人为《诗经》每篇所作的小序，后面“诗”即《诗经》；《七月》《信南子》《采菽》也都是《诗经》中的诗篇。第二，古诗。郝敬云：“古诗四言，太音冲漠，汉魏增一言，便多逸音。”[③] 第三，近体诗。郝敬云：“诗法严于唐，而诗情损于唐”；“惟唐人近体兴，峭厉刻削，狂心傲气，皆托于诗，与圣人可言之意相戾矣”。[④] 总之，郝敬具体论及的诗歌类别主要有《诗经》、古诗、近体诗三种。

郝敬提到的声音有很多种，有郑声，如“凡声音壮丽凄苦，摇曳叫噪，迭宕不平，皆谓郑”[⑤]；有假借之声，如“至于文字声音，

① 郝敬：《艺圃伧谈》，载周维德集校《全明诗话》，第 2882、2883、2909、2913 页。
② 郝敬：《读诗》，载周维德集校《全明诗话》，第 2857、2860 页。
③ 郝敬：《艺圃伧谈》，载周维德集校《全明诗话》，第 2882 页。
④ 同上书，第 2904、2881 页。
⑤ 同上书，第 2868 页。

假借尤多”[1]；有近体之声，如“近体所以卑者，为其声响迅厉也”[2]；等等。可见，郝敬之“声”，即诗的音响、声音，包括诗之字声、声律、音韵等。同时，郝敬非常反对诗歌的声律、辞采：“六朝以靡丽伤敦厚，唐人以近体损温柔”；“诗当以近体为卑”。[3] 近体诗以格律为要，追求声律的对仗、平仄等，这是郝敬所反对的。可见，郝敬“诗主声”之声是诗歌各种声音整合而成的声音，不是某种具体的声音。

整体看，郝敬“诗主声”的内涵如下：

一是“诗主声”之声是由诗歌的各种声整合成的声响，侧重声音呈现的整体风貌与风格。

二是追求温柔敦厚、中正平和的声响。“温柔敦厚”出于《礼记·经解》：“孔子曰：‘入其国，其教可知也。其为人也温柔敦厚，诗教也。’”唐孔颖达疏曰：“温，谓颜色温润；柔，谓情性和柔。《诗》依违讽谏不指切事情，故云‘温柔敦厚’，是《诗教》也。”[4]“温柔敦厚”既是一种主体人格修养，又是一种作品整体呈现的审美趣味，要求培养主体性善和柔、态蔼情温的人格，同时形成作品在内容与形式上均温和宽厚、中正平和且不逾礼乐等之伦理道德规范的艺术追求。中正即不偏不倚，中即中间，正是正当、适当。平和即多种元素处于一种秩序相对稳定、静止的状态，是中和之美的一种表现。温柔敦厚与中正平和为儒家诗教的一体两面，共同构建儒家诗教的意义指向。郝敬“诗主声”追求的是中正平和且吻合儒家温柔敦厚之性情的声响或声音：“盖凡声音之道，和动为本，过和则流，遇动则

---

① 郝敬：《读诗》，载周维德集校《全明诗话》，第 2871 页。
② 郝敬：《艺圃伧谈》，载周维德集校《全明诗话》，第 2883 页。
③ 同上书，第 2883—2884、2886 页。
④ 郑玄注，孔颖达疏：《礼记正义》，载李学勤主编《十三经注疏》，第 1368 页。

荡。”①“和动”即让多种动的因素归于和的状态，其“过和则流，遇动则荡”实际是郝敬的平和观念。故郝敬又提出：“诗主声，声主和平，此不易之理也。”这一观念与“声音之道，和动为本”有一致的审美追求，皆强调和平对声的重要性。同时，郝敬又在其诗论中直接提出“诗主声，故贵温厚”。“温厚”即儒家诗教之“温柔敦厚”，其《读诗》又曰：“人虽暴厉，其为诗亦必温厚，不温厚则非诗。”②郝敬“不温厚则非诗”的观点虽偏颇，但表达出其要求诗歌的声音达到温厚审美风格的强烈愿望。郝敬又云：“诗本温柔敦厚。圣人教子学诗：‘不学诗，无以言。’盖心平气和，金声而玉振，是为德音。”③ 郝氏将“诗主声”的内涵直指儒家温柔敦厚与中正和平的诗教观，将性情与之联系起来，要求诗歌创作者具有风人之致、中和之致的审美理想，要求诗歌语言吻合儒家性情之温柔和顺的辞体风格。

三是反对近体诗片面追求声律。郝敬云：“故诗者志也，在心为志，发言为诗。……自近体兴，此风遂炽。即有欲言之志，束于声偶，迫迮不得舒，如泽雉困樊中，骊驹伏辕下，神气索然耳。”④ 郝敬首先强调了古人的“诗者，志也”，并通过“在心为志，发言为诗”表达出对自然性情诗学的认同。其后，他认为，创作近体的诗人本有如古人一致的志，但因束于声律，故在抒发自己的情感时举步维艰，他们时刻把自己局限在一定的平仄、声偶等规律与范围中，所以如此创作的诗歌失去了兴味及自然性情的美感，则形成诗歌“神气索然”的整体风貌。可见，郝敬反对人为声律之诗，而提倡自然声律、有古意之诗。郝敬又云：“后世骚赋大仿风人遗意，至近体兴

① 郝敬：《读诗》，载周维德集校《全明诗话》，第2859页。
② 同上书，第2860页。
③ 同上书，第2881页。
④ 郝敬：《艺圃伧谈》，载周维德集校《全明诗话》，第2882页。

而古意尽废。”[①]“古意”即“在心为志，发言为诗”之自然性，“近体兴”即声律之学的兴起，足见郝敬对近体声律之学的批判，而其真正的原因在于近体诗的声音不符合中正平和、温柔敦厚的审美特点，故其又云：“近体所以卑者，为其声响迅厉也。古乐希声。糠鬲土鼓，谓之德音。……唐体兴，恣荡极已。”[②]“迅厉”即疾言厉色，是与中和之特点背道而驰的。郝敬把近体诗的音响定位成“迅厉”，表明了其对近体诗声音的批判。他提倡诗歌的声音必须是“糠鬲土鼓”，而这些器乐演奏出来的都是自然性情与原生态的声音，这被郝敬认为是真正的德音，可见其既重视诗歌的德性，同时又把这种德性范围于自然之特点。而郝敬的德音远非自然性情之内涵，还有中正平和与温柔敦厚等儒家的诗学追求。这样看，郝敬评价近体诗歌为“迅厉”、“恣荡极已”也就不奇怪了。

综而论之，郝敬“诗主声”强调诗歌中声音的主要地位，认为诗歌的审美价值集中于诗歌的整体音响，这些音响须呈现温柔敦厚、中正和平的审美趣味和自然德性。

三　“诗主声”的价值

郝敬“诗主声”提出的目的之一是以声音来反拨宋代理学之义理。明初统治者命胡广等修纂《性理大全书》，将朱熹等新儒学的思想目为统治思想。随后，明代科举考试的八股文也强调以四书、五经为考试的主要内容，这更促进了明代整个士人群体学习朱熹等人的思想，明初台阁体即是对这种潮流的逢迎。另外，随着阳明心学的兴起，明代空疏学风愈演愈烈，“明代空疏学风的形成除了与宋明‘心学’倡导的‘高谈性命，直入禅障，束书不观’的治学风气有关，

① 郝敬：《读诗》，载周维德集校《全明诗话》，第 2860 页。
② 同上书，第 2883 页。

还与明代科举制度的导向及教育制度的缺失相关。它不仅造成学术研究的浮泛和浅薄，还在很大程度上影响着社会的风气”[①]。针对这种空疏之风，明代中后期兴起了一股反宋和反明心学的经学思潮。杨慎、罗顺钦、焦竑、王廷相、高攀龙、顾宪成、郝敬、钱谦益等人以复经学之古为己任，对宋代以朱熹为代表的理学派和明代以王阳明为代表的心学进行了猛烈的攻击。杨慎云：“舍宋人之议论，求朱子以前之六经。”[②] 比郝敬稍早的王廷相曾云：“近世好高迂腐之儒，不知国家养贤育才，将以辅治，乃倡为讲求良知，体认天理之说，使后生小子澄心白坐，聚首虚谈，终岁嚣嚣于心性之玄幽，求之兴道致治之术，达权应变之机，则黯然而不知。”[③] “士惟笃行可以振化矣，士惟实学可以经世矣。”[④] 梁启超在论清代学术时提及晚明的这种复古风气：“清代学术是对于宋明理学之一大反动，晚明黄宗羲、顾炎武等人而以复古为其职志者也。”[⑤] 从这些表述看，中晚明就开始了针对朱熹与阳明的复古思潮。

郝敬是反宋经学思潮的中坚，其批判朱熹的态度最激烈，他说：“朱子一切只为凿空妄说。”[⑥] 首先，他批判了朱熹解《诗》过程中提出的“郑声淫”之观点。朱熹《诗集传》引莆田郑氏曰：(《郑风·将仲子》) “此淫奔者之辞。”[⑦] 朱熹将“淫声”定义为有关男女私奔、男欢女爱之诗，也就是说，所有涉及男女方面的诗皆是违背儒家伦理之诗，此是郝敬非常不满意的：“虽郑卫之音，亦可以观也。

---

① 杨绪敏：《论明代空疏学风形成和嬗变的原因及影响》，《北方论丛》2006 年第 4 期。

② （明）杨慎：《升庵全集》卷 6，商务印书馆 1936 年版，第 23 页。

③ （明）王廷相：《王廷相集》卷 3，王孝鱼点校，中华书局 1989 年版，第 853 页。

④ 王廷相：《王氏家藏集》卷 22，中华书局 1989 年版，第 419 页。

⑤ （清）梁启超：《清代学术概论》，朱维铮导读，上海古籍出版社 1998 年版，第 3 页。

⑥ 郝敬：《读诗》，载周维德集校《全明诗话》，第 2856 页。

⑦ 朱熹：《诗集传》，王华宝整理，凤凰出版社 2007 年版，第 56 页。

《桑中》、《溱洧》，本寓讽刺，无邪思。后儒误谓淫辞。”[①] “后儒”即朱熹。郝敬认为，郑卫之诗并不都是淫诗，有些诗为讽喻，有些诗仅仅为男女抒情而已。所以，从男女之事并非全是淫奔之事的角度，郝敬批判了朱熹将所有相关男女事情之诗都界定为淫诗或淫声的观念。其次，以“诗主声”来强调声音优越于文字义理。“义理”是宋代理学的核心命题，郝敬在《读诗》与《艺圃伧谈》中多次强调声音在诗歌中的地位超过义理，如前述及的“声出义存”、“人皆以义求音，不知以音会义”、“诗有意，有辞，有音，而音为本色”，等等。三是郝敬之意与朱熹之理是有差别的。郝敬“诗主声”并不意味其诗学放弃了义理和意：“明其理，文字可随意变通；逆其志，声音可罔象求也。”[②] 郝敬的“理”不是朱熹的性理，而是诗之“古意”。朱熹的理是宇宙的本体，“理”与“气”合而化育万物。“性”亦是“理”，未发为“性”，天命之谓；已发为“情”，性之用；“性”、“情”统于“心”。为学要穷理，穷理而致知，致知而力行。力行须依“理”，乃圣贤之道。[③] 在郝敬的诗学中，其理是《诗经》及诗歌的声背后的文字之理，他要求诗声符合儒家温柔敦厚的特点。由此可知，郝敬“诗主声”之理为声音之理，与朱熹之理的实质并不相同。职是之，郝敬“诗主声”的提出是指向以朱熹为代表的宋明理学的。

“诗主声”突出诗歌的声音因素，即以声音为主，这与中国传统文论中的“诗言志”、“诗缘情”两种诗歌本质论有何不同呢？

“诗言志”被朱自清先生称为中国诗歌的开山纲领，“诗缘情”由陆机在《文赋》中提出，形成与“诗言志”并峙的两大文学理论，

---

① 郝敬：《艺圃伧谈》，载周维德集校《全明诗话》，第 2898 页。

② 郝敬：《读诗》，载周维德集校《全明诗话》，第 2869 页。

③ 柏家文：《朱熹理学思想述论》，《理论月刊》2014 年第 4 期。

它们皆是关于诗歌本质是什么的思考："诗言志"主张诗的本质是志，"诗缘情"主张诗的本质是情。

郝敬在《读诗》与《艺圃伧谈》中多次提及"诗言志"，如"'诗言志，歌咏言，声依永。'音律为声，篇章为诗，声生于响，诗成于志"；"诗言志，骚言辞也，故志诚为诗"；"诗者志也，在心为志，发言为诗"[①]；等等。可见，郝敬对中国传统诗学中的"诗言志"观念是非常认可的。

"诗缘情"即诗歌以抒发情感为主。郝敬在其著作中没有直接提及"诗缘情"，但多次提及"诗以道性情"："故诗者，性情之道，和人神，协上下，移风易俗，莫非兴也"；"《诗》本性情，温柔敦厚"；"诗本温柔敦厚。……故诗者，性情中和之道，《三百篇》尚矣"；"诗道性情，为其温柔敦厚"；"诗以道性情，其言委婉，有和平之致，非谓凡人之诗，即凡人之性情也。性情未必和平，为诗未有不和平者"[②]；等等。蔡镇楚《诗话学》说：诗话本质论中"诗言志"包含了儒家温柔敦厚的诗教原则。[③] 郝敬非常重视"温柔敦厚"的诗教观："诗本温柔敦厚"；"温柔敦厚四字，诗家宗印，不可易也"。[④] 在梳理郝敬诗学的过程时发现，他一直将性情与"温柔敦厚"联系起来："诗道性情，为其温柔敦厚"；"《诗》本性情，温柔敦厚"。结合蔡镇楚的观点看，郝敬实质上是让性情成为了"诗言志"之"志"的内容。从郝敬的观点看，无论志还是性情皆要符合一定的诗学规范与诗教传统，不能突破中正平和、温柔敦厚的风旨。也就是说，郝敬"诗言志"是包括了"温柔敦厚"之性情的诗本质论。这样看来，郝敬的"诗道性情"是与"诗言志"紧密结合着的，有突出的儒家诗

---

① 郝敬：《读诗》，载周维德集校《全明诗话》，第 2863、2894、2882 页。

② 同上书，第 2861、2869、2881、2891、2912 页。

③ 蔡镇楚：《诗话学》，湖南教育出版社 1990 年版，第 177 页。

④ 郝敬：《艺圃伧谈》，载周维德集校《全明诗话》，第 2881、2889 页。

学色彩，而与主张自由抒发情感的“诗缘情”说有着明显的差别。

在“诗言志”与“诗道性情”外，郝敬非常频繁地提出“诗主声”。郝敬云：“夫声音之道，自与性情通，歌咏所以养性情。”诗歌的声音与诗歌的性情是相通的，作者在创作诗歌时自然要表达性情，这种诗歌中的性情对于阅读者而言亦有怡养性情之作用。可见，诗歌的声音是性情的媒介与方式，换句话说，声音与性情不是同一层次的。按此推理，“诗言志”之志是诗歌的本质内容，声音与诗之志就不是同一层次的。郝敬曾云：

> 或曰：夫子删《诗》，既不录其淫诗，而曰“郑声淫”，何也？夫声与诗异，郑声淫，非郑诗尽淫也。《虞书》曰：“诗言志，歌咏言，声依永。”音律为声，篇章为诗，声生于响，诗成于志。故古序曰：“在心为志，发言为诗。”此声与诗之辨也。今据古序以绎志，郑、卫之诗，其何者为淫诗欤？虽《桑中》、《秦洧》，志在刺淫，而诗本非淫也，岂得以辞而累志？苟不逆其志，惟辞之似，虽《二南》之《行露》《死麕》，其谁不可为淫诗者欤？郑之《将仲子》刺庄公，《狡童》《褰裳》刺召公，其志皆正，其声靡靡，皆似妇人语。①

郝敬关注的是诗志与诗声的关系，强调了几点：一是诗志与诗声无必然的联系。郝敬认为，志正非声正，声淫非志淫。故《诗经》中有《狡童》之类声靡的作品，但其目的是要讽谏、教化天下。郝敬云：“即使志正声淫，亦圣人所放欲，况志淫而声郑，如《子夜》、《采莲》之类者乎！”“志正声淫”与“志淫声郑”说明诗之志与诗之声

① 郝敬：《读诗》，载周维德集校《全明诗话》，第2863页。

的关系不固定。二是诗成于志，非成于声；声成于篇章及其语词。可见，志是诗的本质，而声非诗之本质，是用来体现诗之志的。

虽然郝敬“诗主声”之声不是诗之本质，但郝敬仍然对诗歌之声予以极度的重视，他提出诗歌以声音为主的观念，强调的是诗歌声音具有宣扬诗歌之志的作用，具有与诗歌之志一道陶洗精神和化成天下的作用。在诗歌的所有要素中，郝敬非常强调诗声的核心地位，认为诗声是诗歌中更能带来诗歌艺术与魅力的重要因素之一。

综而论之，针对宋代理学与明代心学的空疏思想，郝敬强调了回归诗经传统的必要性，并提出以抒发自然性情、声音优于文字、以声按辞为特点的“音本色”观念。在此基础上，郝敬归结其诗声理论为“诗主声”，把诗歌的温柔敦厚与中正平和的整体声响作为追求，反对近体声律，强调声音在诗中的重要地位。这一做法在一定程度上混淆了它与传统诗论中的两种本质论“诗言志”与“诗缘情”的关系。郝敬特别地突出了诗歌中的声音要素，这就为研究诗歌中究竟是何种因素居于核心地位以及怎样解释诗歌提供了一种新的路径或方法。

第二节　陆时雍“神韵”论

陆时雍（1612—1670?），字仲昭，一作昭仲，号澹我，浙江桐乡人。陆时雍少年颖悟，性不耐俗，崇祯六年中举、得贡生。能文工诗，著述繁富，辑有《古诗镜》三十六卷、《唐诗镜》五十四卷。其中，“总论”一卷被丁福保辑入《历代诗话续编》，题作《诗镜总论》，共119则。蔡镇楚曾云：“陆氏的诗学观点，却远比三袁、钟、谭之辈，高出一筹，在明人诗话中，似有集大成之功。”[①] 蔡氏所说

① 蔡镇楚：《中国诗话史》，湖南文艺出版社2001年版，第208页。

的“集大成之功”指其对明代复古诗学的总结，但陆氏所做的主要工作是继承胡氏所言而未言尽的“神韵”，这一范畴在古代诗歌批评史上具有极其重要的地位。

一　陆时雍“神韵”论的层次性——以声为中心的考察

陆时雍的“神韵”说一向被认为是清代“神韵”说的前奏，与王士祯的“神韵”说有不可割裂的关系。从这一意义上说，处于晚明的陆时雍本身就有其理论开创与理论启发的价值。仔细爬梳陆时雍的《诗镜总论》及其他诗歌评论可见，“神韵”强调了诗歌中声、调、韵的重要地位。在一定程度上，对神韵说的解释正是陆时雍诗声理论的表现。同时陆时雍“神韵”说的层次性非常明晰，这种层次性是诗歌由精细化向浑沦转化的必然过程，是诗歌的具体内部构成因素以及这些因素向整体目标迈进的过程。

以上这种转化或整合过程的层次性，可以用下图来明示：

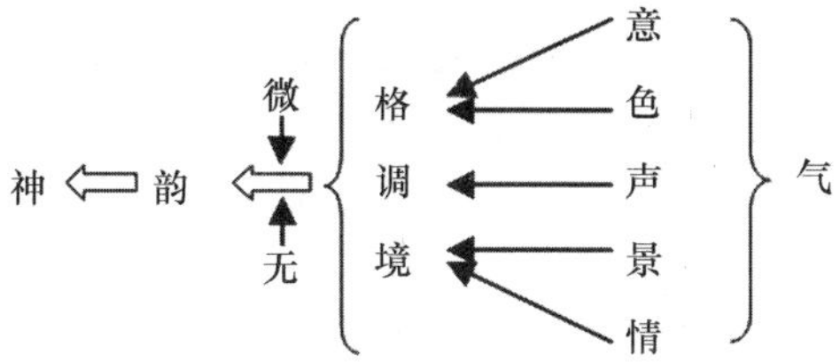

陆时雍的神韵论诗学路径主要为：气产生意、色、声、情、景；情、景主要产生境，意、色主要产生格，声产生调；通过无、微的方式，格、调、境向韵过渡，并最终形成神。这种区分与建构似乎有点绝对化，但大体反映出了陆氏“神韵”说的内在层次及其生成过程。下面具言之，讨论过程中侧重与诗歌声音相联系的内容。

在陆时雍看来，气是神韵的重要内容，意、色、声、情、景皆由气生。陆时雍道：“诗丽于宋，艳于齐。物有天艳，精神色泽，溢自气表。”[①] 陆氏认为，气是“物有天艳”与“精神色泽”的原因，说明了气对外物（景）之美及其精神（情）与色泽有决定作用。“气”也是陆时雍诗学中的重要范畴：“诗四言优而婉，五言直而倨，七言纵而畅，三言矫而掉，六言甘而媚，杂言芬葩，顿跌起伏。四言大雅之音也，其诗中之元气乎？”[②] “大雅之音”从思想上说是纯正、雅正，从形式上说是声音的美听。并且，大雅之音来自于元气，而其他三言、五言、六言、七言等皆是其他具体之气的构成。这说明气是诗歌的重要构成内容。陆氏又云：

> 《三百篇》每章无多言。每有一章而三四叠用者，诗人之妙在一叹三咏。其意已传，不必言之繁而绪之纷也。故曰：“《诗》可以兴。”诗之可以兴人者，以其情也，以其言之韵也。夫献笑而悦，献涕而悲者，情也；闻金鼓而壮，闻丝竹而幽者，声之韵也。是故情欲其真，而韵欲其长也，二言足以尽诗道矣。乃韵生于声，声出于格，故标格欲其高也；韵出为风，风感为事，故风味欲其美也。有韵必有色，故色欲其韶也；韵动而气行，故气欲其清也。此四者，诗之至要也。[③]

“情欲其真”、“韵欲其长”、“色欲其韶”、“气欲其清”为诗之四“至要”。可见，诗歌的整体之气是诗歌最具价值的体现之一。是故，气不仅是构成诗歌的重要因素，也是判断诗歌价值的重要标准。从上举两例看，陆氏将气与诗歌之声联系起来。其又云：“诗之佳，拂拂如风，洋洋如水，一往神韵，行乎其间。班固《明堂》诸篇，则质

① 陆时雍：《诗镜总论》，载丁福保辑《历代诗话续编》下，第 1407 页。
② 同上书，第 1402 页。
③ 同上书，第 1415 页。

而鬼矣。鬼者，无生气之谓也。”[①] 从陆氏将有神韵之诗与质而鬼之诗的对比看，神韵之诗流动的是生气。在《诗镜总论》中，陆时雍经常将“气”与“韵”联系起来论。据统计，在《古诗镜》中，以“气韵”评诗有19处；在《唐诗镜》中，以“气韵”评诗共有10处；在《诗境总论》中，以“气韵”评诗共有2处。这种频率远远超过了其他如以“生韵”、“俗韵”、“余韵”来评诗。[②] 很明显，陆时雍非常重视“气韵”。陆氏曾在阐述“穆如清风”的诗歌美学价值时云：“气太重，意太深，声太宏，色太厉，佳而不佳，反以此病，故曰：‘穆如清风。’”[③] “穆如清风”，指像清风那样有化养万物的雅德。“穆如清风”的前提是气、意、声、色的中和之德，而从“穆如清风”的意境看，其中之气是非常重要的因素。在一定程度上看，气是诗歌“穆如清风”的条件，自然也是意、声、色的条件。

在前后七子的格调说及相关理论中，意、色、声、情、景与格、调、境均有较大关系[④]。陆时雍的观点与之近似，其意、色、声、

① 陆时雍：《诗镜总论》，载丁福保辑《历代诗话续编》下，第1403页。

② 该数据参考了刘慧萍《陆时雍诗学理论批评研究》，硕士学位论文，南昌大学，2010年，第21页。

③ 陆时雍：《诗镜总论》，载丁福保辑《历代诗话续编》下，第1412页。

④ 对明代格调的分析较有代表性的是陈国球、廖可斌、袁震宇与刘明今、陈文新等。廖可斌《明代文学复古运动研究》说：“‘调’就是指诗歌作品中情与理、意与象、诗与乐相结合所构成的具有动态特征的总体形态，或者说混合流；‘格’即指这种混合流的境界、层次之高下。‘格’就是‘调’之‘格’，它并不脱离‘调’而单独存在。每一种‘调’，都有它自己的或高或卑的‘格’。”袁震宇与刘明今《明代文学批评史》说：“格调一词由格与调二字组成，其意义含糊而多歧。明人称格者如：标格、气格、骨格、品格、意格、体格、句格、格力、格式等；称调者如：气调、意调、风调、律调、音调等。这些词语有的意义相近，有的则迥然不同。若细加辨析，大致可分为两类，其一如体格、句格、律调、声调等主要指诗歌的体裁、句法、音韵、声律等外在形式的问题；其二如骨格、意格、气调、风调等则主要用来形容诗歌内在的气度、意蕴。由于格调一词的含糊多歧，格调说的见解便显得有些混杂不清。”陈文新《明代诗学》（湖南人民出版社2000年版，第260页）说：“‘格’至少包括三个方面的意思。一、指‘体格’，强调‘文各有体，得体为佳’；二、指‘风格’，强调每一个时代、每一作者各有其独特性；三、指‘品格’，强调不同诗体的尊卑高下。‘调’至少包括两个方面的含义。一、指声韵，古诗、律诗在韵方面差别甚大；二、指风韵，诗须有一种风致，一种神韵。”

情、景是“格”、“调”、“境”范畴的重要构成。分开来说，意、色、声是“格调”的重要内容，情、景是“境”的重要内容。情、景及由此构成的意境或境界与诗声理论的关系不大，故此从略。

陆时雍云：“元白以潦倒成家，意必尽言，言必尽兴，然其力足以达之。微之多深着色，乐天多浅着趣。趣近自然，而色亦非貌取也。总皆降格为之，凡意欲其近，体欲其轻，色欲其妍，声欲其脆，此数者格之所由降也。”[①] 意、体、色、声是诗的重要构成，同时也是影响诗歌格之升降的原因，这表明它们是格的内在因素。如其“声音出于风格间矣”；“诗至于宋，古之终而律之始也。体制一变，便觉声色俱开”；“诗道谓之‘风格’”等所言，[②] 声音与风格的关系、体制与声色的关系、风格与诗道的关系皆说明了诗歌之意、体、色、声是格的内容。这种论点在陆时雍品评古诗、唐诗的过程中多有出现。

意、体、声、色又是“调”的重要构成，且声是调最重要的因素。陆时雍非常推崇唐诗，也非常肯定唐诗的声韵之美，表现之一即其在评唐诗时喜用“调”的标准来评判：“调入初唐，时带六朝锦色”；“调响气佚，颇得纵横；勾角廉折，立见涯涘。以是知李杜之气局深矣”；“杜少陵《怀李白》五古，其曲中之凄调乎？苦意摹情，遇于悲而失雅”；“太白其千古之雄乎？气骏而逸，法老而奇，音越而长，调高而卓”。[③] 在这些表述中，陆时雍将调与意、体、声、色等联系起来，且认为它们关系非常紧密。无疑，从“响”、“曲”、“音”、“金鼓”等看，声是陆时雍“调”的核心因素。陆时雍诗学中的“声”为声律、音韵构成的声响。陆时雍云：“沈约有声无韵，

① 陆时雍：《诗镜总论》，载丁福保辑《历代诗话续编》下，第1422页。

② 同上书，第1406、1419页。

③ 同上书，第1411、1412、1413、1414页。

有色无华。”[①] 沈约为声调创始人之一，提出“四声八病”，他要求诗歌创作必须严守声律之轨范。正因沈约过分重视声律，导致了后人对他以声律为中心诗学取向的诟病。陆时雍承认诗歌中需有整齐和谐的声响，但反对沈氏对声律的要求。故陆时雍云：“庾肩吾推练精工，气韵香美，当是声律绝技。”[②] 从此句可读出两种意思：一是声律乃诗歌技术层面的事情，是声的表现；二是气韵的构成来自于声律。[③] 这表明陆时雍的声既有声律的成分，也有未曾沾染技术层面的气韵，这都说明气韵与诗歌的声音有极大的关系。所以，“气韵香美”的原因“当是声律绝技”使然，也就是声律由技术层面进入整体境界时呈现的气韵之美。

可见，意、体、声、色是格、调形成的重要因素。就陆时雍诗学看，意、体、声、色等不同层面因素之间的相互协调与合作才是格调的内涵。

在陆时雍诗学中，格调、境界必然走向神韵。神韵是中国诗学中独具魅力的审美范畴。从魏晋南北朝品评人物，继而进入画论，神韵始终与中国诗学和画论渊源颇深。明代是神韵论诗学的发展期，胡应麟等人对神韵的推动具有重要作用，而真正成为神韵论核心代表的是清代的王士祯。

《四库全书总目提要》语及陆时雍时云：“以神韵为宗，情境为主。”[④] 宗主关系实际说明了神韵与情境居于陆时雍诗学中不同地位的关系。此可以参看陆时雍的三句话：

---

① 陆时雍：《古诗镜》，载吴文治主编《明诗话全编》第 10 册，第 10653 页。

② 同上书，第 10696 页。

③ “气韵”表明韵由气而来，包含两层意义：一是由气形成的具体的声音；二是由气、声等诗歌的诸多元素整合而成的艺术风貌。

④ 纪昀总纂：《四库全书总目提要》，第 5187 页。

诗之可以兴人者，以其情也，以其言之韵也。夫献笑而悦，献涕而悲者，情也；闻金鼓而壮，闻丝竹而幽者，声之韵也。是故情欲其实，而韵欲其长也，二言足以尽诗道矣。[1]

有韵则生，无韵则死；有韵则雅，无韵则俗；有韵则响，无韵则沉；有韵则远，无韵则局。物色在于点染，意态在于转折，情事在于犹夷，风致在于绰约，语气在于吞吐，体势在于游行，此则韵之所由生矣。[2]

绝去形容，独标真素，此诗家最上一乘。

"情"、"景"、"声"是诗歌的重要内容，也是诗歌得以呈现艺术价值的手段。这些内容必须进一步融合并提升至味外之味的境地，才有更具魅力的艺术价值。陆时雍在此三段话中均强调声、情、景与韵的关系："声之韵"是声向韵的过渡；"物色"、"情事"均是诗歌之韵得以呈现的必要条件；"绝去形容，独标真素"更是将诗歌的各种元素整合并产生颇具"真素"的艺术价值。这说明陆时雍的神韵诗学是由具体的艺术实情、实景、实声等向整合的真素之艺术价值的迈进。

由情、景、声到神韵是由具体之味到味外味的过程。清人吴琰说："酸咸之外者何？味外味也。味外味者何？神韵也。"[3] 研究者一般认为，"味外味"的前一个"味"指诗歌中由文字直接传达出的情景、艺术气氛与艺术情趣等交织成具体的艺术之味，后一个"味"指蕴含在前一个"味"之中而呈现在该艺术实境之外整合的艺术之味，其具有模糊性、不稳定性，也是优秀作品的重要组成部分。陆时

---

① 陆时雍：《诗镜总论》，载丁福保辑《历代诗话续编》下，第1415页。

② 同上书，第1423页。

③（清）吴琰：《蚕尾续诗集序》，载王士祯《带经堂集》卷55，七略书堂校刊，《续修四库全书》本。

雍云："古人善于言情，转意象于虚圆之中，故觉其味之长而言之美也。"[①]"转意象于虚圆之中"实际表达了情、景、声等构成的具体之味向更为虚无与圆满的味外之味的过渡，这也是陆时雍觉得"其味之长"的原因。陆时雍认为，这一过程的实现需要这些元素的形态呈现为"无"或"微"。"绝去形容，独标真素"就是实在之情、景、声的逐渐无、微，并达到诗家最上乘——"真素"。陆时雍《古诗镜》曰："故诗之所可知者，词也，调也；所不可知者，韵也，神也。语及于不可知者，微矣！"[②]陆时雍将诗的构成分为可知者与不可知者，前者是词、调，后者是韵、神，即"绝去形容，独标真素"。同时，陆氏认为，不可知者之神韵具有微的特点，也正是因为诗歌中的一些实在元素趋向"微"，诗歌的神韵才得以呈现。故陆时雍又云："声微而韵，悠然长逝者，声之所不得留也"；"《十九首》近于赋而远于风，故其情可陈，而其事可举也。虚者实之，纡者直之，则感寤之意微，而陈肆之用广矣。夫微而能通，婉而可讽者，风之为道美也"；"何逊诗，语语实际，了无滞色。其探景每入幽微，语气悠柔，读之殊不尽缠绵之致"。[③]这都说明诗歌的神韵之美是情、景、声音的由实而虚、由响至弱并渐趋罔极的境界。这种入"微"的过程不仅是从实到虚的变化，更是声、情、景的自然融合与溶入，如盐着水、不着痕迹，如"空中之音，相中之色，水中之月，镜中之象，言有尽而意无穷"。也只有声、情、景通过此途径相互融合，才能达成陆时雍神韵的审美宗旨。

要之，陆时雍诗学以神韵为最高审美追求。具体而言，他认为，诗的基本构成元素是情景、声格、气意等，这些元素趋向无或微，从

---

① 陆时雍：《诗镜总论》，载丁福保辑《历代诗话续编》下，第1403页。

② 陆时雍：《古诗镜》，载吴文治主编《明诗话全编》第10册，第10702页。

③ 陆时雍：《诗镜总论》，载丁福保辑《历代诗话续编》下，第1406、1402—1403、1409页。

而融合成味外之味，并指向神韵之美。

二　陆时雍“神韵”论祛唐扬齐的审美维度

明代诗学的主流是复古诗学，明前中期是复古诗学发展繁荣的主要时期。前后七子的复古诗论引发了以公安三袁为代表的性灵诗学，并逗引出与经学复古思潮相伴的复古诗学。

陆时雍处在复古诗学由鼎盛走向跌落的晚明，此时因王阳明心学、李贽狂禅而产生的性灵诗学、唐宋派诗学、竟陵派诗学也成为了余绪，所以陆时雍的诗学需要重新寻找新的维度，以超越的方式来发展复古诗学，“神韵”说即是在这种背景下提出的。钱锺书曾说：“明末陆时雍选《古诗镜》、《唐诗镜》，其《绪论》一编，标举神韵，推奉盛唐，以为‘常留不尽，寄趣在有无之间’。盖隐承沧浪，而于李杜皆致不满。讥太白太利，为才使；讥少陵失中和，出手钝，病在好奇。《诗病在过》一条中，李、杜、韩、白胥遭指摘，独推尊右丞、苏州。”[①] 四库馆臣评价《诗镜》时亦给出了相似的解释：“其时王、李余波，相沿未息，学者方以吞剥为工，故于蹊径易寻者，往往加以排斥。”[②]“王、李余波”，乃指王世贞、李攀龙等后七子诗派所倡导“诗必盛唐”之余绪。明代前后七子倡导“诗必盛唐”，至晚明为强弩之末，但影响犹存。因此，涤除中晚明“诗必盛唐”的复古余波，是陆时雍编选《诗镜》的主要目的。四库馆臣的上述评价正好说明陆时雍欲“针砭流俗”而编《诗镜》的目的。

从实质上看，祛唐不是陆时雍诗学的真正目的，以前后七子的复古派为矛头才是其诗学指向。明代复古诗学经过胡应麟的改造已失去其本来面目，况且发展至明末其已没有往日的辉煌。晚明诗学家开始

① 钱锺书：《谈艺录》，第 129—130 页。

② 纪昀总纂：《四库全书总目提要》，第 5187 页。

反思明前中期的诗学成果，并把明代诗学成就不高的原因归罪于以前后七子为代表的复古诗派，故“文必秦汉，诗必盛唐”的诗学旨趣已成余波微漾，特别是中晚明国势衰弱更让政治家与文学家感到复古救国的希望渺茫，故生发了晚明一股批判复古诗派的潮流，这是陆时雍诗学上祛唐的重要起因。

陆时雍的诗论中有祛唐的思想痕迹：“自汉而下，代不能为相存，至于唐，而古人之声音笑貌无复余者。隋素而唐丽，素而质，‘乌击初移树，鱼寒欲隐苔’，唐欲为之，岂可得耶？”① 陆时雍认为，汉代以前的诗歌是中国诗歌的标杆，汉代以后的诗歌开始渐失先秦诗歌的传统审美趣向，唐代诗歌中这种趣向已基本消失殆尽。就连中国诗歌史上光辉夺目的唐代双子星座——李白、杜甫，陆时雍也有微辞：

> 太白《古风》八十二首，发源于汉魏，而托体于阮公。然寄托犹苦不深，而作用间尚未尽委蛇盘礴之妙。要之雅道时存。
>
> 盛唐人工于缀景，惟杜子美长于言情。人情向外，见物易而自见难也。
>
> 少陵苦于摹情，工于体物，得之古赋居多。太白长于感兴，远于寄衷，本于十五《国风》为近。
>
> 子美之病，在于好奇。作意好奇，则于天然之致远矣。五七言古，穷工极巧，谓无遗恨。细观之，觉几回不得自在。②

陆氏对李白的批评集中于其寄托不深且未尽委蛇盘礴之妙，对杜甫的批评集中于其苦于言情与喜于好奇，这些都认为李白与杜甫的诗歌失

---

① 陆时雍：《诗镜总论》，载丁福保辑《历代诗话续编》下，第 1410—1411 页。

② 同上书，第 1414、1419、1414、1415 页。

去了诗歌天然之致，其贬低唐诗的态度也昭然若揭。《唐诗镜》“初唐第一”又曰：

> 唐之胜于六朝者，以七古之纵、七律之整、七绝之调，此其故在气局声调之间，而精神材力未能驾胜。以五律视昔，相去远矣。声不逮韶，色不逮丽，神不逮晬，情不逮深。虽沈、宋绮思，仅足当梁、陈之中驷耳。至五言古诗，其道在神情之妙，不可以力雄，不可以材骋，不可以思得，不可以意致。虽李、杜力挽古风，而李病于浮，杜苦于刻，以追陶、谢之未能，况汉、魏乎！韦苏州得六朝之藻而无其实，柳子厚得六朝之干而无其华，亦足并李、杜而称一代之雄矣。五言绝句，古道尽亡，间有作者，存十一于千百矣。然唐之有可称者，以其能洗妖淫之气，而归平正之音也。代不如古，亦以见风气之所趋矣。①

此为陆时雍《唐诗镜》的开篇，相当于序，表达了陆氏之诗学主旨。陆氏认为，唐诗在情、色、神、思等方面逊于六朝诗，并指出李白病于浮、杜甫苦于刻、韦应物无六朝之实、柳宗元无六朝之华，等等。这种评论与传统上唐诗优而六朝劣且两者之间有较多继承的评价观点背道而驰。另外，前引的“鸟击初移树，鱼寒欲隐苔”为隋炀帝杨广《悲秋》之句，陆时雍把隋炀帝的这首诗歌视为素与质的统一体，且臆测：如果唐人模仿该诗，也不可能得到其味道。陆时雍的意图不外有二：一是承认隋代诗歌中亦有作品超过唐代，或可成为唐诗的学习对象；二是从比较的视野发掘隋朝诗歌的价值，并逐步提高其地位，以达到贬低、打压唐诗的目的。这些评论不论其正确与否，都表

① 陆时雍：《诗镜》，任文京、赵东岚点校，河北大学出版社2010年版，第8—9页。

达了陆时雍批判唐诗的诗学倾向。

陆时雍做出这种诗学审美的选择，一方面是因为其对以唐诗为模仿对象的复古诗派诗学取向的批判，另一方面是其最高诗学价值标准“神韵”使然。

如前所述，神韵由意、色、声、景、情等整合而成。陆时雍多次要求诗歌之声、色齐放而有天然之趣，以达到神韵的诗学境界。

就色而言，其为外界的一切色相，或是存在的一切物质，如景物等。《诗镜总论》曰：“诗至于齐，情性既隐，声色大开。谢玄晖艳而韵，如洞庭美人，芙蓉衣而翠羽旗，绝非世间物色。”[①] 陆氏认为，齐梁时期的诗歌将传统《诗经》之情性内隐在其中，外现的则是声色。由谢朓作品看，其将外在景物“洞庭”、“美人”、“芙蓉衣”、“翠羽旗”等直接呈现在自己的作品中，让读者由景物读出诗歌及其作者的内心情感。这种做法实质是以自然景物为抒写对象，融情于景，以声色的角度实现了人的自觉与诗的价值。当然，陆时雍要求声色走向天然，而这是神韵的特质之一。故陆时雍云：“诗至于宋，古之终而律之始也。体制一变，便觉声色俱开。谢康乐鬼斧默运，其梓庆之鐻乎？颜延年代大匠斫而伤其手也。寸草茎，能争三春色秀，乃知天然之趣远矣。”[②] 谢灵运为魏晋南北朝山水诗歌的杰出代表，尤擅长将声、色融于诗歌中，故陆时雍有“鬼斧默运”之评价；颜延年一反谢氏的创作方法，使诗歌声色皆失，并且天然之趣也远去了。

就声而言，六朝是声律之学兴起之时，诗歌开始要局限于声律之范围，有所谓“永明体”、“宫体诗”等之派别，都强调格律形式，是唐代近体诗形成的中间桥梁。正因为这种继承关系，唐人无法得六朝人之声气，故陆时雍认为六朝诗超过了唐诗：“初唐人承隋之余，

① 陆时雍：《诗镜总论》，载丁福保辑《历代诗话续编》下，第1407页。

② 同上书，第1406页。

前华已谢，后秀未开，声欲启而尚留，意方涵而不露，故其诗多希微玄澹之音。中唐反盛之风，攒意而取精，选言而取胜，所谓绮绣非珍，冰纨是贵，其致迥然异矣。然其病在雕刻太甚，元气不完，体格卑而声气亦降，故其诗往往不长于古而长于律，自有所由来矣。”①陆氏认为，唐人近体诗学齐、梁、隋诗而来，所得不多还刻意地追求齐人的人为声律，形成“声气亦降”的审美特征。

当然，陆氏的声不仅是形式格律，还是诗歌整体的声响，为韵之重要构成。《诗镜总论》曰：

> 诗被于乐，声之也。声微而韵，悠然长逝者，声之所不得留也。一击而立尽者，瓦缶也。诗之饶韵者，其钲磬乎？“相去日以远，衣带日以缓”，其韵古；“携手上河梁，游子暮何之”，其韵悠；“高台多悲风，朝日照北林”，其韵亮；“晨风飘岐路，零雨被秋草”，其韵矫；“采菊东篱下，悠然见南山”，其韵幽；“皇心美阳泽，万象咸光昭”，其韵韶；“扣枻新秋月，临流别友生”，其韵清；“野旷沙岸净，天高秋月明”，其韵洌；“天际识归舟，云中辨江树”，其韵远。凡情无奇而自佳，景不丽而自妙者，韵使之也。②

这些例句多是六朝之作，陆时雍认为其佳处在于“情无奇自佳，景不丽而自妙者，韵使之也”。从此处看，陆时雍之韵呈现三种含义：一是诗歌中与声音相关的字音、声韵等，也包括押韵之韵；二是由诗歌具体的声音通过融合且微的方式形成的韵，它是对具体的声音的提升；三是诗歌中各成分如情、景、声、意趣等元素的高度合一，产生

---

① 陆时雍：《诗镜总论》，载丁福保辑《历代诗话续编》下，第1417—1418页。

② 同上书，第1406页。

了一种极度自由、天然的审美趣味。陆氏云："晋人五言绝，愈俚愈趣，愈浅愈深。齐梁人得之，愈藻愈真，愈华愈洁。此皆神情妙会，行乎其间。唐人苦意索之，去之愈远。"① 这说明陆时雍反对诗歌的人为因素。其又云："古歌《子夜》等诗，俚情亵语，村童之所赧言，而诗人道之，极韵极趣。"② 这说明陆时雍赞同诗歌中的一语天然万古新，同时也再次指明韵的极致就是诗语极度的自由与天然。

总之，声在陆时雍的神韵论中有重要的地位，它从诗歌中字句平仄等具体之声响走向诗歌整体之声调并经过微与无的方式达到韵，最终达到神韵的境地。在神韵论中，陆时雍突出声、色的价值，并使之成为神韵的必备因素。陆氏认为，声色、声律等是六朝诗歌最重要的审美价值，其是唐诗之声律的重要来源，但唐人声气皆降、声色俱无且无自然之神韵。陆时雍通过声色、情景而构建神韵的做法实质就是希图借用这些概念来提升六朝诗歌在中国诗歌史上的价值与地位，贬低唐诗的价值与地位，从理论与实践上达到了祛唐扬齐的目的，并最终批判"以盛唐为诗"的复古诗学。

第三节　王夫之"诗乐理一"与"声情"说

王夫之（1619—1692），字而农，湖南衡阳人。号姜斋，又号夕堂，或署一瓢道人、双髻外史。晚年隐居于形状如顽石的石船山，自署船山病叟、南岳遗民，学者遂称"船山先生"。与顾炎武、黄宗羲并称明清之际三大思想家。其主要著作有《周易外传》《张子正蒙》《尚书引义》《读四书大全说》《老子衍》《庄子通》《思问录》《读通鉴论》《宋论》《黄书》《楚辞通释》《诗广传》等，清末汇刊成《船

① 陆时雍：《诗镜总论》，载丁福保辑《历代诗话续编》下，第 1406 页。

② 同上书，第 1411 页。

山遗书》，凡70种324卷。

王夫之的诗学在明清诗学中颇具特色，台湾学者萧驰说："就诗理出于乐理，诗臻极致亦为乐这一方面来考察，船山诗学的确是与明代李东阳、前七子的理论思潮一脉相承的。"[①] 这说出了王夫之诗学中"诗乐理一"说的来源，同时也说明了王夫之对诗歌声音的关注与认可。王夫之在《古诗评选》《唐诗评选》《明诗评选》《四书引义》《礼记章句》中多次提出"诗乐理一"、"诗乐合一"等观点，并且多用"声情"、"元声"、"元韵"、"遗响"、"遗音"、"首唱"、"高唱"、"绝唱"、"高韵"、"绝响"、"远韵"等语辞来评论古今诗人与诗作。前人已对王夫之的这种诗学作了较多阐释，[②] 但前人将王夫之所提出的"诗乐理一"与"声情"说分置而论，虽有其合理性，却并未完全看清两者的关系。

一 "诗乐理一"说

诗、乐关系是中国诗学与美学中非常重要的话题，主要表现为诗乐分离与诗乐合一。中国古来即存在着诗乐合一的传统，今人朱光潜清楚地指明了这一传统："音乐是诗的生命，从前外在的乐调的音乐

① 萧驰：《抒情传统与中国思想：王夫之诗学发微》，上海古籍出版社2003年版，第198页。

② 张节末：《论王夫之诗乐合一论的美学意义——兼评王夫之诗论研究的一种偏颇》，《学术月刊》1986年第12期；刘方喜：《"声情"辨——对一个汉语古典诗学形式范畴的研究》，《人文杂志》2002年第6期；陶水平：《王夫之诗学"声情"论析要》，《山东师大学报》(社会科学版) 2000年第3期；陶水平：《试析王夫之诗学"诗乐一理"论》，《东南大学学报》(哲学社会科学版) 2002年第4期；萧驰：《船山论诗之声情说》，载《抒情传统与中国思想：王夫之诗学发微》；王思焜：《"流意发音""穆耳协心"——王夫之诗歌声律论评析》，《暨南学报》(哲学社会科学版) 2001年第6期；涂波：《王夫之诗乐关系论探讨》，《中南民族大学学报》(人文社会科学版) 2005年第5期；张宗良：《王船山诗论"声情"观》，《辽宁师专学报》(社会科学版) 2001年第3期；彭巧燕：《船山诗学中的声律观》，《船山学刊》2009年第4期；夏建军：《"心之元声"——略论王夫之诗歌美学思想的本质论》，《江南大学学报》(人文社会科学版) 2009年第2期。

既然丢去，诗人不得不在文字本身上做音乐的功夫，这是声律运动的主因之一。”[①] 王夫之在其著作中经常提及“诗乐理一”、“诗乐合一”等，表达了其意欲恢复中国传统诗乐合一的审美追求。王夫之“诗乐理一”从不同的艺术类型与互补关系的角度建立诗、乐的联系，将诗与乐中的理质进行了对比，以发现诗、乐的共同本质、功能与最终目标等。在我看来，王夫之“理一”之“理”主要有如下三个方面重要内容。

首先，情是诗歌与音乐的重要内容，也是王氏“理一”之“理”的重要内容。

从诗歌上说，王夫之云：“元韵之机，兆在人心，流连泆宕，一出一入，均此情之哀乐，必永于言者也。”[②] 诗歌的元韵来自人心，并经过流连、一出一入等方式的变化，表现为情感的哀与乐，并最终通过咏唱诗歌的语言来实现。其又云：“夫诗以言情也，胥天下之情于怨怒之中，而流不可反矣，奚其情哉？”[③] 可见，心与情是诗歌的重要来源与表现内容。另外，王夫之曾将诗歌中的情具化成性情[④]，强调诗歌的褒贬、扬抑性情：

> 至刘梦得，而后宏放出于天然，于以扬扢性情，馺娑景物，无不宛尔成章，诚小诗之圣证矣。
>
> 陈正字、张曲江始倡《感遇》之作，虽所诣不深，而本地风光，骀宕人性情，以引名教之乐者，风雅源流，于斯不昧矣。[⑤]

---

① 朱光潜：《诗论》，第 214 页。

② 王夫之：《诗译》，载《船山全书》第 15 册，第 807 页。

③ 王夫之：《诗广传》，载《船山全书》第 3 册，第 341 页。

④ 情由性发。性情更强调自然之情，情强调不同类别之情，如真情与假情等。

⑤ 王夫之：《夕堂永日绪论内编》，载《船山全书》第 15 册，第 836—837、839 页。

王夫之认为，刘禹锡、陈师道、张九龄的诗歌或“出于天然”，或“所诣不深”，但最终还是以“骀宕”、“扬扢”性情为目的。是故，无论从诗歌的起点还是诗歌表现的最终目标看，性情都是王夫之诗学中诗歌的主要内容。

从音乐上说，《礼记·乐记》曰：“夫乐者乐也，人情之所不能免也。”① 音乐就是高兴、快乐的，与人之情感相关。王夫之对《乐记》研究较深，并把其中的观念贯彻到自己对于音乐的理解中：“声音之动，治乱之征，《乐记》言之，而万宝常以验隋之必亡。顾其说非可一言竟也。有声动而导人心之贞淫者，有心动而为乐之正变者，其感应之机，相为循环，而各有其先后。谓声动而心随之，则正乐急矣；谓心动而乐随之，则乐固不能自正而待其人矣。”② 声音的美或恶影响人心之贞淫，心被触动则有音乐之正变。故声音不同则心不同，心动则音乐亦动。王夫之的声音与心、情是直接相联系的，也就是说，情感与音乐有不可分割的关系。王夫之云：“今且谓乐乐之情，独不若与人，少不若众。乃使数十百人聚于一堂，倡优侏儒，犹杂子女，非不乐也；而音寂舞罢，必且有自念而倦以惭恧者，此亦乐极悲生之所必至矣。”③ 此处王夫之谈的是音乐的情感转移，故说“独不若与人，少不若众”，后又提及音乐对于人的情感的催生与激发作用。王夫之曾直接论及乐与情的关系：“乐者，情之用也。”乐的本质是：遣用情感，并最终构成音乐。易言之，音乐是情感的展现。

正是因为诗歌与音乐有着共同之理——情感，所以它们才有沟通的可能。王夫之云：“圣人达情以生文，君子修文以函情。琴瑟之友，钟鼓之乐，情之至也。”④ 王氏把文学创作的过程、目的与音乐

① 吉抗联译注，阴法鲁校订：《乐记译注》，第 38 页。

② 王夫之：《读通鉴论》，载《船山全书》第 10 册，第 706 页。

③ 王夫之：《船山经义》，载《船山全书》第 13 册，第 667 页。

④ 王夫之：《诗广传》，载《船山全书》第 3 册，第 307 页。

表演的功能皆归因于情感的作用，这把文学与音乐的共同因素——情感凸显出来，并表明情感是它们的共同之“理”。

其次，和是诗歌与音乐的共同功能与目的，也是王夫之“理一”之“理”的有机构成。王夫之云：“唯乐之理通于文艺，故古之工于文者，微有发端，而终无掉尾收合之体。其有此者，则世之所谓‘八大家’是已。和不充而气不持，汲汲然断续钩锁，以为首尾，如蚓之断，仅有生气施于颠末，是郑声之变，哀音乱节之征也。”[①] 王夫之认为，因为乐之理通于文艺，所以古之工于文者，作文时稍稍有所发端，而最终并没有“掉尾收合之体”。具有“掉尾收合之体”的，是所谓八大家。八大家的文章，“和”不充盈，“气”不撑持，迫切地去断续钩锁，以形成首尾，最终如蚯蚓之断折一样，仅有生气施于头和尾。也就是说，没有“和”与“气”内在的充盈撑持，而只是专注于如何去扣合文章的开头与结尾，文章就会像被截断了的蚯蚓一样没有生命力。换言之，文章只要有了“和”与“气”内在的充盈撑持，就会自然呈现出强大的生命力。这就突出强调了音乐与文学中“和”与“气”的重要性。

从音乐上说，王夫之云：

> 礼之所以然者敬也，乐之所以然者和也。以序配和，乃就礼乐之已成而赞其德。礼行而序著，乐备而和昭。故曰“礼只是一个序，乐只是一个和”。行礼行乐时，大段道理如此。故凡天下之有序者，皆礼之属也；凡天下之和者，皆乐之属也。[②]

程颐的“乐只是一个和”，指出“和”是音乐的根本精神。王夫之的

---

① 王夫之：《读四书大全说》，载《船山全书》第6册，第622—623页。

② 同上书，第866页。

“乐之所以然者和”，表达了与程颐完全相同的看法。进一步看，王夫之的“凡天下之和者，皆乐之属也”，指出凡天下具有“和”之精神者，都与音乐同一属类。此外，王夫之又提出音乐对于和人神的作用，认为：作为乐教表现方法，音乐通过“治性情”来实现人与神的共处关系：“缘乐之为教，先王以和人神，学者以治性情，似所用以广吾孝弟者，而非孝弟之即能乎乐，故孟子又推出学乐者一段真情真理来。”① 王夫之认为，先王以乐教来和人神，学者以乐教来治理性情，这些都可以“广吾孝弟”，实质说明乐教有教化天下的功用。可以说，和人神、治性情、广孝弟皆强调和的目标，这也正是音乐的价值所在。

从诗歌上说，和表现在诗歌结构之和、声律之和、情感之和、意义之和等。和平中正是儒家诗学的本质追求，要求诗歌思想中正、整体平和，达到“温柔敦厚”的审美趣味。温柔敦厚不是栗、直、傲、虐等比较偏激的审美方式，而是要求“直而温，宽而栗，刚而无虐，简而无傲”，即孔安国之“教之正直而温和，宽弘而能庄栗”。可见，诗教之温柔敦厚的内在审美模式之一是和。作为明清之际著名的儒者，王夫之多次在其著作中提及“温柔敦厚”、“温厚”等诗学范畴，并把它作为自己孜孜以求的诗学追求，表现了在诗学上对和的追求。

总之，诗、乐的共同功能之一是和，它促成诗歌的形式与内容整体合一，也促成音乐的内在与外在的统一。王夫之“诗乐理一”的提出表明：和是诗歌与音乐改变自身与世界的重要功能和方式。

最后，感是诗歌与音乐沟通作者、作品、读者、世界的方式，也是激发与体验的过程，是艺术存在与表现的方式，同时也是王夫之“理一”之“理”的又一有机构成。王夫之云：“自五言古诗来者，

① 王夫之：《读四书大全说》，载《船山全书》第6册，第1006页。

就一意中圆净成章，字外含远神，以使人思。自歌行来者，就一气中骀宕灵通，句中有余韵，以感人情。”[①] 歌行既是古诗，又具备音乐的特质。王夫之认为歌行可以“使人思”、“感人情”，这就把诗歌与音乐的感的特质凸显了出来。

从诗歌的角度看，王夫之云：“《小雅》《鹤鸣》之诗，全用比体，不道破一句，《三百篇》中创调也。要以俯仰物理而咏叹之，用见理随物显，唯人所感，皆可类通；初非有所指斥一人一事，不敢明言，而姑为隐语也。”[②] 《诗经》必须通过咏叹之方式“见理随物显”，而这就需要读者来感知并触类旁通。王夫之又在阐述为文时强调感的作用：“修其文以感天下之心，抑可即此以自感其心，俯仰磬折之下，顾文而思之，必有以践之，而仁泽之下流，亦将次第而举矣。”[③] 王夫之认为，为文的目的就是要感动天下之心，同时感动己心，其具体方式之一就是通过俯仰的节奏构成抑扬宛转的声音美，从而实现思之、践之、泽被下流的价值。可见，王夫之从诗歌声音之感扩大到文之声音的感，表现其把感视为诗歌乃至文学的重要存在与表现方式。

音乐对于人心与社会之价值也是通过感来实现的。《乐记》曰：“凡音之起，由人心生也。人心之动，物使之然也。感于物而动，故形于声”；“乐者，音之所由生也；其本在人心之感于物也”；“乐也者，圣人之所乐也：而可以善民心，其感人深，其移风易俗，故先王著其教焉”[④]；等等。从与心的关系、与物的关系、与风俗的关系等方面看，《乐记》都在强调音乐之感的作用。换句话说，没有感，音乐则不能动于物、不能驱动物、不能善民心、不能移风易俗。王夫之

① 王夫之：《夕堂永日绪论内编》，载《船山全书》第15册，第839页。

② 同上书，第836页。

③ 王夫之：《读通鉴论》，载《船山全书》第10册，第254页。

④ 吉抗联译注，阴法鲁校订：《乐记译注》，第1、22页。

对音乐之感的理解与《乐记》中的说法有较大相似性：

> 声音之动，治乱之征，《乐记》言之，而万宝常以验隋之必亡。顾其说非可一言竟也。有声动而导人心之贞淫者，有心动而为乐之正变者，其感应之机，相为循环，而各有其先后。①

声音与治乱相关，这与“季札观乐”的思想是一致的。王夫之认为，听到贞之声则人心贞，听到淫之声则人心淫，其原因是声之感与心之感。由此可见，无论是声音还是人心，它们都会影响音乐的正变、贞淫，这就需要我们在创作音乐时注意诗歌对外界的感之作用。故王夫之又云：“故哭之无涕者，哀之非哀也；笑之无欢者，乐之非乐也；歌之无感者，弗足与于长言嗟叹，而割拾以属词也。”② 王氏以哭、笑之例说明情感必须有触动外在的质素，故其得出结论：如果音乐没有感，则不如不存在了。

总而言之，王夫之“诗乐理一”之“理”有着丰富的内涵，主要表现为：情是音乐与诗歌的重要构成内容，和是音乐与诗歌的功能和价值，感是音乐与诗歌的价值得以实现的方式。

二　“声情”说

“声情”内含“声”与“情”：声是声音，情是情感。从王夫之的论述看，情为根本，依情发声；声是作用，声中含情。以下分述如次。

首先，从心、情关系的角度确定情的根本地位。心与情相连，心为情的根源，有是心则有是情。王夫之云：“善忧者以心，不善忧者

① 王夫之：《读通鉴论》，载《船山全书》第10册，第706页。

② 王夫之：《诗广传》，载《船山全书》第3册，第508页。

以声。”[1] 忧，即忧愁，主要与心相关。王夫之认为，善忧者侧重通过心灵来表现忧，不善忧者侧重通过声音来传忧。这表明：忧以心者则优，忧以声者则劣。可见，王夫之把心看作诗的根本因素。由心、情相连可知，情对声有决定作用。这在明人中较多论及，刘崧《陶德嘉诗序》云：

> 诗本人情而成于声。情不能以自见，必因声以达。故曰："言者，心之声也。"声达而情见矣。夫喜怒哀乐，情也，而各有其节焉。清浊高下，声也，而各有其文焉。情而无所节也，声而无所文也，则不得以为言矣，而况于诗乎？[2]

刘氏认为，诗的来源是情，但须通过声实现，故其又说情必须依靠声才有着落，这说明情是声的根本、声是情的表现方式。王夫之云：

> 乃唯帝任诈以取天下，昵悍妻，狎逆子，任其好恶于非僻，则心流于邪，而耳从心尔。然则治心而后可以审音，心者其本也，音者其末与！乃何妥衰乱慆淫之乐作，遂益以导炀帝邪淫无厌之心，而终亡其国，则乐之不正，流祸无涯，乐又本而非末矣。[3]

“耳从心尔”说明听到的内容受心情所左右：心情好则听到的声音是雅的，心情淫邪则听到的声音是乱的。王夫之一方面从治心则可审音的角度提出“心者其本也，声者其末与”的观念，同时又举受衰乱

---

① 王夫之：《诗广传》，载《船山全书》第3册，第402页。

② （明）刘崧：《槎翁文集》卷9，明嘉靖元年徐冠刻本。

③ 王夫之：《读通鉴论》，载《船山全书》第10册，第707页。

慆淫之乐诱导而终亡国的隋炀帝为例而指出，乐是本而并非末。这与“心者其本也，声者其末与”的观念似有抵触，其实不然：乐是由声音组成，由心决定的。王夫之乐是本而非末的观念其实要强调声音对人心的引导作用，这也是其重视诗歌声音的表现，与心为本的观念并不冲突。如其又云：“耳与声合，目与色合，皆心所翕辟之牖也。”[①] 耳、声、目、色皆是心之静动、翕辟的窗口，这更直接点明了心（情）的决定性作用。

其次，声是手段，声的最终目的是动情传心。王夫之云：“物之相感也莫如声，声入心通，不待形见而早有以应之。”[②] 王夫之把声音视作万物中最易感他物者，并提出“声入心通”，即：声音被人的耳朵接受后，心灵会自然与之相通。王夫之又云：

> 故言以奠声，声以出意，相逮而各有体。声意或留，而不肖者多矣，况敛事征华于经纬者乎！[③]

意、情尽管有较大区分，但从诗歌的表达对象上说两者还是较接近的。虽然此处王夫之说的是言、声、意在文学作品中应有不同的风格体貌，但其沟通方式是“言以奠声，声以出意”，表明声音的存在意义是传递意义（包括情感），形成声音对情感的补缀作用。由此可见，王夫之的“声情”以情为主、为目的，以声为表达方式、感化方式。

以情为根本、以声为途径或方式的观念决定了王夫之“声情”说以情为导向、主旨，以声为途径的诗学追求。王夫之如此处理“声情”，其含义主要如下。

---

① 王夫之：《张子正蒙注》，载《船山全书》第12册，第146页。
② 同上书，第232页。
③ 王夫之：《姜斋文集》，载《船山全书》第15册，第147页。

一是突出诗歌声音的功能。波兰学者卓菲娅·丽萨曾说："音乐作品的价值在于它在欣赏者们那里唤起共鸣的能力，它使欣赏者们产生一种愉悦的情感，这种情感既不同于任何由使用价值所唤起的那种情感，也不同于与道德价值相联系的那种情感。"[①] 诗歌的声音与音乐的声音相似，能让读者感受声音的旋律与节奏，并进而得到诗歌语言之外的意境与感受。在诗歌的情感外，王夫之强调把诗歌的声音作为重要的表达方式，就是要突出诗歌声音的功能，让诗歌的声音成为传导价值与意义的方式，使诗歌的形式与内容更丰富、饱满，从而建立纯粹的诗歌语言表达之外的价值与意义。无疑，诗歌的意义与价值在声音的催化下得到了新的成分，从而让诗歌的意义更直观、更立体、更有味。

二是融合诗歌的声音与情感。声音与情感分别是诗歌的不同层面，前者是可耳闻、有节奏、有旋律的形式，后者是诗歌语言组合并呈现出的情感意义，两者在诗歌的存在意义上各具价值，缺一不可。王夫之用"声情"一词建立声、情的关系，就是要打通声音与情感的关系，将两者融合起来，实现超越诗歌声音与情感分别发生作用的诗学价值。

三是批评人为声律之声情。人为声律是近体诗的特点，讲究平仄、押韵、对偶等。王夫之"声情"说将诗歌的声音与情感结合起来，就是要打破近体诗片面追求诗歌声律的要求，树立一种自然声律的诗学价值，这实质超越了近体诗对声韵的要求。王夫之不满近体声律，故云："'一三五不论，二四六分明'之说，不可恃为典要。……又如'太清上初日'，音律自可；若云'太清初上日'，以求合于粘，则情

① ［波兰］卓菲娅·丽萨：《音乐美学新稿》，于润洋译，人民音乐出版社 1994 年版，第 96 页。

文索然，不复能成佳句。……足见凡言法者，皆非法也。”[①] “一三五不论，二四六分明”即近体诗的人为声律要求，“粘”也是近体诗歌声律的特点之一。王夫之认为，诗歌创作过程中若一味“求合于粘”，则可能导致文情无味；法即诗歌创作之法，言法则为人为声律，若一味讲求法、讲求人为声律，则恰恰可能是“非法”的，亦即不符合正确的创作方法的。可见，王夫之反对近体声律。故其认为：“诗固不可以律度拘”，“声律拘忌，摆脱殆尽，才是诗人举止”。[②] 其又云：“咏物诗，齐、梁始多有之。其标格高下，犹画之有匠作，有士气。征故实，写色泽，广比譬，虽极镂绘之工，皆匠气也。又其卑者，饾凑成篇，谜也，非诗也。李峤称‘大手笔’，咏物尤其属意之作，裁剪整齐，而生意索然，亦匠笔耳。……宋人于此茫然，愈工愈拙，非但‘认桃无绿叶，道杏有青枝’为可姗笑已也。……要之，文心不属，何巧之有哉?”[③] 王夫之认为，齐梁诗、李峤咏物诗、宋人诗等各自侧重匠气、饾凑、裁剪，而匠气、饾凑、裁剪等皆强调诗歌创作者在字法、句法、章法等上的努力，以使达到声律整齐的要求。从“生意索然”、“愈工愈拙”、“文心不属，何巧之有”等可看出王夫之反对人为声律。又结合王夫之“诗道性情”、“摇荡性情”、“吟咏情性”的说法可知，王夫之最理想的诗歌声音应该是反对人为声律的过度使用、僵化使用、不当使用等。

需要进一步讨论的是“诗乐理一”与“声情”的关系。袁行霈《中国诗歌艺术研究》说：“古典诗歌的音乐美并不完全是声音组合的效果，还取决于声和情的和谐。就象作曲时要根据表达感情的需要选择和变换节奏、调式一样，写诗也要根据表达感情的需要安排和组

① 王夫之：《夕堂永日绪论内编》，载《船山全书》第15册，第827页。
② 王夫之：《古诗评选》，《明诗评选》，载《船山全书》第14册，第699、1536页。
③ 王夫之：《夕堂永日绪论外编》，载《船山全书》第15册，第842页。

织字词的声音。只有达到声情和谐、声情并茂的地步，诗歌的音乐美才算是完善了。”[①] 袁氏不仅将诗乐与声情结合起来论，并且视声音、情感为诗、乐共同的重要因素。可见，王夫之的“诗乐理一”说显然包括了声、情两个基本构成元素，实际上也可以说，“诗乐理一”包含了“声情”说。

首先，诗乐与声情皆以情为核心。诗是“情动于中”，乐亦是“情发于中”。其次，从表现来说，声情以声见情。声或为杂然之声，或为规律之音，所以声情之声或停留在声之层次，或停留在音之层次，或停留在乐的层次。而诗与乐之声是一种更高层次的声音。由声到音，再到乐，这是一个拾级而上的过程，也是艺术价值提炼与提升的过程。如果说声到乐的过程是去粗取精的过程，那么诗、乐是对声情加工与提炼的结果。这样看，诗、乐理所当然包含声情。最后，从声情来自何处说。声情为诗之声情，无诗则声情没有附着的形式。声情是诗之声与诗之情的互动关系，这样看，声情是从属于诗的，为诗之一个层面；同理，声情亦是乐的重要内容，来源于乐。

王夫之曾云：“以理论之，永在言外，其事质而取声博，以言实永，其事文而取声精。文质随风会以移，而求当于声律者，一也。是故以腔调填词，亦通声律之变而未有病矣。‘依’之为言，如其度数而无违也，声之抑扬依永之曼引也。浸使言有美刺，而永无舒促，则以《板》、《荡》、《桑柔》之音节，诵《文王》、《下武》之诗，声无哀乐，又何取于乐哉！”[②] “永在言外”与“以言实永”说的是诗乐的相互关系。“永”即咏，即歌咏，指诗歌的音乐性。王夫之认为，诗词是需要讲求音乐性的，是要合于声律的。诗词应当依照而不是违反音乐的节度，应当依照歌咏的长言咏叹来形成词声的抑扬舒促。如

---

① 袁行霈：《中国诗歌艺术研究》，北京大学出版社 1987 年版，第 125 页。

② 王夫之：《尚书引义》，载《船山全书》第 2 册，第 253 页。

果没有了舒促抑扬的“永”声，则诗词中的怨刺、哀乐、赞美等情感是难以得到很好的表现的。所以，王夫之认为诗与音乐是统一的，诗中的情感内容与诗词的音乐性表现是融合在一起的。这就清楚地说明了“诗乐理一”包含着“声情”，王夫之要求“声”与“情”融洽相处并达到最佳之状态。

从上可见，王夫之“诗乐理一”建立了诗与乐的关系，归根是它们均存在声、情，换言之，“声情”说是伴随着“诗乐理一”而产生的，是王夫之诗学中次一级的审美观念，是“诗乐理一”不可或缺的组成部分。

三　王夫之评价诗歌和音乐的具体标准

王夫之云：

> 世教沦夷，乐崩而降于优俳。乃天机不可式遏，旁出而生学士之心，乐语孤传为诗。诗抑不足以尽乐德之形容，又旁出而为经义。经义虽无音律，而比次成章，才以舒，情以导，亦所谓言之不足而长言之，则固乐语之流也。二者一以心之元声为至。舍固有之心，受陈人之束，则其卑陋不灵，病相若也。韵以之谐，度以之雅，微以之发，远以之致，有宣昭而无罨霭，有淡宕而无犷戾；明于乐者，可以论诗，可以论经义矣。①

“诗、乐、经义”是此段话讨论的主要对象。在论述了诗乐的发展流变后，王夫之阐述了诗、乐及经义的不同功能，并认为“心之元声”是诗、乐皆需要表达的最重要内容，这一说法正与其“声情”说是

---

① 王夫之：《夕堂永日绪论》序，载《船山全书》第15册，第817页。

相沟通的。王氏论述的落脚点在“明于乐者，可以论诗，可以论经义”。王氏在这段论述中谈到的韵以之谐，度以之雅，微以之发亦即“韵谐”、“度雅”、“微发”，在我看来，就是王氏在其“诗乐理一”的总体主张下评价诗歌和音乐的具体标准。

“韵以之谐”，即诗与乐韵律的和谐。王夫之从小学韵语，所过目古今之诗不下十万。《夕堂永日绪论》曰：“余自束发受业经义，十六而学韵语，阅古今人所作诗不下十万，经义亦数万首。”① 从语音感知来说，阅读完十万首诗歌后的王夫之必然对诗的韵律节奏有较为熟悉的认知。其《古诗评选》云：“乐府动人，尤在音响，故曼声缓引，无取劲促。音响既永，铺陈必盛，亦其势然也。”② 在王夫之看来，乐府诗之美的核心在音响，这种音响不仅在韵律之谐，还在曼声与促声等的谐调。《姜斋诗话》云：“作诗亦须识字。如‘思’、‘应’、‘教’、‘令’、‘吹’、‘烧’之类，有平仄二声，音别则义亦异。若粘与押韵，于此鹘突，则荒谬止堪嗤笑。”③ 字的平仄关系诗歌的声音和整体音响。平仄、粘、押韵等皆是近体诗重要的特点，其目的是使诗歌之声音整体谐和，即韵谐。如果在作诗过程中处理平仄、失粘、押韵等不当，则会造成音响“鹘突”、不流畅。此种言论于王夫之诗论中颇多，例如：“而毙之显著于初者，莫诗赋若也。道所不谋，唯求工于音响；治所勿问，祇巧绘其莺花”④；“六代人作七言，于末二句，辄以五言足之，实唐律诗之祖，盖歌行之变体也。对仗起束固自精贴，声韵亦务谐和，乃神韵骏发，则固可歌可行，或可入乐府”⑤；等等。“对仗起束固自精贴，声韵亦务谐和”不仅说明了

---

① 王夫之：《夕堂永日绪论》序，载《船山全书》第 15 册，第 817 页。
② 王夫之：《古诗评选》，载《船山全书》第 14 册，第 528 页。
③ 王夫之：《夕堂永日绪论内编》，载《船山全书》第 15 册，第 828 页。
④ 王夫之：《宋论》，载《船山全书》第 11 册，第 131 页。
⑤ 王夫之：《唐诗评选》，载《船山全书》第 14 册，第 885 页。

对仗等与韵谐的关系，也强调了声韵谐和的必要性。

在音乐上，王夫之虽未直接要求韵谐，但表露出了相似的想法。王夫之在《礼记章句》中释《乐记》云：“‘音’，宫、商、角、徵、羽之相应合者也。……声音之道，唱则必随，抑则必扬，自然相应。而其应也，必变于其前，未有往而不返，同而得和者也。”[①] 宫、商、角、徵、羽（为古代音乐不相同的声音）即音乐中最基本的五个音，用今天的音乐简谱写出来，就是1、2、3、5、6。王夫之指出，所谓“音”，就是宫、商、角、徵、羽“五音”的互相应合。声音（音乐）的基本规律，有首唱必有后随，有低抑必有高扬，自然形成互相的应合。有了某种相应，必定已有某种变化产生在前。再没有乐声往而不回，都是相同的音声而能够形成和谐的了。王夫之实际上认为，音乐之规律或本质（“道”），就是通过不同声音间的唱随、抑扬、应变、往返等自然应合，最终达致全曲的整体和谐。王夫之对于音乐艺术和谐的体认和倡扬，于此清晰可见。

“度以之雅”即诗乐的雅正之节度。王夫之注重古人雅度，倡导雅体与正体，不满今说或割裂诗义之人：“近有吴中顾梦麟者，以帖括塾师之识说诗，遇转则割裂，别立一意。不以诗解诗，而以学究之陋解诗，令古人雅度微言，不相比附。陋子学诗，其弊必至于此。”[②] 这种迂腐和见深则偏的解诗方式不仅损害古人之雅度微言，而且影响士人的解诗习惯。王夫之又云：“周延儒……万历后作小题文字，有谐谑失度，浮艳不雅者，然未至如延儒；以一代典制文字引伸圣言者，而作‘岂不尔思’、‘逾东家墙’等淫秽之词，其无所忌惮如此。”王氏以周延儒为例，认为：明代万历年间虽有失雅度之风者，但并未如周延儒一样在阐释先圣经典时胡乱用“岂不尔思”、“逾东

① 王夫之：《礼记章句》，载《船山全书》第4册，第888页。

② 王夫之：《诗译》，载《船山全书》第15册，第811—812页。

家墙”等淫秽之词。这体现出王夫之对文学上雅度的关注与重视。

王夫之强调音乐也需“度雅”，其云：“孔子正乐，但能论定乐之声容，所云‘雅、颂各得其所’者是也，岂能取鲁君之乐官而裁革之?”“雅颂”之雅与孔子说的正乐基本一致，王夫之在论述中把雅看作了音乐之声容的重要特点。太公之志即雅正之志。王夫之从字源上要求音乐迅疾时需以雅正之志来规范以使其不偏离雅正。王夫之一直要求音乐雅正：“然必斟酌于声容之雅正，以成一代之乐，传之子孙，而上无淫慝之君，流之天下，而下无乖戾之俗，则德立功成，而必正乐，亦知本也。”① 王夫之要求声容雅正，并把它视作音乐之德与成乐、正乐的前提条件。

王夫之曾论音乐之雅与诗歌之雅曰：“正《雅》直言功德，变《雅》正言得失，异于风之隐谲，故谓之《雅》，与乐器之雅同义。即此以明诗、乐之理一。”② 《雅》即诗。《诗经》中的雅诗，有正、变之分。正《雅》直言功德，变《雅》正言得失，都与《诗经》中风诗的含蓄婉喻不同，所以称作“雅”。而这与乐器中的“雅”（“雅”也是一种乐器的名称）是具有相同的含义的。就着这一点，可以表明诗歌与音乐的内在之理是一致的。

“微以之发”即发微，意思是发见诗、乐、经义的隐微处之精义。王夫之云：“此篇广释《周易》之指，有大义，有微言，旁及于训诂，而皆必合于道”③；“君子之大义微言，简而文，温而理，固不敌其淫词之曼衍也”④。大义与微言皆是经典与君子圣言的存在方式，这种以“微言”来评价的方式在王夫之的著作中较为常见。他在论诗的“微言”时云：“太白胸中浩渺之致，汉人皆有之，特以微言点

① 王夫之：《读通鉴论》，载《船山全书》第10册，第707页。
② 王夫之：《张子正蒙注》，载《船山全书》第12册，第316页。
③ 同上书，第272页。
④ 王夫之：《读通鉴论》，载《船山全书》第10册，第776页。

出，包举自宏。”① 李白的胸纳万卷之才、浩渺之思在汉代诗歌中已存在，但李白以“微言”的方式来创作，达到的艺术效果是“包举自宏”，这正体现了李白“微言”之创作手法的高妙之处。微，即隐、幽，其与明、昭等相对，王夫之提倡“微言”实质是处理幽、明的关系。王夫之云：

> 《诗》以兴乐，乐以彻幽，《诗》者，幽明之际者也。……呜呼！能知幽明之际，大乐盈而《诗》教显者，鲜矣，况其能效者乎？效之于幽明之际，入幽而不惭，出明而不叛，幽其明而明不倚器，明其幽而幽不栖鬼，此《诗》与乐之无尽藏者也，而孰能知之！②

诗、乐、经义的存在目的是转幽为明，即把诗、乐、经义中幽的内容开显出来。王夫之认为诗乐皆处在幽明之际：“善言诗者，言其际也。”③ 际是边际，是幽与明的交接处、际畔。萧驰说：“实际上指出了入于幽又处优位之乐与诗的关系：首先，乐因其更‘霏微蜿蜒’和‘入空’而比诗更具超越性。然而，‘幽明之际’又指明处于优位之乐与诗并不隔绝，而可‘涵之于下’，即包容在诗里；同时，处于下位的诗，亦能‘际之于上’，即以具无言之神、不可见之色和希微清空为其至高境界。”④ 这其实道明了李白为何以微言来创作却达于“包举自宏”的价值。如此看，诗与音乐皆是幽微之间的价值导向。只有真正做到发微以明，才能是“《诗》与乐之无尽藏者”。

在以上具体的标准基础上，王夫之又提出诗乐的最终目的是

---

① 王夫之：《夕堂永日绪论内编》，载《船山全书》第15册，第824页。
② 王夫之：《诗广传》，载《船山全书》第3册，第485—486页。
③ 同上书，第458页。
④ 萧驰：《抒情传统与中国思想：王夫之诗学发微》，第188页。

“穆耳协心”。

“诗乐理一”之核心即声音感人。王夫之评价古乐府《西门行》时云：“意亦可一言，而竟往复郑重，乃以曲感人心。诗乐之用，正在于斯。”①“曲感人心”不是目的，最终目的是化成天下，而这就需要诗乐的声音达到“穆耳协心”。王夫之《姜斋诗话》云：

> 《乐记》云：“凡音之起，从人心生也。”固当以穆耳协心为音律之准。“一三五不论，二四六分明”之说，不可恃为典要。“昔闻洞庭水”，“闻”、“庭”二字俱平，正尔振起。若“今上岳阳楼”，易第三字为平声，云“今上巴陵楼”，则语蹇而戾于听矣。“八月湖水平”，“月”、“水”二字皆仄，自可；若“涵虚混太清”易作“混虚涵太清”，为泥磬土鼓而已。又如“太清上初日”，音律自可；若云“太清初上日”，以求合于粘，则情文索然，不复能成佳句。又如杨用修警句云：“谁起东山谢安石，为君谈笑净烽烟。”若谓“安”字失粘，更云“谁起东山谢太傅”，拖沓便不成响。足见凡言法者，皆非法也。释氏有言：“法尚应舍，何况非法？”艺文家知此，思过半矣。②

穆是严肃、美好之意。“穆耳”首先是就人的听觉讲的，也就是使耳朵穆悦，简单说，就是美听。“穆耳”既强调诗歌形式的音声之美——音节温婉、谐于口耳，更强调诗歌内容的庄重、肃穆而不失雅正之风。王夫之曾极力推崇谢灵运《游南亭》诗的音响美：“条理清密，如微风振箫；自非夔、旷，莫知其宫徵迭生之妙。翕如、纯如，

① 王夫之：《古诗评选》，载《船山全书》第14册，第489页。
② 王夫之：《夕堂永日绪论内编》，载《船山全书》第15册，第827页。

皦如、绎如，于斯备。”[①]“翕如、纯如、皦如、绎如”等词语出《论语·八佾》：“子语鲁太师乐，曰：‘乐其可知也：始作，翕如也；从之，纯如也，皦如也，绎如也，以成。’”[②] 对孔子来说，只有翕如、纯如、皦如、绎如的音乐作品才是穆耳协心的，才能进入孔子的眼界。王夫之又云：“乐府之制，以蹈厉感人，而康乐不尔。汰音使净，抑气使徐，固君子之所生心，非流俗之能穆耳也。”[③] 如此看，“穆耳”可理解为孔子诗教中的“翕如、纯如、皦如、绎如”。这种准则的提出，基于王夫之对诗歌与音乐声音艺术规律的深刻认识和对声律之美的艺术敏感，表明他在诗歌评论中注意避免“语蹇”、“拖沓”、“戾于听”、“不成响”等负面价值在诗乐中出现。而这些“戾于听”、“不成响”的艺术效果必将影响诗乐作品的“协心”。王夫之诗乐的另一标准是要求诗歌声韵与诗人内心情感律动相应合、相协调，即“协心”：“浸使言有美刺，而永无舒促，则以《板》、《荡》、《桑柔》之音节，诵《文王》、《下武》之诗，声无哀乐，又何取于乐哉！”[④]《诗经》中的《板》《荡》《桑柔》是刺诗，其情悲愤激越，因而音节迫促高亢；《文王》《下武》是颂美之诗，其意在赞美，声韵舒缓优雅。如无视这种音声与情感相合的特点，以阅读《荡》等刺诗的音节方式去诵《文王》等雅诗，就会声与情相悖而乖谬不伦，就不能达到“协心”的理想效果。总而言之，在提出“诗乐理一”与“声情”说的同时，王夫之又主张诗歌和音乐声韵要和谐、节度要雅正，以穆悦人之耳、协和人之心。

王夫之“诗乐理一”强调情是诗歌与音乐的重要内容，和是诗歌与音乐的共同功能与目的，感是诗歌与音乐沟通作者、作品、读

---

① 王夫之：《古诗评选》，载《船山全书》第14册，第733页。

② （清）刘宝楠：《论语正义》，高流水点校，中华书局1990年版，第130页。

③ 王夫之：《古诗评选》，载《船山全书》第14册，第524页。

④ 王夫之：《尚书引义》，载《船山全书》第2册，第253页。

者、世界的方式，也是激发与体验的过程。其“声情”说从心、情关系的角度确定声是手段，声的最终目的是动情传心。它突出了诗歌声音的功能，融合了诗歌的声音与情感，并把超越人为声律作为其诗歌声音的理想。从“诗乐理一”与“声情”说关系看，诗乐理一的前提是它们均包含声、情，换言之，“声情”说是“诗乐理一”不可或缺的组成部分。具体看，王夫之评价诗歌和音乐的标准为“韵以之谐”、“度以之雅”、“微以之发”，并将这些具体标准归结为“穆耳协心”。总之，王夫之的“诗乐理一”与“声情”说试图用声情沟通诗与乐，从而沟通乐教与诗教。这是对明代复古论诗学的继承与批判。继承指的是王夫之“诗乐理一”与“声情”说中对声音与情感因素的重视，这与李东阳、李梦阳、谢榛、王世贞等前辈的“格调”论有一定的相似之处。与此同时，王夫之又批判前后七子等复古诗派云：“高廷礼、李献吉、何大复、李于鳞、王元美、钟伯敬、谭友夏，所尚异科，其归一也。才立一门庭，则但有其局格，更无性情，更无兴会，更无思致；自缚缚人，谁为之解者？昭代风雅，自不属此数公。”[1] 总之，王夫之“诗乐理一”与“声情”说对前后七子采取的是吸收与批判的途径，吸收了他们注重诗歌自然情感与声律的一面，否定了他们追求诗歌的人为声律的一面。

综本章所论，在吸收前辈格调等相关思想后，晚明诗论家认识到他们的不足并批判了前代以学习盛唐诗歌声律的复古诗学，形成了注重诗歌自然声律的诗学气候，并最终导向超越形式声律的“神韵”说、“诗主声”说、“诗乐理一”说，走向更加成熟与丰富的阶段。“神韵”说建立了中国诗学史上诗歌的最高标准之一，将格、调、境

① 王夫之：《夕堂永日绪论内编》，载《船山全书》第15册，第831页。

等融合了起来；“诗主声”把诗歌的声音作为最核心的元素；“诗乐理一”抓住声情的方式沟通诗教与乐教的关系，呼应了明初李东阳的声调论。更重要的是，晚明诗学摆脱了唐音的光环，注意回归《诗经》传统，把对经典的阐释与诗歌声音的关注作为诗学的使命，在一定程度上影响了晚明复古经学和经世致用思潮的发展，对清代诗学、经学与音韵学等在声音层面的理论总结也有一定的启发意义。

第五章

明代诗学节奏、字法及其他诗声范畴论

除以上已提及的诗学家的诗声理论外，明代诗学还存有大量与诗声相关的各种讨论和观点，它们也是明代诗声理论的有机构成，对于理解明代诗声理论的发展、概貌和内涵具有重要意义。

第一节　节奏论与字法论

一　节奏论

朱光潜《诗论》说："节奏是声音大致相等的时间段落里所生的起伏。"[①] 郭沫若《论节奏》说："我们可以知道凡要构成节奏总离不了两个很重要的关系，这是什么呢？一个是时间的关系，一个是力的关系。"[②] 张涤华、胡裕树主编《汉语语法修辞词典》说："节奏，一般是指在一定时间内交替出现的现象。音乐里讲的节奏，是指音的长短关系和强弱关系有规律性的组合，语言的'节奏'是语言的异同

① 朱光潜：《诗论》，第118页。

② 郭沫若：《论节奏》，载《郭沫若全集》文学编15，人民文学出版社1990年版，第355页。

轻重缓急、高低变化、停顿间歇在一定时间内互相配合交替出现关系的组合。”[①] 陈本益《汉语诗歌的节奏》认为，节奏即一定的时间间隔和某种形式的反复，而诗歌是语音形式的反复。[②] 综上可知，节奏的关键是重复以及长短或强弱，这是音乐语言与诗歌语言非常相似的构成。就诗歌而言，时间间隔的表现是韵，形式反复的表现是平仄与字法、句法等。明代诗学家对这些方面均作了较多的探讨。因下文涉及字法等的讨论，故此处仅从明代诗学家对节奏及押韵的讨论着手。

节奏是诗歌的重要调节手段。在明代诗学家的眼中，节奏是诗歌的重要元素。李东阳云：“长篇中须有节奏，有操，有纵，有正，有变。”李东阳所说的“长篇”指字数稍多的律诗，他举例云：“唐诗类有委曲可喜之处，惟杜子美顿挫起伏，变化不测，可骇可愕，盖其音响与格律正相称。”杜甫是律诗，尤其是排律创作的圣手，此处李东阳所说之“长篇”应包括杜甫之排律。可见，李东阳所论的节奏是律诗中的重要内容，也是影响诗歌声响的重要方面。明末诗论家钟惺云：“然借他人之酒杯，浇自己之块垒，必有思理，有节奏，有神气。”[③]“借他人之酒杯，浇自己之块垒”说的是诗歌的创作过程及表达的内容。在创作过程中，作者要求诗歌必须有“思理”、“节奏”、“神气”。就诗歌创作而言，“思理”是第一位的，“节奏”是将思理具象的重要手段，而“神气”则是诗歌所达到的一种审美境界。钟惺对节奏的定位与李东阳所说的“长篇中须有节奏”是一致的。如果诗歌缺少节奏，那么抑扬顿挫的音乐性就不复存在，也就不能表达意义，更不能形成诗歌的艺术美。

明人在强调节奏时，表达出了自己的一些想法，要求在节奏上处

---

① 张涤华、胡裕树等主编：《汉语语法修辞词典》，安徽教育出版社 1988 年版，第 222—223 页。

② 陈本益：《汉语诗歌的节奏》，重庆大学出版社 2013 年版，第 5 页。

③ 《钟惺诗话》，载吴文治主编《明诗话全编》第 7 册，第 7456 页。

理好以下几组关系：促节与缓节、疾节与徐节、短节与长节、急节与慢节等。提出“诗主声”的郝敬对此非常重视，其云：“《安世房中》十七歌，近雅，音节缓，有六朝风气。”“繁响急节，岂奏假无言，肃雍靡争之义?”[①] 这类说法在郝氏著论中随处可见。“音节缓”、“繁响急节”说的是缓节与急节，同时强调节奏与诗歌的声响是有重要关系的。缓节意味着诗歌的节奏太过于舒缓，字散气漫；急节意味着诗歌中字与字之间意义或声音联结较密，字少气紧。王世贞曾否认了促节：“七言歌行，靡非乐府，然至唐始畅。其发也，如千钧之弩，一举透革。纵之则文漪落霞，舒卷绚烂。一入促节，则凄风急雨，窈冥变幻。”[②] 郝敬曾批判“缓节”云：“《安世歌》因古乐废绝，创为雅曲，而其音节缓弱。”[③] 以上所举之语并不是说诗歌不能存在缓节、促节、急节、慢节、长节、短节，而是说不能偏执一方。李东阳认为，诗歌如果缺少这些因素则没有差异性，无差异则不能成错落有致的诗之乐美，其云：“古所谓‘声依永’者，谓有长短之节，非徒永也。故随其长短，皆可以播之律吕，而其太长太短之无节者，则不足以为乐。”[④] 长短之节奏的好处是互补，可以播之律吕音乐，可以唱诵，所以无长短之节的诗歌则失去曼妙之声音。谢榛亦通晓这种妙处：“夫四声抑扬，不失疾徐之节，惟歌诗者能之，而未知所以妙也。”“夫平仄以成句，抑扬以合调。”[⑤] 谢榛认为，疾徐之节奏形成疾徐之音乐，诗歌通过四声抑扬来实现其疾徐之节奏，并继而构建诗歌声音之美。王世贞又从句法的角度云：“抑扬顿挫，长短节奏，各极其致，句法也。”王氏“长短节奏”与疾徐、缓促之节奏并无二

---

① 郝敬：《艺圃伧谈》，载周维德集校《全明诗话》，第 2899、2902 页。

② 罗仲鼎：《艺苑卮言校注》，第 26 页。

③ 郝敬：《艺圃伧谈》，载周维德集校《全明诗话》，第 2898 页。

④ 李东阳：《李东阳集》卷 2，周寅宾点校，第 530 页。

⑤ 谢榛：《四溟诗话》卷 3，宛平校点，第 77—78 页。

致。可见，明代诗学家肯定促节与缓节、疾节与徐节、短节与长节、急节与慢节等的存在，但如果执着一者，即或过疾、或过徐、或过短、或过长等，他们是批判的。这就引出下一个问题：节奏如何才是好的？或者说节奏在诗歌中如何才是美的？

从明人的表述中，可以细择出以下几点。

一是自然。晚明唐时升云：

> 诗之工拙，才则为之，而抑扬开辟纡徐烦数，有自然之节，如金石相和，丝竹迭奏，必适于节而后可以成乐。不如是，虽铿鍧奋扬嚾然满耳，适为太师笑矣。①

由此可知，诗歌创作虽有巧拙之分，但无论哪种方式所创作的诗歌皆须以自然之节奏为目的，最终实现自然中节而成乐。冯复京云："予谓四言、五言、七言、杂言皆天地自然之节奏，惟六言操调恒促，而无依永之音，布格易板，而乏转圜之趣。"② 冯氏认为，四言、五言、七言、杂言属于自然之节奏，而六言总是急促，没有依咏之音。这是对中国诗歌规律性的基本认识。中国诗歌史上少有六言，多是四、五、七言，从"三百篇"及盛唐诗歌就可见出。

二是推崇古代诗歌之节奏。中国古代诗歌中"诗三百"、汉魏乐府与古诗十九首、盛唐诗等多被后人视为典范。明代诗学的主流是复古，即强调"文必秦汉，诗必盛唐"。反映在节奏上，他们亦希望诗歌创作时须以古代诗歌为标准，达到古代诗歌节奏之自然。费经虞云："自孔子特而雅颂失所，郑卫盈耳，雅音不过乐官例旧用之祭

① 《唐时升诗话》，载吴文治主编《明诗话全编》第6册，第5817页。

② 《冯复京诗话》，载吴文治主编《明诗话全编》第7册，第7171页。

祀，存三代节奏。传亦希矣。”[①]“三代”即夏、商、周，此指三代所产生的诗歌作品，《诗经》是其中的代表。费经虞“传亦希矣”的感叹来自于《诗经》之自然节奏的流失与残存。《诗经》之后，汉乐府的节奏也被明代诗学家所认可：“汉人乐府五言，轶荡宜于节奏，乐之大体也。”[②]汉乐府节奏自然、舒张适度，其声音自然和谐，是音乐正体。李东阳曾旗帜鲜明地表达了对恢复古诗之节奏的愿望：“古诗歌之声调节奏，不传久矣。比尝听人歌《关雎》、《鹿鸣》诸诗，不过以四字平引为长声，无甚高下缓急之节。”[③]李东阳“不传久矣”的感叹实际抒发了其对当时诗歌创作过程中声调节奏的不满和对《诗经》节奏传统的企慕。更让李东阳觉得无法容忍的是，时人诗歌不仅无古代之自然节奏，就连在诵读《诗经》时也未能把握其诗歌节奏的发声规律，没有做到缓急、促慢结合的咏叹。整体看，明代诗学家在节奏的标准选择上以《诗经》、汉魏古诗等为旗帜，并一直在做着一种努力接近其节奏风格的尝试。

三是节奏与音节（声音）双美。诗歌是文学作品，也是寂静之声的作品。韦勒克与沃伦认为：“每一件文学作品首先是一个声音的系列，从这个声音系列再生出意义……构成文学审美效果不可分割的一部分。”[④]声音是文学作品中意义的重要表达手段，明人正是因着这种思路提出：“《鸨羽》，亦平平敷叙耳。中简缩‘父母何怙’一句，咏‘悠悠苍天’二句，而音响节奏俱妙矣。故知诗文全在吞吐伸缩中得趣。长歌可以当哭。”[⑤]音声和节奏都是诗歌的内在构成，

---

① 《费经虞诗话》，载吴文治主编《明诗话全编》第9册，第9707页。

② 许学夷：《诗源辩体》，杜维沫校点，第67页。

③ 李东阳：《李东阳集》卷2，周寅宾点校，第537页。

④ 勒内·韦勒克、奥斯汀·沃伦：《文学理论》，刘象愚、刑培明、陈圣生、李哲明译，江苏教育出版社2005年版，第175页。

⑤ 《戴君恩诗话》，载吴文治主编《明诗话全编》第6册，第6814页。

两者虽不能等同，但有相互联系与相互影响的关系。也正是由于这种关系，明人才提出音声节奏俱妙的诗学追求。所以，节奏与声音的处理是诗歌创作非常重要的内容："若思理存矣，而节奏乖违，语音苦涩，按之不成声矣，尚安能集众人之长，以自达其意乎?"[①] 可见，在思理存在的前提下，如果节奏不符、语音苦涩，则不能将思理较为完美地表达出来。

要之，明人非常重视诗歌的节奏，他们从重视诗歌声音的角度要求诗歌创作应处理好促节与缓节、疾节与徐节、短节与长节、急节与慢节等几组关系。在节奏观念中，明人推崇古代诗歌的节奏和自然之节奏，并希望诗歌节奏与诗歌声音能实现双美的艺术境地。

二　字法论

瞿佑曾云："有一诗之法，有一句之法，有一字之法。"[②] 字法即字的组合方法或规律。字由声、韵、调、意等组成，诗由字、词组成，故诗是对字的声、韵、调、意的组合与调配。除去意，字的声、韵、调皆是直接构成诗声的重要因素。明代诗学家特别重视诗人创作时抉择于字之平仄、清浊、洪细、虚实等的观念，也特别重视字在诗之声音构成中的作用。此仅举几例以明之。

1. 字的平仄

平仄即古代字声调中的平与上去入的仄，这是影响诗歌声音非常关键的因素。从沈约、周颙等提倡的四声开始到唐人近体诗对平仄的倚重，再到唐宋明诗论家用诗法的方式对平仄展开的讨论，其目的都是使诗歌更加美听。明代诗话对诗歌字的平仄的讨论尤其丰富。究其原因主要有二：明人特别注重诗法，强调诗歌的创作必须倚重一定的

① 《钟惺诗话》，载吴文治主编《明诗话全编》第 7 册，第 7456 页。
② 《瞿佑诗话》，载吴文治主编《明诗话全编》第 1 册，第 294 页。

诗法，处理平仄关系就是诗法的重要构成之一，一是也；明代主流诗学以唐诗为模拟对象，注重学习唐诗的音声气象，特别是以前后七子为代表的复古派更是唐诗的忠实追随者，既是学习唐诗，则必然会学习唐人创作近体诗处理平仄的方法，二是也从明人论述看，关于平仄的讨论主要有以下几端。

一是要求诗歌平仄合调、合律、和谐。平仄是诗歌声律的重要构成。古人对平仄的区分主要目的是使诗歌产生一种声律层面的和谐美，这是大多数诗人或诗学家的论点。明代诗学家大多追仿唐代诗歌（唐诗又以近体诗为主体），非常重视诗歌的平仄。费经虞曾云："平仄和调，粘对分明，古人多用之，是为尝（笔者以为'尝'当为'当'）体，故曰大格。"[①] 平仄与粘对是近体诗声律观的重要原则。费氏把"平仄和调"、"粘对分明"作为大格之诗的最重要标准，表达了与古人一样对诗歌平仄合律的追求。明代诗学史上诗法著作较多，其中又有较多谈及诗歌的平仄，其观念也要追求平仄和谐。王槚《诗法指南》曰：

> 平对仄，仄对平。反切要分明，有无、虚与实、死活、重兼轻。上去入音为仄韵，东西南字是平声。[②]

《冰川诗式》之卷五曰：

> 五言律平仄式　按五言律贵字字平仄谐和，失粘失律皆不合律。然唐人诗亦有数格，今录以备。[③]

① 《费经虞诗话》，载吴文治主编《明诗话全编》第9册，第9823页。
② （明）王槚：《诗法指南》，载周维德集校《全明诗话》，第2415页。
③ 《梁桥诗话》，载吴文治主编《明诗话全编》第5册，第5284页。

王樉与梁桥的诗学著作皆是诗法类的大成，两人的观点都要求平仄和谐，并且表达出对唐人诗歌平仄观念的追随。从这些观点看，明人在论平仄时大多以五言律、三五言律等为前提，这实质上道出平仄是近体诗本质属性的内在要求，明人只是对此作一些总结和归纳并作出自己的反思。

二是要求诗歌不应完全拘于平仄。在追求诗歌平仄和谐观念时，明人对诗歌的审美内在进行了不断的探索，在尊重前人平仄是近体诗本质属性的基础上，他们又试图回归先秦两汉时期诗歌的自然之声。在这种声音之下，明代诗歌形成了两种诗学价值取向：一是反对平仄观念，以郝敬为代表。郝敬云：

> 自唐人以诗招士，士以诗射，拟以题目，律以对偶，限以声韵，局局蹐蹐，然性情之旨离矣。……读诗不逆志，不通理，执点画形象以求字，执四声平仄以齐声。夫点画形象，既不能尽考古人之文；而四声平仄，未必尽合古人之韵。①

郝敬认为，唐人近体诗因受对偶、声韵的限制失去了自然性情，故其反对“执四声平仄以齐声”的做法。换言之，郝敬反对以四声平仄调和的方式来使诗歌声音整体谐和的追求，实质上表达出对传统诗歌自然平仄观念的回归。二是诗歌不拘于平仄，以李东阳、谢榛为代表。李、谢皆为复古诗派的重要支持者，以学习唐诗的格调为诗学核心，不可避免受唐代近体诗平仄观念的影响。所以李东阳说：“今泥古诗之成声，平仄短长、字字句句摹仿而不敢失，非惟格调有限，亦无已发人之情性。”②“泥古诗之成声”、“平仄短长、字字句句，摹放而不敢失”表露出李东阳不愿意将前人的诗作作为自己完全模仿的对象，而

① 郝敬：《读诗》，载周维德集校《全明诗话》，第 2869—2870 页。
② 李东阳：《麓堂诗话》，载《李东阳集》卷 2，周寅宾点校，第 530 页。

应从情性的角度来处理诗歌声音与平仄短长。这一点得到了后来者谢榛的支持：“此作平仄妥帖，声调铿锵，诵之不免腔子出焉。魏晋诗家常话与官话相半；迨齐、梁开口俱是官话。官话使力，家常话省力；官话勉然，家常话自然。夫学古不及，则流于浅俗矣。今之工于近体者，惟恐官话不专，腔子不大，此所以泥乎盛唐，卒不能超越魏进而追两汉也。”① 在谢榛看来，“平仄妥帖，声调铿锵”的作品容易有通俗的“腔子”味，所以当时人专攻唐诗的学习路径最后不能超越汉魏诗歌的风尚也是必然。在梳理明代诗歌文献时，笔者发现明人对诗歌平仄不拘的观念还是普遍较认可的，另外也有一些学者讨论，如：

> 为人声气节度所夺，虽本音平仄清浊素定，而亦不能拘矣。故诗之一字，即人之一声；人之一声，即律之一管。故五声五管，七声七管，并举而次第吹之，以协其诗而和其声。儒者不察，乃有一律而具五声、二律而具七声之说，遂使六十声八十四调之论纷纷于后世，可胜叹哉。②
>
> 周德清云：“关、郑、白、马一新制作，韵共守自然之音，字能通天下之语，字畅语俊，韵促音调。”又云：“诸公已矣，后学莫及，盖不悟声分平仄，字别阴阳。”此二言者，乃作词之膏肓，用字之骨髓，皆不传之妙，独予知之，屡尝揣其声病于桃花肩影而得之也。③

两人的观点虽立论角度不同（一者从音乐、一者从曲），但都提倡诗歌的自然，要求诗歌不受声病的限制，特别是对诗歌声音分以平仄、

① 谢榛：《四溟诗话》，宛平校点，第 67 页。

② 王廷相：《王廷相诗话》，载吴文治主编《明诗话全编》第 2 册，第 2050 页。

③ 《王世贞诗话》，载吴文治主编《明诗话全编》第 4 册，第 4325—4326 页。

阴阳、六十声八十调的做法持批判态度。

从此可见，对于诗歌的平仄问题，明人整体上持不反对意见，但主流观点认为诗歌不应拘于平仄，否则失去了自然性情。可见，虽处在复古与反复古的诗学反复斗争中，但明人对于诗歌最终的审美风格是自然而非人为是有清醒认识的，表现了他们试欲回归先秦汉魏传统诗歌审美趣向的愿望。

2. 字的虚实

虚实本为一对哲学范畴，后被诗学所沿用。字的虚实一般指实字与虚字，与实词与虚词之中的实虚意义基本一致。实字一般有具体意义，虚字一般无具体意义，在句子中起承担调节语气的作用。诗学上的虚实最初表现在虚实之情景或描写方式等方面，后来被移用到诗歌批评并用于字法上，明人的诗学观点在此方面有较多体现。

明人李东阳《麓堂诗话》讨论字法较丰富，其云："所谓法者，不过一字一句，对偶雕琢之工，而天真兴致，则未可与道。"[①] 李东阳谈到的字法、句法是诗歌中最基本的内容。对偶在一定程度上是字法与句法的体现。根据"天真兴致，则未可与道"可见，李氏不赞成字法、句法与对偶雕琢之工。在具体字法的处理过程中，李东阳又有不同的意见：

> 诗用实字易，用虚字难。盛唐人善用虚，其开合呼唤，悠扬委曲，皆在于此。用之不善，则柔弱缓散，不复可振，亦当深戒，此予所独得者。夏正夫尝谓人曰："李西涯专在虚字上用工夫，如何当得？"予闻而服之。[②]

① 李东阳：《麓堂诗话》，载《李东阳集》卷2，周寅宾点校，第531页。

② 同上书，第536页。

东阳的观点很鲜明：诗中实字好处理，但虚字难处理。因为实字一般具实义，表达非常明确，情景自然而现；虚字不同，它主要用于调节诗的语气、节奏，起到联结实字并调配实字的作用。综合看，东阳的观点中隐藏着诗歌虚字对诗歌声音的调节作用，也就是说，虚字会影响诗歌的声音。可见，李东阳正是基于以上观点认为，盛唐诗人在诗歌创作中喜于用虚字来盘活诗歌，让诗歌开合相济，形成悠扬委曲的声音之美。

其后的七子派对虚实字的阐述更为全面。谢榛在虚实字问题上提出了实字如何盘活诗歌的声音的方法——虚活字。谢榛云："五言诗皆用实字者，如释齐己'山寺钟楼月，江城鼓角风'。此联尽合声律，要含虚活意乃佳。诗中亦有三昧，何独不悟此邪？"[①] 谢榛认为，释氏的五言诗皆用实字，有严整的声律之美，同时，他又认为，释氏该诗的成功之处还在于实字虚活之法，即实字用作动词，这样使诗歌的声音与意义得到较完全的结合。他举例云：

> 岑嘉州《送王司马》诗："海树青官舍，江云黑郡楼。"何仲言《下方山》诗："繁霜白晓岸，苦雾黑晨流。"谢惠连《捣衣》诗："宵月皓空闺。"李嘉祐《送王收》诗："细草绿汀洲。"此皆以声色字为虚活用者。……此法用者多矣，非文之宗匠弗知也。[②]

例诗中"青"、"黑"、"白"、"皓"、"绿"皆为虚活字，这些字其实就是古代汉语的活用之法（形容词活用为动词）。从"声色字"我们依稀可以看到谢榛在意识中对诗歌声音的一些追求。

① 谢榛：《四溟诗话》卷1，宛平校点，第17页。
② 同上书，第105页。

王世贞直接把虚实与诗歌的声响结合起来，其《艺苑卮言》曰：“字法有虚有实，有沉有响。虚响易工，沉实难至。”① 沉、响皆是声音的表现形态或风格。王世贞直接把字的虚实与诗歌声音的沉响结合起来。他认为，虚字声音响亮、实字声音稳沉，比较而言，虚响更易于实现。可见，他推崇诗歌中沉实之字法，认为相比于虚响，沉实字法带给诗歌更多的艺术审美体验。

晚明费经虞引《类编》云：

> 盖字之有形体者为实，无形体者为虚，似有而无者为半虚，似无而有者为半实，此皆死字也，惟虚字则有死有活。凡自然而然者为死，高、下、洪、纤之类是也；使然而然者为活，如飞、腾、变、化之类是也。②

“高、下、洪、纤”是声音的不同的类型特征，它们是从诗歌声音的角度来评论虚实字。从虞氏的评论看，“飞、腾、变、化”是以“高、下、洪、纤”的声音为基础的，应该说也是从声音的角度评价字法虚实的作用。可见，费氏追求的不是自然而然虚实字的高下洪纤，而是飞腾变化的声音之美。

是故，明人从声音的角度对诗歌虚实字的看法集中表现为三点：一是虚实字影响了诗歌的声音形式，对诗歌整体声音的价值有补缀或减损作用。二是在处理虚实字关系上，明人提出虚活的解决方法来增强字法在诗歌中的艺术魅力。三是实字沉实，虚字能令诗委曲悠扬，都为诗歌的声音提供了较明显的诗学价值。无论明人如何强调虚实字的关系，他们都始终要求诗歌虚实字运用必须自然，并最终追求诗歌

---

① 罗仲鼎：《艺苑卮言校注》，第 28 页。

② 《费经虞诗话》，载吴文治主编《明诗话全编》第 9 册，第 9887 页。

的整体自然和谐。

3. 以声统字、声长字从、声比字属

文学是汉字被采取不同的方式的组合，诗歌也是汉字的组合，是汉字与声、形、意的统一体。先秦诗歌是声、意的组合；"诗言志"产生后，诗歌主要被认为是意义的组合。近体诗从一定程度上强调了声音在诗歌中占有重要地位。明人正是看到诗歌声音的不可或缺，故提出"以声统字"、"声长字纵"、"声比字属"等观念。它们均强调声音在诗歌中占有重要地位，声音是诗歌的最终目标。具体分述如次。

"以声统字"，从字面上看，指在诗歌创作中作者按照诗歌既定的声音要求选择不同的汉字，并将它们以一定的声音连缀在一起，使诗歌的声音与意义相统一。李东阳云：

> 予初欲求声于诗，不过心口相语，然不敢以示人。……赵㧑谦尝作《声音文字通》十二卷，未有刻本，本入内阁而亡其十一，止存总目一卷，以声统字。字之于诗，亦一本而分者。①

赵㧑谦《声音文字通》界定"以声统字"曰：

> 取音为字母、声为切韵，各自相配，而注所切之字于上。凡有一音，和以十声，盖因邵子之图而错综引伸之。然以一卦配一音，又以一卦配十声，使音与声为唱和，卦与卦为唱和，欲于邵子《经世图》之外增成新义，而不知于声音之道，弥滋穿凿，殊无足取。②

① 李东阳：《麓堂诗话》，载《李东阳集》卷2，周寅宾点校，第533页。

② （明）赵㧑谦：《声音文字通》，转引自季羡林、张岱年等主编《四库家藏·经部典籍概览2》，山东画报出版社2004年版，第879页。

赵氏“以声统字”的理论基础是语言学，即用古代声母统领与该发音一样声母的汉字。这一做法被李东阳引入诗学——“以声统字，字之于诗，亦一本而分者”。李东阳把“以声统字”与诗歌结合起来讨论，并把声、字视为分别在诗歌中发生作用的根本。这无疑把声音从汉字是声、意结合体的观念中抽取出来，突出诗歌中声音的重要地位，希望诗歌创作者应以声音为创作指南，将汉字采取合适的方式连续起来以构成诗歌。同时，由“求声于诗”可见，李东阳注重从声音的角度去理解诗歌，这也是他推崇赵㧑谦《声音文字通》中“以声统字”做法的原因。

“声长字纵”也表达出诗歌声音与字的关系。徐师曾云：

> 七言古诗按本朝徐祯卿云：“七言沿起，咸曰《柏梁》。然宁戚叩牛，已肇《南山》之篇矣。”其为则也，声长字纵，易以成文，故蕴气雕词，与五言略异。汉、魏诸作，既多乐府；唐代名家，又多歌行。①

徐师曾的“声长字纵”指诗歌声音“依咏”之味以及由此对于字的调控与维系。当呈现“依咏”之味时，诗歌的用字可以更加广泛，也更易于成文。这实际上体现了一种诗歌声音与音乐的相关性研究。这可从徐祯卿的原文中见出：

> 七言始起，咸曰“柏梁”。然宁戚扣牛，已肇《南山》之篇矣。其为则也，声长字纵，易以成文。故蕴气雕词，与五言略异。要而论之：《沧浪》擅其奇，《柏梁》宏其质，《四愁》坠

① 《徐师曾诗话》，载吴文治主编《明诗话全编》第4册，第3892页。

其隽，《燕歌》开其靡。他或杂见于乐篇，或援格于赋系，妍丑之间，可以类推矣。[①]

“杂见于乐篇”是“妍”是“丑”自然很明确，它透露出从音乐层面表现出艺术效果的趋佳性。所以，徐师曾与徐祯卿都试图说明诗歌声音实际与字的关系非常紧密，只有声长字纵诗歌才能更富于音乐性。冯复京在“声长字纵”观念基础上提出具体要求：“七言绝，声长字纵，用平韵，乃得风神。七绝，平韵散起者，其首句末字变调用仄，则韵乖趣索，顺势用平，则韵协兴悠。”[②] 冯复京要求，“声长字纵”的前提是用平韵，这样就可达到较好的艺术效果。当然，明人中也不乏有反对与“声长字纵”近似观念“声长语纵”的人，胡应麟曾云：

七言律声长语纵，体既近靡；字栉句比，格尤易下。[③]

胡应麟提到的“声长语纵”指七言律诗每句字数、词语较多，故组合成的声音较长。总体看，明人对“声长字纵”还是认可的，并希望在声音的控制下处理好用字与用词。

另外，明人还有一些反对字声配合的观念。如：

古韵者，又复不能深求，但任意以数字为主，而以余字强效其声，试寻其所以然之故，了不可得。[④]

古诗三百篇，皆可合于弦歌，愿求谱数篇见寄。近见允荐大

---

① 《徐祯卿诗话》，载吴文治主编《明诗话全编》第3册，第2180页。
② 《冯复京诗话》，载吴文治主编《明诗话全编》第7册，第7170页。
③ 胡应麟：《诗薮》，第46页。
④ 《徐光启诗话》，载吴文治主编《明诗话全编》第6册，第6021页。

成乐谱甚精，但以一声协一字。今谱古诗须有散声，方合天然之妙。向见陈元诚歌古诗，散声多少皆出天然，安排不得，必须谱出来，然后人可学耳。瑟学久绝，允荐既能之，愿谱一二见教。孔门甚重瑟，千万留意。①

徐光启谈的是韵的字声配合关系，认为：在规定的韵的要求下，不应把诗歌中的韵脚的字全部要求按照押韵字的声音来，而应以自然吻合为主；魏校谈的是乐谱中词的字声关系，并结合诗歌的字声配合关系展开，认为：乐谱虽有一声协一字的说法，但按照古诗“散声”的要求，乐谱也要如诗歌一般有散声且需出于天然。这些表达都强调字声的配合关系虽然有声音层面的要求，但是不能采取绝对的声与字的对应关系，应有灵活、自然的味道。

由此可见，明人对声字关系总体呈现两种态度：一是宣扬以声音来组合字词，把声音作为诗歌最重要的创作对象；二是反对字声的绝对一对一的配合关系，而是要做到自然无痕、相中色与水中月的艺术境地。无论是哪种观点，我们都可见到，明人一直在试图努力建构诗歌声音与字词的关系，以期更好地把诗歌的声音凸显出来。

4. 倒字押韵与其他字法

倒字，即倒文，就是将正常的语序倒过来，如“东西”倒字成“西东”、“斗牛”倒字成“牛斗”等。杨慎解释“倒字”云：“天窥，窥天也；云卧，卧云也，此倒字法也。”② 王昌会曾以杜牧之诗为例来说“倒字”：“杜牧之《早秋》……倒装一字，便极高妙。晚唐无此句也。”③ 杜牧《早秋》诗：“疏雨洗空旷，秋标惊意新。大热

① 《魏校诗话》，载吴文治主编《明诗话全编》第3册，第2268页。
② 《杨慎诗话》，载吴文治主编《明诗话全编》第3册，第2640页。
③ 《王会昌诗话》，载吴文治主编《明诗话全编》第8册，第8639页。

去酷吏，清风来故人。尊酒酌未酌，晚花颦不颦。铢秤与缕雪，谁觉老陈陈。”其中的倒字为“意新”，本为“新意”，即疏雨清洗后秋天忽至带来的新意与新的感觉。

倒字有利于平仄的协调。诗歌一般有平仄要求，如“平平仄仄仄，仄仄平平平”。诗歌创作者在遣词时，当遇到词意与平仄不符时，有时会调动词中字的前后顺序。如白居易《自河南经乱》“时难年荒世业空，弟兄羁旅各西东”句中“弟兄”，照习惯当作“兄弟”，但“时难”的平仄为“平仄”，“兄弟”的平仄为“平仄”，即上下句相同位置的字的平仄是相同的，这与诗歌平仄相对的需要不符，故而倒置。《王力近体诗格律学》说：“诗里的倒字，也是因为迁就韵脚或迁就平仄的缘故。”[①] 李东阳非常推崇倒字，其《麓堂诗话》云：

> 诗用倒字倒句法，乃觉劲健。如杜诗“风帘自上钩”，“风窗展书卷”，“风鸳藏近渚”，“风”字皆倒用；至“风江飒飒乱帆秋”，尤为警策。[②]

东阳所举杜诗皆将“风”字提前，强调风对于他物的作用之强与烈，如“江风乱秋帆”，不仅透出风的强势，还将风与秋之间的自然关系表露了出来，增添了自然景物的艺术魅力。

倒字有利于押韵。在诗歌创作中，碰到用于诗中部分词语与出句或对句相对应位置的字词平仄不相对的情况，就需要倒装这些词语，以使平仄相对且在声音流畅的同时做到意义相贯。故《明诗话全编》中《阙名诗话》引用《艺苑雌黄》“倒字押韵”曰：“古人诗押字或

① 王力：《王力近体诗格律学》，第297页。
② 李东阳：《麓堂诗话》，载《李东阳集》卷2，第556页。

有语颠而于理无害者。"[①] 这事实上道出诗学家对于倒字影响诗理的担忧。就明代诗论家而言，大多认为，倒字无损于诗理，如王昌会"倒字押韵格"中"皆倒用而无妨于理者也"[②]、梁桥"古人诗押字，或有语颠而于理无害者，不嫌倒押"[③]。这些都表明了倒字不仅不会有损诗思，相反会增加诗歌的艺术魅力，故而才会产生"不嫌倒押"的创作方法与诉求。

在具体字的运用中，明人也常把声音作为重要的衡量标准。明人喜于研究诗法，从而常考虑字的合理利用，故而多在诗学专著中讨论某某字用得好与不好，如谢榛、李东阳等所云：

> "草"字属阴，不若用"茆"字；"麻"字与本句"茶"字相叶，不若别用事。此音律欠处也。[④]
>
> 诗韵罕用"腥"字，胡曾《洞庭湖》绝句："鱼龙吹浪水云腥。"造句尽佳。沈宪王《夜雨》颈联："树湿鸦君重，云低龙气腥。"格律尤胜。[⑤]

谢榛与李东阳谈的均是诗韵，但侧重点又各有不同。谢榛谈的是应该用哪个韵下的哪个字；李东阳谈的是诗韵应该避免用哪些字，但如果用得好，则诗歌会收到事半功倍的效果。比较两人观点可见，他们的出发点均是从声音的角度来谈论字韵的运用。"音律欠处"表明谢榛所举之诗在整体声音是有欠缺的，不够优美的；"格律尤胜"表明诗人将"腥"字合理地应用在诗中，使诗歌的格律规范系统更加完善，

① 《阙名诗话》，载吴文治主编《明诗话全编》第10册，第11275页。
② 《王昌会诗话》，载吴文治主编《明诗话全编》第8册，第7942页。
③ 《梁桥诗话》，载吴文治主编《明诗话全编》第5册，第5268页。
④ 《游潜诗话》，载吴文治主编《明诗话全编》第2册，第1564页。
⑤ 谢榛：《四溟诗话》卷4，宛平校点，第106页。

从而形成良好的声音效果。这些诗论皆是围绕某字来进行思考其应用的合理或优劣，特别是部分诗学家有自己明确的想法，反对某些字用在诗中，同时也认为采用一些合适的方法可以让一些本来难以进入诗歌的字用入诗中后有“格律尤胜”的美感。

总之，明人对字法的讨论还是较为全面的，涉及字法与声音的讨论也较多。明人希望在具体字的选用上来影响诗歌的声音，既是从结构的最小处落笔，又是从细致处对诗歌声音的要求，这是其诗声理论的重要构成。这些字法要求我们在进行诗歌创作时，一定要把握字在诗歌的重要作用，充分发挥字、声的搭配关系，以创造优美的韵律与旋律。

第二节　明代有关诗声的其他范畴

明代诗学中的诗声理论已如前述非常丰富，在具体诗论家提出的诗声范畴如“声调”、“声气”等之外，还有大量的诗声范畴存于明代诗论中，且有较广泛的诗学意义，是明代诗声理论的重要组成部分。

一　声色

声色即声与色两个概念的耦合。从日常语言视角看，声色普遍存在人们的社会生活中，如“声色庄严”、“声色俱厉”、“不动声色”等；从美学批评视角看，声色被广泛用于文学、音乐等艺术批评中。如陈廷焯《白雨斋词话》卷一曰：“张子野词，古今一大转移也。前此则为晏、欧，为温、韦，体段虽具，声色未开。”[①] 陈氏的评价视

① （清）陈廷焯：《白雨斋词话》卷 1，载唐圭璋编《词话丛编》，第 3782 页。

角即是以声色为标准来论张子野词。清姚鼐云："所以为文者八，曰神、理、气、味、格、律、声、色。"[①] 姚氏的"八"个文学要件由神至理，再至气，直至声、色，前四者倾向形而上，后四者倾向形而下，皆是文学中的重要审美标准。

为使声色概念较好地呈现出来，我们可简要梳理声色一词的含义。《礼记·中庸》曰："声色之于以化民，末也。"[②]《中庸》谈的声色是通过语言声音之大和面容之厉来教化、感染民众。从音乐的角度论声色较早的应是《吕氏春秋》，其《本生》曰："其为声色音乐也。足以安性自娱而已矣。"高诱注曰："声，五音宫商角徵羽也；色，青黄赤白黑也。"[③] 高诱分而释之的方法简洁明了，告诉我们声是声音、色是颜色。从《吕氏春秋》看，声色是相合的，即将声、色各自所携带的意义结合起来。可见，该句突出了声色相合后在音乐中的作用，从而具有了美学与批评功能。明代声、色分论的说法较多。邓云宵《冷邸小言》曰："綦组精绣，相鲜以为色；宫商角徵，互合以成声。"[④] 这一说法与高诱所注声、色之意基本相同。许学夷《诗源辩体》曰："有声有色者人易识之，有气有格者人未易识也"，而"气格虽优而声色稍减，学者未易识之"。[⑤] 许氏的识与不识的内容分别是声、色与气、格。从"学者未易识之"见，许氏的声、色之论不如邓云宵所说的具体，有模糊性和多义性。陆时雍的观点更加模糊也更具美学意味："诗之所贵者，色与韵而已矣。"[⑥] 色即外物之色，韵即声音之韵。陆时雍认为，声、色是诗歌非常重要的因素。无

---

① （清）姚鼐：《古文辞类纂》，上海古籍出版社1998年版，"序目"。
② 郑玄注，孔颖达疏：《礼记正义》，载李学勤主编《十三经注疏》，第1466页。
③ （汉）高诱注：《吕氏春秋》，上海书店1985年版，第7—8页。
④ （明）邓云宵：《冷邸小言》，载周维德集校《全明诗话》，第3487页。
⑤ 许学夷：《诗源辩体》卷13，杜维沫校点，第147页。
⑥ 陆时雍：《诗镜总论》，载《历代诗话续编》下，第1420页。

疑，这将邓云宵等人关于声色的定义进一步拓展并放在诗歌中进行审视。众所周知，陆时雍较早倡导神韵说，把神韵视作诗歌最重要的审美标准。其神韵中的情、境、声、色是相融相混的，是浑沦的审美范畴。准确地说，陆时雍的声、色是在具体物质上的提升：声是各种声音的一种和谐相处并由此而及的声之韵，色是由外在景物而合成的一种境界。王逸民序《欣赏诗法》云："盖人以其精蕴而发之诗，比之而成声，融之而成色。"① 王氏说的是人之精气比之成声、融之成色的层面，但在此语的背后，我们分明可见声、色之比与融的方法。换言之，明人在分论声、色后，都试图融通两者，进而构成新的诗学意义。所以，明人对于声、色的理解既有物质层面的解释，亦有超越物质层面的解释。这告诉我们，声色是文学中接近最下层的形式，是形成文学的最初阶段，也是必不可少的构成要件。由此可知，文学上的声色首先表现为形式层面，是文学的重要构成因素，是可见、可闻的东西；其次表现为超越具体形式的声色，是文学声、色各自合成的整体风格与面貌。

考察明人文献，他们在声色上的讨论集中于以下几点：

首先是要求声色自然。自然一直是诗学上的审美追求，声色是诗歌的内在构成。明人认为声色须来于自然。李贽曾说："盖声色之来，发于性情，由乎自然。"② 李贽认为，声色的源点是自然，所以须呈现的特点也是自然。朱权云：

> 寄兴悠扬之句，意之所至，信手拈来，头头是道，不待思索，得之于自然；隔关写境之句，不落方体，不犯正位，不滞声

① （明）王逸民：《欣赏诗法序》，载周维德集校《全明诗话》，第 2115 页。

② （明）李贽：《读律肤说》，载《焚书》卷 3，中华书局 1975 年版，第 132 页。

色，左右上下无所不通，似着题而非着题，非悟者不能作也。[①]

“不滞声色”即声色不停留在任何地方，自由流泻、流通精神。朱氏从“寄兴悠扬”与“隔关写景”两条线索来论诗歌：前者说的是“信手拈来”、“得之于自然”；后面说的是“不滞声色”、“无所不通”。两条线索皆强调诗歌应自然抒发。由此可知，自然是诗歌声色层面的内在要求之一。

其次，要求声色不着痕迹，与诗歌的其他要素融合。声色为诗歌的声音与事物，是可见的，也是诗歌的内在构成要素。在诗歌创作出来后，明代诗论家认为声、色皆应融入诗歌且无迹可求。许学夷云：“汉魏五言，声响色泽，无迹可求。至唐人五言古，则气象峥嵘，声色尽露矣。”[②] 在比较汉魏五言与唐人五言古诗后，许氏认为：两代诗歌皆具声色，不同的是——前者声色皆融、后者声色皆露。声色外露则诗歌声色清晰可见、可听，一目了然，意蕴也浅尝辄止；声色内融则诗歌声色无迹可寻，意有尽而兴无穷。可见，明人对声色的要求不是浅尝辄止，而是要无迹可寻、不带声色。梁桥云：“为诗要有野意，要有天趣。贵闻道，贵不带声色。”[③] 梁桥的野趣、天趣均通向诗道，表现出诗道的声色俱有且了无痕迹。无声色则无鲜明的色彩与粗粝的声响，也就是声色融而为平淡，呈现清清如一的美感。因此，明人反对诗歌创作中浓墨重彩，推崇清。陆时雍曾在《诗镜总论》中赞同《大雅·烝民》中的“吉甫作颂，穆如清风”。吴从先《小窗自纪杂著》曾解释曰：

① 《朱权诗话》，载吴文治主编《明诗话全编》第1册，第571页。
② 许学夷：《诗源辩体》卷3，杜维沫校点，第48页。
③ 《梁桥诗话》，载吴文治主编《明诗话全编》第5册，第5351页。

> “文何为声色俱清?”曰:“松风水月,未足比其清华。”“何为神情俱彻?”曰:“仙露明珠,讵能方其朗润。”①
>
> “媚”字极韵,但出以清致,则窈窕具见风神;附以妖娆,则做作毕露丑态。②

从吴氏的声色之清看,其目的既要达到窈窕,又要达到风神,是以声色之清而致诗歌之美胜的创作原则和途径。王嗣奭亦云:“《冬深》前四句言外有冷淡凄清景象,故是此老胜场。若以句字求之,‘花叶’句、‘早霞’句殊不可解,而钟、谭极取之,余未之信。”③“花叶”句、“早霞”句不可解的原因是花叶与早霞已融入诗中,没有视感上的色,而是已融入诗中、已成清淡之胜境的色。

陆时雍曾阐述声色之自然:“诗以自然合道为宗,声色不动为美。”④声色为道之内容,自然合道意味着声色之自然的表现亦要合道。“声色不动”不是要声色停滞,而是要声色在静穆、合道中达到和谐美,也是归于自然的静穆之美。诚如谭浚所说:

> 诗莫善于养。养其恒则中,中则和。失其恒则动,动则变。人有筋骸气血之恒性,而无不欲之情;物有声色臭味之恒动,而无不动之感。情之所感,其介石之藏精也。⑤

声色之动与不动是动态的变化过程,相互作用“不逾矩”而达于恒,即是达于中、即是达于和、即是达于声色之自然。可见,声色主中

---

① 《吴从先诗话》,载吴文治主编《明诗话全编》第9册,第9482页。
② 同上书,第9487页。
③ 《王嗣奭诗话》,载吴文治主编《明诗话全编》第6册,第6563页。
④ 《陆时雍诗话》,载吴文治主编《明诗话全编》第10册,第10727页。
⑤ 《谭浚诗话》,载吴文治主编《明诗话全编》第4册,第4006页。

和。故许学夷《诗源辩体》提出："风人之诗，即出乎性情之正，而复得于声气之和，故其言微婉而敦厚，优柔而不迫，为万古诗人之经。"[①] 许氏的见解带有较强儒家诗教的味道，他界定万古诗人之经的特点须有性情之正、声气之和、言微婉而敦厚与优柔不迫，这三点虽不在同一层次上，但皆有中和之要求。换言之，许氏认为，诗中之楷模应该三者皆具，如此声色之和则成为评价诗歌非常重要的审美标准。邓云宵评论《诗经》云："温厚和平，情深语婉，目顾不忘，终不露一毫声色。"[②] 声色自然隐于诗歌之中，没有外露，故不可描摹；不露声色，故情深语婉，自然深永。

要之，无论是人为声律，还是自然声律，声、色皆存在于诗歌中。如果诗歌声色外露或过分地张扬，则是一种偏巧，有损诗之自然的整体要求。明人在声色范畴处理上非常谨慎，强调声音与辞藻或物境要相互发生牵制、相互补充，构成自然安雅、中正平和的审美目标，其目的是削尽人为声律与具体物象的痕迹，臻于天工化境。

二　清

"清"是中国哲学和美学史中非常重要的范畴，其产生于先秦，经汉代发展推演，主要用于对人道德情操、品行、气质的评价。至魏晋南北朝，"清"多指一种清新脱俗的品质等，如《世说新语》中以清评人等；自曹丕《典论论文》和陆机《文赋》开始，"清"从创作主体和语言的角度被用于文学评论，主要指一种清新、自然、简约的文风；至南朝，刘勰《文心雕龙》大量用"清"品评诗文，涉及对作品语言、文风、文体等，使"清"范畴成为中国文学批评史中重要的审美范畴。唐宋元时期，"清"在文学批评中有了更广泛、深

① 许学夷：《诗源辩体》，杜维沫校点，第 2 页。
② 邓云宵：《冷邸小言》，载周维德集校《全明诗话》，第 3484 页。

入的发展，得到较多文论家的阐释，如王维的“清新自然”、李白的“清水芙蓉”、姜白石的“清空”、苏轼的“清美”等。到明清时期，随着中国文学理论批评与诗学的繁荣和鼎盛，“清”范畴的阐述角度更加多元也更加深入，特别是从诗声的角度。

从声音的角度来论“清”是明代诗学“清”范畴研究的重要内容之一，它起源于音乐之“清”范畴的研究。先秦时代，人们已开始从听觉的角度对声音进行辨别，所谓“耳辨音声清浊”、“声音清浊、调竽奇声以耳异”是也。[①]《韩非子·十过》提及师旷鼓琴之典故，较具体地描写了“清商”、“清徵”、“清角”等不同的乐曲。后来的嵇康《琴赋》从音乐的角度以“清”多次评价琴声，如“激清响以赴会”、“清和条昶”、“张急故声清”等。这种音乐之“清”的思想影响到诗学，特别是明代诗学尤显突出，如李东阳之“今之诗，惟吴越有歌，吴歌清而婉”、谢榛之“结局当如撞钟，清音有余”，等等。

明人“清音”内涵较为丰富，大体可归为三点：清和调适，音声清壮，音律清婉。

“音声清壮”是明人关于诗歌“清”论的具体要求之一。“音声清壮”突出在“清”字，“壮”又是“清”的进一步要求。朱权云：“下字必须清，必须活，必须响。”[②] 由清而活、由活则响是越来越具体的要求。响不是声音大或尖厉，而是金石之声，是与清活等观念较为接近的审美标准，如“雄伟清健，有金石声”是也。《晋书·孙绰传》曰：“尝作《天台山赋》，辞致甚工，初成，以示友人范荣期，云：‘卿试掷地，当作金石声也。’”[③] “金石”之声即铿锵有力，颇

① 董治安、郑杰文汇撰：《荀子汇校汇注》，齐鲁书社 1997 年版，第 133、745 页。
② 《朱权诗话》，载吴文治主编《明诗话全编》第 1 册，第 571 页。
③ （唐）房玄龄等：《晋书·孙绰传》，中华书局 1974 年版，第 1544 页。

富美感之声音，与“雄伟清健”表意基本一致。清健之声反映在明人的诗论中多为清响、响亮、辞激。梁桥曾云：“曰清者，情逸辞激，音声清壮。”[①] 这一解释易让我们懂得明人“清”与“音声”的关系。单宇在评价明人近体诗时道明：“律诗至元人，音调清响。”元代，律诗之韵以周德清《中原音韵》之韵为标准，多采北方粗犷的声、音、韵而成，故其音调清响、雄伟清健。可见，音声之壮与清有着一定的联系。

“音律清婉”是明人关于诗歌“清”论的又一具体要求。“婉”为诗学与词学上的重要范畴，可从形式与内容两个层面来理解。就形式而言，“婉”为语言格律的清圆、婉转、轻清，如“明隽清圆，词之藻也”；就内容而言，“婉”为意义的柔美、和顺、圆润，如宋词的婉约。明人清婉之论也从形式与内容两个角度展开。如游潜云：“古人诗意不凡，句内用字，亦须音律清婉，含蓄有余，不易易也。”[②] 游潜把诗意不凡归为两个原因：“句内用字”音律清婉、“音律清婉含蓄有余”。前者要求字句皆做到音律清婉即从形式层面展开，后者要求意义含蓄且音律清婉即是从内容的角度展开。另外，婉与清都是偏向轻柔、朴质的审美风格。明人正是从这些角度看到了诗声之婉与清的关系，才希望诗歌声音达到音声清婉的审美价值。

明人的诗歌之清是内蕴非常丰富的概念，它在字、词、句、意、韵、识等诸多方面皆提出了自己的“清”观念，而这些因素又体现在诗歌的各个方面。另外，明代诗论家视野中的“清”有音清、句清、意清、词清、韵清、识清等。如：

---

① 《梁桥诗话》，载吴文治主编《明诗话全编》第5册，第5340页。

② 《游潜诗话》，载吴文治主编《明诗话全编》第2册，第1528页。

夫学诗莫先于清识，清识有四：有天理，有物理，有事理，有神理。①

寄来诗句慰情亲。首首清和字字真。②

“媚”字极韵，但出以清致。诗乐至一也。《三百篇》何删哉？存其可以乐者而已。诗而不可乐，非真诗也。③

音曰清音，感曰幽感，思以音通，音以感慧，而诗乐之理尽是矣。……夫自然真诗，虽无择而存，而其行于世也，细若气，微若声，不可以迹，古作者遗编炯炯向人，如精神之在骨体。④

总体而言，明人要求将这些字法、句法、理清、韵清、识清等方面合理调适，以达到清和之审美要求。如此看，“清和调适”是明人“清”观念及“音律清壮”与“音律清婉”的最终目标。“和故生万物”，和是中国传统美学中的重要审美境界。“和”将多种不同的元素以自己独特的方式良性安排与处理，“大乐之和”即是多种元素良性共存的表现。“适”是恰当，表现为诗学中内在元素的平衡。对于音乐而言，“和”、“适”是一种有悦在心的审美追求。有学者认为，“适”显示一种关系，是在自然法则指导下主客体的互动、互适与互融；“适”的感受是舒适、惬意、畅快的；恰当、宜合、顺适的内涵从根本上说又无碍于群体，甚至是依存和能够完全融入群体的。⑤ 这种论点亦适用于明代“清”论下的“适”范畴。也就是说，明人之“清”要求各元素自然配合，使主客体融合。明初杨士奇云：

① 《梁桥诗话》，载吴文治主编《明诗话全编》第 5 册，第 5337 页。
② 《唐之淳诗话》，载吴文治主编《明诗话全编》第 5 册，第 346 页。
③ 《吴从先诗话》，载吴文治主编《明诗话全编》第 9 册，第 9487 页。
④ 《蔡复一诗话》，载吴文治主编《明诗话全编》第 7 册，第 7317—7318 页。
⑤ 涂光社：《论庄子的适与迹——庄子自然论范畴的诠释》，《沈阳师范大学学报》（社会科学版）2004 年第 5 期。

先生生平吟咏甚富，五七言律、长短歌行，字字句句悉中矩镬，缘情序事，温厚清邃，所谓“发乎性情，止乎礼义”之作也欤![1]

“温存清邃”的前提是“吟咏”、“发乎性情、止乎礼仪”、“字字句句悉中矩镬”，杨氏从思想与形式两方面规定了诗歌的构成，并要求这些构成要件必然达到“温厚清邃”之成效，这些深刻的阐述都是“和”与“适”的体现。又如“句调欲清欲古欲和”、“气正者清和”等。结合杨氏之论看，分明可见明人“清和调适”的声音观。

要之，“清”作为明人非常重要的诗学范畴，具体表现有很多层面，包括字清、句清、调清、识清，等等。在这些追求中，音律清婉与音律清壮是清论不可分割的重要构成。在把诗歌的声音各方面结合起来论述的过程中，明人执着于古人的“清”和“调适”观念，并把它应用在诗歌的声音上，使之呈现吟咏的价值与意义。

三　圆（悠圆）与顺

“圆”是中国美学的一个重要范畴，它蕴藏着中华民族的宇宙意识和生命精神以及朴素的辩证思想。谢朓曾说：“好诗圆美流转如弹丸。”陆机曾说：“离方而遁圆。”刘勰曾说：“诗人比兴，触物圆览。物虽胡越，合则肝胆。”[2] 沈括曾说：“古之善歌者有语，谓当使‘声中无字，字中有声’。凡曲止是一声清浊高下，如萦缕耳，字则有喉唇齿舌等音不同，当使字字举本皆轻圆，悉融入声中，令转换处无磊块，此谓‘声中无字’。”[3] 正是一代一代的文论家将体察宇宙天象的意识、生命精神与追求等圆性思维带入文学中去，并将之落实到审美

① 《杨士奇诗话》，载吴文治主编《明诗话全编》第1册，第421—422页。

② 周振甫：《〈文心雕龙〉译注》，第513页。

③ 胡道静：《梦溪笔谈校证》卷5，第231页。

主体的主观体验，从而产生审美的活泼灵动、融合完善的境界，成就了在文学理论与实践中不可多得的“圆”的价值与理想，表达出一种流转自然的诗文之美。明代诗论家注重从声音的角度来理解“圆”，呈现出较丰富的诗学意义。

语之圆美是明人关注诗歌声音的一个重要方面。语言美是诗歌美的重要表现，而语言美体现的重要途径之一为语言之声音。如引言所言，语言的声音关乎诗之字、句等方面。明人对语言的声音特别看重，如费经虞提出“贵圆语”，要求诗歌语言圆美流转。明人把圆与响结合起来论述，陈懋仁说：“韵不必有出处，字不必有来历；字贵响，语贵圆。语直意浅，脉露味短，音韵散缓迫促，皆为诗病。”[①] 陈氏的韵、字、语都有较大的相似性，字响、语圆都从声音的角度展开。这一思想与严羽的诗论有较大渊源——“下字贵响，造语贵圆”。“响”与“圆”的意义在严羽看来必须有相同的诗学意味，即字语近意、响圆近意。钱锺书《谈艺录》曰：“圆者，词意周妥、完善无缺之谓，非仅音节调顺，字句光致而已。”[②] “非仅音节调顺，字句光致而已”就是语词的音节；“词意周妥、完善无缺”说的是声音整体意义的圆活。钱氏的解释正好说明圆带有极强的声音的意味。明人诗学对此进行了较具体的阐述，如“圆活流转”、“音节圆美”、“语整意圆”、“而语又悠圆”等。

明人诗学“贵圆”首先体现在字圆或语圆上。周履靖云：“五言律诗，声稳语重。七言律诗，声起语圆。绝句平实，第一二句是。”[③] 五言与七言律诗按照严格的声韵律创作，创作出来诗歌的声音就有声稳语、声起语圆之美。费经虞又云：

---

① 《陈懋仁诗话》，载吴文治主编《明诗话全编》第7册，第7752页。

② 钱锺书：《谈艺录》，第283页。

③ 《周履靖诗话》，载吴文治主编《明诗话全编》第5册，第4970页。

> 下字响则调高，知响而不知蕴藉则浮；下字静则句古，知静而不知萧疏则哑；下字轻则体秀，知轻而不知深透则肤；下字实则格老，知实而不知圆活则板。[①]

费氏虽未直接说圆与字的关系，但从字响、调高、静哑、轻秀、实板、圆活看，这些概念虽有一些差距，但都有着较为近似的价值观念。可见，费氏的字响与语圆有着诗学的必然。

“圆”不仅体现在字的要求上，还体现在韵的要求上，所谓“韵致独圆”是也。明人有云：“又初唐音调最细，上去二声用之，有别阴平、阳平，不可参错，故韵致独圆。中唐而后，此法渐疏矣。”[②]唐诗的声音是明人最推崇的。唐诗在处理声音上较为精细，形成了独特的“韵致独圆”，并举例证明对上去二声的处理不能等同于阴平阳平。可见，明人对诗歌声音的处理需要在韵上进行具体协调，以达到“圆”的审美境界。

由字圆或语圆、韵圆必然推进到诗歌的整体声音要求上，李东阳云：“夫诗有七难：格古，调逸，气舒，句浑，音圆，思冲，情以发之。七者备而后诗昌也。”“声音”是李东阳诗学中七个重要构成之一。李东阳把诗歌声音之圆作为诗歌非常重要的追求目标，表达出一种整体上的声音追求。黄淳耀引明人叶石农之语：

> 所为诗及小令，皆聊以寓意，未尝睍睍比拟，而音节圆美，神采流焕，修然有尘外致趣，子试抨之，以为何如也。[③]

---

① 《费经虞诗话》，载吴文治主编《明诗话全编》第9册，第10221页。

② 同上书，第9796页。

③ 《黄淳耀诗话》，载吴文治主编《明诗话全编》第10册，第10357页。

黄氏评论“所为诗及小令”是“音节圆美，神采流焕”。为什么黄氏如此突出音节的圆美呢？答案只有一个——音节是黄氏诗学中重要的层面。可见，黄氏提倡音节圆美，并且希望音节之美能神采流焕，最后呈现尘外致趣的审美趣味。

梁桥的诗歌声音圆美更加具体：“曰叹者，情戚辞老，音长声绝。曰解者，與歌曲叹乐通。曰引者，情长辞蓄，音声平永。曰弄者，情活辞丽，音声圆壮。”[①] 音长声绝、音声平永、音声圆壮表达的皆是诗歌声音的层面。声绝、平永、圆壮是不同的诗声风格。很明显，梁桥的诗学在声音之圆推向了不同的方向。就圆壮言，梁氏强调诗歌声音的圆美上达到壮丽，且音辞活泼有宏大之美。

要之，“圆”是明代诗学重要的审美范畴，它从字或语、韵等声律学角度出发，但最终的诗学构想是整体上的音节之美和壮美。如此可见，明人关于“圆”的范畴有着从具体诗学到整体诗学的建构过程，表现了一种全面的诗学审视观，同时建立在中国传统“圆”范畴的基础上，我们分明看到明人携有的诗歌主客体的生命力和一种饱满的人生期望和向善的态度。

“顺”是日常语言与文学语言中常见的一个范畴。日常语言如顺利、顺顺当当等，文学语言如文从字顺、稳顺、情顺辞直等。《说文解字》曰：“顺，理也。从页从巛，会意。川流也。”顺是如流水般的状态，有自然、随性之美的内在要求。《释名》曰：“顺，循也，循其理也。”顺的前提是理，有理则自然而行。《扬子·方言》曰：“目好谓之顺。”“目好”即看上去是美的，即是以眼睛看上去呈现出自然和谐的样态。《增韵》曰：“和也。”《荀子》曰：“以善先人者谓之教，以善和人者谓之顺；以不善先人者谓之谄，以不善和人者谓

① 《梁桥诗话》，载吴文治主编《明诗话全编》第5册，第5340页。

之谀。"[①] 荀子以直观的方式强调"顺"是善于构建与人和谐的关系。《礼记·乐记》曰："正声感人，而顺气应之；顺气成象，而和乐兴焉……和顺积中，而英华发外：唯乐不可以为伪。"[②] 这里把"顺"的助推作用较好地展现出来了。可见，"顺"的意义大致归结为自然、和谐，是生命力的真正推动因素，能给人带来美感与娱乐感。以上这些思想是明代诗学中"顺"范畴的积淀，为明代诗学"顺"范畴的意义呈现起到了较好的基础性作用。

明人诗学的"顺"从诗歌的最基本单位字论起，要求"文从字顺"。字顺，即字按照汉字的基本规律排列，无论从意义上还是声音上，皆自然呈现出和顺的美感。梁桥云：

> 题广者，取远景寸山尺水，愈觉其遥；取近景，一草一木皆有生意。言从字顺，辞从兴底，命意臻妙，句少而意无穷，方为作者。[③]

从字顺到命意臻妙，到意无穷，这是创作者创作的基本要求。而其中最重要的是韵顺。对于诗歌而言，和顺的韵律能保证诗歌声音谐和、声调婉美。冯复京云："七绝，平韵散起者，其首句末字变调用仄，则韵乖趣索，顺势用平，则韵协兴悠。"[④] 七绝一般有四种押韵方式，从首句不入韵与首句入韵两个角度看分别有平起平落、仄起平落之格式。无疑，此处明人支持的是首句入韵。因为在第一个平声之后的七字，时间与声音已有相当之距离，此时再出现相同的韵，则是"顺势用平"，是自然与水到渠成之事，也能达到韵律谐和。所以费经虞

① 北京大学《荀子》注释组：《荀子新注》，中华书局 1979 年版，第 17 页。
② 吉抗联译注，阴法鲁校订：《乐记译注》，第 27—30 页。
③ 《梁桥诗话》，载吴文治主编《明诗话全编》第 5 册，第 5205 页。
④ 《冯复京诗话》，载吴文治主编《明诗话全编》第 7 册，第 7170 页。

曾云："律法不流顺，如山泉欲下，逢石而咽也。是五言第三字、七言第五字，当用平。"① 当然，明人追求字顺的根本原因在于追求字音之顺。所以明人在提到字法时把字音之顺作为最重要的内容提出："至于句中之字，又有音、意、故、新四法。音者，顺时之声，高下中节。"②

在字顺后，句顺是明人诗学的进一步追求。对古代诗歌的推崇是明人的传统，他们之所以认可古诗的原因之一是："古律惟从句法之顺而已。"③ 古律之美在句法之顺，即句式的自然谐和，如水中之舟自然流转运行、婉转变化。元人曾云："至如婉转变化工夫，全在第三句，若于此转变得好，则第四句如顺流之舟矣。"④ 其称赞该诗之美的原因在于第三诗与第四句过渡非常自然，如顺流之舟无停顿，亦无稍歇。作为尊唐诗之余绪，胡应麟的唐诗观亦非常看重句顺：

> 至唐诸子，一变而律吕铿锵，句格稳顺，语半于近体，而意味深长过之；节促于歌行，而咏叹悠永倍之，遂为百代不易之体。⑤

胡氏的观点更加直接，从音乐和畅的角度来看唐诗的句格。他认为，唐诗之美在句格稳顺。句格不仅表现在咏叹自然，还要意味深长，是诗句之整体风格，也是由字组合而成的风貌。只有句子在意义与咏叹上皆能恰当、正确地自然表现，才是唐诗之美所在。

---

① 《费经虞诗话》，载吴文治主编《明诗话全编》第 9 册，第 9859 页。
② 《梁桥诗话》，载吴文治主编《明诗话全编》第 5 册，第 5249 页。
③ 《黄溥诗话》，载吴文治主编《明诗话全编》第 2 册，第 1035 页。
④ 杨载：《诗法家数》，载何文焕辑《历代诗话》下，第 732 页。
⑤ 胡应麟：《诗薮》，第 105 页。

可见，明代诗家关于“顺”范畴的理解与探究体现了人类追求自然与和谐的价值观念。从声音的角度看，明人抓住了影响诗歌声音的有关语言层面的字句问题展开，倡扬诗歌字与意义的协调，特别是从韵律上有顺和之美；在句中，明人强调句与句的自然流转，这为诗歌的吟咏提供了更好的保证。

四 响

响是诗歌声音之响，意味着诗歌必须有突出的声音因素，通过特别的声响来表露诗歌主体的心扉，同时让读者对诗歌产生较为浓厚的兴趣。谢榛云：

> 凡起句当如爆竹，骤响易彻；结句当如撞钟，清音有余。郑谷《淮上别友》诗：“君向潇湘我向秦。”此结如爆竹而无余音。予易为起句，足成一首，曰：“君向潇湘我向秦，杨花愁杀渡江人。数声长笛离亭外，落日空江不见春。”①

这样看，诗歌之响必须是一个整体的声响，而非一字一句的声响、一韵一章的声响。这一说法与诗眼有较为相通的指向：“五言诗第三字要响。诗眼用实事法诗眼用实事，方得句健。诗眼用响字法。”② 响字必须是诗眼，但诗眼不一定是响字。罗明祖引潘郃老言：“七言诗第五字要响，五言诗第三字要响，所谓响者，致力处也。予则窃以字字当活，活则字字自响。”③ 这也就强调了“响字”在诗中的地位，诗人必须注重响字，并以之作为诗歌呈现魅力的重要手段之一。朱权

---

① 谢榛：《四溟诗话》卷1，宛平校点，第30—31页。
② 《梁桥诗话》，载吴文治主编《明诗话全编》第5册，第5249页。
③ 《罗明祖诗话》，载吴文治主编《明诗话全编》第9册，第9537页。

亦云："诗要铺叙正，波澜阔，用意深，琢句雅，使事当，下字响。观诗之法，亦当如此。"① 朱氏直接把字当响列入诗法之构成中。而这一观点大多是从近体诗的角度提出的："近体以音韵响亮为贵，古诗却不然。古诗要质朴郁奥，一为响亮之词，便易浮浅，入不得工部堂室。"② 明人大多以复古诗学为自己的诗学追求，所以古诗的风格及字词的组合皆是平淡而极的，故字句之声响是不能进入古诗的，否则会影响古诗整体的风韵神。梁桥之语就证明了这一点："七言律诗贵声响，贵雄浑，贵铿锵，贵伟建，贵高远"；"歌体永言谓之歌有高下之节，诵之使人兴起，宜通畅响亮"。③

明人对字之音有自己的区分，认为，字分虚实，在响亮上亦有虚实之别：用实字则自然响亮："颈联转意要变化，须多下实字，字实则自然响亮，而句法健。"④ 朱权把实字的应用与自然之声音结合起来，且这一做法会直接影响诗句之健，所以实字之声响是诗歌壮美之原因。进一步，明人在字法上提出虚实，即虚虚实实之法。明人推崇实，故其云："字法有虚有实，有沉有响，虚响易工，沉实难至。"⑤

在字法上，明人非常重视韵的声响。前述王昌会、费经虞皆有"字贵响"之论。另陈懋仁云："韵不必有出处，字不必拘来历；字贵响，语贵圆，意要透彻。"⑥ 这一观点从近体诗的角度来说，但也有人从自然古诗的角度反对字之声响，如陈子龙就提出：

① 《朱权诗话》，载吴文治主编《明诗话全编》第 1 册，第 572 页。
② 《费经虞诗话》，载吴文治主编《明诗话全编》第 9 册，第 10218 页。
③ 《梁桥诗话》，载吴文治主编《明诗话全编》第 5 册，第 5209、5238 页。
④ 《朱权诗话》，载吴文治主编《明诗话全编》第 1 册，第 576 页。
⑤ 《胡震亨诗话》，载吴文治主编《明诗话全编》第 7 册，第 6845 页。
⑥ 《王昌会诗话》，载吴文治主编《明诗话全编》第 8 册，第 8007 页。

> 必使才足以振逞而不伤其体，学足以敷会而不累其情，词足以发意而境若浑成，色足以扬声而气无浮露；字必妥帖，无迹可寻；句必沉著，无巧可按，对必精切，有若自然；韵必平稳，绝无凑响。①

陈子龙说的反对字的声响是从人为的角度提出的，从其实际意图看他对自然的声响还是认可的。

字之响与句之响、篇之响有较大关系，所以朱权提出："下字必须清，必须活，必须响，与一篇之意一句之意相通，各自卓立而复相成，是为本色。"② 可见，字的清、响、活与诗之篇意、句意有较大关系。朱权曾云："大段气骨要雄壮，兴趣要闲旷，语句要条畅，韵脚要稳当，字字要活相，篇篇要响亮。"③ 一篇诗歌之声音不仅是字、韵的声音，还与意、格等有重要关系，处理好字、韵、格、意亦能使诗歌的声响有独特的吸引力："五言律压卷果是难定。窃谓凡堪压卷首者，必须自然，须本色，然又须意格高远，又须音节响，又须是神来之调。"④ 这里提及的律诗之音节声响与自然本色的审美趣味，实际是明人在自然声律之古诗与人为声律之近体诗之间所做出的调和。在他们的诗学中，古诗的自然与朴实是他们一直奉守的，而在"前后七子诗必盛唐"的诗学观念影响下，他们也不得不在近体诗上有自己的追求，所以为维护这两者之间的平衡，他们一直在试着用近体之声响来调和古诗之本色，以达于自然。

这一点是明人整体重视诗声的结果。梁桥曾云：

① 《陈子龙诗话》，载吴文治主编《明诗话全编》第10册，第10519页。
② 《朱权诗话》，载吴文治主编《明诗话全编》第1册，第571页。
③ 同上书，第568页。
④ 《孙矿诗话》，载吴文治主编《明诗话全编》第5册，第4705页。

学诗莫先于知音声，宫、商、角、徵、羽五音，以稳、响、起、细、嘔代之，响、起音扬，嘔、细奇抑，稳声和。学诗时须取李、杜盛唐诗，以稳、响、起、细、嘔五字调切之，久自当心解。临诗时，取五字叶其间而用之。循环无端，有消息调停之妙，方入诗家阃室。（稳上平全浊，响下平次浊，起上不清不浊，嘔去次清，细入全清。）①

梁桥提出的“学诗须先晓声”的观念实质上是把诗歌的声音摆到了非常重要的位置，并且把音乐的听觉放入诗歌审美目标中，足见诗的声音或音乐性的价值。另外有人说得更明白、更直接：

五言古诗主稳、响、起，不得暴扬，嘔、细不得骤抑。七言古诗情乐者，贵响、起，不得骤用嘔、细；情哀者贵嘔、细，不得暴用响、起。七言律诗，虽哀亦响、起。律高用重律，中则用正律，下则用千律。②

梁桥把五言古诗作为例子说明其声音必须注意控制响，并对七言的乐与哀之情要求有不同类型的声响，以达到情响相吻。最后，他从声律的角度提出了不同的声律标准应有不同的声律要求，体现了梁桥在响的处理上多方面的考虑，同时凸显诗歌的声响与声律关系的紧密，以发见诗歌声音的重要作用。

明代诗学史中的“响”意义丰富，他们在诗眼上提出“响字为眼”，同时认为诗歌的字的虚实、韵字会影响诗的声响，最后把字的响、句的响、篇的响结合起来讨论，并从声律上提出了较明确的

---

① 《梁桥诗话》，载吴文治主编《明诗话全编》第5册，第5338页。
② 同上。

要求。

总之，明代诗学中涉及诗声的范畴较多，本节仅举声色、清、圆、顺、响等范畴以明之。这些相关范畴在中国诗学史上出现较早，其批评功能也在早期呈现，但大多的解释或意义不是从声音的角度展开。明人从声音的角度对这些范畴的诠释较为全面，涉及影响诗歌声音的很多侧面，形成了独特的诗学价值。

综合本章各节所述，明代诗学从声音层面较多探讨了诗的节奏、字法及其他相关诗声范畴。明人的节奏观念来自于古代诗歌自然的审美追求，具体提出处理好促节与缓节、疾节与徐节、短节与长节、急节与慢节等关系，使诗歌节奏与诗歌的整体声音呈现双美的价值要求。在从声音的角度探讨诗歌的字法时，明人多关注字的平仄、字的虚实、以声统字、声长字纵、声比字属、倒字押韵等作诗方法或观念，强调从诗歌的细小处落笔，充分发挥字声的搭配关系。除去前述明代各位诗论家的诗声论，声色、清、圆、顺、响等也是明人诗学中非常重要的诗声范畴，这些范畴在产生早期即有一定的声音意义，从明人的阐释看，它们或从宏观，或从中观，或从微观等层面试图构建更为优美的诗歌声音。

第六章

明代诗声理论的主要问题
及理论贡献

第一节　明代诗声理论的主要问题

明代诗论家注重对诗歌声音的阐释，提出了如上诸多的诗声理论。虽然不必绝对建立任意两位诗学家诗声理论的联系或继承关系，但在相同语境下、相同时代下、相同话语下，这些诗声理论有着共同的理论之维度，涉及了诗声的主要相关方面，构成了诗声理论非常系统的一些主要问题，如声气关系、声义关系、声情关系、声形关系以及自然声律与人为声律等，对这些主要问题的检视是理解诗声理论的重要前提与基础，也是剖开这些理论内核的重要手段与工具。

一　声、气关系

与西方哲学相比，"气"是中国哲学所独有的普适范畴，它无形而又有形地存在着，贯穿于中国文化的所有维面。也正因为气的穿透性，理解了"气"范畴就在一定程度上把握了中国文化的特质。张立文主编《中国哲学范畴丛书·气》对"气"作了非常细致的区分，[①]可以为中国文论视角下讨论“气”范畴提供参照。

自曹丕《典论·论文》以来，“文以气为主”观念散漫于中国文论的方方面面，“气”范畴也成为了中国文论最重要的范畴之一。就诗而言，“气”为诗的整体之气，它整合了创作者的人生性命之气、所纳入的自然万物的本原或本体之气等方面。诗人气质之性感物而动，发而为情，而后借语言等修饰手段将情表现为诗。这是气而为诗的前后两个阶段，皆为明代诗论家所语及。第一个阶段是气为诗人所独有，为景物所独有，经过蓄养之过程，形成浩然之气，此时气还未获得语言形式；第二阶段为语言形式附着之气，这是说从诗的语词、结构、诗人之情感等诸多方面整体形成的力或气势。李东阳云：“盖文章之与事业，大抵皆气之所为。气得其养，则发而为言，言而成文为声音，皆充然而有余。”[②]“大抵皆气之所为”从根源上论气，“气得其养”从气未取得语言形式之前而论，“发而为言”从气已固化为作品后而论。李东阳之语融通了气的两个阶段，“气得其养”即创作者先养其气，至于至浑、至刚、至大，然后借用语言形式来附之，以成文学作品。这种文学的“气”论在明代诗论家的诗学观点中屡见不鲜，如徐祯卿、谢榛、许学夷、陈沂等。

明代诗论家的特色不仅在于对声的阐释，更在于将声与气并置起来，构成了明代富有特色的诗声范畴。这种并置并不是简单地将两者相加，而是吸收了古代“声由气始”的观念，形成了一个融通于诗与乐的范畴。

---

① 蔡方鹿、张怀承、岑贤安、徐荪铭、张立文：《气》，中国人民大学出版社 1990 年版，第 1—5 页。张立文《绪论》谈及“气”的八个含义：一为云烟或云气；二是浩然之气和精气；三为元气；四为无或有；五为识所现之境；六为导引神气；七为太虚；八为电气、质点或以太。继而他对以上八点作出自己的六点理解：（1）气是自然万物的本原或本体；（2）气是客观存在的质料或元素；（3）气是具有动态功能的客观实体；（4）气是充塞宇宙的物质媒介或媒体；（5）气是人生性命；（6）气是道德境界。

② 李东阳：《李东阳集》卷 3，周寅宾点校，第 57 页。

声气的互动历来在各个领域均多有涉及。晏婴云：

> 声亦如味，一气，二体，三类，四物，五声，六律，七音，八风，九歌，以相成也。清浊，小大，短长，疾徐，哀乐，刚柔，迟速，高下，出入，周疏，以相济也。①

“声亦如味”——味由气（味）合成，又形成特定的气（味）。声亦如此，它由气、体、类、物、声、律、音、风、歌等相济相成，呈现清浊、小大、短长、哀乐、刚柔、高下、出入之声，这种声又何尝不是气之清浊、小大、短长、疾徐、刚柔等！《乐记》曰：

> 地气上齐，天气下降，阴阳相摩，天地相荡，鼓之以雷霆，奋之以风雨，动之以四时，煖之以日月，而百化兴焉，如此，则乐者，天地之和也。②

气之相摩相荡，形成雷霆、风雨之声与自然界万物之声响，共同奏出一曲“百化皆兴”之乐，此乐体现出天地之和，从另一个角度亦可见乐对天地之和的促进与生发，故声有益于天地之气的融通与浑合。以上均是中国古代经典之论，但都表达出了声与气的关系：声由气始。换言之，声音的形成有赖于气，气是形成声音的条件。这在明代诗论家的诗论中较为常见。

上已述及的李东阳等人之语“气得其养，发而为言”等已说明了一些问题。另外，李梦阳《张生诗序》曰：“夫诗发之情乎？声气其区乎？正变者时乎？夫诗言志，志有通塞则悲欢以之，二者小大之共由也。至

① 《春秋左传》，载文化部艺术研究院音乐研究所《中国古代乐论选辑》，第3页。

② 吉联抗译注，阴法鲁校订：《乐记译注》，第18页。

其为声也，则刚柔异而抑扬殊，何也？气使之也。”[①] 徐祯卿云：“盖因情以发气，因气以成声，因声而绘词，因词而定韵，此诗之源也。”[②] 陈沂《拘虚诗谈》评韩愈为“昌黎诗有气，声调不降，但纡徐吟咏之味”，又评杜牧、李商隐、许浑为“声气衰弱，字意尖巧，吟咏无余味，赏鉴无警拔”。[③] 互读李梦阳、徐祯卿、陈沂之语可见：诗发于情，但其源在于“气使之”。如果“声气衰弱”，则“字意尖巧，吟咏无余味，赏鉴无警拔”，很明显，声气之弱是造就“无余味”的原因。

上述主要分“声”、“气”而论，在中国文论中，“声气”又较多合为一个整体概念。朱熹曾析孔子评《关雎》为“乐而不淫，哀而不伤”句云：

> 愚谓此言为此诗者，得其性情之正、声气之和也……则诗人性情之正，又可以见其全体也。独其声气之和，有不可得而闻者。虽若可恨，然学者姑即其词而玩其理以养心焉，则亦可以得学诗之本矣。[④]

朱氏较早将“声”、“气”合用来对诗歌进行评析，认为孔子之评论结合了性情之正与声气之和。但朱氏又从理学的角度出发，认为该评论中的性情之正是可见的，而声气之和是不易见的，也就是朱氏强调了性情之正或理对于诗歌的重要性，故他主观地认为，“学者始即其词而玩其理以养心焉，则亦可以得学诗之本矣”。这一观点曾被明人许学夷结合音乐（声音）来解释：

---

① 李梦阳：《张生诗序》，载《空同集》卷51，《四库全书》本。

② 徐祯卿：《谈艺录》，载周维德集校《全明诗话》，第788页。

③ （明）陈沂：《拘虚诗谈》，载周维德集校《全明诗话》，第677页。

④ 朱熹：《诗经集注》，世界书局1937年版，第2页。

风人之诗既出乎性情之正，而复得于声气之和，故其言微婉而敦厚，优柔而不迫，为万古诗人之经。朱子说《关雎》云："独得其声气之和，有不可得而闻者。"盖指乐而言。予谓乐之声气本乎诗，诗之声气得矣，于乐有不闻可也。世之习举业者，牵于义理，狃于穿凿，于风人性情声气，了不可见，而诗人之真趣泯矣。[①]

许学夷肯定了朱氏对孔子的发明，并以乐之声气、诗之声气各自的特性对朱氏之"不可得而闻者"作了解释，此解释突出了声气于诗的重要性、声气是构成诗乐的重要内容。同时也说明：音乐是情感的载体，是性情之正的表达方式。许氏强调了性与情不可分割、声与气不可分割，它们是融通而成的范畴，不仅于乐是重要的内容，也是诗的重要组成内容。陆时雍《诗镜总论》曰："乃韵生于声，声生于格，故标格欲其高也；韵出为风，风感为事，故风味欲其美也；有韵必有色，故色欲其韶也；韵动而气行，故气欲其清也。"[②] 前半段谈诗歌的韵与声的关系，后半段涉及诗歌风、色、气与韵的关系。总体上，陆氏认为，诗歌的韵（包括声）与声有较大关系，同时，韵（声）是气形成的重要条件。如此看，明人对于声气关系的把握并不是绝对的气对声决定作用，从特定角度说，韵与声对诗歌之声有较大的影响与调控作用。

总之，明代诗论家的诗声理论多承认气对声的影响作用，并把声作为诗歌美的重要构成要素，同时，诗歌之声也有形成诗歌整体的特定或不同风格气的条件或可能。他们如此处理的做法体现了他们对中国传统以气为宇宙本体的认知，也体现了他们意欲视声气作为评价诗

① 许学夷：《诗源辩体》，杜维沫校点，第2页。
② 陆时雍：《诗镜总论》，载丁福保辑《历代诗话续编》，第1415页。

歌的重要诗学标准之一。

二 声、义关系

声、义关系是哲学、美学、诗学、音乐学等诸多领域讨论的重要问题。诗学中的声、义关系更是不可缺少的研究内容，特别是对诗声的研究。众所周知，汉字既是表音文字，也是表意文字。汉语诗歌构成的基本元素是汉字与语词，声音与意义都是汉字的重要表征。这种结合实际表明了声与义在中国诗歌中的重要作用。

对于诗歌而言，创作者眼中的“意义”是目的，不是手段；声是手段，不是目的。这种界说说明声与义关系非比寻常。罗曼·雅各布森认为：“在诗中，任何语音上的明显的相似，都必须与语义上的异同联系在一起加以评估。”① 王夫之云：“故言以奠声，声以出意，相逮而各有体。声意或留，而不肖者多矣，况敛事徵华于经纬者乎！”② 语音要与语义联系起来，这点对于诗歌特别重要。雅各布森指出语音对意义的影响：“相同的发音，一旦作为结构原则投射进语言序列，便不可避免地蕴含了相同的语义，有任何语言层次上，这样一种语言序列的任何构成成分，都将唤起霍普金斯断然界定为‘相似比较’与‘相异比较’这两种相关经验中的一种。”③ 有相同的语音则有相同的意义，反言之，不同的语音则有不同的意义。雅各布森提到的“相似比较”与“相异比较”皆是接受语音后从意义的角度来说的。可见，语音或声音与意义的关系非常紧密。

从另一方面说，中国诗歌并不是杂乱无章地呈现声与义。诗将

---

① ［俄］罗曼·雅各布森：《语言学和诗学》，转引自［美］乔纳森·卡勒《结构主义诗学》，盛宁译，北京大学出版社1990年版，第109页。

② 王夫之：《姜斋文集》卷5，载《船山全书》第15册，第147页。

③ 罗曼·雅各布森：《语言学和诗学》，转引自乔纳森·卡勒《结构主义诗学》，盛宁译，第110页。

字、词、句按照一定的秩序和语法构成，声与义都按照创作者的本意排列组合，所形成的声音与意义也就是一种构成论上的意义与声音。这是二而一、一而二的过程，换言之，排列组合的不仅是声音，也是意义，因为排列的声音——韵律与意义是同在的。有人认为："仅仅从发音的角度看待韵律却是一种不健全的、过于简单化的认识。韵律必须包含同韵语言单元之间的语义关系。"[①] 这告诉我们韵律与意义的直接关系。诗的意义是由语词、语句构成的，语词、语句必然有一定语音，语音与意义是和合相生的。如看到或听到"彗星"一词，我们在语音和意义层面均可见其表达的意义——不好的扫把星及少见之星，与此相关的理解就会浮出水面。诗之语词亦如此。接触杜甫"玉露凋伤枫树林"句时，我们既能感受到"玉露"等词的指义，还有这些词的声音，两者相互作用，最后给读者的是声音与意义的混合体。故我们得出此诗的基调是悲秋怀乡，晶莹的"玉露"、自带失落的"凋伤"、红霞满天的"枫树林"都让我们听到并理解到秋气与秋风以及中秋佳节时"秋风肃肃晨风飔"的怀乡之指向。

此可以乐府诗之《十五从军征》来分析：

> 十五从军征，八十始得归。道逢乡里人："家中有阿谁？""遥望是君家，松柏冢累累。"兔从狗窦入，雉从梁上飞。中庭生旅谷，井上生旅葵。舂谷持作饭，采葵持作羹。羹饭一时熟，不知贻阿谁。出门东向看，泪落沾我衣。

从意义层面看，一位十五岁的老百姓被征兵进军营，八十岁才回老家。回家发现，家人均已离世，以前居住的地方残破了。自己虽持羹做饭，

---

① 罗曼·雅各布森：《语言学和诗学》，转引自乔纳森·卡勒《结构主义诗学》，盛宁译，第 109 页。

但不知道饭熟给谁，于是潸然泪下。从声音层面看，首先在于整首诗的所有语词——“十五”、“从军”、“征”、“八十”、“始”、“得归”……之音，如果换掉这些词，则语音不同，意义亦会不同；其次在于整首诗的节奏：十五‖从军‖征，八十‖始‖得归。道逢‖乡里‖人：“家中‖有‖阿谁？”　“遥望‖是‖君家，松柏‖冢‖累累。”……很明显，这种节奏形成了一种声音序列。如果将节奏换成“二二一，二二一”或“二一二，二一二”，其声音效果自然与“十五从军征”的声音不同，也就是说节奏的不同影响了意义的不同。[①]

进一步说，声音对意义有一定的决定作用。奥地利哲学家恩斯特·马赫说：“声音感觉不止报导思想的交流、快乐与痛苦的表现和男人、妇女与儿童的声音差别。它不止提供说话者或呼号者的努力与激情的标志。我们也靠它来分辨有响声的大物体与小物体，分辨大动物与小动物的脚步。”[②] 通过对响声的区分，我们来区别大小物体、大小动物。可见，声音具有某种决定性作用。古代读书人喜欢用声调的不同来表示字义的不同，如“食”：表示“饮食”时读入声，表示“饲养”时读去声。这种做法就是用声音来决定字词的意义。明谢榛非常强调声音的决定作用，且认为声调之美优于字义之流畅，因此他特别讲究字音的选择。其《四溟诗话》曰：“先声律而后义意，用之中的，尤见精工。”接着，他举例：“禽不如鸟，翔不如飞，莎不如草，凉不如寒：此皆格律中之细微。作者审而用之，勿专于义意而忽于格律也。”[③] 谢榛如此要求字词之音，并非仅把纯粹感官的声响作为考量，而是考虑了音节乃至字音的组成，希图使音节具有丰富的节

① 如《论语·乡党》曰：“厩焚子退朝曰伤人乎不问马。”有人句读为：厩焚。子退朝，曰：“伤人乎？”不问马；有人句读为：厩焚。子退朝，曰：“伤人乎？”“不。”问马。

② ［奥］恩斯特·马赫：《感觉的分析》，洪谦、唐钺、梁志成译，商务印书馆1997年版，第204页。

③ 谢榛：《四溟诗话》卷3，宛平校点，第95页。

奏，以生成意义，故必须从最细微处落实。是故，诗声对诗意的形成有十分积极的促成作用，也就是一种声音优于意义的思考。郝敬云：

> 人皆以义求音，不知以音会义。音发无心，声出义存，如一为音，由噫生也。不费唇齿，气出成响，手应心画，是为数始。转声即二，散则成三，施则成四，合则成五，文字随声音，义理妙合。故三四五为钹曲，天然节奏。由此推之，凡声音皆含义理，非离声音别生义理也。先儒谓：华人详于义，梵人详于音。离音求义，未为知音。知音之义者，始可与识字，可与言诗矣。①

“以义求音”是义为第一位、音为第二位，“以音求义”是音为第一位、义为第二位。郝敬的做法强调了声音的绝对性，这证实了其“诗主声”、不主义的观点。可见，声与义的关系是明代诗论家的重要研讨内容，基于此，他们甚至作出了声优于义的理论定位。

总之，诗歌的声、义关系明显。从创作的角度看，意义是目的、声音是手段；从另一角度说，声音与意义是整合在诗歌的所有方面的，也是不可分离的，特别是当用声音来控制意义时，我们明显发现声音的优越地位。正是从这一角度，明人对这一问题进行了深入的阐释。

三　声、情关系

声、情在中国诗学中一般以一个合成词的形式出现，如“声情少而辞情多”、“声情摇曳而纡回”、“摇荡声情而檠括于兴观群怨”

① 郝敬：《读诗》，载周维德集校《全明诗话》，第2872页。

等，此种诗学惯性让我们一直以为两者是同一的。“声情并茂”等或许作出了回答，声与情是两物，不可一看，故而将声、情同一化的观点也就忽略了两者的差异。本节对于声、情差异的讨论基于诗学的视野，以下的讨论主要是从诗的角度来看，偶尔旁及其他体式（如词、曲）的情与声的问题。

诗本无声，其声来自于诗的语言以及由语言组合而成的声响。故海德格尔认为诗之声是寂静之声。“寂静”意味着诗之声音不具有普通声音的质属，不可以听觉来倾听。“声”意味着诗虽无可听之声音，但有可诵、可唱、可歌之声音，也有由诗的内部语言组成的静默之声。是故，宋代郑樵提出“应知古诗之声为可贵也”，明代郝敬亦提出“音本位”与“诗主声”的思想，这些观念不仅承认了诗之声存在，也说明声是诗的重要因素。

情感是构成诗的重要因素。威廉·华兹华斯（1770—1850）曾说：“一切好诗都是强烈情感的自然流露。”① 中国古典诗学很早就有“诗缘情”、“吟咏情性”等说法。白居易《与元九书》曰：“感人心者，莫先乎情，莫始乎言，莫切乎声，莫深乎义。诗者，根情，苗言，华声，实义。”② 将情感作为诗之根柢在中国诗学中屡见不鲜。《毛诗大序》曰：“情动于中而形于言。”孔颖达疏：“情谓哀乐之情，中谓中心，言哀乐之情动于心志之中，出口而形见于言。”③

由上述，不难发现声与情两者的区别。一是两者的质属不一。声虽无形但有一定的介质，通过空气的震动可以通过听觉来感知；情与心灵相连，不能以视、听、触等感觉来得知，只能以心传心、以心触

① ［英］威廉·华兹华斯：《〈抒情歌谣集〉一八〇〇年版序言》，载伍蠡甫主编《西方文论选》下卷，上海译文出版社1979年版，第6页。

② （唐）白居易：《与元九书》，载霍松林主编《古代文论名篇详注》，上海古籍出版社1986年版，第226页。

③ 毛亨传，郑玄笺，孔颖达疏：《毛诗正义》，载李学勤主编《十三经注疏》，第6页。

心、以心解心，即它不具有固定的介质，我们除了体验，别无他法来感知情感的流动和悲欢离合。二是根源不一。声是情使，情乃成声。《礼记·乐记》曰："凡音者，生人心者也。情动于中，故形于声；声成文，谓之音。"[①] 三是情感的持续性，声的短暂性与不可持续性。四是情与声在诗中的作用不同。情为诗之根柢，声是诗的情感外现。

声与情虽有区别，又仍有重要的联系。试看苏珊·朗格《情感与形式》中一段话：

> 我们叫作"音乐"的音调结构，与人类的情感形式——增强与减弱，流动与休止，冲突与解决，以及加速、抑制、极度兴奋、平缓和微妙的激发，梦的消失等等形式——在逻辑上有着惊人的一致。这种一致恐怕不是单纯的喜悦与悲哀，而是与二者或其中一者在深刻程度上，在生命感受到的一切事物的强度、简洁和永恒流动中的一致。这是一种感觉的样式或逻辑形式。音乐的样式正是用纯粹的、精确的声音和寂静组成的相同形式。音乐是情感生活的音调摹写。[②]

"音调结构"与"人类的情感形式"有着惊人的相似之处，二者均表现为"增加与减弱，流动与休止，冲突与解决，以及加速、抑制、极度兴奋、平缓和微妙的激发，梦的消失等等形式"。音调即被组织起来的声音，也是一定形式的声音。正因为音调结构与情感的相似性，才让我们可见声音与情感的相互类应。声音以载情绪，情绪以一定的形式形成声音，这在文学作品中经常可见。王褒《洞箫赋》融人类一般情感如壮、温、仁、武、哀、恬等于音乐旋律中，呈现出慷

① 吉抗联译注，阴法鲁校订：《乐记译注》，第3页。

② 苏珊·朗格：《情感与形式》，刘大基译，第36页。

慨激昂、优柔舒缓、连绵靡曼的节奏变化与音调之象；杜挚《笳赋》以“操笳扬清，或缊缊以和怿，或凄凄以噍杀”来描写笳声，“缊缊”、“凄凄”均为声音的质感，“和怿”、“噍杀”均是情感的特征，换言之，笳声的不同质感可以表达不同的情感特征。

声情类应得到很多国外音乐理论家的肯定，有的认为音乐所表现的最纯的、最真的是情感。著名匈牙利作曲家、钢琴家、指挥家李斯特说：

> 音乐却能同时既表达了感情的内容，又表达了感情的强度。……如果说音乐被人称为最崇高的艺术，被唯灵论者提高到上界，认为唯有音乐才配做天上的艺术，那主要是因为音乐是不假任何外力，直接沁人心脾的最纯的感情的火焰；它是从口吸入的空气，它是生命的血管中流通着的血液。①

李斯特认为，情感是构成音乐的最重要因素，也只有由真实、纯真情感创作出来的音乐才是“天上的艺术”。

声与情如何类应？对作者而言，有是情则有是言，亦有是声。作者饱满的情感需要流畅与和谐的声调形式来完成。如果声调形式干枯，作者拟创作的情感就不能很好地表现出来。前举《乐记》之语曰：“凡音者，生人心者也。情动于中，故形于声；声成文，谓之音。”“生人心者”即“情”，此“情”又“形于声”。所以，无论情还是声都从创作主体而来，且相伴而生，声随情转、情随声转。具体看，作者在情景的感召下，诗情不可遏，发为文字之声，此声与情为共生共灭之关系；由于读者的阅读，已成的文字组合之声音会对作者

---

① ［匈］弗朗兹·李斯特：《论柏辽兹与舒曼》，张洪岛、张洪模、张宁译，人民音乐出版社1979年版，第26—27页。

有反作用，它试图让作者在倾听诗歌文本之声时做出某些调整。这种调整不仅是对诗之文字的调整，也是对诗情感的调整，以期达到诗声与诗情的完美合一。可见，作者所创作的诗歌之声、情相互影响、相互生发。

从读者来说，读者在阅读诗歌语言时，不仅接受了诗歌的文字之情感意义，也接受了文字组成之声音，这两个方面整合成读者对诗歌的阐释。嵇康在《琴赋》中将琴之“音声”的目的定位于“导养神气，宣和情志”，也就是琴声为了疏通与调和情志。由此可知，声对读者之情感有较大的促动作用。以柳宗元的《江雪》为例：“千山鸟飞绝，万径人踪灭。孤舟蓑笠翁，独钓寒江雪。”其入声韵的使用别具匠心，以入声诵读押韵的三字“绝”、“灭”、“雪”，可读出坚强、斩截的力量，从而使读者很容易和诗人的生命体验相契合，领略柳宗元铮铮铁骨的风采。

这在明代诗论家诗学上有较多体现。王夫之是明代对声情阐述较多的诗论家，其相关诗学观念颇有代表性。其云：“然则治心而后可以审音，心者其本也，音者其末与！”① 这说明了心情与声音的关系：心情是根本，声音是末枝。王夫之认为，情对声有决定作用。同时他又云：“物之相感也莫如声，声入心通，不待形见而早有以应之。”②声并不是完全没有作用，其能够使心通，这说明声音有反作用。这也说明声情是类应的。

总的看，声、情虽有很大区别，但两者在诗学中息息相关且相互生发。由此，在梳理明人诗声理论时，总能从他们的诗学中找到声、情以及声情类应的理论阐述。

---

① 王夫之：《读通鉴论》，载《船山全书》第10册，第707页。

② 王夫之：《张子正蒙注》，载《船山全书》第12册，第232页。

四 声、形关系

一般来说，诗的形式主要包括诗之字法、句法、章法、体式、结构等。字法、句法、体式于前文中已述及，字法即诗的字词的安排，句法即诗的句子的安排。体式较为复杂，第一指诗采用的体裁，如杂言、四言、五言古、七言古、四绝、五律、七律、排律等；第二指诗的格法，如大格、麟趾格、垂条格、雀屏格、并蒂芙蓉格、蜂腰格、四平格、四仄格、拗体格等；[①] 第三指诗的体式，如回文诗、离合体、反复体、借字体、问答体、集句诗等。王世贞《艺苑卮言》对字法、句法等进行了较好的总结：

> 抑扬顿挫，长短节奏，各极其致，句法也。点缀关键，金石绮彩，各极其造，字法也。篇有百尺之锦，句有千钧之弩，字有百炼之金，文之与诗，固异象同则。[②]

字法、句法、章法、体式、结构分别与诗声是何关系呢？这是此处重点讨论的内容，也是声、形关系的讨论所在。

字音由声母、韵母、声调组成，字音是字相互区别的手段与方式之一。有的可能声、韵、调均不同，有的可能声与韵同而调异，有的可能韵与声调同而声母不同，等等。另外，字音还存在清浊、开合、洪细等的区分。每个字的音调各异，被置放在诗中后，所形成的整体音调也各异。诗歌正是通过这些不同音调的字进行不同的组合，形成各具特色的整体诗声。所谓“和实生物，同则不继”，诗歌依靠这种“和”的方法才能产生变幻无穷的声调模式。这种和的方式对创作者

---

① 费经虞：《雅伦》，载周维德集校《全明诗话》，第 4670—4683 页。

② 罗仲鼎：《艺苑卮言校注》，第 38 页。

来说，其方式之一是调即协调，使之达到独特的声音之美。明人在字的协调方面做了较多的探讨。谢榛《四溟诗话》曰：

> 试以东、董、栋、笃四声调之，东字平平直起，气舒且长，其声扬也；董字上转，气咽促然易尽，其声抑也；栋字去而悠远，气振愈高，其声扬也；笃字下入而疾，气收斩然，其声抑也。夫四声抑扬，不失疾徐之节，惟歌诗者能之，而未知所以妙也。①

谢榛虽说的是四声之不同，但皆是说字的声调不同，这些字的声调抑扬、相互激荡，形成不急、不慢之声音节奏。如果将同样声调、同样声母、同样韵母的字置放在诗中，特别是一句中，声响效果不佳。李东阳《麓堂诗话》曰：

> 古诗歌之声调节奏，不传久矣。比尝听人歌《关雎》、《鹿鸣》诸诗，不过以四字平引为长声，无甚高下缓急之节。②

李东阳强调的古代歌唱方法已不传。从诗及现代汉字的语音看，“关”、“关”、“雎”、“鸠”皆为阳平，是为平声。按照现代汉语语音读这些汉字，四个连续的平声读起来长声靡曼，“无甚高下缓急之节”，也没有抑扬之美。所以，李东阳强调诗之字要虚实相合，以生“悠扬委曲”之音调。《麓堂诗话》曰：“诗用实字易，用虚字难。盛唐人善用虚，其开合呼唤，悠扬委曲，皆在于此。用之不

① 谢榛：《四溟诗话》卷 3，宛平校点，第 77 页。

② 李东阳：《李东阳集》卷 2，周寅宾点校，第 537 页。

善，则柔弱缓散，不复可振。”① 李东阳强调虚字对诗声响的构成有重要作用。继后王世贞有相似表述：“字法有虚有实，有沉有响。虚响易工，沉实难至。”② 这都说明字法对诗声音的构成有重要作用。

句法即诗歌每句之字数及如何处理这些字的方法。就古风而言，二言、三言、四言、六言是较常见的字数；就近体诗而言，五言与七言为主要的字数。以上所列之诸言，诗的每句都有其自身的搭配原则。详而言之，每句都由一定的字组成，这些字前后之间有亲疏关系。就七律而言，如杜甫《登高》中“万里悲秋常作客，百年多病独登台”。“万”与“里”、“悲”与“秋”字关系最紧密，而“里”与“悲”稍微疏远。由此观之，此二句的句法为二二三、二二三，即万里丨悲秋丨常作客丨，百年丨多病丨独登台丨。此二句亦可作如下句法标示：二二一二、二二一二，即万里丨悲秋丨长丨作客丨，百年丨多病丨独丨登台丨。③ 对比两种句法，不难看出其影响了诗的声音。前者有六个声音的分界符，后者有八个声音的分界符，两种句法所形成的声音不同。谢榛曾谈及句子用字对诗声音的影响：

> 王昌龄《长信秋词》：“玉颜不及寒鸦色，犹带昭阳日影来。”上句四入声相接，抑之太过；下句一入声，歌则疾徐有节矣。刘禹锡《再过玄都观》诗：“种桃道士归何处，前度刘郎今又来。”上句四去声相接，扬之又扬，歌则太硬；下句平稳。

① 李东阳：《李东阳集》卷2，周寅宾点校，第536页。

② 罗仲鼎：《艺苑卮言校注》，第28页。

③ 标注汉语拼音句法二二三、二二三为：wànlǐ丨bēiqiū丨chángzuòkè丨，bǎinián丨duōbìng丨dúdēngtái丨。后二句句法二二一二、二二一二为：wànlǐ丨bēiqiū丨cháng丨zuòkè丨，bǎinián丨duōbìng丨dú丨dēngtái丨。

王昌龄诗中前一句四个入声字相连、后一句则仅仅一个入声字，而刘禹锡诗中前一句四个去声字相连、后一句则多用平声字。王昌龄、刘禹锡诗的句法不同，对诗歌的声音有较大影响。要之，句法是形成诗声的一个重要手段。

体式不同，诗的声音也不同。不同体式有不同的字数限制，形成的声音差异也很大。简单来说，五言“咿呀咿呀咿”与七言“咿呀咿呀咿呀咿”的声音绝对不同。此处以回文诗为例来说明体式对声音的影响。《辞源》曰：“诗词字句回旋往返，都能成义可诵的叫回文。”[①] 回文诗的正读与反读声音肯定不一样。如王安石《碧芜》曰：“碧芜平野旷，黄菊晚村深。客倦留甘饮，身闲累苦吟。”反读之亦成文：“吟苦累闲身，饮甘留倦客。深村晚菊黄，旷野平芜碧。”对比即知，王安石的正反两首诗组合成的声音不一样。郝敬从声音的角度对二言、三言、四言、五言、六言、七言等体式有不同的态度：“武帝郊庙，更缩为三字，伤烦促，舍天地祖宗功德不称，专信方士祷祀，望气迎灵，语似符呪，沦为妖妄矣。”[②]《乐府诗集》载汉武帝之郊庙乐歌《朝陇首》曰：“朝陇首，览西垠，雷电尞，获白麟。爰五止，显黄德，图匈虐，熏鬻殛。辟流离，抑不详，宾百僚，山河飨。掩回辕，鬗长驰，腾雨师，洒路陂。流星陨，感惟风，籋归云，抚怀心。”[③] 此乐府又名《白麟歌》，元狩元年冬十月汉武帝所作。如果按意义单位来分的话，则是“朝/陇首，览/西垠，雷电/尞，获/白麟……”。当按该方法读此乐歌时，由于每句意义单位只有两个，节奏故短小而不太连续，显得急促。郝敬对汉武帝、李延年郊庙歌辞的评价是“伤烦促”。其又云：“故四五言者，天地之中声，进而六

① 《辞源》修订本、合订本，第568页。
② 郝敬：《艺圃伧谈》，载周维德集校《全明诗话》，第2898页。
③ （宋）郭茂倩编：《乐府诗集》，中华书局1979年版，第9页。

七太长，反而二三太短，短则骤，长则放，骤与放，皆郑声也。”①郝敬认为，四、五言体式之诗有中和之声。与二、三言相反，六、七言由于字数偏多，语句较长，在表意时容易出现分散、重复，且读时声音没有集中感，从而表现出散漫的特点。这些观点都表露出诗歌的体式对于诗歌声音的影响。

诗的结构包含较多。刘方喜认为，仅从声韵形式的角度看，汉语古典诗学存在三层结构，即形式层、功能层、超越层。② 有人认为，诗具有内在结构与外在结构（内在结构主要为情感的流动等，外在结构即可见的形式结构）等。元人杨载《诗法家数》“律诗要法”以起、承、转、合四字括诗之结构，以“破题”、“颔联”、“颈联”、“结句”与之对应，并解释道：

> 破题——或对景兴起，或比起，或引事起，或就题起。要突兀高远，如狂风卷浪，势欲滔天。
>
> 颔联——或写意，或写景，或书事、用事引证。此联要接破题，要如骊龙之珠，抱而不脱。
>
> 颈联——或写意、写景、书事、用事引证，与前联之意相应相避。要变化，如疾雷破山，观者惊愕。
>
> 结句——或就题结，或开一步，或缴前联之意，或用事，必放一句作散场，如剡溪之棹，自去自回，言有尽而意无穷。③

“破题”、“颔联”、“颈联”、“结句”与八股之破题、承题、起讲、入手、起股、中股、后股、束股有较大的相似性。蒋寅《起承转合：机

① 郝敬：《艺圃伧谈》，载周维德集校《全明诗话》，第2881页。

② 刘方喜：《声韵、情韵、神韵——“韵”之三层结构论》，《陕西师范大学学报》（哲学社会科学版）2010年第3期。

③ 杨载：《诗法家数》，载何文焕辑《历代诗话》，第729页。

械化的消长——兼论八股文法与诗学的关系》一文说明了诗与八股结构的关系。杨载主要从内在结构立论，由破、颔、颈、结四个层次来理解诗的构成，这种结构所形成的声音与其他层次结构的诗之声音存在较大不同。无论外在结构、内在结构，还是形式层面存在的差异，即使所用的字词相同，诗歌整体形成的声音都应有较大不同。清代周以清云："今之制义排比声调，裁对整齐，即唐人所试之律诗律赋，貌虽殊而体则一也。"[①] 制义即八股。周氏"排比声调，裁对整齐"论说的对象不仅是八股文的结构，也是律诗律赋的结构，也就是说，八股文、律诗之起承转合的结构是排比声调的重要手段。谢榛云："凡七言八句，起承转合，亦具四声，歌则扬之抑之，靡不尽妙。"谢榛之"起承转合"说的是律诗四联之关系，他认为其与诗歌之抑扬有很大关系。由此可见，诗的结构也是区别诗声的重要方式与手段。

除去以上所列，诗歌之形还应该包括其他内容，如齐言与非齐言诗之形等。从以上所列的诗歌主要的形式看，它们都从一个侧面影响了诗歌声音，是诗歌声音的重要组成部分。

总体说，诗歌形式层面的字法、句法、章法、体式、结构对诗歌的声音有较大的影响。字通过声韵调、清浊、开合、洪细及不同的组合方式来影响诗歌的声音；诗句因字数的不同及字法的作用和诗歌的五言、七言、古风等不同类型都有不同的声音；不同的体式有不同的字数、不同的节奏形式等，这些使不同体式的诗歌的声音也有较大的差异；诗的结构从起承转接等角度影响了诗歌的整体声响。

五　自然之声与人为之声

此与前四者不能形成并列关系，但与明代诗声理论的主要问题有

① （清）周以清：《四书文源流考》，载《学海堂集·初集》卷8，光绪七年刊本。

较多联系，为明代诗声理论主要问题不可缺少的内容。故申述于此，以表明明代诗声理论总体的审美价值与追求。

自然与人为是中国古代文学艺术审美追求的两个价值取向。庄子对声音有“天籁”、“地籁”、“人籁”之分，“天籁”、“地籁”在庄子的眼中是自然之声音，“人籁”是人为之声音。这种区分影响了中国诗学对于诗歌整体音响的区分。在先秦时代，古人都是随性、自然地创作诗歌，诗之声响属于自然之声音，有自然之美；但魏晋南北朝，以沈约为代表的诗人开始自觉关注诗歌之美，有意识地在创作过程中注重诗歌本身的韵律与节奏，以形成朗朗上口的声音。前者一般被视为自然之声，后者被视为人为之声，两者均呈现声音流转之美。

后代文论家对诗的自然之声与人为之声大多有自己的想法。沈约《宋书·谢灵运传》曰：

> 夫五色相宣，八音协畅，由乎玄黄律吕，各适物宜，欲使宫羽相变，低昂互节，若前有浮声，则后须切响。一简之内，音韵尽殊；两句之中，轻重悉异。妙达此理，始可言文。

沈约有意识地对宫羽相切、音韵殊谐、轻重悉异的强调，表现了追求人为之声的良好愿望。刘勰《文心雕龙·声律》曰：“若夫宫商大和，譬诸吹籥；翻回取均，颇似调瑟。瑟资移柱，故有时而乖二，籥含定管，故无往而不一。陈思潘岳，吹籥之调也；陆机左思，瑟柱之和也。”[①] 刘勰之语比沈约之语更圆通，他不仅承认“龠含定管”的自然之声，亦强调“翻回取均，颇似调瑟”的人为

① 周振甫：《〈文心雕龙〉译注》，第477页。

之声。北宋沈括云："古人文章，自应律度，未以音韵为主。自沈约增崇韵学……自后浮巧之语，体制渐多。"① 明林希恩云："诗之贵声也，而声必有律。……无其余律，不足以和声哉！故声之有律，非特近体为然也。……夫诗之声也，岂曰平而平、仄而仄焉已哉？即平之声，有轻有重，有清有浊，而仄之声亦有轻有重，有清有浊，此天地自然之声也。"② 沈括"自应律度"与林希恩"天地自然之声"均指自然随性之声响。可见，自然之声与人为之声始终处于中国诗论家的审美意识中，有时侧重自然之声，有时侧重人为之声。但无论是自然之声还是人为之声，他们都在追求诗歌婉转的声响和流动的声音。进一步说，他们在追求诗歌的声响时，虽然有时客观地创造出人为声律，但主观上他们渴望通过人为的方式来达到自然之声响。

明代诗学在自然之声与人为之声上的处理表现出多样性，有的追求自然之声，有的追求人为之声。

就自然之声而言，明代部分诗学家以先秦、汉魏诗歌为典范，推崇这些诗歌的自然而为、整体的自然声响。如：

杨慎《升庵诗话》："信乎六律之音出于天籁，五性之文发于天章，有不待思索勉强者，此非自然之诗乎？"③

郝敬《艺圃伧谈》："诗须有实情实境，浮浪无根，则违性情之理，故诗者志也，在心为志，发言为诗。无其志而强为辞，是为诗妖。自近体兴，此风遂炽。即有欲言之志，束于声偶，迫迮不得舒，如泽雉困樊中，骊驹伏辕下，神气索然耳。"④

---

① 胡道静：《梦溪笔谈校证》，第 514 页。

② （明）林希恩：《说郛续集》卷 33，委宛山堂本。

③ 杨慎：《升庵诗话》，载周维德集校《全明诗话》，第 1072 页。

④ 郝敬：《艺圃伧谈》，载周维德集校《全明诗话》，第 2882 页。

许学夷《诗源辩体》："汉魏五言，声响色泽，无迹可求。至唐人五言论古，则气象峥嵘，声色尽露矣。"①

这三段话皆强调诗的自然，表现在天籁与不待思索、吟咏性情、无迹可求与声色不露等方面。这些具体要求是自然声律不同层面的表现，寄托出明人对于自然声律的追求。同时，他们这些言论的焦点大多提倡先秦、汉魏古诗，并认为：古诗自成音节，无声色可寻，妙在自然。可见，明代部分诗论家推崇自然声律，并把《诗经》、汉魏古诗之音节视为自然声律的代表。

就人为之声而言，明代部分诗学家以盛唐诗歌为典范，注意学习唐人在创作诗歌过程中的声律法则及相关诗法。如：

李梦阳《再与何氏书》："古人之作，其法虽多端，大抵前疏者后必密，半阔者半必细，一实者必一虚，叠景者意必二。此予之所谓法，圆规而方矩者也。"②

谢榛《四溟诗话》："王摩诘《送少府贬郴州》、许用晦《姑苏怀古》二律，亦同前病。岂声调不拘邪？然子美七言，近体最多，凡上三句转折抑扬之妙，无可议者，其工于声调，盛唐以来，李杜二公而已。"③

温纯《温恭毅集》："对偶音律，自天地剖判以来有之，山峙水流，日昼月夕，八埏度剖，列宿才分，非对偶乎？水乐虫丝，松涛竹韵，万籁隐发，空谷互应，非音律乎？"④

① 许学夷：《诗源辩体》，杜维沫校点，第48页。
② 李梦阳：《再与何氏书》，载郭绍虞主编《中国历代文论选》第3册，第51页。
③ 谢榛：《四溟诗话》，宛平校点，第79页。
④ 《温纯诗话》，载吴文治主编《明诗话全编》第5册，第4850页。

这些言论有的直接阐述诗法的重要性，有的阐述近体声律的重要性，都表达了追求人为声律的愿望。特别是温纯的提法更加直接，他从哲学的角度分析论证了对偶音律存在的必要性。在这些人工之巧力的作用下，他们都希望以对偶、声调等诗法来达成人工声律之美。

自然声律与人为声律各有其独特的审美价值与魅力，在明人诗学观念中有较多融通与共存，明人把自然声律与人为声律均视为诗歌的重要构成。陈子龙云："盖诗之为道，不必专意为同，亦不必强求其异。既生于古人之后，其体格之雅，音调之美，此前哲之所已备，无可独造者也。至于色采之有鲜萎，丰姿之有妍拙，寄寓之有浅深，此天致人工，各不相借者也。"[①] 陈氏把天致之美与人工之美视作诗歌实现审美价值的两种重要途径，它们的作用独特且不可替代。有的诗论家更加圆通，试图通过人为之声达到自然之声，如王世贞《艺苑卮言》曰："西京、建安，似非琢磨可到。要在专习，凝领之久，神与境会，忽然而来，浑然而就。无岐级可寻，无色声可指。三谢固自琢磨而得，然琢磨之极，妙亦自然。"[②] 王世贞认为，"三谢"（谢灵运、谢惠连、谢朓）之自然可通过琢磨得到。另外，"要在专习，凝领之久，神与境会，忽然而来，浑然而就"说明人为对自然的重要支持作用。李东阳《麓堂诗话》曰："律诗起承转合，不为无法，但不可泥。泥于法而为之，则撑拄对待，四方八角，无圆活生动之意。然必待法度既定，从容闲习之余，或溢而为波，或变而为奇，乃有自然之妙，是不可以强致也。"[③] 虽然李东阳的观点是从律诗的角度来说的，但毋庸置疑的是，李东阳的诗学视野远阔于律诗这一类型。李东阳在法与不法的选择上，倾向于无法而自法，这种诗学技艺为自然之妙奠定了基础。

---

① （明）陈子龙：《仿佛楼诗稿序》，载郭绍虞主编《中国历代文论选》第3册，第240页。

② 罗仲鼎：《艺苑卮言校注》，第25页。

③ 李东阳：《李东阳集》卷2，周寅宾点校，第536页。

以上略举多家所言以见明代诗论家的选择：有的强调天成之自然，有的强调人成之自然。在梳理以上言论时发现，虽然有些明人偏执于人为声律，但大多明人倡导的最终还是自然声律：有的直接强调自然声律，但并不放弃人为声律在诗歌声音之美中所起的作用。这正应合了明人向中国诗乐合一传统和自然之声复归的时代审美趋向。

综而论之，明代诗声理论的核心问题是声气关系、声义关系、声情关系、声形关系等，这些问题萦绕于明人诗声理论的各个层面和范畴中，是中国诗学史上对诗声及诗歌其他构成之关系的集中阐释。从整个明代诗声理论发展史看，明人对于诗歌声音的追求不离自然声律与人为声律，是中国传统中强调自然的诗学观的发展与流变。

第二节　明代诗声理论的贡献

在中国古代诗学史上，与其他各个时代的诗声理论相较，明代诗声理论的成就无疑是最为耀眼的，它对诗歌声音的讨论既全面又有深度，其理论的系统性也明显超出其他各个时代的诗声理论。笔者以为明代诗声理论对于中国古代诗学史的贡献主要如下。

一　诗主声——强调声音在诗歌构成要素中的突出价值

诗歌是一种构成要素较为丰富的文学体裁。杨鸿烈认为，中国诗的组合元素包括诗的内容方面的元素（包括感情、想象、思想）和诗的形式方面的元素（包括文字、韵）。[①] 朱光潜认为，诗的形式含有三大要素：（一）有规律的音节（在中文为平仄）；（二）有规律的章句（句在西文为行）；（三）有规律的收声（韵）。[②] 启功认为，诗歌主要

---

① 杨鸿烈：《中国诗法大纲》，第 120—122 页。
② 朱光潜：《朱光潜全集》第 8 册，安徽教育出版社 1993 年版，第 284 页。

包括汉字的声律、诗歌的声律、句式、对偶、用典、押韵。[①] 吴建民认为，诗的内容要素包括情、志、神、理、意、物、事，形式要素包括体式、结构。[②] 对诗歌构成要素进行界定的著作还有很多，但所言多与上述诸说近似。综合上举各家所论，笔者以为诗歌的构成要素宜分为形式要素与内容要素，前者包括字声、声韵、字法、句法、章法、体式、结构等，后者包括情、志、理（或意）、物、事等。对于诗歌的以上所有构成，诗学家讨论的出发点往往各有侧重，有的主要从内容上说“诗言志”、“诗缘情”、“景乃诗之媒，情乃诗之胚”、“诗以意境为上”等，有的主要从形式上说“诗主格”、“体制格调”、“乐为诗体”等。从整个中国诗学史看，“诗言志”、“诗缘情”是学人心中的一片诗学圣地，在大多数时代里，学人们总是将志、情看作是诗歌中最突出的诗歌构成要素或表达对象。这种情况在宋代有所改变，宋代开始有人对“志”、“情”中心论进行质疑并提出不甚相同的理论主张（如宋代郑樵的“诗为声，不为义”、“诗以声为用”等说法），明代诗论家承宋代诗声理论的此一趋向继续前行，持续不断地以“诗主声”为中心进行了长期的相关理论建构工作，最终形成了一种与“诗言志”、“诗缘情”有所不同的诗歌本质论。

明人关于诗歌声音的讨论十分常见，他们通过不断地提出与声相关的理论以强调声音的重要性，强调声音在诗歌的所有构成要素中居于非常重要的地位。明人通过以下几个途径来提升声音的地位。

一是直接强调声音在诗歌中的地位。郝敬“诗主声”是代表，其评论诗歌多用“诗主声”等相关论述，如“文主义，诗主声”、“诗主声，故贵温厚”、“诗者，声音之道，自当主声”，等等。郝敬的这些言论目的就是要强调声音在诗歌中的重要地位，他提出“音

---

① 启功：《汉语诗歌的构成及发展》，《文学遗产》2000 年第 1 期。

② 吴建民：《中国古代诗学原理》，人民文学出版社 2001 年版，第 214—270 页。

本色”，也就是强调声音是诗歌的本色。“音本色”可理解为诗歌本然之色，即诗歌本来就应该追求诗歌的声音，把声音作为诗歌最重要的存在意义。基于这种诗学定位，郝敬说：“诗有意，有辞，有音，而音为本色。无音但意与辞，凡文章皆然。舍声音，别于辞意间，索隐僻为深奥。”在意、辞、音中，郝敬认为，诗歌如果没有声音则会陷入“隐僻”与“深奥”的胡同，这就把声音在诗歌中的重要地位凸显了出来。另外，陆深（1477—1544）评杨士弘的诗论时云：“夫诗主于声。”这可从杨士弘《唐音》之称名见到，又可从杨氏之“审音律之正变”见出。董应举（1557—1639）说：“但以声调为主……夫子以‘思无邪’一言尽诗之义，世乃以声调格之。”董氏强调诗应以声调为主，故以“声调格之”作为与“思无邪”平行的诗学观念。此外，李东阳“陈公父论诗专取声，最得要领”一语，也是“诗主声”说的又一清楚表达。总之，明人推崇诗歌中声音的地位，很多时候其主张都是通过非常直接的方式表达出来的。

二是不断地提出与声有关的诗学理论。这在明代诗学中同样非常普遍，几乎从本文提到的明代所有诗声理论中都可以看到这一点。从杨士弘到王夫之，众多诗论家在阐述诗歌的多个方面的问题时提出过与声音相关的诗学理论。如杨士弘的“审音律之正变”、高棅的“声律纯完”、谢榛的“求声调”、胡应麟的“体格声调”等。杨士弘说的是区分诗歌的正变声音问题，高棅说的是选诗的声音标准问题，谢榛说的是学习盛唐诗歌的声音问题，胡应麟说的是诗歌体制格调与声音的问题，他们都是在阐述诗歌的形式、内容等方面的问题时提出相关诗歌声音的理论的，这表明明人是将诗声理论作为整个诗学理论的一个有机构成并将之与诗学理论融合一道来进行整体的理论建构的。

三是强调声音是衡量诗歌是否美的重要标准。中国诗学史上，关于诗歌之美有很多不同意见，有的从形式上强调结构、声律之美，有的从内容上强调言志、抒情之美，有的从总体艺术表现方面强调风格之美，等等。声音之美在明前也有人论及，但明人在这方面特别突出，他们把声音作为衡量诗歌的重要标准，并持续不断地从不同角度来阐释诗歌声音之美的重要性。如高棅的“以声选诗”和“声律纯完”说、李东阳的“以声辩体”说、谢榛的“四关”说、许学夷的“声气”说、王夫之的“声情”说，等等。高棅《唐诗品汇》的选择标准是声音，并且在具体选择时只推崇“声律纯完”的诗歌。李东阳乐于区别诗、文等文体的差异，并具体区分五古与五律、七古与七律等体式的差异，在这一过程中，他采取的方法与途径是通过区分声音的方式来完成的，比如区分诗文时，他强调诗可资讽咏，文却达不到这种艺术效果。谢榛的四关——“诵之行云流水，听之金声玉振，观之明霞散绮，讲之独茧抽丝”即是鉴赏诗歌时对声音的要求，[①] 谢榛强调，诵读诗歌须做到自然顺畅，聆听诗歌时须音韵响亮且和谐。许学夷鉴赏诗歌时把声气作为衡量诗歌重要的标准，其在评先秦至唐代诗歌时用了约36次声气来评价。另外，许学夷在评价曹植等人作品时多用声音作为评价标准：“公幹诗，声咏常劲；仲宣诗，声韵常缓。子建正得其中”；“子建七言有《秋思咏》一篇，声调与子桓《燕歌行》相类”。“声韵”、“声咏”、“声调”皆是许学夷从声音的视角找寻公幹、仲宣、子建、子桓诗歌的艺术审美价值和差异。所以，高棅、李东阳、谢榛、许学夷等人的诗学在一定意义上说都把声音作为评价诗歌的重要标准之一。

是故，明人的诗学批评已有着新的转向，将诗学的批评与考察放在诗歌的声音上，把声音视作鉴赏诗歌的主要途径。明人关于诗歌声音的讨论目的是让声音成为构建诗歌的重要内容、阐释诗歌的重要角

---

① 《孟子·万章下》曰：“孔子之谓集大成也者，金声而玉振之也。金声也者，始条理也，玉振之也者，终条理也。”

度，这一方法虽然也曾被前人道过，但从来没有哪个时代如明代诗学家一样如此集中地阐释诗歌的声音。“诗主声”说的核心即强调诗歌的声音在诗歌构成要素中的重要地位。从本书所呈现出的诗声理论看，可以说，郝敬提出的“诗主声”说是一个时代有关诗学表述的核心理论，也是明代诗声理论的总结。这与前人所强调的“诗言声”、“诗缘情”有着较大的不同，在一定意义上说，“诗主声”把声音作为诗歌存在的意义与价值，强调诗歌声音在诗歌的构成与本质上的不可或缺。“诗言志”和“诗缘情”是中国古代关于诗歌本质的两种影响久远的主要观念，明人提出的“诗主声”与之有明显的不同，它丝毫也不排斥“诗言志”和“诗缘情”，同时却将强调的重点转向了以往被较多地忽视了的诗歌的另外一个极为重要的因素——“声”。“诗主声”，就是诗歌以声音为主，就是将“声”看作了诗歌的本质特征。在古代中国，诗歌与音乐的关系一直极为密切，声音的凸显是诗歌极为突出的本质特征之一，“诗主声”正是将诗歌的这一本质特征清楚地标示了出来，因此也可以说“诗主声”是中国关于诗歌本质的又一种十分重要的观念。简言之，基于过往两千多年的诗歌声音实践和一千多年的诗声理论酝酿，明人终于将这一观念响亮地标举了出来。它与“诗言志”和“诗缘情”一道，将诗歌尤其是中国诗歌的本质特征从不同侧面共同地揭示了出来，使人们对诗歌尤其是中国诗歌本质特征的认识更加丰富、完整了。也许，随着“诗主声”说的登场，中国诗论对于诗歌尤其是中国诗歌的本质特征的认识也就宣告最后完成了！

二　求声调——丰富声调的内容，将体格、声气等与声调结合起来拓宽诗歌的鉴赏维度

声调是明人经常提到的概念，如“求声调”、“体格声调”等。

从明人提及的声调看，其意义不外乎以下几类：一是诗歌字词的声、韵、调，如谢榛云："试以东、董、栋、笃四声调之，东字平平直起，气舒且长，其声扬也；董字上转，气咽促然易尽，其声抑也；栋字去而悠远，气振愈高，其声扬也；笃字下入而疾，气收斩然，其声抑也。夫四声抑扬，不失疾徐之节，惟歌诗者能之，而未知所以妙也。"此处声调是平、上、去、入调和后达到的声音。二是诗歌的声律及平仄等，如许学夷云："古诗至于汉、魏，律诗至于盛唐，其体制、声调，已为极至，更有他途，便是下乘小道。"许氏强调的是盛唐诗歌的律诗之体制，主要有七律、排律等，这些体式中最有特色的是声韵及平仄等声律系统。三是诗歌的整体声响，如杨士弘云："然音律纯厚自然可法者九人，共诗二十六首。……晚唐来作者愈盛而音律愈降，独许浑、李商隐对偶精密，有可法者二人，共诗二十首。……五言绝句盛唐初变六朝《子夜》、《杨柳》之类，往往音调高古，皆可为法，十三人共诗六十首。"高古一般指诗歌的整体风格，此处杨氏用来指盛唐之诗的音调整体上有高古之风格。四是诗歌的整体风格，如胡应麟云："其调，则飘逸、浑雄、沉深、博大、绮丽、幽闲、新奇、猥琐，靡弗诣矣。""飘逸、浑雄、沉深、博大、绮丽、幽闲、新奇、猥琐"都无关诗歌的具体声音，应该说的是诗歌的整体风貌与艺术特点。五是歌唱诗歌的声音方式。如李东阳云："古之歌诗者，其声调有轻重、清浊、长短、高下、缓急之异，听之者不问，而知其为吴为越也。""轻重、清浊、长短、高下、缓急"即歌唱诗歌时采取的不同特色的声音。

对于声调的阐述较为全面的是谢榛的"求声调"说。"诗三要"（即"熟读之以夺神气，歌咏之以求声调，玩味之以裒精华"）与"四关"（即"诵之行云流水，听之金声玉振，观之明霞散绮，讲之独茧抽丝"）是谢榛诗声理论的核心。"求声调"与"四关"是相依相存的。从“求声调”上说，他要求先学习盛唐诗歌的音调和气象，然后在诗歌创作前要认真择韵、调韵、审音，以使诗歌的声音妥帖、谐畅并有虚实相生之美，从而使诗歌进入一种浑沦的诗学境界，而被创作出来的诗歌必须经得住“四关”的考验。这些大多从整体上考察诗歌的声音是否美听。

明人的声调与格调有较大关系。格调是明代诗学史上的重要内容，是明代诗学批评的主要内容。袁震宇等人认为，明代有着较为发达的格调论诗学，呈现观点多样性、时间断续性，他们曾从三个阶段来阐述明代格调论的发展盛况，谈及李东阳、李梦阳、谢榛、王世贞、胡应麟、许学夷等人，[①] 而这些人正好是明代诗声理论的重要代表。从这一点说，声调与格调有较为紧密的关系。从具体诗论家的阐述看，也可得到证明。胡应麟云：“铙歌曲句读多讹，意义难绎，而音响格调，隐中自见。”音响即诗歌的声音。胡氏将音响与格调结合起来就说明了问题。其又云：“体格声调有则可循，兴象风神无方可执。故作者但求体正格高，声雄调鬯；积习之久，矜持尽化，形迹俱融，兴象风神，自尔超迈。”从胡氏“体正格高，声雄调鬯”看，“体格声调”大致等于格调。可见在部分诗论家的诗学观点中，格调包含着声调，这在一定程度上是明代声调论的特点。胡应麟在评价李梦阳与何景明关于诗歌声律的讼案时云：“律诗全在音节，格调风神尽具音节中。李、何相驳书，大半论此。”“格调风神尽具音节中”一语，再次表明了格调与声音存在着非常紧密的联系。

当然，声调还与体格、声气有关。明代诗学上的“体格”一般指诗歌体制或体式呈现出来的整体品质与特点。分开讲，体为体式；

---

① 王运熙、顾易生主编：《中国文学批评通史（明代卷）》，上海古籍出版社 1996 年版，第 19—24 页。

格为体式以及由诗歌呈现的品质和特点。明人喜将体格与声调联系起来讨论，陈子龙《仿佛楼诗稿序》曰：“盖诗之为道，不必专意为同，亦不必强求其异。既生于古人之后，其体格之雅，音调之美，此前哲之所已备，无可独造者也。至于色采之有鲜萎，丰姿之有妍拙，寄寓之有浅深，此天致人工，各不相借者也。”陈子龙的意思是古人之诗在体格与音调上均是独创的，有独特的审美意义。应该说，这种说法没有直接建立体格与声调的关系，但从古诗具有的独创性可见出两者相依相辅以存的价值与意义。胡应麟多次将体格与声调并列来说，而真正建立两者关系的是其所言“体格声调，水与镜也”。水与镜的关系正好说明体格与声调紧密联系。此外，胡应麟前辈李梦阳所言“诗有七难：格古、调逸、气舒、句浑、音圆、思冲、情以发之。七者备而后诗昌也”与王世贞所言“才生思，思生调，调成格”也都从不同侧面反映了体格与声调的关系。总之，在李梦阳、王世贞、胡应麟等人看来，体格与声调的联系十分紧密。

另外，声调与气格、声气、辩体等有着非常紧密的联系，这些内容均被明代诗论家所提及或详述，这都说明明代声调与诗歌其他因素的关系非常紧密。

总之，声调是明代诗学探讨的核心问题，其不仅在于字词的音调、诗歌的声律，还在于诗歌声音的整体声响和诗歌的艺术特征。由此看，明代关于声调的理论非常全面，几乎涵盖了诗歌的所有方面。同时，在建立声调与诗歌其他方面的关系上，明人也有着较开阔的视野，从声气、体格等甚至到神韵。[①] 要之，声调是明人诗声理论的一个重要命题，是理解明人诗声理论的一把重要钥匙。

---

① 参考本文“陆时雍神韵论的层次性”之章节。

三　诗乐理一——在沟通诗乐关系的基础上探讨诗歌与音乐的共同机制

无论在中国音乐学史上还是在中国诗学史上，对诗乐关系的讨论都历久不衰，每朝每代都有着理论贡献，这与中国注重乐教与诗教的传统有非常密切的关系。明代音乐史上对于诗乐关系的讨论也很多，如王廷相对乐教与诗歌关系的讨论，刘濂《乐经元义》、吴仕承《乐经源流》、朱载堉《乐律全书》等著述中对诗乐关系的讨论等。[①] 在诗乐关系的讨论方面，明代的理论观点与前代的多有相似，但也有不少创新与贡献。

首先是强化诗教与乐教共同的教化作用。对诗教与乐教关系讨论的根源是孔子的“兴于诗，立于礼，成于乐”句，从孔子语中可见诗教与乐教是不同层次的学习内容与目标，后人对于诗教与乐教的理解大多以此为据。后人对于诗教与乐教的关系主要通过对诗乐关系的讨论展开，如王灼、沈括等人的相关理论，他们的理论多沟通诗与乐的关系，从而更好地理解音乐或诗歌。明代人也有相关的音乐理论，如郑载堉的《乐律全书》、韩邦奇的《苑洛志乐》等。从诗学上对诗乐关系进行阐释的明人也较多，特别突出的是李东阳与王夫之，他们两人关于诗乐关系的讨论深入到诗教与乐教的沟通上，换句话说，前人对于诗教与乐教多分而论之，很少有将诗教与乐教直接沟通起来阐释并发扬它们共同的教化价值的。李东阳所言“诗在六经中，别是一教，盖六艺中之乐也”，把诗经与乐经从六经中抽出来，且将两者等同起来，目的是将诗乐的审美功能与教化功能合一，以发挥诗教与乐教的最大功能。在具体论诗过程中，李东阳的“具耳”与“具眼”说，主张在欣赏乐与诗时，既是听音乐也是观音乐，既是听诗歌也是

① 朱谦之：《中国音乐文学史》，第55—62页。

观诗歌，表明了声音是沟通诗教与乐教的重要方式。郝敬“诗主声”也是沟通诗教与乐教的表现之一，其提到的“音为本色”虽然指向诗歌的声音，但同时也指向音乐的声音，其“夫声音之道，自与性情通，歌咏所以养性情。歌《雅》者温良，歌《颂》者柔直，故曰诗可以兴。此性情之说也”之语告诉我们，诗教“温柔敦厚”与音乐“歌咏性情”存在着天然的关系。另外，王夫之的“诗乐理一”更加说明诗教与乐教的原则是基本一致的，这就使诗教与乐教的沟通有了充分的可能。总之，明人立足诗乐关系，将声音作为沟通诗教与乐教的重要途径，在张扬诗乐同具的教化功能的同时，对于诗歌来说，突出地彰显了声音在本门艺术中所具有的特殊的重要意义。这一点，可以说是明代诗声理论对于中国诗学的又一贡献。

探讨诗乐合一的学理。诗乐合一一直是中国传统诗学诗论家们处理诗乐关系时的追求，从先秦到宋元，有不少诗论家谈及了诗乐合一。然而，明代对诗乐合一的讨论，显然是更加深入了。明代王夫之提出“诗乐理一”，其理论创见至少有两点：一是用“理一”来总结前人诗乐合一的观念。前人多对诗乐关系进行阐述，多有沟通两者的愿望，但一直未有人对这种诗乐可能合一的道理进行深入探究。王夫之的“理一”正是对诗乐合一关系的学理根据进行了探究和阐释，使诗乐合一关系在其究竟道理的层次上得到了清楚的确证。二是说明诗之理与乐之理的一致。诗与音乐分处不同的艺术界域，王夫之“理一”论指明这分处不同界域的两种艺术形态之间有着根本的内在相通。王夫之“诗乐理一”关注了以下内容：把声情视作诗歌与音乐传情达意的重要内容，把“和”作为诗歌与音乐的共同功能与目的，把“感”作为诗歌与音乐沟通作者、世界、读者、作品的方式从而激发与体验艺术的魅力。当然，王夫之“诗乐理一”还体现出其对音乐与诗歌有着共同的评价标准，即“韵谐”、“度雅”、“微发”、“穆耳协心”。应该说，王夫之的诗乐理一不仅对前人的诗乐关系总结得较为全面，而且有着自己的理论独见，它抽绎出了诗歌与音乐的共同之理，从而为我们理解诗歌与音乐的内在关联和评价标准有重要的参考价值。且再稍作申说。明人对于诗乐关系的处理是以追求诗歌的声音为前提的，在此基础上，明人把诗与乐内在相通的深层机理明晰地展现了出来。由于对诗乐合一之内在机理的这种带根本性的揭示与阐发在前代还不曾有过，因此可以说，王夫之的“诗乐理一”说同样是明代诗声理论对中国诗学的又一个贡献。

综上所论，明代诗声理论有着较集中的关注点，如声气关系、声义关系、声情关系、声形关系以及自然声律与人为声律等，这些问题是诗声理论的应有之内容，表明了明人对诗声理论探讨之全、之深，其贡献也颇大。为突出声音在诗歌构成要素中的地位，明人将“诗主声”观念响亮地标举出来，围绕“诗主声”作了大量的理论阐述。在一定意义上说，“诗主声”与“诗言志”和“诗缘情”一道，将诗歌尤其是中国诗歌的本质特征从不同侧面共同揭示了出来，使人们对诗歌尤其是中国诗歌本质特征的认识更加丰富、完整了。明人关于声调的理论非常全面，几乎涵盖了诗歌的所有方面。在建立声调与诗歌其他方面的关系上，明人也有着较开阔的视野，从声气、体格等甚至到神韵，拓宽了诗歌的鉴赏维度。这说明声调是明人诗声理论的重要命题，是理解明人诗声理论的重要钥匙。在处理诗乐关系上，明人以“诗乐理一”归结诗乐关系。“诗乐理一”不仅较全面地总结了前人关于诗乐关系的讨论，而且有着自己的理论独见，它抽绎出了诗歌与音乐的共同之理，为我们理解诗歌与音乐的内在关联和评价标准提供了重要的参考。另外，他们把声音视作沟通诗教与乐教的重要途径，在张扬诗乐同具的教化功能的同时，突出彰显了声音在诗歌艺术中具有的重要意义。

余　论

第一节　明清诗声理论的关系

明代诗学是中国诗学的鼎盛期，对中国诗歌理论的发掘涉及诗歌的精深之处，理论已渐趋成熟。众所周知，明代学术整体是虚浮与空疏的，结合这种背景，明代诗学呈现一种浮躁的诗学风格。正是建立在这种诗学追求的批判上，清代诗学开始了它的征程。在这股传统重整和文化救亡的思想潮流中，诗学也扮演了旗手的角色，打出呼应时代主潮的旗帜和口号。清初诗学对明代诗歌创作和诗学的反思，对诗歌传统的整合和重构，既是清初文化思潮的反映，也是其中的一个重要组成部分，在某种意义上，它也有力地参与了清初思想、文化和文学传统的重建。而这种批判本身就是拒绝与容受的过程。清代诗学的诗声理论正是在此种接受态度下得到明代诗学的浸染并逐步发展开来，形成自己的独特的诗学追求。

复古是明代诗学的主潮，清代诗学的内涵式发展就是从此处批判开始的。前后七子为明代复古诗学的重镇，李东阳倡导诗教与乐教的沟通、以声辩体、以声衡诗，继之的李梦阳提出“真诗乃在民间”，其后的谢榛提出“求声调”与“四关”、王世贞提出“思生调，调生格”。尽管经历了明中期的性灵诗学等内容，但明晚期的许学夷以复古为己任，通过“声气”范畴努力回护复古诗派。经明转清的王夫之的诗学观念将诗教与乐教结合起来论，以诗乐理一和声情说来统筹其诗学观，具有独特的典型意义。

在批判以朱熹为代表的理学思维过程中，明代中晚期兴起了一批重读经典的复古经学思潮，这一思潮以经世致用为目的，推动诗学对复古诗派的反思，同时批评宋明理学的不端之术。明末清初，经世致用之学因为郝敬、顾炎武、黄宗羲、王夫之等人的提倡，蔚为大观。形成了一股有着广泛而深刻影响的社会思潮，发出“高论百王，不如宪章当代”的呼喊。这些学者有感于明朝灭亡的历史教训，深切意识到徒讲义理的书生不研究社会现实问题给国家民族造成的巨大灾难，因而大力提倡经世致用之学，主张钻研经书要与研究当代社会问题结合起来，在阐释古典经义的同时，升华出自己的社会见解，提出解决社会问题的方案，进而改造社会。顾炎武的经世之学主要表现为声韵之学，其音韵学研究始于对《诗经》的研究，如“音学五书”就是其音韵学的重要成果。而“音学五书”的较多内容本身就是诗声理论的发见，体现了对诗声的较多思考，也诉诸了诗与声的双重考求。这种诗学路径由明至清的继承关系确实明显，正如蒋寅所论：“古诗声调之说启自明代李东阳，康熙间王渔洋、赵秋谷撰《声调谱》，举唐人七古名作示范，尚属举例性质。乾嘉以后，在浓厚的考据风气中，学者们对唐人七古声调的规律做了更细致的推考，最终产生郑先朴《声调谱阐说》一书。”[①] 这里的影响关系十分明晰，李东阳古诗声调说的首倡，在一定程度上影响了清代诸多的声调类著作的产生，这种关系不仅是一种批判关系，更是一种诗声理论的继承关

① 蒋寅：《清代诗学研究之我见》，《苏州大学学报》（哲学社会科学版）2005年第3期。

系。特别是诗歌声韵问题，清代人作了较多总结，这些理论总结成为诗歌创作的规范。故李兆元《十二笔舫杂录》卷一谓：“古诗声调旧无谱，谱之自秋谷始。虽未能尽阐蕴奥，然创始之功，为初学津梁，不可没也。”① 蒋寅曾对清代的声调谱类著作作了一定的考索，列举了较为著名的如毛先舒《声韵丛说》等二十一种声调类著作，而这些著作的序中大多对诗声的问题进行了阐释，如宋弼《声调类说》自序：

> 弼少侍先君子编修公，与闻诗家声调之说。先君子又尝手钞杜诗一册，细加别识而书其端，曰：诗自古近分体，音调迥别。今之不能古诗者无论矣，其学古者亦知古之不可以似律，而究茫然不能道其所以。即为律法，亦不过晓刻定平仄。至唐人律调，多用古法，无不字句均调，上下相称，如金石之铿锵，宫商之应和，今则鲜有解者。②

宋弼的声调既有平仄之声调，又有诗歌整体声响。前者是后者的必然组成，宋弼即是从诗歌声音的整体要求上出发，提出了“宫商之应和”、“金石之铿锵”、“字句均调”等具体要求，以凸显诗歌“声调”的意义。

清代诗声理论与明代诗声理论的前后关系还表现在对某些范畴的接受与学习上。明代诗学上的格调、神韵是重要的两个范畴，前者以前后七子为代表，后者以胡应麟与陆时雍为代表。格调在明代诗论家的阐释下，形成了较多不同的意见，如李东阳、李梦阳、谢榛、王世

① （清）李兆元：《十二笔舫杂录》卷1，转引自冉耀斌、沈丽敏《吴镇诗歌声律学发微》，《甘肃联合大学学报》（社会科学版）2008年第1期。

② （清）宋弼：《声调类说》，转引自蒋寅编《清诗话考》，中华书局2004年版，第342页。

贞等人的格调论思想均具有代表性。到清代，针对这些不同的观点，许多诗论家重新进行理解，尤其以沈德潜为代表。其《明诗别裁集》序云：

> 弘、正之间，献吉、仲默，力追雅音，庭实、昌谷，左右骖靳，古风未坠。余如杨用修之才华，薛君采之雅正，高子业之冲淡，俱称斐然。于鳞、元美益以茂秦接踵曩哲……然取其菁英，彬彬乎大雅之章也。自是而后，正声渐远，繁响竞作。①

张少康给予此句的评价为："德潜主张有益'诗教'、有补于世道人心的'中正和平'之作，故而归之于有法可循、以'唐音'为准的'格调'。不过，沈德潜的格调与明代前后七子的格调又有较大差别。他肯定他们提倡唐音，但不赞成他们模拟因袭。"② 张少康的评价较为公允，沈德潜的诗学自然是吸收了明人的诗学理念，其"格调"也与明人的"格调"保持了较多的一致性，如对诗声的关注仍是沈德潜的重要内容。其在《说诗晬语》中云："乐府之妙，全在繁音促节，其来于于，其去徐徐，往往于回翔屈折处感人，是即'依永''和声'之遗意也。"③ 对于乐府的阐释，沈德潜的立论基础皆是从声音的角度出发，其把乐府"来于于"、"去徐徐"等声音性表达作为诗以依永、和声的重要方式，这不仅突出了沈德潜对诗声的重视，更体现了沈德潜对古人诗乐合一——依永的审美追求的认同。除沈德潜外，肌理说的代表翁方纲也试图从自己的理论框架下做出某些努力，著有《格调论》，对明代格调派诗学进行了笔伐。但很明显，翁氏所

① （清）沈德潜：《自序》，载《明诗别裁集》，河北人民出版社1997年版。

② 张少康：《中国文学理论批评史教程》，北京大学出版社1999年版，第400页。

③ 沈德潜：《说诗晬语》，霍松林校注，人民文学出版社1979年版，第198页。

作出的批判与解释的基础是对明代格调论诗学的吸收。其《石洲诗话》中可见这种诗学倾向，有的表明对格调的极度贬斥，如：

> 盛唐诸公之妙，自在气体醇厚，兴象超远。然但讲格调，则必以临摹字句为主，无惑乎一为李、何，再为王、李矣。愚意拈出龙标、东川，正不在乎格调耳。①

有的表明他对格调的做法还是有一些调和的，如：

> 渔洋先生所讲神韵，则合丰致、格调为一而浑化之。此道至于先生，谓之集大成可也。②

翁方纲的批评立足点是讲格调，认为格、调束缚了诗歌的兴象与气体。但同时他又推崇王氏的神韵，并将这一概念的组成元素界定为“丰致”、“格调”。前述对陆时雍神韵论进行解释时，我们已然提到神韵与诗歌声音的关系。从这些分析可知，翁方纲虽然一直对格调有偏颇之见，但其批评意识中分明承认诗歌的声音的影响与意义，同时我们也可见出翁氏对明人诗学的吸收与借鉴。

在胡应麟、陆时雍等人的理论贡献下，明代产生了另一重要的诗学范畴“神韵”。胡氏曾在《诗薮》中提及神韵20次之多，这种现象的认识虽不能说是神韵说的具体提出，但后来的陆时雍却是从气、格等最基本的物质出发，研究了情、景、气、意、境等的作用，继而提出通过“无”与“微”的方式，神韵才达成，这种诗学范畴的形成路径已然清楚。从王士祯对“神韵”说的阐释看，其指出的诗学

① 翁方纲：《石洲诗话》，载郭绍虞编选，富寿荪校点：《清诗话续编》，第1370页。
② 同上书，第1427页。

背景离不开明代格调论与神韵论的理论贡献。有学者曾一语点明这种关系：

> 王士禛的神韵说，合观其本人在各种场合的说明，是以明人的名辞、钟嵘《诗品》、司空图诗“味”说、严羽《沧浪诗话》、徐祯卿《谈艺录》及大量禅宗语录、画论中语化而为一的。……沈德潜的格调说，在《说诗晬语》中通过品评历代诗、各体诗及重要作家表现出来的公允得当，在所编《古诗源》、《唐诗别裁》和《清诗别裁》等选本中表现出来的取舍有度，实际上是从宋末严羽、方回到明初高棅再到明末清初许学夷、冯班等持续累积的辨体功夫的结晶，是在褪尽了明七子摹格煽调的火气之后方才得其环中的。①

翁方纲《石洲诗话》亦云：

> 愚尝谓空同、沧溟以格调论诗，而渔洋变其说曰神韵，神韵者，格调之别名耳。渔洋意中，盖纯以脱化超逸为主，而不知古作者各有实际，岂容一概相量乎？②

清代诗学有明代繁盛的诗声理论之后，亦有较多诗论家提出了自己的诗声理论。经明转清的王夫之的“诗乐理一”与“声情”为清代诗声理论的提出起到较好的引导作用。王夫之的诗声理论以“诗道性情”为理念，清初的冯舒与冯班也说了相同的话：“诗以道性情，今

---

① 张彭寅：《清代诗学考述》，《上海大学学报》（社会科学版）2005 年第 1 期。

② 翁方纲：《石洲诗话》，载郭绍虞编选《清诗话续编》，第 1476 页。

人之性情，犹古人之性情也，今人之诗不妨为古人之诗。”① 这种复古论调与明代的复古诗论实为一出。冯班在评点《才调集》时云：

> 盖诗之为道固所以言志，然心有美辞秀致，而后其意如出。若无字句衬垫，虽有美意亦写不出。于是唐人必先学修辞而后论命意。②

字句与修辞是构成诗声的重要原因，冯班在此强调的原因在于它们可以使诗歌声调整饬并充实，故其继续说：“以韦端已领第三卷，取其气宇高旷，辞调整赡也；……以罗江东领第八弟九卷，取其才调兼擅也。”③ 冯班以“调”来评论诗人的初衷当然与其诗声理论有关，他强调诗歌“文采”之论就是诗声理论的表现之一。赵执信著有《声调谱》，其中提出诗歌“声调”之说，邬国平先生对赵氏的声调说作了考证：“可以相信赵执信的声调学说得自冯班，而不是得自王士祯，也不是仅仅仅出于赵执信对唐宋诗歌的揣摩。”④ 桐城派的诗声理论，如刘大櫆的“因声求气”，其《论文偶记》曰：

> 盖音节者，神气之迹也；字句者，音节之矩也。神气不可见，于音节见之；音节无可准，以字句准之。音节高则神气必高，音节下则神气必下，故音节为神气之迹。⑤

---

① （清）冯班：《马小山停云集序》，载李壮鹰主编，党圣元分册主编《中华古文论释林（清代上）》，北京大学出版社 2011 年版，第 38 页。

② 冯班：《二冯评点才调集・凡例》，载陈伯海主编，查清华等编撰《历代唐诗论评选》，河北大学出版社 2003 年版，第 821 页。

③ 同上。

④ 邬国平：《赵执信诗歌声调说两个问题辨析》，《厦门广播电视大学学报》2013 年第 1 期。

⑤ （清）刘大櫆：《论文偶记》，人民文学出版社 1959 年版，第 6 页。

姚鼐在《与陈硕甫书》中云："诗古文务要从声音证入，不知声音，总为门外汉耳。"[①] 鉴赏文艺，先从声入手，以声昌气，才能破译其各类符号的意义。李重华云：

> 文韵致好，但说到中间见有滞钝处，此乃是读古人文不熟；急读以求其体势，缓读以求其神味，得彼之长，悟吾之短，自有进也。[②]

李重华提出"诗三要"，即"诗有三要，曰：发窍于音，征色于象，运神于意"。[③] 同时在《谈诗杂录》中强调诗应选从声音来论：

> 余所以先论音，缘人不知韵语由来，则缀辑牵合举谓之诗，即千古自然之节胥泯焉；若悟其空中之音，则取象命意，自可由浅入深。故指示初学，音特居首也。[④]

另外，前述翁方纲对格调的评价、王士祯的"神韵"、沈德潜的"格调"均是诗声理论的表现。除此之外，毛先舒的《诗辨坻》、归庄的"性情"与"声律"、吴镇的诗歌声律学、朱庭真《筱园诗话》的诗法、段玉裁的"以声为义"、刘熙载的文学语言及修辞观均是诗声理论的表现，此不一一再论。

---

① 姚鼐：《惜抱轩尺牍·与陈硕士》卷7，转引自周振甫《怎样学习古文》，中华书局1992年版，第30页。

② 同上书，第30—31页。

③ （清）李重华：《贞一斋诗话》，载丁福保辑《清诗话》，上海古籍出版社1963年版，第921页。

④ 同上。

总之，清代诗声理论的发展是以学习和借鉴明代诗声理论为基础的，两者的承继关系主要通过格调与神韵来体现。同时清代诗声理论亦有自己独特的发展：结合音韵学研究，产生了诗歌声调等方面的讨论；结合曲学研究，产生了诗歌诗声理论，特别是盛唐元音的阐释；等等。无论如何，清代是诗声理论发展的新阶段，为中国诗声理论做了一个总结，也为中国传统诗乐关系的修复作出了最后的理论贡献。

第二节　结语

诗声理论是中国诗学的重要一翼。结合音乐学、美学、哲学、语言学等方面的知识，本书将明代诗声理论研究置于中国传统诗学与西方形式等诗学的综合背景下予以考察，这是始终贯穿本书非常重要的一个研究视角。在阐释明人诗声理论的过程中，笔者采取知人论世、以意逆志、推源溯流、文本细读等方法小心地破冰开掘，相信虽未能展示明代诗声理论的全貌，但其中的一些内在精神应该是捕捉到了。

本书对明代诗声理论的研究，在设计时拟包含背景溯源、主要问题考察、个案考察、主要范畴考察、节奏与字法句法章法体式等的考察、词学曲学音韵学等相关学科对诗声理论的影响考察等多个部分。限于种种客观原因，目前呈现出来的本书，仅主要对前五者进行了较深入的研究，而其他方面仅略有涉及。

先秦较多关注诗歌与音乐的关系，对于音乐与诗歌的根源性问题进行了一些阐述。魏晋以区分四声为前提并提出了诗歌声音理论的核心内容——声律，并在诗歌创作实践和理论上都做了一定的探索。唐代关注从声律上创新，在诗歌创作实践中建构了完整的近体诗声律结构，在理论上也多有诗格类著作，但此期的诗声理论还未成系统。宋代的郑樵把声音从诗歌中凸显出来，强调声音对于诗歌的根本意义，形成了“诗为声”、“诗在声”、“诗之本在声”等一系列重要提法。同时，也有一些人从词学、曲学上探讨诗歌的声音，但这方面的探索还不够深入。清代有较多诗声理论，但其主要的诗声理论主张“神韵”、“格调”等均来源于明代，其提出诗声理论的诗论家数也无法与明代相比。综而论之，先秦至汉代是诗声理论的发轫时期，主要探讨心声、情声关系等有关诗声的内容；魏晋南北朝至清代是诗声理论由初步发展至逐渐繁荣的时期，直接讨论、研究诗声问题，并提出了一系列有关诗声的理论主张，形成了丰富而精彩的诗声理论。明代是诗声理论非常突出的时代，明代诗声理论虽然与前代的诗声相关的理论有多方面的明显的继承关系，但它创造的诗声理论最辉煌、最蓬勃，其探讨的诗声理论有关问题也更全面。

明代诗声理论繁盛的原因较为复杂：明代统治者力倡礼乐教化，市场经济发展促使普通百姓对通俗音乐娱乐文化有了更多的需求，中国传统诗乐合一的审美诉求的内在推动，宋代郑樵“诗以声为用”的观念影响和元代发达的音乐文学的影响等，都对明代诗声理论的繁盛发展起到了重要的促进作用。当然，明人专注于从声音方面学习唐诗并积极进行理论总结也是重要的原因之一。

关于明代诗声理论的个案考察是本书的核心所在。在对具体诗论家的诗声理论进行剖析时，笔者以概念辨析为主，发掘其内涵、方法、标准、目的与价值，使共时研究与历时研究相结合，建立这些诗声理论可能的联系。明代诗声理论有较为明确的发展脉络。明代建国后，为改变元蒙时期诗学在文学中地位失重的现象，明人视诗歌为文学生活中的重要文体。明初，先是杨士弘从音律的角度树立盛唐诗的正统地位，继而高棅将这种思路发展成以声选体并建立了“声律纯完”的选诗标准，之后李东阳为提高诗歌的地位提出以声辩体并试图从恢复《诗经》诗乐合一传统的目的出发沟通诗教与乐教。这一时期的诗声思想以树立正统诗学为主，为后来的诗学确定了方向。明代中期，前七子的代表李梦阳把民歌的自然声音与情感作为诗歌格调之内涵并开始具体学习唐诗构成声音的技巧（字句等），王世贞界定了字法、句法等之格并将声音与情感结合成调，同时演绎了调、格、境的关系，谢榛把李梦阳与王世贞的观点推进到“求声调”与“四关”论：既注意从技法上学习盛唐诗歌之音，又注重从情感上追求声音之调并以虚实相生、妥帖等为理想的声调境界，胡应麟总结了前后七子的诗论并从声音角度提出“体格声调”与神韵论，复古余绪许学夷转换了思维，将诗歌的声音、气格、体制、音节结合起来学习唐体之音。可见，复古诗论中的诗声理论以集中阐述中国诗歌的辉煌——唐诗的人为之声为主，在复古余绪的纠正下开始走向兼融自然与人为之声的声响目标。明代晚期，经学大师郝敬对明代复古诗论采取了严厉的批判态度并提出“诗主声”以从声音的角度来突出诗歌回归传统诗学的必要性，陆时雍的神韵论较为全面地阐述了意、体、声、色是格、调的重要构成，并从批判唐诗的角度提出“祛唐祢齐梁”的思想，王夫之的“诗乐理一”把声情作为诗歌的重要内在并把诗歌之感、情、和作为诗歌之理，这更全面地体现了诗歌声音的意义所在，并最终走向了诗乐合一的审美追求。可见，明代诗声理论的发展轨迹是先从声音的角度树立诗歌的正体，然后开始学习其中造就声音的技法，在自然与人为声律的双重学习中，最后明人融通两种目标并回归到诗乐自然融合的境界。这是一个理论的自足的过程，也是一个破与立互相转换的发展过程。

明代诗声理论集中讨论了中国古典诗学、美学中的一些范畴，并对之进行了一系列对比性和关联性的阐释，是为明代诗声理论的主要问题。在讨论声气关系时，基于中国传统以气为宇宙本体的观念，强调气对声的影响，并把声音作为诗歌之美的重要构成要素；在讨论声、义关系时，强调诗歌意义在诗歌中的核心地位，同时又强调声音对于意义也具有一定的决定作用；在讨论声情关系时，关注“声情类应”，并把声情作为评价诗歌好坏的重要标准之一；从声形关系上说，诗的形式包括字法、句法、章法、体式、结构等，这些均与诗歌的声音有重要关系，是明人诗学视野中区别诗歌声音的重要手段与方法。明代诗声理论对于诗歌声音的表述，大多同时关注着诗歌中的自然声律与人为声律，并强调着二者在诗歌中各具的价值。除此之外，在明代有关诗声的诸多范畴中，本书又例举“声色”、“响”、“清”、“圆”、“顺”等范畴进行阐述。这些范畴在明代以前就已在诗学批评中出现，并呈现不同的诗学意味，当然也赋予了一些诗歌声音方面的意义。明人从声音的角度对这些范畴的诠释更加全面，包括从字句角度、从韵律角度以及从声响的整体类型风格等角度出发。这些范畴的诗声层面的解读有利于更好地理解诗歌声音的追求与价值。

笔者发现，明代诗声理论有几个非常突出且较为集中的理论成就：一是“诗主声”说。明人将“诗主声”观念响亮地标举出来，围绕“诗主声”做了大量的有关诗歌声音的理论阐述。他们把声音从诗歌的所有构成要素中凸显出来，强调声音在诗歌中的地位，在相当程度上认定声音是诗歌的生命活力之来源。在一定意义上说，“诗主声”与“诗言志”和“诗缘情”一道，将诗歌尤其是中国诗歌的本质特征从不同侧面共同地揭示了出来，使人们对诗歌尤其是中国诗歌本质特征的认识更加丰富、完整了。二是关于声调的理论。明人关于声调的理论非常全面，几乎涵盖了诗歌的所有方面。明人的“声调”既涉及诗歌体制、字句及声律等形式方面的内容，又涉及诗歌的整体声响之风貌。它可以从明人所谓择韵、调韵、审音等中见出，也可从明人所谓虚实相生、妥帖、“体格声调”等中见到，更可以从诗歌字的平仄声调中看到。可见，在建立声调与诗歌其他方面的关系上，明人也有着较开阔的视野，从平仄、声气、体格等甚至到神韵，拓宽了诗歌的鉴赏维度。三是“诗乐理一”说。“诗乐理一”揭示了诗歌与音乐存在多方面的内在相通，论证了音乐性是诗歌与生俱来的根本属性，从而也就深刻揭示了声音之所以在诗歌中具有重要地位与意义的内在根据，也为我们理解诗歌与音乐的内在关联和评价标准提供了重要的参考。另外，他们把声音视作沟通诗教与乐教的重要途径，在张扬诗乐同具的教化功能的同时，突出彰显了声音在诗歌艺术中具有的重要意义。应该说，“诗乐理一”不仅是明人对诗声理论的总结，也是对“诗主声”理论乃至整个明代诗声理论特别重视诗歌声音的内在根据的一个揭示。更重要的是，提出“诗乐理一”说是明人意欲恢复中国传统诗乐合一审美诉求的一次重大尝试。

在中国诗声理论史上，明代诗声理论的地位颇为显眼。从整个诗声理论发展史看，先秦至唐代是诗声理论的积淀期，虽无太多具体诗声理论的提出，但该时期的诗学是后来诗声理论发展的基础与源头；宋至清四朝是诗声理论的发展与蓬勃期。宋代开始关注和重视诗歌的声音，但始终强调意义在诗歌中的中心地位，故而对声音的讨论并不很多；元代诗学一直处在恢复传统诗学与努力开创新的音乐文学的过程中，对诗歌的声音并无太多关注；清代的诗声理论虽有一些成就，但大体都来源于明代的诗声理论，如格调说、神韵说等。另外，清代也有一些新见，如关于声调的研究，但系统性与理论性均觉有所不够。明代诗声理论则成就极大，其探讨的问题涉及了“诗声理论”范围下的大部分问题，其发展线索也较为清晰，抓住了中国诗学中有典范性的《诗经》与唐诗的声音美，试图从不同方面回归到中国传统的诗学、美学的根源。比起其他朝代来说，明代诗声理论更加繁盛，也更具系统性。明代诗声理论研究从一个新的角度——声音——来诠释诗歌，这一视角不仅关乎诗歌的形式层面，也关乎内容层面；

不仅涉及诗歌理论，也涉及哲学、美学、音乐学、语言学等学科理论。因而研究内容更加丰富与完整，呈现出的观点与从其他角度展开的明代诗学研究有交叉也有区别。总之，明代诗声理论在中国古代诗声理论史上有着格外卓著的贡献、价值、意义和地位！

明代诗声理论研究不仅将有益于明代诗声理论研究自身，同时也将有益于对明代诗学乃至整个中国古代诗声、诗学理论的进一步研究。汉字有着丰富的声调变化，古往今来的中国诗歌也都非常重视乃至讲究声音之美，所以对明代诗声理论的深入研究，也必将对中国当代诗歌的创作实践和理论总结具有一定的启示作用，有益于中国当代诗歌的创作和有中国特色文学理论体系的建设。

笔者相信，本书的研究工作，是有其意义和价值的，也是有一定所得的。当然，本书原可以完成得更好一些，但限于多方面的客观原因，本书现在还留有不少的疏漏和缺憾。种种不足之处，深盼专家、学者给予详切指出，笔者将不断改正完善，以期将来对明代诗声理论乃至中国诗声理论史能够有更加深透、确切的整体把握和揭示！

参考文献

一　古籍文献

（清）何文焕辑：《历代诗话》，中华书局 1981 年版。

丁福保辑：《历代诗话续编》，中华书局 1983 年版。

吴文治主编：《明诗话全编》，江苏古籍出版社 1997 年版。

周维德集校：《全明诗话》，齐鲁书社 2005 年版。

吴文治主编：《辽金元诗话全编》，凤凰出版社 2006 年版。

吴文治主编：《宋诗话全编》，江苏古籍出版社 1998 年版。

（明）张震注，（明）顾鳞指点：《唐音评注》，河北大学出版社 2006 年版。

（明）高棅编：《唐诗品汇》，上海古籍出版社 1982 年版。

［日］东聚：《唐诗正声笺注》，益周升龙、岛伯海校，早稻田大学土岐文库藏本。

（明）李东阳：《李东阳集》，周寅宾点校，岳麓书社 1984 年版。

罗仲鼎：《艺苑卮言校注》，齐鲁书社 1992 年版。

（明）王世贞：《弇州山人四部稿》，四库全书本。

（明）胡应麟：《诗薮》，上海古籍出版社 1958 年版。

（明）李梦阳：《空同集》，四库全书本。
（明）谢榛：《谢榛全集》，朱其铠、王恒展、王少华校点，齐鲁书社 2002 年版。
谢榛：《四溟诗话》，宛平校点，人民文学出版社 1961 年版。
（明）许学夷：《诗源辩体》，杜维沫校点，人民文学出版社 1987 年版。
（明）王夫之：《船山全书》，岳麓书社 1996 年版。
（明）李攀龙：《沧溟先生集》，包敬第标校，上海古籍出版社 1992 年版。
王仲镛：《升庵诗话笺证》，上海古籍出版社 1987 年版。
（明）胡震亨：《唐音癸签》，古典文学出版社 1957 年版。
（明）何良俊：《四友斋丛说》，中华书局 1959 年版。
（明）顾炎武：《音学五书》，中华书局 1982 年版。
钱伯城：《袁宏道集笺校》，上海古籍出版社 1981 年版。
（明）王守仁：《王阳明全集》，上海古籍出版社 1992 年版。
（清）翁方纲：《复初斋文集》，上海古籍出版社 2002 年版。
（清）张廷玉等：《明史》，中华书局 2000 年版。
（清）黄宗羲：《明儒学案》，中华书局 1985 年版。
黄宗羲：《明文海》，中华书局 1987 年版。
（清）龙文彬：《明会要》，中华书局 1956 年版。
《明实录》，台湾中研院历史语言研究所校勘，据北平图书馆红格钞本影印本 1966 年版。
（清）钱谦益：《列朝诗集小传》，上海古籍出版社 1959 年版。
（清）陈田：《明诗纪事》，上海古籍出版社 1993 年版。
文化部艺术研究院音乐研究所：《中国古代乐论选辑》，人民音乐出版社 1981 年版。

吉抗联译注，阴法鲁校订：《乐记译注》，音乐出版社 1958 年版。
郭绍虞主编：《中国历代文论选》，上海古籍出版社 2001 年版。
叶朗主编：《中国历代美学文库（明代卷）》，高等教育出版社 2007 年版。
霍松林主编：《古代文论名篇详注》，上海古籍出版社 1986 年版。
（清）纪昀总纂：《四库全书总目提要》，河北人民出版社 2000 年版。
李学勤主编：《十三经注疏》，北京大学出版社 1999 年版。
许维遹：《吕氏春秋集释》，中国书店 1985 年版。
（宋）郑樵：《通志二十略》，王树民点校，中华书局 1995 年版。
（宋）郭茂倩编：《乐府诗集》，中华书局 1979 年版。
胡道静：《梦溪笔谈校证》，古典文学出版社 1956 年版。
郭绍虞：《沧浪诗话校释》，人民文学出版社 1983 年版。
周振甫：《文心雕龙译注》，江苏教育出版社 2006 年版。
（宋）王柏：《诗疑》，顾颉刚校点，朴社 1935 年版。
中国戏曲研究院编：《中国古典戏曲论著集成》，中国戏剧出版社 1959 年版。

二　今著

陈文新：《明代诗学》，湖南人民出版社 2000 年版。
陈国球：《明代复古派唐诗论研究》，北京大学出版社 2007 年版。
朱易安：《中国诗学史（明代卷）》，鹭江出版社 2002 年版。
廖可斌：《明代文学复古运动研究》，上海古籍出版社 1992 年版。
黄卓越：《明永乐至嘉靖初诗文观研究》，北京师范大学出版社 2001 年版。
黄卓越：《明中后期文学思想研究》，北京大学出版社 2005 年版。

邓新跃：《明代前中期诗学辨体研究》，上海古籍出版社 2007 年版。
饶龙隼：《明代隆庆万历间文学思想转变研究》，西南师范大学出版社 1995 年版。
孙学堂：《明代诗学与唐诗》，齐鲁书社 2012 年版。
孙春青：《明代唐诗学》，上海古籍出版社 2006 年版。
薛泉：《李东阳研究》，湖南人民出版社 2007 年版。
雷磊：《杨慎诗学研究》，中国社会科学出版社 2006 年版。
李庆立：《谢榛研究》，齐鲁书社 1993 年版。
郑利华：《王世贞研究》，学林出版社 2002 年版。
王明辉：《胡应麟诗学研究》，学苑出版社 2006 年版。
方锡球：《许学夷诗学思想研究》，黄山出版社 2006 年版。
董玲：《郝敬思想研究》，中国社会科学出版社 2011 年版。
萧驰：《抒情传统与中国思想：王夫之诗学发微》，上海古籍出版社 2003 年版。
郭英德主编：《中国古代文学通论（明代卷）》，辽宁人民出版社 2005 年版。
徐朔方、孙秋克：《明代文学史》，浙江大学出版社 2006 年版。
金生奎：《明代唐诗选本研究》，合肥工业大学出版社 2007 年版。
朱光潜：《诗论》，江苏文艺出版社 2008 年版。
赵敏俐主编：《中国诗歌与音乐关系研究》，学苑出版社 2005 年版。
吴相洲：《永明体与音乐关系研究》，北京大学出版社 2006 年版。
沈亚丹：《寂静之音：汉语诗歌的音乐形式及其历史变迁》，上海人民出版社 2007 年版。
黄玫：《韵律与意义——20 世纪俄罗斯诗学理论研究》，人民出版社 2005 年版。
任半塘：《唐声诗》，上海古籍出版社 1982 年版。

刘方喜：《声情说——诗学思想之中国表述》，知识产权出版社 2008 年版。

陈本益：《汉语诗歌的节奏》，重庆大学出版社 2013 年版。

易闻晓：《中国诗法纲要》，齐鲁书社 2006 年版。

孙力平：《中国古典诗歌句法流变史略》，浙江大学出版社 2011 年版。

周瑞敏：《诗歌含义生成的语言学研究》，中国社会科学出版社 2006 年版。

徐敬修：《诗学常识》，上海大东书局 1931 年版。

黄永武：《中国诗学（设计篇，鉴赏篇，思想篇）》，新世界出版社 2012 年版。

陈伯海：《中国诗学之现代观》，上海古籍出版社 2006 年版。

陈伯海：《唐诗学引论》，知识出版社 1988 年版。

张红：《元代唐诗学》，岳麓书社 2006 年版。

张健：《清代诗学研究》，北京大学出版社 1999 年版。

吴建民：《中国古代诗学原理》，人民文学出版社 2001 年版。

徐有富：《诗学原理》，北京大学出版社 2007 年版。

袁行霈：《中国诗歌艺术研究》，北京大学出版社 1987 年版。

王力：《诗词格律概要》，北京出版社 2002 年版。

王力：《汉语诗律学》，上海世纪出版集团 2005 年版。

何大安：《声韵学中的观念与方法》，大安出版社 2004 年版。

葛兆光：《汉字的魔方》，辽阳教育出版社 1999 年版。

郭绍虞：《中国文学批评史》，上海古籍出版社 1979 年版。

张文勋：《张文勋文集》，云南大学出版社 2005 年版。

王运熙、顾易生主编：《中国文学批评史》，上海古籍出版社 1996 年版。

罗宗强：《中国文学思想通史》，中华书局 2013 年版。
成复旺、蔡钟翔、黄保真：《中国文学理论史》，北京出版社 1985 年版。
张国庆：《〈二十四诗品〉诗歌美学》，中央编译出版社 2008 年版。
张国庆：《中和之美》，中央编译出版社 2009 年版。
张国庆、涂光社：《〈文心雕龙〉集校、集释、直译》，中国社会科学出版社 2015 年版。
张国庆选编：《云南古代诗文论著辑要》，中华书局 2001 年版。
蔡镇楚：《诗话学》，湖南教育出版社 1990 年版。
蔡镇楚：《中国音乐诗话》，湖南师范大学出版社 2006 年版。
蔡镇楚：《中国诗话史》，湖南文艺出版社 2001 年版。
潘善祺：《诗体类说》，上海古籍出版社 2011 年版。
杨仲义、梁葆莉：《汉语诗体学》，学苑出版社 2000 年版。
张一平：《中国古诗话批评论纲》，中国社会科学出版社 2008 年版。
宋晓霭：《宋代声诗研究》，中华书局 2008 年版。
王顺贵：《清代格调论诗学研究》，中国社会科学出版社 2010 年版。
朱谦之：《中国音乐文学史》，上海人民出版社 2006 年版。
曾智安：《乐府诗音乐形态研究——以曲调考察为中心》，北京大学出版社 2013 年版。
修海林：《古乐的沉浮——中国古代音乐文化的历史考察》，山东文艺出版社 1989 年版。
蔡仲德：《中国音乐美学史》，人民音乐出版社 2003 年版。
杨荫浏：《中国古代音乐史稿》，人民音乐出版社 2004 年版。
杨荫浏：《语言与音乐》，人民音乐出版社 1983 年版。
吴钊、刘东升：《中国音乐史略（增订本）》，人民音乐出版社 1993 年版。

刘尧民：《词与音乐》，云南大学出版社 1982 年版。
施议对：《词与音乐的关系》，中国社会科学出版社 1985 年版。
孟森：《明史讲义》，中华书局 2009 年版。
龚鹏程：《晚明思潮》，商务印书馆 2005 年版。
侯外庐：《中国思想通史》，人民出版社 1956 年版。
徐复观：《中国艺术精神》，华东师范大学出版社 2001 年版。
钱锺书：《谈艺录》，生活·读书·新知三联书店 2001 年版。
蔡仲翔、邓光东主编：《中国美学范畴丛书》，百花洲文艺出版社 2001、2002 年版。
张旭曙：《西方美学中的形式——一个观念史的考索》，学苑出版社 2012 年版。
汪涌豪：《中国文学批评范畴及体系》，复旦大学出版社 2007 年版。
以群：《文学的基本原理》，上海文艺出版社 1980 年版。
童庆炳：《文体与文体创造》，云南人民出版社 1994 年版。
吴承学：《中国古代文体形态研究》，中山大学出版社 2000 年版。
龙榆生：《中国韵文史》，钱鸿瑛导读，上海古籍出版社 2002 年版。
张伯伟：《中国古代文学批评方法研究》，中华书局 2002 年版。
冯友兰：《中国哲学史》，华东师范大学出版社 2000 年版。
张立文主编：《中国哲学范畴精粹丛书（共五册）》，中国人民大学出版社 1989、1990、1991、1993、1996 年版。
李国新：《易安堂集校注》，中央编译出版社 2015 年版。

三　译著

［古希腊］亚里士多德：《诗学》，罗念生译，人民文学出版社 1962 年版。

[英] 玛·布尔顿:《诗歌解剖》，傅浩译，生活·读书·新知三联书店 1992 年版。

[日] 遍照金刚:《文镜秘府论》，人民文学出版社 1975 年版。

杨匡汉、刘福春编:《西方现代诗论》，花城出版社 1988 年版。

[美] 乔纳森·卡勒:《结构主义诗学》，盛宁译，北京大学出版社 1990 年版。

[德] 马丁·海德格尔:《诗·语言·思》，彭富春译，戴晖校，文化艺术出版社 1991 年版。

何乾三选编:《西方哲学家、文学家、音乐学论音乐》，人民音乐出版社 1983 年版。

[俄] 维克托·什克洛夫斯基等:《俄国形式主义文论选》，方珊译，生活·读书·新知三联书店 1989 年版。

[美] 苏珊·朗格:《情感与形式》，刘大基、傅志强、周发祥译，中国社会科学出版社 1986 年版。

赵毅衡编选:《"新批评"文集》，中国社会科学出版社 1988 年版。

[波兰] 罗曼·英加登:《对文学的艺术作品的认识》，陈燕谷等译，中国文联出版公司 1988 年版。

[美] 勒内·韦勒克、奥斯汀·沃伦:《文学理论》，刘象愚等译，江苏教育出版社 2005 年版。

[日] 铃木虎雄:《中国古代文艺论史》，孙俍工译，北新书局 1929 年版。

伍蠡甫主编:《西方文论选》，上海译文出版社 1979 年版。

[日] 青木正儿:《元人杂剧概说》，隋树森译，中国戏剧出版社 1957 年版。

[匈] 萨波奇·本采:《旋律史》，司徒幼文译，人民音乐出版社 1983 年版。

[奥] 爱德华·汉斯立克:《论音乐的美》, 杨业治译, 人民音乐出版社 2003 年版。

[美] 帕泰尔:《音乐、语言与脑》, 杨玉芳、蔡丹超等译, 华东师范大学出版社 2012 年版。

[美] 伦纳德·迈尔:《音乐的情感与意义》, 何乾三译, 北京大学出版社 1991 年版。

[波兰] 卓菲娅·丽萨:《音乐美学新稿》, 于润洋译, 人民音乐出版社 1994 年版。

[德] 马丁·海德格尔:《在通向语言的途中》, 孙周兴译, 商务印书馆 2004 年版。

[法] 约瑟夫·房德里耶斯:《语言》, 岑麒祥、叶蜚声译, 商务印书馆 2012 年版。

[瑞士] 沃尔夫冈·凯塞尔:《语言的艺术作品》, 陈铨译, 上海译文出版社 1984 年版。

[美] 爱德华·萨丕尔:《语言学》, 陆卓元译, 商务印书馆 1985 年版。

[德] 格罗塞:《艺术的起源》, 蔡慕晖译, 商务印书馆 1984 年版。

[奥] 恩斯特·马赫:《感觉的分析》, 洪谦、唐钺、梁志成译, 商务印书馆 1997 年版。

[德] 乔治·威廉·弗里德里希·黑格尔:《美学》, 贺麟译, 商务印书馆 1979 年版。

[瑞士] 费尔迪南·德·索绪尔:《普通语言学教程》, 高名凯译, 商务印书馆 1980 年版。

[英] 路德维希·约瑟夫·约翰·维特根斯坦:《哲学研究》, 汤潮、范光棣译, 生活·读书·新知三联书店 1992 年版。

四 期刊论文

毛翰:《广义的诗与狭义的诗》,《书屋》2002 年第 10 期。

李国新:《明代的诗声理论》,载胡晓明主编《古代文学理论研究》第 39 辑,华东师范大学出版社 2014 年版。

朱易安:《明代的诗学文献》,《南京师范大学文学院学报》2003 年第 1 期。

陈文新:《近二十年来明代诗学研究综述》,《青海社会科学》2001 年第 4 期。

陈文新:《明代诗学论诗乐关系》,《南昌大学学报》(人文社会科学版)2001 年第 4 期。

陈伯海:《中国诗学的声韵节奏论》,《河北学刊》2006 年第 3 期。

姜波、何麟:《试论中国诗歌音韵的构成》,《理论观察》2011 年第 1 期。

胡建次、刘慧萍:《中国古代诗韵论的发展及其特征》,《辽宁师范大学学报》2006 年第 2 期。

岳进:《明嘉靖时期的唐诗评点——以〈唐诗品〉〈批点唐音〉〈批点唐诗正声〉为中心》,《甘肃社会科学》2009 年第 5 期。

王守雪:《从"音律正变"理论到格调说——〈唐音〉在元明诗学嬗变中的理论意义》,《殷都学刊》2000 年第 4 期。

陈卫华:《李东阳"以声论诗"说价值新探》,《株洲师范高等专科学校学报》2000 年第 2 期。

李剑波:《试论李东阳的格调思想》,《华中科技大学》(社会科学版)2001 年第 4 期。

李国新:《从诗歌声音的角度看陆时雍"神韵"论》,《学术探索》

2017 年第 3 期。
李国新：《王夫之“诗乐理一”与“声情”说》，载张伯伟、蒋寅主编《中国诗学》第 22 辑，人民文学出版社 2016 年版。
赵黎明：《格调诗学传统与朱光潜现代“声律批评”观的建立》，《中山大学学报》（社会科学版）2011 年第 4 期。
杨艳香：《明代声诗及其学术背景》，《文艺评论》2011 年第 6 期。
孙学堂：《王世贞才思格调说辨析》，《聊城师范学院学报》（哲学社会科学版）2000 年第 1 期。
翟勇：《“听之金声玉振”——谢榛对诗歌音乐美的追求》，《武汉科技大学学报》（社会科学版）2009 年第 4 期。
李国新：《论谢榛之“求声调”》，《文艺评论》2012 年第 4 期。
郑利华：《后七子诗法理论探析——以王世贞、谢榛相关论说考察为中心》，《中国韵文学刊》2009 年第 3 期。
张节末：《论王夫之诗乐合一论的美学意义——兼评王夫之诗论研究的一种偏颇》，《学术月刊》1986 年第 12 期。
陶水平：《王夫之诗学“声情”论析要》，《山东师范大学学报》（人文社会科学版）2000 年第 3 期。
陶水平：《试析王夫之诗学“诗乐一理”论》，《东南大学学报》（哲学社会科学版）2002 年第 4 期。
李庆立、崔建利：《胡应麟诗论研究述评》，《中国文化研究》2005 年冬之卷。
吴承学、何诗海：《明代诗话中的文体史料与文体批评》，《文艺理论研究》2008 年第 4 期。
卢盛江：《殷璠声律说释疑——唐代文术论札记》，《江西师范大学学报》（哲学社会科学版）2006 年第 1 期。
廖朝琼：《郑樵“声贵说”刍议》，《福建农林大学学报》（哲学社会科学版）2009 年第 6 期。
蒋寅：《王渔洋“神韵”概念溯源》，《北京大学学报》（哲学社会科学版）2009 年第 2 期。
蒋寅：《清代诗学研究之我见》，《苏州大学学报》（哲学社会科学版）2005 年第 3 期。
张胜利：《论古代诗歌章法理论》，《河南师范大学学报》（哲学社会科学版）2011 年第 1 期。
陈满铭：《章法结构及其哲学义涵》，《浙江师范大学学报》（社会科学版）2004 年第 2 期。
冯胜利：《汉语韵律句法学引论（上）》，《学术界》2000 年第 1 期。
刘士林：《诗之声与乐之音——关于诗的本体论阐释之三》，《广西师范大学学报》（哲学社会科学版）2002 年第 2 期。
鄢化志：《先秦诗乐分合与中国诗歌发展》，《北京大学学报》（国内访问学者、进修教师论文专刊）2000 年第 S1 期。
刘方喜：《声韵、情韵、神韵——“韵”之三层结构论》，《陕西师范大学学报》（哲学社会科学版）2010 年第 3 期。
罗宗强：《寻源、辨体与文体研究的目的》，《学术研究》2012 年第 4 期。
侯长生：《诗声销匿三百年原因探究》，《集美大学学报》2003 年第 3 期。
汪涌豪：《“声色”范畴的意义内涵与逻辑定位》，《北京大学学报》（哲学社会科学版）2010 年第 3 期。
蒋寅：《古代文论研究的回顾与前瞻》，《文学遗产》2008 年第 1 期。
李国新：《郝敬“诗主声”观念的提出及其理论意义》，《云南农业大学学报》（社会科学版）2013 年第 3 期。

五　博硕论文

余欣娟：《明代“诗以声为用”观念研究》，博士学位论文，台湾东华大学，2009 年。

沈文凡：《排律文献学研究》，博士学位论文，陕西师范大学，2005 年。

段宗社：《中国诗法论》，博士学位论文，四川大学，2005 年。

甘玲：《中国古代诗学和语言学》，博士学位论文，四川大学，2007 年。

胡建次：《中国古代文论承传研究》，博士后出站报告，复旦大学，2006 年。

刘畅：《中国古代音乐语言与文学语言之关系研究》，博士学位论文，华中科技大学，2011 年。

桑海波：《一兵双刃：音乐与文学之比较及基本关系定位》，博士学位论文，中国社会科学院研究生院，2002 年。

后　记

小时候，不擅读书。记得从一年级到高中，成绩要么居下，要么靠中，总是被打击的对象，所以在别人印象中我就不适合读书，也是可能进入笨行列的人。的确，从小学开始，对任何事都懵懵懂懂，对学习如此，对生活如此，对人事亦如此，有点像长不大的孩子。现在看来，长得也年轻，处事也不甚老到。幸好有春晖之父母，他们始终给儿子以百倍的信心。记得初高中时，我有两次不愿继续读书，一者是好玩，二者是不愿给家里添负担，当然前者居其要。那时母亲身体不好，从 140 多斤掉到不到 100 斤，抱病哭泣着劝我回校读书，加上亲戚的劝说，我最终还是勉为其难地回到学校继续求学。如果没有这次母亲的含泪相劝，恐怕我很难求学到后来的攻读博士学位。父亲一直吃苦耐劳，话不多，但明显对儿子是期待满满，也甘愿付出所有的汗水给儿子作铺垫。父亲曾在村里任小芝麻官，颇受人尊重，不仅是官位，更重要是人品，他因踏实和甘于奉献的作风时时被人戏称为“邓小平”（个子也较矮）。父母对我的教育是白纸上画出的第一幅彩图，是他们的鼓励和支持使我最后侥幸进入大学殿堂，那时还是心甚喜之。由于家庭经济基础不好，所以选择了师范生。那时师范生有很多补助，但我学习不好，也很少参与大型学生活动，所以总是补助最少的。在大学里，我唯一做对的事就是坚持学英语。从进入大学我就坚持每天半天的英语学习时间，这也是我硕士研究生考试中英语一下子就过了的原因。当然对英语的学习还要归功于对我影响非常大的高中英语老师冉红，她是一个非常美丽且心地善良的老师（我们班男生都“仰视”着她），帮助了我们班大多数上大学可上可下的学生提高英语水平。一路走来，我明白了笨鸟先飞才是我真正的价值体现，这也是我以后工作的起点和精神向导。

2005 年 7 月，经过三年古籍整理专业的知识熏陶后，我从岭南辗转红土高原七彩云南，却发现此处大有天地，收获颇多、颇富，颇于我的人生有意义。入职后受西南林业大学原人文社会科学系主任、现副校长赵乐静教授与原党总支副书记、现人文学院党委书记郭正春的统筹安排，以专任教师的身份承担了团总支书记的工作，一干就是成长的六年。在授业解惑之余，我多与学生混迹一起，以提高他们的素质和能力，当然自己也所获颇多。

2007 年，读硕士时的导师滕福海教授来昆参加古代文学理论年会，我有机缘与会，从而开始对古代文学理论有一些兴趣并逐渐试探性地深入其中。2008 年，抱着一颗求知而胆怯的心，我报考了云南大学张国庆教授的博士生。在张先生的指导与帮助下，次年如愿以偿。先生不以我在古代文学理论知识基础上的浅薄而见轻，而是殷殷督促我阅读相关的理论专书，并为我耐心解惑答疑，同时认真帮我修改小论文，大至构思、结构，小至标点、错字都加以指点或指出，并以“步微行万里，胆大上高峰”之箴言来劝勉我。在张先生的指导下，通过阅读大量诗学文献，三年后我终于拟定博士论文题目“明代诗声理论研究”。开题后，先生多次催促并要求我在加强论文写作的同时，加深理论学习，进一步巩固并深化自己的专业知识。在论文具体写作过程中，从一稿、二稿、三稿到最后定稿，从结构布局、材料取舍与读解、思路调整到文字标点纠正等，都得到先生呕心沥血的修改和指正。我曾在先生指导的过程中赋诗一首：

晓阳初度予残篇，朱批沥血先生砭。
二载剩当旁观客，一时悔做自飞燕。

所以，完成的此篇论文，凝聚着先生深厚的学养、宏阔的学术视野、细密的审辨眼光。他的言行，使我不敢懈怠；他的治学态度，使我不敢苟且；他的学识，使我不敢自满。从先生身上，我得到的不仅仅是知识，更是治学、为人的理念。虽然历经寒窗苦读、灯下孤独与不少不眠之夜，但自己收获更多的是老师的学厚德重，这是一个痛苦并不断猎新、猎奇的过程，也是我的学识与人格提升的过程。2015 年 5 月，在恩师的不断帮助下，我得以顺利完成博士论文答辩。其后，我又在工作之余不断修改，并随时请学于先生，先生仍不吝赐示。此刻，博士论文修改成仍有较多不足的一本小册，多少个日日夜夜接续成一幅清晰的图画浮在眼前，心头掀起不平静的思绪，那是诸多感动下的热泪盈眶，那是有学术收获后的诚挚感谢！谢谢恩师在我学术之路上点着炽亮的启明灯！

现在，有一定修改的博士论文即将在 2016 年云南省哲学社会科学出版资助项目的帮助下付梓，这既是对恩师张国庆先生辛勤付出的回报与感谢，也是我 2013 年获得资助的教育部人文社会科学基金同名项目的阶段总结。刚好前年硕士论文《易安堂集校注》也成书，并由中央编译出版社出版。对于这些小收获，我似乎没有一点激动与兴奋，终有学而畏短的反思与自责，让我感到以后的学术之路更要如履薄冰。当然，对这些小获，我有更多需要感谢的人。

工作十余年来，西南林业大学的各位领导和同事是我学术羽翼开始萌发的坚实基础，他们在工作与学习上皆赋予我不同的意味与馨香。感谢赵乐静、章小平、郭正春、庄翔麟、黄勇、王传发等领导与教授和人文学院、马克思主义学院全体教师以及无法列全的老师们的付出。正是他们的不断激励和教诲让我在知识与学业上有持续的积累和提高，同时，在工作与生活中，他们也毫不保留地分享他们的经验与经历，让我在工作中得到了较快的成长。另外，云南大学的段炳昌、谭君强、李森、王卫东、冯良方等教授和云南社会主义学院陈友康教授、云南师范大学余松教授、华东师范大学彭国忠教授等，他们或通过课堂讲授，或通过论文开题报告与预答辩，或通过论文指导对我帮助，以各自的理论新见极大地开拓了我的学术视野、启迪了我的学习思维，给了我很大的学术助力。同门孙兴义、刘炜、杨园、李潇云、窦薇、陈志刚、朱供罗、王欢、马倩如等也提供了力所能及的帮助。在此，谨向他们以及给予过我帮助和指导的老师和同学一并表示衷心的感谢！

最后，要特别感谢我的父母、岳父母和家人，谢谢他们在学习上督促我，在生活上关心我，并最终使我得以顺利完成此书。丙申春节归家，偶见三十年前雪天慈母两筐挑子险过之小桥，颇有感，故缀文于此以志父山母水之情：余抵滇已十载有余，忝居教席，于学无成、于诲无果，蹉跎岁月。常思父母养育恩，却隔之甚远，未能尽养。高堂皆近古稀，仍亲耕农田十余亩，忧心两子于楚不利、于滇愿归，花发瘦形。余终有亲在不游之憾，故归楚后勉力侍劬劬父母，以解其劳，亦慰亦扶，虽拳拳而未足，故随赋一首，唯祈天恩赐福、椿萱长寿！

雪舞寒冬晖，筐挑两子归。
呢喃语长儿，措铸书山巍。
维病丝蚕作，常思子孙堆。
乙未舍始新，明朝翩然追。

2016 年作者于滇